当代陕西文学评论文丛 | 编委会

主　编　贾平凹　齐雅丽

副主编　韩霁虹　李国平　李　震

编　委　（按姓氏笔画排序）

　　　　仵　埂　齐雅丽　李　震

　　　　李国平　杨　辉　段建军

　　　　贾平凹　韩霁虹

当代陕西文学评论文丛

接续中坚

寻真 从善 求美

常智奇 著

陕西师范大学出版总社　西安

图书代号　WX24N2341

图书在版编目（CIP）数据

寻真　从善　求美 / 常智奇著. -- 西安：陕西师范大学出版总社有限公司, 2025. 6. --（当代陕西文学评论文丛 / 贾平凹, 齐雅丽主编）. -- ISBN 978-7-5695-4809-9

Ⅰ. I206.7-53

中国国家版本馆CIP数据核字第2024VM2277号

寻真　从善　求美
XUN ZHEN CONG SHAN QIU MEI

常智奇　著

出版统筹	刘东风　刘　定
策划编辑	马凤霞
责任编辑	尹海宏
责任校对	张　姣
封面设计	周伟伟
出版发行	陕西师范大学出版总社
	（西安市长安南路199号　邮编 710062）
网　　址	http://www.snupg.com
印　　刷	中煤地西安地图制印有限公司
开　　本	720 mm×1020 mm　1/16
印　　张	17.75
插　　页	2
字　　数	255千
版　　次	2025年6月第1版
印　　次	2025年6月第1次印刷
书　　号	ISBN 978-7-5695-4809-9
定　　价	69.00元

读者购书、书店添货或发现印装质量问题，请与本公司营销部联系、调换。
电话：（029）85307864　85303629　　传真：（029）85303879

文脉陕西，评论华章（序）

贾平凹

从延安文艺的烽火岁月，到新时代的文学繁荣，陕西文学以其独特的风格和深邃的内涵，赢得了国内外的广泛赞誉。在中国当代文学史上，陕西不仅拥有一支强大的文学创作队伍，同时也拥有一批占领各个历史阶段文学批评潮头的评论骨干。他们以敏锐的洞察力剖析文学现象，参与文学现场，解读作品内涵，为陕西文学的发展注入了源源不断的活力。在新时代文化浪潮中，文学评论作为党领导文学事业的重要途径和方式，作为文学繁荣发展的重要推动力和引导力，正凸显着越来越重要的作用。

为了贯彻落实习近平总书记关于文艺工作和文艺批评的重要论述，以及中宣部等五部门联合印发的《关于加强新时代文艺评论工作的指导意见》，进一步加强和改进陕西文学批评工作，打磨好批评这把利剑，把好文艺的方向盘，同时也为深入总结和发扬陕派文学批评的历史经验，全面呈现陕西当代评论家队伍及其丰硕成果，推动陕西文学批评再创佳绩，助力陕西乃至全国文学发展，陕西省作家协会精心策划并编辑出版了"当代陕西文学评论文丛"。

在选编过程中，丛书编委会始终遵循着精编细选的原则，力求每篇文章都能代表作者个人的最高水平，同时也能反映出陕西文学评论的独特风格和时代特征。所选文章以研究和评论承续延安文艺传统的陕西作家、作品为主，也不乏对中国文坛或域外文学研究的独到见解。丛书汇聚了三代文学批评家中三十位代表批评家的学术成果。他们或生于陕西，或长期在陕工作。他们以笔为剑，以墨为锋，用睿智深刻的见解，共同书写了陕西文学批评的辉煌华章。他们的评论文章，或激情洋溢，或理性严谨，或高屋建瓴，或细腻入微，共同构筑了这部丛书的独特魅力与丰富内涵。

丛书将陕西老中青三代评论家分为"笔耕拓土""接续中坚""后起新锐"三个系列。三代评论家有学术师承，亦有历史代际。每个系列都蕴含着不同的时代气息和文学精神："笔耕拓土"系列收录了陕西文学评论界先驱和奠基者的成果，他们如同手握犁铧的开垦者，为陕西文学评论的沃土播下了希望的种子；"接续中坚"系列展现了新一代批评家中坚力量的风采，他们的评论既有深厚的理论功底，又有敏锐的时代洞察力，为陕西文学评论的繁荣发展注入了新的活力；"后起新锐"系列则汇集了新一代批评家的文章，他们敢于创新，勇于探索，为陕西文学评论的未来开辟了广阔的空间。

"当代陕西文学评论文丛"的出版，不仅是对陕西文学批评历史的一次全面总结和回顾，更是对未来陕西文学发展的有力推动和期待。相信这部丛书的问世，将激发更多文学评论家的创作热情，使陕西文学创作与批评携手并进，比翼齐飞，为推动陕西文学批评事业的繁荣发展，为陕西乃至全国文学的发展贡献新的智慧和力量。

2024年11月8日

目　　录

001　一篇哲学意识萌动的作品
　　　——浅谈贾平凹的《火纸》

006　在苦难意识中展示人的内在性
　　　——侧评《平凡的世界》的艺术追求

016　表现真正意义上人的爱情
　　　——评长篇小说《苦爱三部曲》

026　萨特小说中的文学意志观论评

034　对人生与历史的思考
　　　——读雷抒雁《掌上的心》

038　文化在白鹿精魂中的光色
　　　——简论《白鹿原》的文化模态

048　写意与象征的浪漫诗情
　　　——论红柯小说创作的艺术特征

064　历史的意绪与诗性的机智
　　　——评毛守仁长篇小说《天穿》的艺术特征

075　整体意象的诗化形式美
　　　——评安武林儿童文学创作的艺术追求

087　民族文学形式的本体建构
　　　——论长篇小说《山匪》的艺术价值

101 表现历史本体论的一部佳作
　　——论长篇小说《青木川》的艺术价值

118 陕西当代农民诗歌创作初探

136 在自然形式中呈现人性深处的光谱
　　——第广龙诗歌审美价值投向简论

146 极简主义文学的文本形式
　　——评陈毓小小说创作的艺术追求

159 "多余者"的思想到哪儿去了

168 真实永远是小说美学的第一要素
　　——谈杨少衡先生四篇小说的艺术局限

179 敲响自己的骨头，为生民立言
　　——评吕向阳散文集《神态度》的艺术追求

187 一轴波澜壮阔的历史画卷
　　——评长篇小说《汉武大帝》的艺术追求

197 后现代主义生命伦理的历史追问
　　——评邱华栋短篇小说《云柜》的价值追求

210 "躲在一张蛇皮里"
　　——赵月斌的文学迷宫

225 在人类文明的历史拐点上惆怅、张望
　　——贾平凹的悲剧意识论

270 悲剧人生的张爱玲
　　——评《张爱玲传》的价值趋向

273 后记

一篇哲学意识萌动的作品

——浅谈贾平凹的《火纸》

新时期的文学在感性与理性、感情与意志、形象与思想的中轴线上跳跃、波动、前进。《晚霞消失的时候》《人啊，人》《公开的情书》等作品，在理性的人道主义的殿堂上，宣扬着一种精神，阐演着一种概念，对文学与人生作着"永恒""普遍"的苦思冥想。

关注现实生活实际内容的《人生》《河魂》《高山下的花环》《今夜有暴风雪》等作品，不满足这些抽象的玄谈，从与大众切身经历相通的社会冲突出发，去克服前边那类作品里人物性格中生硬的理性思辨色彩的不足。

新时期的文学从"伤痕"到"反思"开始在哲学意识的坐标系上作着否定之否定的螺旋式的前进。前进是前进了（悲剧意识已经渗透到作家艺术思维的基本方面，而成为他们把握世界，尤其是把握人的本质时的最高价值观），但相应地，哲学意识冲淡得多了。

贾平凹发表在《上海文学》1986年第2期上的短篇小说《火纸》，又来强化新时期小说创作中哲学意识对作家艺术思维渗透的力度了！在一个远僻、封闭的深山荒峪中，有一对男女青年相爱了。男的砍竹、女的做火纸，在个体作坊式的原始生产关系的束缚下，他（她）们艰难地在爱之途上气喘吁吁地跋涉着。最后，终于倒在落后的生产关系和与之相适应的封建意识的绞索下。

古老的题材，陈旧的主题，在富有才气的贾平凹那点石成金、化腐朽为神奇的通灵之笔下复活了——《火纸》迅速吸引了一大批读者，引起了文学界的普遍关注。为什么？掩卷深思，不难看出是作家创作中萌动的哲学意识使《火纸》身价倍增。贾平凹取竹是水，纸是火，水火相克（对立）相生（统一）的中国古典哲学的立意，让一对生活在原始深山中的男女青年做转化这一对矛盾的主体，转化的手段也是原始的、古老作坊式的生产方式。古老的哲学立意，古老山区中愚昧的人，古老落后的生产方式，古老落后的思想意识，一切都是古老而僵死的，唯有男女青年的青春与爱情是鲜活的（像火一样燃烧着）。作者合目地去用古老而僵死的"硬壳"，窒息死鲜活而燃烧的生命，再用曾经是爱情与生命的富有者含辛茹苦地以古老而僵死的生产方式生产出来的火纸去悼念、焚祭他们青春、爱情、生命的亡灵，这种哲学意识萌动下的艺术立意是难能可贵的。

《火纸》的艺术价值，对于贾平凹来说，是从"鬼城"的"挽唱"中走向商州东方曙光的烛火，是在"仁爱"的"张力场"上由写人的改革向写改革时代的人的转变，是从具象的描写走向意象的概括，从暗示艺术的意蕴走向象征艺术的涵盖。如果把《火纸》放在全国新时期小说发展的格局中来衡量，它的艺术价值也许不是显得怎么重要。但是，《火纸》的意义就在于它从中国哲学意识的审美特征出发，用经济体制改革的当代意识去冶炼原始野性，浇铸建造改革时代文学艺术大厦的砖瓦。真正用中国哲学意识的审美特征去和中华民族的文化意识去联姻，反映中国当前经济改革现状的小说，显然应从《火纸》算起。当然，过去也有用现代哲学意识光照小说创作的，却没有在中国哲学特征和中国文化审美特征的焦点上去寻找中国小说艺术的引爆点，没有在现代意识的观照下，用中国古典哲学意识去开掘与之相适应的原始、野性题材，没有把哲学意识渗透在作品的主题提炼和情节编织、结构布局之中，而是生硬地搞哲理说教，对小说艺术的感情形态失去应有的兴趣。作品中的人物似乎来自遥远的理性主义时代，纷纷充当起智者，向着芸芸众生阐述着他们关于世界、历史、人生和存在的冷峻的思辨。而《火纸》在重视小说感情形态的基础上，从中国哲学的喻理、感悟入手，营造艺术的"张力场"，"磁化"作品中的情节和人物。这却是它自己所独有的。

具体表现在丑丑这个人物形象的塑造上，作家自觉地挖掘她性格中的自我矛盾，展示自然的人与现实的人互相压抑、互相冲突的二重性，在人纯洁诚挚的主动和环境对人压迫的受动中剖视悲剧命运的社会根源。

长时期，我对贾平凹作品中流露出的才气有余、理趣不足的不平衡感到遗憾，常盼望他的作品能弥漫一种哲学意识的"内聚力"和"外张力"。我总觉得，我们民族的文学缺乏史诗，不能站在诺贝尔文学奖的高台上激扬文学，其中一个重要的原因是缺乏用哲学意识、现代观念去开掘、提炼、熔铸属于中华民族的文化意识的作家。正由于这样，贾平凹以往写的商州小说"还只是地图上划分的那一块行政区域的商州，若好一点的话也只是新时期中国的那一块商州，根本还没有把商州当作心理上的商州，当作人类的宇宙的光照之下的商州"，当作充盈着中华民族文化意识的商州，当作涵盖中华民族精神的商州。读完《火纸》，我异常兴奋，一扇久久关闭的心灵之门被打开了。我对贾平凹作品不满的那一部分黑暗角落被《火纸》中跳跃的那种哲学意识之光所照亮。兴奋之余，我又不无惋惜地感到，作家的这种哲学意识在作品中表现出来是朦胧的、混沌的、极不清晰的。正由于这样，《火纸》仍然没有跳出讲故事的逻辑框架，没有在象征的道路上走得很远，有些地方把艺术的神秘发展到社会与人生的宿命的程度。

正由于作家创作中哲学意识的朦胧，他的哲学意识的立意未能渗透、融化、贯穿到每一个人物、情节、场景、画面中去。有些地方还欠更深层次的开掘。例如作家在关于阿季和丑丑的爱情描写上，就使人不够满意。

阿季和丑丑的爱情不应仅仅是男女之间感情上原始本能的心血来潮，除此之外，还应具有包容从个体到属类的整个人生奋斗的普遍人性意义。作家关心的不应只是爱情的现象，还应昭示爱情的本质；不应只着眼于爱情受到"外压力"的具体存在形态，还应探索爱情真谛和愚昧、落后的环境中人们生活目的差异的"内拒力"。正因为哲学意识未能渗透进作家创作的血液中，所以提供给读者的只是把爱情当作揭露社会病灶的一种手段和工具。人物形象缺乏负载量的深度和厚度。阿季最后面江而泣，如醉如痴、如傻如呆，可谓悲之极也！然而，作家在悲剧冲击力的追求中，沉重浓郁的悲剧氛围窒息了他艺术生命的思想活力，不能把他沉郁阴暗的悲痛心灵的投影置于充满阳光气息的理性的俯照之下，映现出一个光明、前进的社会生活和开阔、永恒的世界。在这个社会里，前进与倒退、光明与黑暗、文明与愚昧应相互交错；在这个世界中，现实与历史、毁灭与崇高、偶然与必然应融为一体……

由于作家哲学意识的朦胧，所以在编织情节时，为了故事而忘了人物性格发展的应有逻辑。阿季和丑丑发生爱情后，在孙二娘处一去四个月不去找丑丑，这实在不合阿季这个人物的性格。他对丑丑爱得如此之深，且发生了爱情，丑丑又答应了他的婚约，他却独居孙二娘处，这是不能令人信服的。尽管作家在这里编织了孙二娘之死、阿季忙于开店的情节，这显然是一种斧迹斑斑的人为的开脱。作家应该在阿季对丑丑的爱情与对孙二娘的敬慕的追求中寻找合乎人性的焦点，在人性与人性的冲突——无法解决的冲突中去编织悲剧人物命运的情节。

另外，作品在强调社会改革的艰巨性与迫切性时，不能明晰、清醒、自觉地把"艺术的片面性"放在先进哲学意识的"张力场"上，用前进着的社会改革的聚光灯，映射黎明前的黑暗、新生命降临前的阵痛以及旧事物临死前的绝望挣扎；不能站在文明的每一次进步必将通过异化的制高点上，对这些历史前进中的错位，像马克思肯定充斥着血与火的奴隶制的进步意义那样，给予现代哲学意识的浸润和放射。

还值得指出的是，贾平凹在《火纸》中表现出艰难地想从老庄自然观的审美情趣中挣脱出来，向前跨进。但是作品中依然寓蕴着一种欣赏原始状态自然美的情绪。

尽管如此，贾平凹能够用哲学意识光照自己的作品，总是令人高兴的。我相信作家沿着这个路子走下去，是会写出更新更美的作品的。

原载《小说评论》1987年第1期

在苦难意识中展示人的内在性

——侧评《平凡的世界》的艺术追求

当路遥采着陕北高原的山丹丹，一身黄土、一路悲歌地步入中国当代文坛时，谁也不会忘记，他是以诚挚而纯情地表现人的苦难情怀而获得整个社会青睐的。他后来的《惊心动魄的一幕》《在困难的日子里》《黄叶在秋风中飘落》《你怎么也想不到》，乃至在全国文坛产生"轰动效应"的《人生》，都是在人的苦难意识中表现人生的不同侧面和人性的不同内涵，展示社会的前进、历史的发展在人们心灵上的投影和折光。他的长篇小说《平凡的世界》，是他这一审美理想和艺术追求的集中体现。因此，从人类学的理论出发，分析这部鸿篇巨制，是有效地总结他在艺术上的得失，确立他在新时期文学创作中的地位和作用的关键一环。

一

新时期文学的伟大功绩，就是唤醒了中国现当代文学史中沉睡的人生悲剧感和悲剧人生观，用一种前卫性的苦难意识，强烈地冲击和取代了温柔敦厚、可居可乐、逍遥自在的农业文化观念对文学的羁绊。粗略地回顾一下新时期文学的发展概况，我们不难清晰地看到这一点。新时期文学的开山作《班主任》，是在一种苦难意识的复苏中，发出了"救救孩子"

的呼唤；《爱情的位置》是把社会的人，从政治的僧侣式的禁欲上解救下来的典章；《犯人李铜钟的故事》把造成中华民族苦难历史的悲剧推到了"'大跃进'时代"；《天云山传奇》在苦情与芳心的交融处，铸造一代知识分子的闪光灵魂；《芙蓉镇》是在历史与民族的悲剧中，大书人生的苦难意识……

"伤痕文学"，是一颗属人的孤独的滴血心灵面对兽性对人性的摧残，面对肉体苦难和精神苦难的双重伤残，大声呼唤仁爱的魂归曲。"反思文学"，是作家站在苦难意识的基点，直面流血、惨淡的人生，对"左"倾思潮造成的危害的深深反思。"改革文学"，是面对我们民族在苦难中挣扎、抗争，文学对民族精神以及现存制度中的"痼疾""裂痕"的剔除、修补、鞭挞和剖析。"寻根文学"，是以"文化"为根，对苦难作正向的与逆向的、多角度、多方位的反映与表现。"先锋派文学"，正是借助人生的苦难，表现人身心体验的痛苦。在他们看来，真正属人的意识觉醒是和人的苦难意识的觉醒互为并生的。

路遥正是在这样一个文学大格局中起步、升腾的。他没有像马原那样，在形而上的叙述形式中，浮现一种苦难意识的哲理；他是在古朴的、传统的现实主义叙述形式中注入一股澎湃的苦难激情。他没有像莫言那样，在时空交错的结构中，凸显一种艺术的感觉；他是在"线性"的时空构架中，谱写一部"新的史诗"。他没有像刘恒那样，在人性中寻觅冲击旧道德的"基因"；他是在人性中阐释一种社会对灵魂的再造。他没有像刘索拉那样，表现人在苦难面前的别无选择；他是在表现人的苦难中透射出一种人性对宇宙的统摄……

路遥的人生苦难意识观，不是"发生于人类心灵深处的历史运动的最初形相"（德国著名哲学家亚斯培《悲剧之超越》），而是历史发展在人物心灵深处的同步投影。这种投影体现了作家对现实、社会、历史、人生的苦难进行了认真严肃的思考和热情细致的剖析。路遥全方位、多角度地探究苦难的社会纠葛和人们在苦难中的种种表现，力求解决社会的苦难问题。作品中贯注的那股昂扬的乐观主义精神,是支撑孙少平、孙少安、郝红梅、田福军等人在苦难的沼泽地,忍辱负重、坚韧不拔地活着的精髓。他们相信真、善、美一定能战胜假、丑、恶。人类正是在跨越一个个苦难之途中,一步一步逼近"幸福天国"的。具体在作品的表现形式中,有以下几点:

(1)从客观存在的实际出发,用苦难的人生去反观理想,在人性的拷问中高扬"仁爱"精神。苦难降临于每个人身上,每个人的灵魂都将作出"自己的"回答。一是人性在苦难中毁灭:人的自然属性膨胀,苦难成为获得"私利"的契机,从苦难中捞取一己之"好处",不惜损害他人利益,败坏他人名声,只要于己有利,不仅对苦难的到来怀着窃喜之情,而且蓄意制造苦难。另一是人性在苦难中升华:人始终饱含善良与公正,怒视苦难的由来,为他人着想,为社会着想,与利己者作坚决的斗争,与万众一道跳出苦海。《平凡的世界》把自己的美学选择投向了后者。作者立足于黄土地,在一种更为生活、更为复杂的人生感情纠葛中拷问人性。当孙少平在班长顾养民点名时,故意没有吭声,班长顾养民瞪了他一眼,又喊了他的名字,他还是不吭声。这是他有意报复富人家孩子的表示。在这里,作者是从非常生活化的实际出发,从人的本能写起,展示人的灵魂裂变的过程。当孙少平的朋友金波打了顾养民,孙少平以为顾养民一定会告诉老师时,而顾养民没有。老师、同学们问他的伤因,他说自己夜间不小心摔的。在顾养民大度的行为感召下,孙少平严厉地拷问自己的人性。他的灵魂正是在这一次次的拷问、震荡中,削减、淡化着人的私欲——自然属性的一面,而增强、丰满着人性——社会属性的一面。后来,当郝红梅出于一种女孩子的爱美自尊心,发生了"小孩子式的偷盗事件后",孙少平千方百计用自己的人格进行保护,使事态得以平息。这种拷问人性,使其去掉兽性增强仁爱的一次次洗礼,使孙少平渐渐地成熟起来。这种拷问人性,播撒"仁爱"种子的行动,也使孙少平获得了人类之爱。他与另一个班的女同学,田福军的女儿田晓霞建立了更高层次上的友爱关系。在这里，路遥是在人的自然属性与人的社会属性的矛盾斗争中寻觅、整合着人在社会历史的发展中理想的"心理历程"。

面对农村经济体制改革的大潮，孙少平砖场的"点火仪式"闹翻了双水村的天。田福堂一个人静静地躺在他家院墙外那个破碾盘上，头脑中缠绕着"十万个"想不通。他在失落感中反思着今天的现实与昨天的历史。路遥在这里，通过心灵的静态反省，严厉地拷问被轰轰烈烈的政治运动扭曲了的人性，折射、辉映着中华民族灾难深重的前进史。

在这里，路遥的《平凡的世界》没有像张炜的《古船》那样从理想出发，让苦难的人生，在人性的阳光下曝光（理想尺度），给作品中注入一股强大的道德化意念，以人性的善恶对历史作出简单而肤浅的评判。路遥是从"人生"出发，注重于"客观实际性前提"，用苦难的人生去反观理想。当田润叶向孙少安表明自己的爱情心迹后，孙少安却由于自己的农民地位，没有勇气接受田润叶的爱情。润叶得知少安结婚，悲痛欲绝。后来为了她二爸的"政治命运"，她被迫和李向前举行了婚礼，但又坚决不和丈夫同床，使善良的李向前陷入了痛苦之中。李向前因对田润叶痴心痴情，以酒消愁，酒后开车不幸压断了双腿，在李向前绝望之时，田润叶重新审视自己的"理想爱情观"，严厉拷问自己灵魂深处的人性。她在痛苦的蜕变中终于回到了李向前的身边。这是两颗善良的青春之心在撞击中的重新融合，是严酷的无情的生活现实对虚幻、缥缈的"理想"的粉碎。正是由于此，整个作品沉郁回荡，跌宕于现实生活的波涛之中。

（2）给简单、静止、保守的道德判断中，融进复杂的、丰富的、流动的社会生活容量，使善的观念与爱的情感有机地融合起来。对于人类之爱，历来的文明社会总是将其划分为"道德"与"不道德"两种。但是，道德并不是一个放之四海而皆准的恒定"常量"，它会因时、因地、因人的价值和艺术观的不同而不同。路遥在这部鸿篇巨制中，对善的道德评价、判断、解析、显现，正是这样。他没有单一地、静观地使道德评判的天平倾向一极，而是在善的道德天平上显现出一种失衡、反常的艺术追求。

人间确有美好的感情，唯其爱之深，才能深味人间苦之涩。孙少安心地善良，人品正直，情操高洁，可以说是中国传统男子观念中的理想者。然而，唯其怀有人间美好的感情，唯其对村党支部书记的女儿——县城的女教师田润叶爱之深，唯其饱尝农村物质生活与精神生活极度贫困之苦涩，他才不忍心让这苦涩的生命之果降临在她的头上，他才忍痛割爱，把对田润叶的爱情，深深地埋在心底。他跑到山西去找了一个农村姑娘结了婚。孙少安以为把生活的苦果留给自己，田润叶就一定能够获得幸福和甜蜜。然而，生活并不像善良、正直的孙少安所想象的那样简单，田润叶在被迫和李向前结婚后拒绝同床，这又使善良的李向前陷入了悲痛欲绝之中。这一颗善的种子种下去，并没有长出善的青藤，反倒结出了两颗生活的苦果的艺术审美观念，使路遥的小说情节在发展中负载起极大的生活、社会、历史、人生、性格、心理的容量。这种思想和艺术容量达到饱和状况的表现形态，使善的观念和生活激情在情与理的矛盾纠葛中冲撞、震荡、融合、高扬。

当孙卫红坚决要和金强结婚，孙玉亭准备第二次狠狠地收拾女儿时，他的老伴告诉他，卫红已经怀孕了！"孙玉亭就像被一闷棍敲在头上，顿时傻了眼。天啊！谁能想到他孙玉亭的女儿做出如此丢脸的事呢？"以其人之道，还治其人之身，用青春、爱情、生命激情的波动冲击传统观念的卫道士，这里路遥对道德又是一种新解。

张炜在《古船》中，梦幻着善一旦掌握了权力，便会把幸福降临在权力所及的人们身上。路遥没有这样把自己游离于历史之外，他在《平凡的世界》中着眼于苦难的境遇去表现人的命运，从"已存在的生活"角度去理解和阐释人生。善的化身——孙少安掌握了生产队的权力后，在他所领导的双水村第一生产队实行责任制，结果遭到公社、县、地区三级的压制，失败了。在这里，路遥要表现历史是时代的历史，个人是历史和时代的产物，个人不可能超越时代和历史。即使是善的天使，也无法逆转历史的必然轨迹。这是路遥把自己融入历史与时代的波涛之中后思考的结果。

1979年春,中国大地解冻了!孙少安所在的第一生产队实行了生产责任制,他利用去县城拉砖赚下的钱,说服妻子贺秀莲办起了烧砖窑。人们开始了新生活,同时新的苦难又出现了:一半以上的学生不再上学,村中的初中班也垮了。孙少安用烧砖窑赚下的钱箍了三孔新窑,还参加了地区召开的"夸富会"。生活带来了繁荣,同时也打破了旧的伦理道德观念的秩序——弟兄要分家了。田万有和田万江想给亲生儿子当揽工,儿媳妇坚决不要,并且拿了田海民的车。物欲横流,人情淡薄。在这里,路遥在人的本能"不满足欲"中挖掘推动历史的原动力;在憧憬现代物质文明与留恋古朴牧歌式的田园道德风光的两难困境中,展示对现代人如若打开"潘多拉的盒子"后的忧虑和担心。

(3)在生存苦难中,寻觅现代人沟通的契合点,展示人的自然一面,丰富了社会人生型苦难观的光色。文明社会给个体的人涂上各种政治色彩、文化观念。属于大自然养育出来的一种动物——人的自然属性,又努力用一个原始脉气使各种不同观念的灵魂相通。人类正是在这文明社会的观念分离与原始野性的自然契合的两难困境中,艰难地跋涉、前进。路遥在这部作品中,立足于人类文明的进步,但并不排斥人的自然属性的合理。他努力用人的自然属性的沃土,培育歌颂文明社会的艺术之花。展示人的生存苦难中的自然属性,仅仅是他的手段,而目的在于增强和丰富表现人类文明社会发展前进的动力和光色。这正是他这部具有"马恩列"的社会、人生型作品,之所以具有如此巨大的艺术魅力的奥妙所在。地主家庭成分的郝红梅开始之所以能和孙少平产生友谊,是因为他们两人都是吃"三等饭"的穷学生。不幸的处境、生存的苦难、人的自然属性(吃饭)的相同,使他(她)们同病相怜,相互怜爱了……

在未下矿井前,那些局长、部长的儿子,由于出身"高贵",在孙少平跟前也显得分外自尊、清高、孤傲。他们看不起出身卑贱、一身穷酸气的孙少平。可是,当他们下到漆黑一片的井底时,"所有行进中的新工人都不由惊恐地互相拉起了手,或者一个牵着一个的衣角。严酷的环境—

刹那间便粉碎了那些优越者的清高和孤傲。他们明白,在这里,没有人和人之间的互相帮助,是无法生存的"。"回到宿舍以后,少平看见,那些一直咋咋唬唬的干部子弟,此刻都变得随和起来。有人开始给他递上了纸烟。两个钟头的井下生活,就击碎了横在贫富者之间的那堵大墙。"路遥正是在生存苦难(自然环境对人生命的威逼之下)中,发现、开掘、提炼人性中善的东西。孙少平和他的师傅王世才的深厚友谊以及和他师母惠英的精神恋情,其深层的哲学思考,也是基于此的。"艺术的片面性"在这里表现得再明显不过了。路遥为了批判现代文明把人划分成贫富不均、尊卑不同的等级,他近乎在一种"原始崇拜"的艺术疆场上驰骋。不是吗?在新工人领第一个月的工资时,"前面两个新工人,一个领了十八元,一个领了二十元。蹲在旁边的雷区长对他们说:你们这月吃球呀?不好好下井,裤衩都要卖得吃了!甭看矿井是个黑口口,很公正!钻得多了钱就多,在地面上瞎逛球毛都没一根!不上工,就是你爸当矿长,也是这两个钱!"在自然向人的生命威逼下,人向自然索取财富的生死战场上,唯有保证分配的公正,才能保证社会群体向自然索取财富的战斗力和持久性。否则,是行不通的。曾记得六年前双水村因偷水拦坎,双方血战,金俊斌命丧黄泉,全村贫饥之声一片。六年后,孙少安烧窑之火熊熊,田海民挖塘养鱼的机声隆隆,双水村银水滚滚向内流。想当初刚到矿上来,富人子弟对孙少平的鄙视,谁料到半年以后,他们乞求孙少平用最便宜的价钱,买他们自己最贵重的物品,这就是人类历史的公正回答。"只有劳动才可能使人在生活中强大。不论什么人,最终还是要崇尚那些能用双手创造生活的劳动者。"看得出,对于文明社会把人异化,路遥在这里寄寓强烈的愤慨之情。他用了很长一段文字表白了自己的理性思考。他的这种对原始状态的热恋,是由对人性健康成长的期许而引发出来的。一切都是为了展示人的内在性。

(4)在自卑与自尊的双端,浇铸社会苦难与精神苦难相接的契合点,描绘当代中国农民的社会心态。人的自卑与自尊是文明社会在人性上印记的烙印，是属于人的内在属性特征之一。展示人的这种内在特征，是文学艺术剖析现代人心态的重要环节。路遥《平凡的世界》在深入挖掘人物性格、剖析人物心态、展示人的心理历程时，非常清醒地认识到这一点。双水村的党支部书记田福堂，在农村推行了生产责任制后，他被生活的一个个浪涛打得筋疲力尽，焦头烂额。他落伍了，背时了，失魄了，为村人所忘却昔日走时当官荣耀培养成的强烈自尊，今日发展到它的另一极端——强烈的自卑。在孙少安的砖窑举行"点火仪式"时，孙玉厚请他去祝贺，他出于落魄后的深深自卑，怕人嘲笑而不去。田满堂的苦难，是历史发展给他的性格造成矛盾和冲突的苦难。路遥在人的心灵艺术化的道路上，在自卑与自尊情结的互化和发展过程中，展示历史的精神风貌。当田福堂跟着时代政治运动跑的时候，作为历史人的自尊感的增值是正常的。他在被历史的发展所抛弃以后，随之而产生的自卑感也是合理的。特别是在他陷入不可自拔的深深的精神苦难之中，他对女儿润叶和一个残疾人生活在一起，儿子润生和一个寡妇生活在一起，他怎么也想不通。在这里，路遥把自卑与自尊情结的两端，一下子和社会苦难与精神苦难浇铸在一起。

当田晓霞从煤矿回城后，她满怀情爱地给孙少平写了一封信，并在信中告诉孙少平有一位姓高的同事在追求她。这时候，作为农民出身的孙少平没有往好的方向想，他发狂似的难以接受，不可理解，陷入了沉重的精神负担之中。这是因为卑微的寒门出身，生存的艰辛苦难，给了他一块常常自卑而又畸形地显出自尊的面纱。他时时刻刻觉得自己和田晓霞的生活地位悬殊太大，难以组成家庭。同时，农村落后、愚昧、封建的文化传统，又浇铸了他封建的家长式的大男子主义的自尊，这种自尊往往造成一种心理上的狭隘，对文明、进化的一种不理解。这样，他往往在自我束缚中陷入精神苦难之中。孙少安与胡永合一道去省城和电视台"洽谈"合资拍《三国演义》等情节的发展和处理，都是基于这种艺术思想的。

以上四点，是路遥在《平凡的世界》中，在苦难意识里展示人物性格的内在性的基本艺术逻辑层次。看得出：他是在"文以载道"的路子上，融进现代西方的某些新观点、新思潮。可喜的是，他是用传统的现实主义的粉碎机，把这些东西粉碎了，消化了，并转化成自己艺术体内的血液。是的，他受儒家思想的影响太大，但是，有谁能说这部长篇小说中的道德观不是对儒家思想的背离？路遥尊重传统而又不拘泥于传统，在传统里生长，在传统的基础上拓展是他的艺术出发点。

二

艺术的片面性还有一个"正面"和"负面"的问题。在这里，我想突出指出《平凡的世界》在艺术片面性的处理中，"负面"所存在的问题。

（1）路遥的妇女观是一种"贤妻良母观"，不是一种"解放"的妇女观。前边我曾提到，路遥是一位受儒家思想影响较深的作家。他的长处在这里，需要突破的短处也在这里。田润叶是他着力塑造的好女子的形象。在这个艺术形象内，寄寓了他浓烈的审美理想。作者在表现了田润叶和失去双腿的李向前生活在和谐、美好、幸福之中后，有一段充满激情的议论很能说明这个问题：

> 正是在这种自我牺牲和献身之中，润叶自己在精神方面也获得了一些充实。她开始更现实地看待生活。在这种思想支配下，她对工作的态度也更认真和踏实了。生活的风浪改变了我们的润叶。青春炽热的浆汁停止了喷发，代之而立的是庄严肃穆的山脉。
>
> 我们不由再次感叹：是该为她遗憾呢？还是该为她欣慰？
>
> 不论我们希望润叶成为怎样的人，但润叶只能是她自己。
>
> 啊，润叶！难道她不仍然为我们所喜爱吗？

路遥认为：母性是一种承受苦难能力最强的载体，是一种唤起苦难中男人再生的妙药，是一剂对苦难者包容的灵丹。她是一种伟大的给予和献身。母性正是在这给予和献身的过程中体现着一种无与伦比的伟大的创造精神。不是说路遥的这种艺术体现没有他在具体作品中的局部合理性。他目前表现出来的这种妇女观，过于群体化、社会化、分工化、理想化。从尊重、研究母性的个体出发，她们中的任何一个人，都是具体历史条件下的"这一个人"。她们和男人一样具有丰富、复杂的感情，独立、自主的人格。《平凡的世界》中恰恰是这一点不足，从田润叶、田晓霞、金秀、惠英、孙卫红等理想女性的塑造看，她们性格发展的轨迹都没有偏离"书生（英雄）落难、佳人相救"这一古老而陈旧的审美范式。再造男人性的痕迹多了一些，女人本质的东西少了一些。

（2）对苦难意识的根源偏重社会性的寻找，从"人的内在性"挖掘得还不够，还可以更深刻一些。也正由于这一点，他的作品仅仅停留在社会、人生型，没有在社会、人生型中注入一股"恬淡、忧郁型"的艺术新泉水。

（3）感性的形象塑造和理性的哲学思考结合得还不那么有机。在作品中，理性在艺术哲学层面的思考，仅仅完成于作品的构架阶段，而未能充分地、完整地渗透于形象的感情浇铸之中。正由于此，才造成了社会、人生的艺术之根未能深深地扎植于人的自然属性这一缺憾。当然，不是说作者在这方面没努力，也不是否认他在这方面的可喜探索，仅仅认为程度不足。

原载《当代作家评论》1989年第5期

表现真正意义上人的爱情

——评长篇小说《苦爱三部曲》

爱情，是人类文学史上的一个永恒主题。在表现人类爱情的文学活动中，文学经历了五个阶段："创世说"的爱；费尔巴哈式的"爱"；摩莱肖特式的"物质交换式的爱"；无产阶级式的爱；真正意义上的人的爱情。

在这五个阶段中，文学的美苑中开放着争娇斗艳的新葩：彪炳史册的荷马史诗中的爱情，燃烧着一种创世纪的光焰。当伦理道德日臻完善到一种束缚人性的程度后，这时候就产生了费尔巴哈式的"仁爱"。随着资本积累、资本主义的发展，人的理性成为新的历史条件下歌颂的对象时，在司汤达的笔下，爱情是一种被人的理性所驾驭的东西，这种理性爱情是被铜臭气浸染了的物质交换式的、功利的东西。把爱情推向社会意识——无产阶级政治革命的高度，是无产阶级革命的爱情观在无产阶级革命文学中的显现。高尔基、肖洛霍夫等人在这个历史阶段作出了卓越的贡献。他们站在无产阶级爱情观的基点上，强化着无产阶级革命文学的党性原则，把人性的锻炼和重铸推向社会历史价值实现的新阶段……

这些，都不是在真正意义上的人的层面上展示属于本体人格的爱情。马克思在1856年6月21日致燕妮·马克思的信中指出："然而爱情，不是对费尔巴哈的'人'的爱，不是对摩莱肖特的'物质的交换'的爱，不是对无产阶级的爱，而是对亲爱的即对你的爱，使一个人成为真正意义上的人。"[1]这里，马克思所谈的真正意义上的人，是人的社会属性和自然属性相对和谐、自由发展，人性的自然复归式的人，是进入人类范畴的——人本主义感情层次上的人，是在爱的激情浇铸下开放着善的花朵的人。真正意义上的人是在具体的、纯洁的和爱情中的人。这种状态下的人是把时代精神、历史积淀、文明情愫化解在爱的血液中，变成一种心理的、潜在的、无意识的状态。爱情在这个层面上是两颗"集体无意识"心灵的相互叠合、沟通，一切社会、历史、政治外在的东西都隐退了，唯有两个活生生的、有血有肉的人在属于人类学的情感层面上窃窃私语、耳鬓厮磨着互吐情话。一切宇宙的时间和空间都溶解在互爱的感情之中，人，在这里是一个顶天立地、巨大无比的本体。爱情在这里应包括三个层次：（1）人类学意义上的爱情；（2）在爱与意志的冲突中浇铸人类文化人格模式的爱情；（3）在善的中轴线上使人的社会属性和自然属性达到相对和谐、自由、舒展境地的爱情。

迄今为止，我以为奥地利著名作家斯台芬·茨威格是主动向这个层面上靠近，并取得了显著成就的第一个作家。

六七十年代，蜚声于中国诗坛的青年诗人晓雷同志，最近推出的长篇小说《苦爱三部曲》（华岳文艺出版社1990年版）是沿着奥地利著名作家斯台芬·茨威格的创作路子融入诗人的情思，在真正人的意义上表现现代文明的善的爱情观战胜原始主义的爱情观的一部新作。

当然，对茨威格小说的挚恋，并没有影响晓雷在中国气魄和中国作风的艺术疆场上，成为一个独立的、富于个性特色的作家。他的长篇爱情小说《苦爱三部曲》表现出的独到的，真正意义上人的爱情观的艺术特色，主要有以下三点：

---

[1] 中共中央马克思恩格斯列宁斯大林著作编译局编：《马克思恩格斯全集》第29卷，人民出版社，1972年，第515页。

一、在历史与时代的高度，思考文学在人类学中的命题

中国的当代文学在强调人的主体高扬的时候，出现了一种"原始主义"复归的趋向：有人在"爱情至上"的描绘中，重新审视现代文明的价值；有人在人的情爱中倒错爱情的地位；有人在原始野性中寻觅着生命的一种活力；有人在情爱的强力中汲取对旧伦理道德冲击的激素；有人在现代文明与人性的萎缩中思考人类的未来出路；有人在情感直觉中透视理性世界的局限；有人在生态失衡中提炼文学在人类学发展中的命题……晓雷同志的长篇爱情小说《苦爱三部曲》，在这股五彩缤纷的文学思潮中，具有一种超拔的情态。他站在历史与时代的高度，从现实生活的实际出发，针对男女个体情爱中存在的问题，用历史文化进化论的观点，提炼文学在人类学发展中的命题，塑造了杨文虔这样一个典型的艺术形象。

在中国现代女性的生活中，出现了崇尚"高大体魄男子热"的潮流。

崇尚高大体魄男子的自然性观念，是一种人类原始的性观念。这种观念多少还带有一种动物本能的东西。人类是在性本能的理性控制中一步一步走向文明。弗洛伊德把这种一步一步脱离原始性观念的目标，凭借着强弱不一的心理联系，攀缘附会于其他事物的能力叫作"升华"。这种转移的结果，将对"文明"的发展带来巨大的能源，这是人类历史发展中的一个总趋势。作为促进人类文明的文学艺术家，无疑应坚持和倡导这一总趋势。当然，在人类历史的发展过程中，前进的道路总是曲折的。有时一种"伪文明"会把人置于一种完全丧失主体性的绝望境地。这时候，人类可能会以自然性的"原始力量"来剧烈地反对封建的禁欲主义或僧侣式的苦行主义。例如，西欧的"文艺复兴"、中国文坛在"文革"后的一段时间内，文学中出现的原始主义的泛起，都属于此类。如果说中国当代文坛中的原始主义文学思潮的泛起，在1985年以前还有其历史进步性的话，那么，从1986年以后，这股原始主义的文学思潮就开始走向了它的反面——

对中国当代文学的发展有一种消极的作用。从1986年起，文学界的许多有识之士，开始强调一种新的文明系统的建立，尽管他们也表现性爱的主题，但他们明显地是激励人们更辛勤、更孜孜不倦地投身于文明的活动之中。一直到90年代第一春，爆绽于文苑百花园中的《苦爱三部曲》，把这种努力推向了一个新阶段。

《苦爱三部曲》中的主人公杨文虔，是一个一米六三高的男青年，他在崇尚"高大体魄男子热"的潮流中，爱情上屡遭失败，几乎到了被遗弃的地步。他的心灵有一种文明的性道德与现代人的不安造成的裂痕；在禁欲的努力过程中，性冲动绝不放弃其表达的机会，随时在伺机而动，欲望一触即发；有原始情欲在原始性选择的冲击下屡遭失败、挫折，最后圆寂于现代文明的爱情观——善的道德观念建立的历程。作者能把自己的艺术视点降落在这样一个艺术典型上，这本身就是一个具有时代和历史意义的贡献。杨文虔这个艺术形象是一个具有人类学本体意义的形象，是一个洋溢着现代文明爱情观的艺术形象。

作品中的杨文虔是一个极普通的人，作者没有给他附着任何政治色彩。剥离政治的因素，定性地分析人的感情世界，表现他的爱情生活，这本身就是以一种人类学的态度来塑造杨文虔这个艺术形象。在杨文虔的爱情生活中，很少有围绕金钱、物质而展开，这里几乎都是青年男女纯情的剖视。不论是丁玉鸽、钟力梅、陈晓亮、晁莹莹，还是乐婧、郑馨蓉，她们和杨文虔在一起或是分开，都是感情的冲撞、叠合和分离。物质交换式的爱在这里是不存在的。即使是杨文虔在和钟力梅的恋爱中，他花的一千元钱，也是杨文虔个人一厢情愿的行动，并非钟力梅本人的意愿。这种把爱当作钱的挥霍并未最后获得爱，本身就是对物质交换式的爱的批判和否定。晓雷同志在爱情的描写中，完全是一种"人本主义"的。可贵的是这种人本主义的描写不是一种原始自然性的情感宣泄，而是一种在现代文明的爱情观的辐射下，一颗善良的灵魂的呼唤、寻觅、交流、碰撞、叠合和分扬。善良、纯洁、美好的丁玉鸽和杨文虔同居于一套房里，丁玉鸽的坦诚、热忱、挚恋，使杨文虔有足够的条件占有她。杨文虔躺在丁玉虎（丁玉鸽她哥）新买的舒适的席梦思床上也激动不已。一墙之隔就是他为之倾心的姑娘。她是否已经酣然入梦？她梦什么？抑或她也辗转反侧，眼前呈现出人生未来的各种幻影？杨文虔躁动不安。夜半，月亮挺亮，窗外的丁香花在轻风中幽香袭人，杨文虔的心里像火一样燃烧起来，他想不顾一切地去爱抚他所钟爱的姑娘。从他这间屋子到丁玉鸽的那间屋子分明畅通无阻。他无法忍耐，跳下床蹑手蹑脚走到丁玉鸽的门边。这时候，他想起约翰·克利斯朵夫与少妇萨皮纳一同去乡下游玩，在亲戚家过夜就是这样。他俩的房子中间只隔一道门，一个站在门的那边，一个站在门的这边，赤裸着身子，赤裸着脚片，伫立着，凝视着，脑海里翻腾着，血管里奔涌着，四只手在剧烈地颤抖着。只要把那圆圆的门把手轻轻一转、轻轻一推，就可以如愿以偿。但是，杨文虔终于像约翰·克利斯朵夫一样，没有那样做。杨文虔太爱丁玉鸽了，他把丁玉鸽视为天使般美丽和纯洁的姑娘。

在这里，爱情是青春生命的燃烧，然而又是闪烁着现代文明与理智的燃烧。杨文虔是一个苦苦寻求爱情的情种，但是，他又是一个在现代文明的积淀下成长起来的情种。他的灵魂深处有一道坚固的善的道德防线，无论他热恋到什么程度，这道防线都将牢牢地框定着他。这里边有对一个年轻女子的尊重，对所爱的美的对象的珍视，对爱情的社会历史内容的充分考虑，对人的社会价值的慎重思索。总的来说，这是文明与性爱经过漫长的历史炼狱后的思考，这是原始野性在文化进化的重铸后的升华。在这里，作者强调的是一种建立在充分信任和理解基础上的爱，一种经过理性严峻拷打后的灵魂之爱，反对的是一种自然种系的原始选择。

二、在爱与意志的冲突中，表现浇铸文化人格苦涩的旋律

人类社会的发展，是文化（文明）促进生产力发展、变更、前进，不

断完善文化人格的历史。美国人类学专家怀特认为：人类在爱情的发展过程中的文化人格可分为四个阶段：（1）生物本能的种系繁衍阶段；（2）爱欲与意志互生的初始阶段；（3）爱欲与意志严酷斗争、相互制约的发展阶段；（4）爱欲与意志在新的层次上相互适应，新的文化人格完成的阶段。

晓雷同志的长篇爱情小说《苦爱三部曲》表现的就是第三、四两个阶段。文学是人们的审美理想的映显。因此，作品中的爱情描写、文化人格的完成，浸透着一种炫目的理想之光。当杨文虔失去丁玉鸽的爱情后，他陷入了深深的痛苦之中，他心灵深处在呼唤："人人都说，我身上有许多闪光的东西，可是，为什么至今没有一个姑娘珍视它呢？我什么时候才能真正被人认识？什么时候才能找到一个抛开世俗的眼光而真正爱我的人？尺有所短，寸有所长。难道个子低那么一点儿，就要使整个人都要贬值？就注定了今世不再有获得幸福的权利？这实在太不公道了。"杨文虔这种心灵的呼喊，是爱欲在世俗的现实生活中受到阻障后的呼喊。这也是爱欲的一部分转化成意志的过程，欲爱不能，就需要意志力的克制与平衡感情。杨文虔经历了这一痛苦的炼狱阶段，自他失恋之后，他不交游，不找姑娘，不做沙发，唯独把小号当作知己，当作知音，只对它倾注热情。他清晨起来吹号，上班时间吹号，午休时间吹号，晚上睡前吹号。他吹号，仿佛要把心中的一切郁闷和哀伤一点点吐出，仿佛要把生活的热情唤醒。这是爱欲的一部分向意志转化的过程，这是爱欲向事业升华的过程，这是意志和爱欲的抗争，是理性对感情的统摄。这是文化人格在爱欲与意志的冲突中，逐渐走向完善的艰难历程。

功夫不负有心人，杨文虔终于在意志的支撑下，战胜了爱欲的痛苦。他的小号演奏达到了炉火纯青的地步。

这是意志战胜爱欲，爱欲浇铸意志，理性战胜感情，感情锤炼理性的颂歌；这是人性在痛苦的裂变、蝉蜕中的升华；这是仙子战胜魔鬼的象征；这是爱欲与意志的决斗；这是原始野性与文化人格的厮杀；这是一场浇铸新的文化人格的痛苦鏖战。把音乐如此这样地写实，在写实中又极富于象征，这种由虚到实、由实到虚的美学境界，是极有艺术价值的。更重要的是，在这以实映虚、以虚写实的过程中，感情的旋律、节奏是很熨帖的。

当然，人不可能单凭意志和理性枯燥地活着，感情是人生活中的重要部分。如果晓雷仅仅停留在上边描写的阶段，那也是不足取的。他在写了杨文虔以上的精神情态后，又写了他在爱与意志的冲突中浇铸新的文化人格的艰难过程。他和晁莹莹的爱情，是在一种原始情欲的操纵下，以男子的几分奸狡、几分手段，像一头发疯了的野兽，向一头羔羊凶猛地扑了过去，占有了她。他以为自己成功了，终于把晁莹莹关进了笼子，装进了口袋，日后就由他摆布了。然而，事与愿违，晁莹莹还是离开了他，嫁给了不如他的另一个男人。这是人性在轰毁后的沉思、觉醒，这是人的理性在原始野性的冲击下"越轨"后的"痛定思痛"，这是杨文虔在爱欲与意志的冲突中艰难地前进，向现代文明的善的爱情观迈进的第一步。

他和乐婧的感情，本来是男女之间纯洁的友情。可是处于灵魂裂变的杨文虔，在这里是人性和兽性的剧烈搏斗中，双方处于相持阶段的瞬间流露出的一种"变态"。从他的内心深处讲，他想占有乐婧，但晁莹莹的教训使他明白，必须以理智的态度对待现代文明女性。然而，感情的自然冲动使他再一次"犯禁"，他吻了乐婧，乐婧由此对他变得格外冷峻。杨文虔遭到乐婧的拒绝后，这是他在爱欲与意志的冲突中，艰难地前进，向现代文明的善的爱情观迈进的第二步。

他和郑馨蓉的爱情，是在爱欲与意志的冲突中艰难地向现代文明的善的爱情观迈进的第三步。整个人格的完成是他和晏洁的结合，这是整个作品的高潮，也是杨文虔吹奏完建构新的文化人格的苦涩旋律，在现代文明的爱情峰峦上抛绣球的形象塑造。

三、用善的爱情观映照人性中，灵与肉铿锵的和声

人类的进步，是在文化的轨迹上，不断削减、升华原始野性——去恶

从善的历史。善使人的社会属性和自然属性在相对自由的情况下得到一种和谐的发展。所谓善，一般地讲，在人类实践中，凡是符合人的目的的东西，就是善的，反之就是恶。善是人类社会向文明阶段发展的基本观念。人类的爱情实践，是善的选择。善是人的本质力量的一种可能性的投射。善是爱的前提，又是爱的归宿。每一个爱情的发生者心中都有一个以善为基本准则的审美理想和生活蓝图。当被爱对象身上的品德、修养、自然形态与之所秉持的爱情的基本准则相吻合时，所爱者才会有肯定性的情感在对象上凝定下来。

《苦爱三部曲》也是遵循着善的爱情轨迹营造全篇的艺术构架。"困窘的小号"是艺术地展示杨文虔这个艺术形象善良的社会基础：他是从社会最下层跻身于艺术殿堂的，他是在一种"原始自然种系"的思潮中被冷落的。"苦涩的旋律"是表现善的爱情观在发展、完善的过程中，艰难蝉蜕的痛苦历程；自然放纵使他再次碰壁（失恋），以真诚、善良的心迎接爱情，使他拥有幸福。"铿锵的和声"是表现善的爱情观在找到自己的归宿后的喜悦、勇敢、坚定的情态：这是人的自然属性和社会属性在善的爱情观上相对舒展、自由的和声。在这三部曲中，"困窘的小号"是把一颗热血沸腾的心放在灵与肉的"炼丹炉"上进行熔铸，终于炼出了一颗充满善意的灵魂。杨文虔这个艺术形象在善的爱情观上的耸起，是现代文化人格向"原始爱情观"的一种抗争和宣战。令人欣慰的是作者没有用一种宗教式的"理性"去抗争这股原始主义的爱情观，而是从人性、人的生活、人的情感形态入手，去展示人在现代文明的善的爱情观的感召下，痛苦蝉蜕的艰难历程。"苦涩的旋律"就是这一历程的具体体现。杨文虔不是在巴马修道院里进行道德的自我完善的，而是在现实生活中，在感情的放纵、恋爱的失败、痛苦的感情炼狱中完成的。他和晁莹莹的爱情，就是这种炼狱过程的艺术再现。他企图用肉体的占有去占有晁莹莹的心，却事与愿违。这段爱情故事，使《苦爱三部曲》在一种历史唯物主义的基点上提炼着善的爱情观。如果没有这一段爱情描写，就会使整个作品陷入一种

"非真实、非历史、非现实"的"唯理主义"的泥坑。在这段描写中，当杨文虔企图以带有几分原始主义的爱情手段去抗争"原始爱情思潮"，冲击爱神之门的时候，尽管爱神向他露出了一线之光，然而，最后还是以关闭而告终。这种惨重的打击，使他跌入痛苦的深渊。他在深深的痛苦中沉思、反省，而后，他才跃上善的峰峦。所谓在真正的人的意义上描写爱情，我以为就是立足于现实生活中真实的人，表现人的七情六欲，然而又能站在历史的高度，使人在七情六欲的享受、宣泄、碰壁、沉思、自省中跃出历史的局限，站在历史发展的制高点，在人性、人的良知、人的理性的拷打、审问中，形成一种新的、代表着人类未来历史发展趋势的生活观。杨文虔的艺术价值在这里闪耀着夺目的光彩。"铿锵的和声"是杨文虔经历了爱情的苦苦磨炼后，跃上历史发展的必然趋势——善的爱情观的高度。这里的和声，是人的自然属性和社会属性在善的爱情观的基础上，相对舒展，自由发展的和声，是两颗善的心灵的相互撞击，叠合发出的和声。在这里炼狱后的人性在抨击世俗的斗争、完善文化人格中是异常勇敢的，唯其勇敢，才发出"铿锵之声"。当杨文虔听了晏洁入狱，被抛弃、污蔑等遭遇后，他没有鄙视她，离开她，而是大胆地、勇敢地去爱她。这是一种现代文明的善的爱情观战胜原始主义的情欲观的表现。至此，杨文虔这个人物性格发展的逻辑层次基本完成。

在这里，有的是善的感情形态的充分展示，没有道德说教；有的是善与美的双重人格的雕塑，没有僧侣式苦行主义的冰冷沉思；有的是善与爱的和谐重奏，没有社会观念抽象的演绎。从感情的发生、发展、震荡、复合的历史定性中提炼善的感情，进而达到一种现代文明爱情观的定型。这是《苦爱三部曲》的可喜收获。

晓雷同志的长篇爱情小说《苦爱三部曲》在中国当代小说创作中的贡献就在于，他是第一个比较完整而准确地表达了善的爱情观——新的文化人格生成、发展、完善的这三个阶段。在展现这三个阶段的过程中，他把自己的艺术视点紧紧地盯在人的感情形态上，尽量少写或不写政治、经济对爱情的左右作用，追求小说的感情形态和爱情的感情形态的同步共振的艺术效果。《苦爱三部曲》在中国当代长篇爱情小说的创作中不是惊世骇俗的非常优秀之作。若从爱情反映社会生活，表现历史的容量及人生的哲理思考等方面去审视，这部作品略显单薄。但我以为，写爱情的就应紧紧抓住爱情的本体、质核不放，用艺术家独到的感受、形式去挖掘它，表现它的全过程，表现它的发展远景，表现真正意义上的人，其他的非爱情的因素可以成为"托月之云""扶花之叶"。唯其这样，我才如此地肯定和欣赏这部作品。

原载《小说评论》1991年第2期

萨特小说中的文学意志观论评

萨特的存在主义哲学，其核心是关于人的意志的认识，他是一个崇尚意志论者。萨特的"意志说"在他的哲学体系中表现出矛盾性，在他的文学观念及文学创作上则显示出极大的恍惚性、动摇性和不彻底性。本文想通过对萨特文学意志观中不彻底性的分析，指出其文学价值追求中的失误，进而指出他的文学创作上的历史局限性。

在萨特的文学作品中，他的意志调节、平衡人的行为和感情的思想发生了变异：意志在残酷的、无序的生活打击下，面壁而泣。这在他的小说《墙》《艾罗斯特拉特》等作品中表现得非常显明。短篇小说《墙》中的主人公——巴布洛·伊比埃塔就是一个正面表现这种艺术哲学观的人物形象。巴布洛·伊比埃塔被关进监狱里，面对死亡的威胁，他用意志强行克制着感情。他在意志的作用下努力地完善着人格。他瞧不起汤姆在敌人的威逼下，惧怕死亡的种种言行和情态。他"对汤姆感到气愤，他不应该谈这种事情"。作者在这里写他卑视汤姆，实质上是在卑视一种人格。巴布洛·伊比埃塔是在强调意志对人格的选择。当然，说他面对死亡的威胁，思想上没有波动是不客观的。萨特在作品中没有回避巴布洛·伊比埃塔面对死亡的威胁时产生的激烈的思想感情冲突，而且把这种冲突写得非常激烈。这种激烈的思想感情冲突实质上是对意志的炼狱考验。萨特强调的是巴布洛·伊比埃塔面对死亡，在坚韧的意志作用下所产生的那种超常的自制力。为了充分地表现巴布洛·伊比埃塔的这种意志自制力，作者安排了一个金黄头发、穿着一身哔叽军服的军医在临刑前的一天晚上来到他们的牢房。这就为巴布洛·伊比埃塔意志创造出的掩饰力（一种理性控制感情的自制力）拓开了一个艺术的"情境"（萨特是非常重视艺术情境的创造的）。敌军医犹如一个"审判官"。巴布洛·伊比埃塔面对这位理性的审判官，竭力掩饰自己在死亡面前的虚弱、畏怯、恐惧感，以显示一种人格的独立，人的尊严的不屈，一个意志不可磨灭、不可屈服的、自由选择者的形象。

巴布洛·伊比埃塔的形象塑造，是萨特从正面人物的精神情愫方面分析人的存在价值、自我选择的动因和行动的内涵。作者用一种善的目光，把审美选择投向了"意志坚强者"。然而，人类社会不只是一个善的社会，善恶是并存的。那么恶的存在方式，是否也是以意志的支撑为自己的行为中轴呢？萨特的短篇小说《艾罗斯特拉特》用一种审视和批判的目光，回答了这一问题。这篇作品中的主人公——保尔·希尔拔是一个"黑色英雄"的崇拜者。他是一个极端自私和恶性膨胀的个人主义者，又是一个富有冒险精神的沽名钓誉者。属于人正常的尊严感和人格力量在这极端自私的个人主义和沽名钓誉者的身上被扭曲、变形。他在一种变态心理的作用下俯视人生，鸟瞰生活。这种狂妄的自尊、自大、自负、自命清高是一种非正常心理的"自我选择"，是一种非现实化的心灵世界的自我选择。保尔·希尔拔没有能力和条件在推动人类历史的前进中确立自己的价值——流芳百世，他却想在扰乱、破坏、阻碍人类正常的文明社会向前发展的演进中扮演一个丑角（反面角色）——遗臭万年。他潜心地策划着"在埃德加——基尼大街枪杀五个行人"的凶杀行动。他完全是一个"恶"的艺术形象，"恶"的破坏心理，"恶"的自我选择的艺术形象。萨特认为：就是一个恶人，在自己从恶选择的过程中，也同样需要具备坚强的意志和毅力。没有这种意志力，从恶是不可能的。在萨特看来，意志力不仅仅是人的精神方面的因素，这种精神情愫又是深深地植根于现实物质世界之中的。在《艾罗斯特拉特》中，保尔·希尔拔的恶性膨胀是建立在文明社会的现代化成果基础之上的。正是在一种现代文明的强有力的物质武器的支配和浸润下,他的极端自私的个人主义和富于冒险精神才有可能由一种思想、观念、意识而变成一种直接作用于社会的恶的行为。作品中是这样表现这一过程的:保尔·希尔拔这个恶人,当他心理恶念在活动初期时,他畏惧于正直的、善良的人会打他。"我的身体不强壮,我不能够保卫自己。有些人好久以来就窥伺着我了,他们是些身强力壮的人,他们在马路上推我,拉我,目的是捉弄我,看我怎么办,不说什么。我装出不懂的样子。可是他们使我上了他们的圈套。我怕他们,这是一种预感。""自从我买了一支枪那天起,情况就大大好转了。一个人身上经常带着一种能够爆炸而且会发出响声的东西,就觉得坚强起来。"这是物质与精神辩证关系的艺术表现。在这里,萨特认为:恶是和文明社会的发展与前进同步共生的。人性中恶的膨胀和宣泄往往是以现代物质文明的手段和武器来报复人生和破坏社会的。在这把恶的观念变成行动的过程中,意志力仍是一个至关重要的精神因素。萨特在描写保尔·希尔拔这个恶的形象时,用一种极富渲染和烘托的笔墨展示属于人的一种作恶不殆的意志力。例如,他在斯托拉旅馆和妓女——雷妮的幽会中,他叫雷妮脱光了衣服,赤裸裸地在房子里来回走动,他却不脱衣服,甚至连手套都不脱。他叫雷妮张开两条腿,他注视着她的两腿之间,他用力吸气(一种意志力对性欲的压抑和克制),然而他仍没有脱衣服,最后他又叫雷妮拿起他的"小棍子"(勃起的男生殖器)为他"服务了一番"(用手爱抚和亲吻)。就是到了这种地步,他还是没有脱衣服。他在以一颗恶作剧的心灵,在尽情地玩弄着雷妮,但他始终又不和雷妮发生肉体的性关系。作为一个健全的、活生生的、有血有肉的男子汉,面对着一个赤裸裸的健美而丰腴的女性,能不为所动,在一种恶作剧的意志支配下,完成作恶的过程,不管他出于一种什么样的目的和动机,都必然具备一种过人的超常的意志力。这正是萨特对人的本质力量的强调。在保尔·希尔拔的形象塑造中,萨特是从恶(善的反面)的角度描绘了意志在"存在先于本质"的

"自我选择"中的重要性。

在正面论述和描绘善的意志力时，作者是在历史的正值中表现人的一种存在情态；在反面论述和描绘恶的意志力时，作者是在历史的负值中表现人的一种存在情态。在短篇小说《恶心》（也译《厌恶》）里，萨特把"感到恶心的不快感"作为意志的一种特征。这也许是从意志和存在物的相互关系中，从自我自由被疏远的感觉中产生出来的吧！在小说《恶心》中，主人公洛根丁拾起海边的石头感到恶心，看见落到小塘边的一张纸感到失去了自由。在触碎纸的时候，洛根丁苦恼地说："我害怕和事物发生关系。"他在公园里看到七叶树，他的思维就幻化成"我是七叶树的树根，或者不如说我就是根的存在的意志……奇妙的意志。它像向那个不动的意志木片碰撞一样，在浑噩中鞭笞自己的意志"。作者在这里把意志艺术化、形象化，在意志艺术化、形象化中传达一种思想观念。整个作品是以一颗意志的心灵感悟世界、反省自身的。

萨特的"自由选择论"是以意志为前提的，但是他的存在主义哲学的非理性，又给意志以猛烈的冲击和松动。这就使他的意志出现了极大的动摇性和不彻底性。他一方面认为现实的存在是人的存在，人的存在先于人的本质，人的本质是人的存在的积淀物，人的现实存在使人有可能按照自己的意志自由地选择；另一方面，他又认为，自在的存在是没有运动源泉，没有必然性，没有时间，它是一个偶然的混浊的领域。这就出现了自由选择的内在动力——意志和现实的无理性、无序性的矛盾冲突。最后导致的结果只能是，意志在无理性、无序性、混浊性、偶然性的发展撞击中面壁而泣。

萨特在他的创作实践中也艺术地再现了这种思想。短篇小说《墙》中的主人公伊比埃塔，作为一个民主革命战士的形象，他以坚韧不拔的意志力和敌人进行殊死的斗争，和自己的内心世界进行斗争。他守口如瓶，为保护革命战友，他夜不能寐，生怕在梦中说出战友的姓名和藏的地方。敌人对他万般无奈，临刑前向他下了最后一道通牒时，他抱着嘲讽和捉弄敌人的戏弄态度，随便说他的朋友"格里躲在坟场里"。谁能料想到他不着边际的谎言不幸切中要害，格里真的躲在那儿，敌人在那儿抓住了格里。伊比埃塔的戏言却在现实中成为真语，他在现实中想开敌人的玩笑，现实却无情地开了他一个残酷的玩笑。当他听到敌人在坟地里抓住格里这个消息后，他感到"周围一切开始旋转起来"，他无力地瘫在地上，"笑得那么厉害，以致眼泪涌上了我的眼睛"。这是长歌当哭式的笑，是悲极之笑，这是人对命运无法把握的哭泣，是意志在无序的生活中"无力地瘫坐于地"的哭泣，是意志在无理的、无序的现实生活中被轰毁的哭泣。《墙》在这里好像是理性无法超越的一堵现实之墙，是意志无法超越的支撑现实的重压之墙。

在反面形象保尔·希尔拔的描写中，萨特是从另一个角度在揭示和表现意志在无序的生活中哭泣的情景。保尔·希尔拔几天没有吃饭了，他开枪杀了一个人后，拔腿就跑。他本来是要沿着奥德萨街直上到达埃德加——基尼大街的。可是由于他虚弱的身体、慌乱的思维，在一片叫喊"抓凶手啊！抓凶手啊！"声中，他神使鬼差地跑错了方向，"从相反的方向沿着奥德萨街到蒙派纳思街去了"。这是无序的生活对精心安排和密深策划的嘲弄，这是求生的本能对理性的叛逆。由于保尔·希尔拔跑错了方向，所以他只杀了一个人后就慌了手脚，即意志轰毁了。所以，当他最后"把手枪的枪管放在嘴里"准备自杀时，尽管他"狠狠地咬着枪管。可是不能放枪，连把手指放在枪机上的勇气和力量也没有"。当一个人长期密谋策划的行动被现实打得粉碎时，无疑，他的精神、意志也将随之打碎。保尔·希尔拔最后的归宿正是这样。萨特在这篇小说中，以一个恶的形象实践的荒谬，是目前为止人与世界之间的唯一联系的艺术观的表现。《艾罗斯特拉特》是在荒谬中表现意志的不彻底性，通过荒谬，表现对意志的价值、意义存在的怀疑。

《恶心》在更为内在化的主体角度，表现意志被现实世界挤压、撕扯、变形的状态。作品中的主人公我，完全以一种自我感觉的心理情态反映着现实生活。主人公在失去自我中感到惶恐。"镜子里照出来的是我的面孔。""我对这个面孔一点也不了解。别人的面孔都有一定的意义,我的却没有。我甚至不能决定它到底是美或是丑。"作者在表现人失去自我的惶愧感的同时,也表现人被现实左右的扭曲感:"我把面孔凑近镜子,一直碰到了镜面。眼睛、鼻子和嘴巴都消失了,一切属于人的东西都不存在。仿佛害热病而肿胀的嘴唇两旁,各有一些褐色的皱纹,那是鼹鼠洞的裂缝。一层细丝白绒毛沿着脸颊的高大斜坡铺下来,两根毛从鼻孔里伸出来,这是一幅立体的地质学地形图。"萨特在这里竭尽全力地为人失去自我而呼喊。他的呼喊是一种挽歌式的呼喊,在悲凉和哀怨中透露出一种无可奈何花落去的情绪。这种情绪对意志存在的价值和意义是一种否定。回归主体,回归内心,表现人的心理活动的历程,更加暴露出萨特文学意志观的动摇、恍惚和不彻底性。

从以上具体作品正(善的形象)、反(恶的形象)、合(真的形象)构成的美学情态的分析中,我们看到了萨特文学意志观的动摇性和不彻底性。这种动摇性和不彻底性必然使他的艺术哲学走向一种非理性。尽管他大力提倡和竭力宣扬人的自由选择,但是无序的生活往往使具有坚强意志的自由选择者成为"堂·吉诃德大战风车式"的悲剧。这种艺术哲学的内在矛盾性构成了萨特文学意志观的历史局限。

由于萨特的文学意志观是一种矛盾的悲剧观,所以,他的小说中洋溢出的审美情调是一种冷峻的,沧桑、悲凉的意绪。他对坚强意志的精心雕塑中透视出一种孤独的凄光。作品中主人公竭尽全力地克制人的生理机制的自然功能,使精神和肉体达到一种痛苦而凄婉的分离。意志精疲力竭地固守最后的防线,使人心力衰竭的情感和智性活动在一种现代主义哲学的轨迹上艰难地、苦涩地、阻节地运行。读萨特的小说,我们很难从中体味到一般言情小说的柔情滑腻,很难获得一种情节起伏所引起的爽神怡情的意绪。它是一种心灵意志的审视和观照,是一种自我意识在无序的现实生活中苦苦挣扎、艰难选择的心理记录和意志分析。

萨特的这种文学意志的悲剧观，受唯意志论、生命哲学、实用主义等影响。他的文学意志的悲剧观，对人类文学发展的贡献在于：首先，是他用具有哲学意味的存在观念把文学艺术描绘焦点聚集在人的意志这个"心地"，而且是一种富于艺术哲学的冷峻情态。这对文学的心理描写是一种发展。这种发展的主要表现形式是：纯心理描写是以感情为出发点和归宿点的，意志分析是以意志为出发点和归宿点的。前者更多的是表现一种感情形态，后者更多的是表现一种人的思想、气质、品格状态，是一种理性积淀和化解出的情态。萨特小说是在客观外界现存的"情境"（困境）中映显人的主观意志的状况。他往往在内心世界与客观外界的尖锐冲突中强化意志在人的自由选择中的决定性和非决定性的作用，强化理性对情感的交融，意志和生命本体的价值合成，偶然性对人自由选择的冲击性。他的这种艺术追求，使文学的心理描写在更为开放和广阔的角度映示人生。

萨特的这种文学意志的悲剧观，在意志的认识层面上，唤醒了更为深沉的一种悲剧意识，使人们从一种先验的、主观自尊的、简单机械的、人为的、自以为是的麻木乐观的精神状态，跃入一种更为冷静的、客观的、分析的自觉追求和选择状态。这样就使自我选择在具体人的具体事件中具有一种沉稳的、冷静的、超然的思想准备，使自我选择在一种更为客观的层面上产生生活的有益效能，不会使自我在一种主观理想主义的支配下，成为一种子虚乌有的浪漫主义天国。这种社会效能使文学走向一种冷峻的、沧桑的世俗化。这种世俗化是浸透着人呼唤"自我"的世俗化。

客观地评价萨特文学意志观的历史局限，我认为，大致可以归纳为以下两点：

1.萨特是一个多元集合体，哲学、政治、文学这三副面孔他都扮演过。文学是他的哲学观的艺术再现。哲学上他是唯心主义者，政治上他是进步的资产阶级民主主义者，思想上他是人道主义者。他在文学中表现出的意志观充满了一种非理性主义的色彩。他反对一切理性。有时，他表现出对马列主义原理的肯定，但他在具体问题上是否定的。他认为：个人和社会没有关系，属于绝对自由的。因为个人的独立性，所以和社会是一种相对抗的关系，他的文学主题，是表现"孤独的人"。他认为一切客观存在是偶然的，没有什么必然的联系。人也是偶然的存在。我自己的存在也是一个偶然的存在。因为一切都是偶然的，所以我个人就是孤独的，从此引出"自由意志论"。《恶心》集中地代表了他的这种思想观点。他说："这是孤独的思想在文学中的结穴。"在这本书中，他要为孤独的人规定一个表现自由意志的环境，说明自我的存在，映显主客观的对抗性。萨特文学中的个人自由意志论，在客观的混浊无序的现实生活的艺术再现中，陷入了一种不可知论的沼泽地之中。这种美学观念和情绪散发着一种宿命论的消极因素。它和"文学艺术也是人们把握世界的一种方式"的要求是相背离的。这也是他的文学意志观带有末世情绪的原因所在。

2.存在主义的人物描写基本上是自由选择式的人物。作为个人在荒谬的世界中处处碰到困难，每个人都在时时刻刻地进行选择。如何选择？完全是个人主观的自由。人在客观世界中，不是任意受人摆布的，人在荒谬中能通过自由选择来掌握自由。存在主义非常看重自由，强调不能盲目地以别人的规则为准绳，要按自己的意志选择。萨特否定的是当奴隶。萨特存在主义文学推崇的是"理想的真实"，提倡的是存在主义的真实性。"真实的人物"是萨特存在主义文学中的人物，"我可以自由选择"是这些人物的名言至理。这种文学意志观都是以个人主义为中心，不要求典型化，只要求顽强地自由选择。萨特的文学意志观追求一种意志在客观现实矛盾冲突中的真实，提倡表现"原始的脐带"。萨特的这种真实是一种心灵的真实，理想的真实。它对现实主义的真实论是一个冲击和补充。同时，它使文学完全化入个体的人之中，文学对时代和历史的感应淡化了。这种个体主观心灵化强烈地冲击和松动着文学的使命感。

原载《宝鸡师院学报》（哲学社会科学版）1991年第2期，后被人大复印报刊资料《外国文学研究》1991年第8期转载

对人生与历史的思考

——读雷抒雁《掌上的心》

人类创造了现代文明。许多哲学家、思想家、文学家呼喊回归自然、还人以自由的天然禀赋。然而，历史不可能逆转，人类也不可能再回到茹毛饮血的原始洪荒时代。人类的发展和前进正是靠理性的力量才战胜了强大的自然力对人的束缚和统摄，成为主宰宇宙的主人——万物之灵长。

诗人是在人生的终极价值处思考人生与历史的职业家，是在谛听宇宙、自然的律动中感应人类的呼吸与诗的情韵。作为优秀的诗人，应该在这历史的困惑处，以哲人的沉思、诗人的激情，写出歌颂人类历史前进中的功绩，歌颂人类理性的力量和价值，歌颂历史发展的光明前景，歌颂现代文明在人类前进的历史过程中的价值和意义的优秀诗篇；而不应引导人向后看，把人引向深峪大川、森林莽原，使人在自然山水中迷失。最近，我读了雷抒雁先生的《掌上的心》（西北大学出版社），觉得他在思考现代文明的二重性中，具有引导人向前、向上、向着阳光，激励人前进的优秀品格和情愫。

《掌上的心》是从诗人的血管里流出的"鲜血"。在现代文明给人类带来普遍性的"困惑感"的历史条件下，作为任何一个富于历史感的诗人，都不可能摆脱这种困惑感，雷抒雁当然也没能例外。他在这本诗集中，首先表现出的是尊重和珍惜来自生活中的这种困惑的情感。《乞求》

是作者满怀一腔凄楚的积郁、借助对耕牛的讴歌,发出了对自由的一种呼唤,"但能不能在劳动之后/让我在水池里静静地躺一会儿/看看水里的云影飘向何方/或者,让我自由地漫步在草地/随我自由地选择细长或肥大的/草叶进食/随我注视蓝色的,或者黄色的花朵/也许,我会觉得牧童的笛声无聊/喜鹊的喳喳声动心。随我!/能不能在进食之后/随我以沙哑的嗓音唱温暖的三月","因为,这一切都不过是/劳作间的间隙/这间隙越来越窄/挤在两块吻合得很好的石块里"。这里涵容着对现代文明在促进人类社会向前发展的过程中的"动力"和"摩擦力"的二重性的思考。诗人呼唤在社会性的劳作之余,给人类的个体以充分的自由享受。《播种者》表现出诗人对生活空间的拓宽,对生活中灿烂阳光的一种挚恋之情;《假面舞会》表现出的是一种人与人之间真诚的期盼之意。

如果仅仅停留在这个感性的层面,雷抒雁将不会成为一个拥抱时代、钟爱人民的诗人。他在困惑中没有迷失,凭着黄土地给他注入的那种质朴的情感,凭着咸阳古都给他浸润的秦文化的理性意识,凭着对人民的挚爱,对生活的满腔热忱,他把生活中的困惑化成激励人前进的号声:"不曾被生活磨尽的气流/从生命的根部涌向喉咙/从小号里喷出。"演奏出时代的新歌,召唤"被生活击倒的人们/让我们嚎叫着,爬起来/重新起程"。(《小号的嚎叫》)这是困惑中奋发之声,这是困惑中激进之歌。优秀的诗,在任何情况下,应该是呼唤人沉思的诗,激励人前进的诗,给人以向上勇气的诗。雷抒雁的诗,就是这样的诗。他没有在历史的废墟中沉沦,没有在古文化的"淘金"中落伍,没有在现代文明的二重性中迷失,是他对生活的挚爱拯救了他。

他有如牛负重的艰辛,他有思想超载的疲倦,他有生活夹击的压抑。但是,他没有消沉,没有在掌纹中寻觅一种算命术的末世情绪。他以满腔热忱拥抱生活。他又对耕牛报以热烈的赞扬。《牛的悼词》是诗人自我的写照,是对辛勤耕耘者的"鉴定"和"墓志铭",是一座写在人民心头的丰碑。历史是人民的历史,没有人民不成其为历史,历史的殉道者将为人民深深地怀念。《桥》是对一种历史责任感的讴歌，是对一代负载历史重任者的咏唱，是对个体在人类长河中的价值和地位的沉思，是一个站在世纪末和新世纪初的诗人，面对夜幕还没有拉退，曙光还没有到来之前的一种思想感情的剖白："那么，就请从／我们的背上踏过去吧／不用问风浪多大／不用问沟壑多深／带着你们沉重的负载／我们以平坦／送你们到彼岸／既然，命定站在这断／裂带／命定站在这水深流急／之中／我们不会为此而畏缩／与不安。"如此豪迈的诗情中，有牛的精神和品格，歌咏的是一种奉献的品德和情操。《纤夫之路》是人生之路的写照，是个体的人在现代文明的历史长河中，艰难跋涉，卓绝奋斗的悲壮之曲。诗人给作品中灌注了一股历史的沧桑感和昂扬奋斗的意绪："纤夫之路／是暗灰色的铅／浇灌的路……／沉重。"一开笔就如惊雷裂石，充满悲怆的沉重感。然而，诗人胸中揣着一团火。他没有被痛苦压倒，没有在艰辛中的廉价同情里沉没。他扬起了智慧的头，面对蓝天、白云、朝阳，唱出了"纤绳／不是十字架／纤绳的尽头／是希望"的壮歌。诗人以满腔的热情歌颂纤夫的坚毅和功绩。"脚的锉／铲平石的牙齿／血的火／熔化路的坎坷／停滞，便是沉没／——纤夫说。"这是对在现代文明中困惑者的提醒，这是在人类历史前进中对回归自然的呼叫者的警示，这是对生活中观望和却步者的督促。

《掌上的心》中流露出的这些思想、感情、意绪，是凭借诗人娴熟而独异的诗艺来完成的。如果说诗人的震动诗坛的名篇《小草在歌唱》，给我的印象是强烈的历史责任感、强烈的仁爱意绪、强烈的政治义愤在马雅可夫斯基、郭小川等人抒情诗的审美轨迹上滑行，那么，《掌上的心》则是诗人用一种更为淡泊和虚灵的艺术目光审时度势，用一种更为情感化、意绪化的手段捕捉生活中的诗韵意象。在这里，诗人面对诗坛风起云涌的变幻，更为自觉地追求诗的本体的美感形态。他在有意识地把一种深沉、凝重、博大的思想、情感，用一种更为飘逸、邈远、灵动、深入浅出的诗艺表现出来。他在追求一种情感对思想包容的最大价值，具象对意象叠含的饱和度。在诗的外在形态上，他寻觅淡泊处见深沉、简约中寓丰富、朴素中含典雅的美感形式。诗人寻觅一种思想观念与物象之间联系的契合。理智浇铸着诗的情感形式。诗的背后潜伏着一个勤奋耕耘者的意象。像《恶魔的四月》《蜗牛》《雨脚》《鹰的沉思》《诗赌》《信》等，都是写得很有特色的诗作。

《掌上的心》"以顽强高昂对待生活。高昂的顽强应是诗的风骨"。在目前文坛充盈着的一片回归自然之声中，诗人以一种"写真"的感情意绪把这本诗集捧在了读者的面前，倡导一种乐观、昂扬地对待人生的认真态度，倡导一种带着热血跳动的诗魂给读者，这是非常可贵的。是的，艺术应该给人以思考，但沉思是为了更好地前进，不是沉沦。艺术不应该把人们引向昏暗、灰色、沉沦。正是出于这一点，我称道雷抒雁的《掌上的心》。当然，不是说诗人在关于现代文明的二重性这个问题上已经思考到了一种成熟的、大彻大悟的程度，具备了一代哲学家的水平。恰恰相反，读他的诗集，我们不难看出，他还有"十万个为什么"，还有层层解不开的困惑。然而，他有一个基本的信念：自己是人民的儿子、人类必须前进、历史不能停滞。所以他心中希望之光始终是熊熊燃烧的。正是他尊重自己血液中的咆哮之声，尊重自己的情感、切身体验，他才在种种的"回归自然""重写历史""淡化理性"的风潮中没有迷失，没有忘记诗歌的神圣天职。所以，才把自己的"心"捧在"掌上"，奉献给了读者。我认为，是他的真情拯救了他的困惑，使他"在困惑状态下抒写的诗句，常常会成为激励人们向生活进取的呼唤"。

原载《文艺报》1991年5月11日

文化在白鹿精魂中的光色

——简论《白鹿原》的文化模态

鹿，可以说是华夏文化模态的最早原形。

陈忠实同志的长篇小说《白鹿原》中渗透和弥漫、萦绕着的鹿的精魂，就是华夏民族文化模态的艺术再现。所以，站在人类文化学的角度，剖析《白鹿原》的文化模态及价值取向，无疑是一件极有意义的工作。

一、白鹿的文化意蕴

长篇小说《白鹿原》中白鹿的形象，是整个作品中的一个基本意象。这个艺术形象是构成整个作品的灵魂。这个艺术形象规定和制约着其他一切艺术形象，同时，也规定着整个作品的艺术风格。

白鹿原上的白鹿传说，源远而流长。作者以这个民间传说为基础，结构故事，安排情节，自然使整个作品带有一种神话般的光色。这种光色是加拿大原型批评家N.弗莱所指出的第二种创作倾向，他称之为"传奇的（浪漫的）"。这种创作倾向显示出一种独有的个性特征，它讲述了一个与人类童年经验关系更加密切的世界，用这个世界映照人类现代的生活情态。

《白鹿原》中的白鹿，在西方神话中，类似于太阳神或树神，作品中与太阳神和树神密切相关的人有白嘉轩、朱先生、白灵、鹿兆鹏……这是站在白鹿——太阳神的灿烂阳光之中，熠熠生辉的人物，他（她）们的光彩映照着鹿子霖、白孝武、田小娥、白孝文、鹿三、鹿兆海、郝县长、岳维山……

一是传统文化的正弦，一是传统文化的副弦，正副弦对应波动，构成了以白鹿模态为中轴的文化价值取向的波浪式的运行图式。在这里，白鹿是一种文化意象的载体。

白嘉轩在历经了六个夫人之死的劫难后，在一个大雪覆盖旷野山川的清晨，在田野里发现了散发着春的气息，播种着春的福音的白鹿。然而，这个白鹿冰清玉洁，是一种植物的形态。"粉白色的蘑菇似的叶片"，"嫩乎乎的同样粉白的秆儿"，"那秆儿上缀着五片大小不一的叶片"。这是一种"泥土崇拜"意识。泥土是孕育万物的母体，包括物质和精神的两个方面。白鹿是一种精神的化身，她同样出自芳香四溢的泥土之中。大野蕴瑰宝，精魂化玉枝。华夏民族农业文化之根在这里得到了精神化、物象化、神灵化的艺术显现。那"五片叶子"，不正是中国古老文化中"五行说"的照应吗？面对那冰清玉洁的白鹿物象，谁能说陈忠实在这里没有一种圣洁而虔诚的崇拜意识呢！

白嘉轩发现了这个冰清玉洁的圣物时，他没有连根拔掉这个具有神奇意志力的神灵，他以农民特有的狡黠，千方百计地买下了鹿子霖的这块宝地，把他先人的亡灵埋在这块风水宝地里，采大地母亲的灵气，沐日月星辰之圣光，"天人合一"钟灵毓秀于他一身，他"发"了，成了族长，成了白鹿原上众目仰望的精魂人物。

白鹿这个农业文化的精魂，同样制约着人们的风俗习惯和思想观念。看风水，埋死人，这是华夏民族独有的一种"天人合一"的葬礼形式。它的认识之根就植于"祖先脉气""坟里发家"的观念。

作品中有一段很精彩的描写，集中地体现了以上所谈到的这些思想、观念、精神、情愫、意绪。

很古很古的时候（传说似乎都不注重年代的准确性），这原上出现过一只白色的鹿,白毛白腿白蹄,那鹿角更是剔明透亮的白(陈忠实的审美理想是白色;俭朴,朱先生的衣着,这深层是农业文化的一种审美表现形态)。白鹿跳跳蹦蹦像跑着又像飘着从东原(对农业文化之根的深远思考)向西原跑了过去,倏忽之间就消失了。庄稼汉们猛然发现白鹿飘过以后麦苗忽忽蹿高了,黄不拉几的弱苗子变成黑油油的绿苗子,整个原上和沙川里全是一色绿的麦苗。白鹿跑过以后,有人在田坎间发现了僵死的狼,正在奄奄一息咽气毙命的狐狸,阴沟湿地里死成一堆的癞蛤蟆,一切毒虫害兽全都悄然毙命了。更使人惊奇不已的是,有人突然发现瘫痪在炕的老娘正潇洒地捉着擀杖在案上擀面片,半世瞎眼的老汉睁着光亮亮的眼睛端着筛子捡取麦子里混杂的沙粒,秃子老二的疤癞头上长出了黑乌乌的头发,歪嘴斜眼的丑女儿变得艳若桃花……

这个神话传说,是全篇作品的灵魂。大地崇拜,白鹿原上的白鹿,犹如太阳神,犹如神树,把幸福和光明带给了这片土地。白鹿精魂的化身朱先生、白灵(他们在死的时候都化成白鹿,托梦于人),是光明的使者。他们集善良、仁爱于一身,集传统美德与人类先进文明的知识于一身,把白鹿精神广施于人。

白鹿精魂是一种"人""神""树"一体的精魂。这个白鹿的传说,本身就是被世俗之焰淬火了的传说。白鹿是人对未来理想生活渴望的幸福使者。它是人性的化身,神性仅仅是它的外壳。白鹿精魂对原上万物的再生,对毒虫害兽的消除,预示着这种精魂具有一种拯救的神力。作品中白嘉轩那种为民立命、为仁活着的行为规范,是和白鹿的这种拯救意识一脉相承的。他一生正直、善良,以德报怨,以仁为怀,都是与那个古老的白鹿精魂血脉相通,神气相连的。他被人打断了腰,但头依然高抬着……那种顽强、坚毅的生命力,其精神之源来自那只神圣的白鹿。

二、人的价值本原在文化

文化世界具有先于个人经验的本体论性质。文化世界虽然是人创造的，虽然是人对外部世界的经验知识和价值思维的肯定形式，但是，这个世界一旦被创造出来，它的存在及其价值和意义也就不为尧存，不为桀亡，成为一个超越于整个社会群体社会实践和历史活动的客观精神存在了。任何人从他呱呱坠地起就被抛进了一个文化世界，而这个世界人的历史的"这一个"的价值和意义是先于他个人的经验的，是超越他个人经验而存在的。

《白鹿原》在表现这个文化世界时，是通过人物的行动、关系、精神世界的刻画和描绘来展示的。这个文化世界是人物活动的背景，是聚拢和疏离人物之间关系的深层动因。作品中人物对文化世界的态度不同，他们的人生境遇和状态也就各不相同。

白嘉轩这个地地道道的农民，他面对这个文化世界，更多的是耳濡目染，从父辈那里，通过乡约、习俗、节庆、礼仪，本能地继承过来做人的准则和态度。同时，他自己又处处事事向这个文化世界靠拢、趋同（朱先生是这个文化世界的代表和象征，他处处事事听朱先生的），所以，他比一般人精明、大度、强悍，具有超常的胸怀和毅力。也正因为他的这种认同，他一生才正气不衰，人格不倒，人格中有一种顽强的生命力。他认为：一个人活着，每一步都应踏在"仁义"的道路上。否则，就失去了活人的意义。"仁义"在这里是文化世界的一种表现形式。

鹿三对这个文化世界知之甚少，他一生是为别人劳动的工具。主仆关系，"忠"是他做人的基本信条。他亲手杀死自己的儿媳妇，集中地体现了他的这种观念。在他看来，仆人对主人不忠，就失去了活人的意义。面对这个文化世界，正因为他的狭隘和愚昧，他终生在一种生存的意义上运行、劳作，很难寻找到自己幸福的归宿——"家园"。

田小娥，这个封建社会制度的殉葬者。她面对男权中心——夫权、族权、神权压抑的这个世界，同样是知之甚少。然而，由于她的不幸遭遇，她一开始就是这个文化世界的叛逆者。生存使她这种叛逆一直处于亢奋状态。她叛逆的唯一武器和手段就是用母性的情欲冲乱封建的伦理秩序和道德的规范。她在和鹿子霖做爱的过程中，给鹿子霖嘴里尿了一泡的行动，她拉白孝文下水成奸的热恋，她死后化为飞蛾，她的阴魂附体……一个被摧残的女性不屈地呼唤、抗争的形象跃然纸上。然而，终于因为她对自己所处的文化世界缺乏了解，她的这种反抗，只能在本能的意义上抗争，最终没有摆脱悲剧的命运。作者在她死后赋予她飞蛾和灵魂附体的情节安排，是寄予着深切的同情。

黑娃是一个经过生活的坎坷，自觉向那个独立于他之外的文化世界认同的人。黑娃第二次结婚，面对白孝文给她介绍的老秀才的女儿和张团长给他介绍的布店老板的女儿，他最终选择了老秀才的女儿，用他的话来说，"我需得寻个识书达理的人来管管我"。这里的"识书达理的人"实质上是那个文化世界熟悉的人。黑娃对老秀才女儿的选择，实际上是自觉地在那个文化世界的价值体系中确立自己的人格。黑娃在洞房花烛夜，"心情变得更加糟糕，十分别扭，十分空虚，十分畏怯，十分自卑，而对面椅子上坐着的不过是一个柔弱的女子，两只红烛跳动的火焰在新娘脸上闪烁；他想不起以往任何一件壮举能使自己心头树起自信与骄傲，潮水般一波一波漫过的尽是污血与浊水，与小娥见不得人的偷情以及在山寨与黑白牡丹的龌龊勾当，完全使他陷入自责、懊悔的境地"。这是一个被那个文化世界的理性之光所唤醒的灵魂，对此前的行为的忏悔。黑娃此时的自卑、自贱，是一种文化意识的蓦然醒悟，是一种文化观念对本能、情欲的拷问。

黑娃扑通一声跪倒在朱先生的膝下，情真意切地说："鄙人鹿兆谦，先前为匪，现在是保安团炮营营长，想拜先生为师念书"；"兆谦闯荡半生混账半生糊涂半生，现在想念书，求知，活得明白，做个好人"。

在这里,黑娃认为:灵魂的炼狱,成正果的唯一出路是"读书"(认同那个独立于主体之外的文化世界)。读书使人活得明白,使人成为一个好人。好人是纯粹的、超凡脱俗的人的代名词。他读书,不是为发财为升官,是为修身为做人的。就连朱先生最后也不得不仰脖子慨叹道:"想不到我的弟子中真求学问的竟是个土匪坯子!"

三、氏族文化中的崇德精神

氏族所崇拜的祖先通常是一个远古时期神话般的人物。

《白鹿原》作品中的白鹿两个家族是一个氏族,他们所崇拜的祖先是白鹿。白鹿精神是一种温柔敦厚的精神,这种精神在历史的演进中,演化成一种"仁爱"的道德规范。白鹿原上的氏族群体崇拜白鹿,实质上是崇拜一种"仁爱"精神。作品中"仁义白鹿村"的情节安排,就是一个最好的注释。

白嘉轩一生做人的信条是一个字"仁"。他归还李家寡妇的六分地,并周济她家的粮食和银圆;他和鹿子霖修复祠堂,开办学馆;他让长工的儿子黑娃上学;他对鹿三的至仁至义;他组织交农器起事;他跪在田福贤面前为被惩罚的几位农协骨干求情;他在祠堂中对自己的亲生儿子孝文和田小娥的惩罚;他在乞求神灵降雨时的超人举止……都是一步一个"仁"字,一步一个"德性"。

鹿三,这样一个善良、忠厚、老实巴交的农民,他居然也举起了屠刀,杀死了自己亲生儿子的媳妇——田小娥,也是为杀"亲"成"仁"。

朱先生为白鹿村制定的《乡约》中的"德业相对""过失相规""礼俗相交"更是"仁""德"纲领性的文约。

…………

白鹿村是仁义之村。白鹿祠是仁义之祠。这个祠堂凝聚着一种精神,这种精神是代代相传、陈陈相因的。孝是这种精神继承的基本外在形式。

这种精神就是"仁"。陈忠实是一个人性"善"论者，把忠（鹿三）、孝（孝文）、节（田小娥）义（黑娃）放在"仁"的基座上来展现和剖析，这是陈忠实的艺术贡献。在他看来，对"仁"的眷恋是人性中的一个基本特征。生活在白鹿原上的人们，不管是谁，只要你还有一颗善心、爱心，这块土地永远对你是"仁慈"的；不管你飞得多高，走得多远，只要你对生你养你的这块土地还有一丝眷恋，白鹿精魂的"仁爱"精神，都会对你发出会心的微笑。

白孝文这个浪子，在经历了人生的穷愁潦倒，进入了县上的保安大队，被直接擢升为营长后，他又回家祭祖，脱掉保安服，穿长袍戴礼帽，在离村庄还有半里远的地方就下了马，面对生他养他的白鹿村的父老乡亲，有朝拜者到此下马的谦逊。在拜谒祖宗的仪式上，他的父亲站在祭桌前面对众人发出洪大如钟鸣的声音："祖宗宽仁厚德。不孝男孝文回乡祭祖，乞祖宽容。上香——"白孝文从香筒里抽出五根紫香在蜡烛上点燃……

孝文回乡祭祖，是作为传统伦理道德营垒中的叛逆者，重新认同传统伦理道德的一个艺术形象出现的。他在人生途中，曾有过偷女人、吸毒、为虎作伥的经历。就是这样一个人，当他"学为好人"后，白鹿祠堂也是以宽厚、博爱的胸襟接纳他。实质这在表露"仁"的博大。

黑娃回乡祭祖，是作为社会最底层普通的劳动者的形象出现的。他没有受过良好的教育，革命的风暴曾使他积极地参加过"民运"，后来，他又上山为匪，下山为"官"。他祭祖的意义在于"仁"对另一种类型人的包容、接纳、消解。在黑娃的身上，更多地存在着农耕文化的气息。他回乡祭祖，没有衣锦还乡的显耀和骄傲，他脱了戎装，也没有一片绫罗绸缎，而是专门选买了家织土布，由妻子玉凤亲手裁了缝了，完全成了一个拘谨谦恭的布衣学士了。他不骑马也不带卫士随从，完全是一种朝圣般的心境。到了祠堂，他在木蜡上点香时手臂颤抖，跪下去时就哭喊起来，声泪俱下："不孝男兆谦跪拜祖宗膝下，洗心革面学为好人乞祖宗宽容……"

白鹿祠堂在这里已经是一个"仁爱"的殿堂。祖，在这里是"仁"的初始的创立者。它是一种"精神"故土，是一个人的"精神家园"。"魂归故里""浪子回头"，实质上是一种精神的漂泊者对"家园"的回归，是一种子精神对母精神的依恋和融合。黑娃和玉凤回到自己那个残破的家园时的心情和举止，就是这种精神回归的艺术写照。这里的情节安排和细节描写，具有一种象征的意义。"家园意识"一旦被"文化意识"所烛照，它将放射出独异的精神性的七彩灵光，绝非人的本能性的"恋母情结""恋土意识"。这种七彩灵光是一种人类哲学性思考的火花迸放。正是在这个意义上，我们认为作者对传统伦理道德的剖析是深刻的，艺术表现是富于感染力的。

四、白鹿精魂的文化模式

美国文化人类学家露丝·本尼迪克特在《文化模式》一书中，把文化分为三种类型：一种是"阿波罗型"，一种是"底俄尼索斯型"，一种是"偏执症型"。根据这种分类，我们可以说：白鹿精魂是属于"阿波罗型"。所谓阿波罗型，表示古希腊神话中出现的太阳神阿波罗的特征，具有"温和、崇尚秩序、无竞争心、中庸的生活原理"等精神特征。《白鹿原》中的"仁"的精神，崇尚伦理道德规范的有序性，"仁义白鹿村"的各种"乡约""俗规"等等和"阿波罗型"的文化模式有一致的地方。

当然，本尼迪克特说的文化模式，不能原封不动地用类型（type）一词置换。文化模式所论述的仅仅是规定文化特征的统一表现形态的个性，而不是预先设定的类型分类。它具有实证的特色，它不是以把世界的一切文化归入若干框架之内为目的抽象类型。当我们今天考察白鹿精魂的文化模态时，我们是站在白鹿原上的人们生活方式、生产方式、伦理道德观念等基础上来得出结论的。

白鹿原上的人们是在一种原始农耕式的状态下生活的。这里没有丝毫的工业文明的气息。生活在这块土地上的人们日出而作，日落而息，完全是一种田园牧歌式的生活方式。他们认为，对这种生存方式升华——达到一种人生的理想追求是"读书"。读书才能明理，明理方能为好人。因此，他们崇尚一种"耕读传家"的文化模态。

白嘉轩房前的门楼上镌刻着四个大字"耕读传家"。两根明柱上的对联是："耕织传家久，经书济世长"。

在白嘉轩这类中国的典型农民看来，耕地种田是人们生存的第一需要，"人们首先必须有了衣、食、住，然后才能从事政治、文艺、宗教、法律等项活动"。读书可以做官，扬名声，显父母，是人的价值的一种兑现形式。

因此，白鹿原上的鹿子霖的老太爷，这个被皇帝钦赐为"天下第一勺"的烹饪高手在谢世时竟然留下这样的遗嘱："我一辈子都是侍候人，顶没出息。争一口气，让人侍候你才算荣耀祖宗。中一个秀才到我坟头放一串鞭炮，中了举人放雷子炮，中了进士……放三声铳子。"这把一个农耕文化熏陶出的人那种对人的自身价值追求的心态活画出来。在鹿家老太爷看来，耕地劳作是生存的手段，读书做官才是目的。这种文化模态是一种世俗性很强的文化模态。

与这种文化模态对应的是一种相对超脱出世的文化模态。其中比较典型的是朱先生和黑娃。他们对文化的追求是一种完善自身的人格。面临人生之谜，人总是要想解开这个谜。对生活之谜的解答，就是读书，读书方能明理，明理才能学为好人。当然在朱先生和黑娃这两个艺术形象的塑造中，有意识地消解了他们身上那种"竹林七贤式"的贵族浪漫色彩，更多地注入了一种"先天下之忧而忧，后天下之乐而乐"的"拯救意识"。这是我们说它是"相对超脱出世的文化模态"的原因。

"耕读文化"在《白鹿原》中是一种底色，一切哲学的、政治的、美学的、民俗的描写，都是在这种背景下展开的。"耕读文化"在《白鹿原》中有特定的含义：它是建立在土地耕作基础上的文化，是以儒家的"仁爱"哲学为基础的文化，是家与国统一在一种道德规范下的文化。它是一种精神与物质的合成形态。如果说耕读文化是一种带有某种个体的、小农意识的文化，那么，这种带有个体的、小农意识的文化却具有一种凸显人的主体意识的光色。

耕读文化是强调人的主体性的纯洁度的。它对金钱的价值是淡漠的。作品中药铺老板冷先生为救鹿兆鹏倾其多年的积蓄，就是最好的说明。朱先生是一生清贫，就是为了保持一个人格的完善和独立。在作品中，恶者，往往是金钱的贪欲者；善者，往往是金钱的施舍者。

作者在作品中，对这种文化模态是有更深的哲学思考的。白孝文这个耕读文化哺育出来的学子，却是那样地阴险、狡黠，这本身就是对这种文化的沉思与理性的审视。

原载《小说评论》1993年第4期

写意与象征的浪漫诗情

——论红柯小说创作的艺术特征

中国当代文学精神顶着子夜的严寒，顽强地固守着民族精神的家园。在20世纪与21世纪之交的晨曦中，西天的落月与东天的曙光交相辉映，黄土文化的艺苑中那绿叶葳郁的枝头，终于惠纳欧风美雨之气，钟灵江南塞北之地，孕育出饱含蓝色海洋之风，浸润龙凤呈祥之意的带露新葩。在这争奇斗艳的百花园中，红柯先生以其丰富的联想、通感、诗化物象的才能，跃马天山、汪洋恣肆的移情天分，撒豆成兵、点石成金的神奇笔触，在写意与象征相交融的沃土上，播撒浪漫主义的诗情，集纳西方现代小说创作的技法，关注国民精神，培植出新时代、新作品、新风韵、新样式的芬芳新花。

一

小说创作中的"意"，是小说家对现实的审美感受的集中提炼，它蕴含着小说家的审美理想。"意"以其理性内容和小说家世界观的表达形式相联系，以小说家的理性认识和审美判断的"志"为基础，同时又为事物的规律和社会伦理的"义"所制约。在小说创作中，小说家的"意"是与小说作品的情感内容紧密联系、融为一体的。它是小说家形象思维的结果。因此,"意"又表现为小说家在对所要表现的对象的深刻体验及对形象的特征的独特把握中获得的独创性构思。

红柯先生的作品,不满足于一般语言的表述和形象的塑造。他努力追求"言"和"象"含蓄地表情达"意",立"象"尽"意","意"在"象"外,言外之意,象外之旨,弦外之音,象外之境。

红柯先生的小说中,弥漫着一股生命意识强烈勃起的意绪。这种意绪是一种生命意识、生存意识、生殖意识、性意识的自然流露。他在用这种意识强调人性的完整、先在,人的生活的本真、真实,人的生活方式选择的内在依据。他完全打碎了中国古典儒家文化中关于性意识、生命意识的传统观念。他在叙述方式中把这种意识作为语境的"底色"和"内在的亲和力"。他的这种"意",是一种生命激情燃烧的自然流露。他是站在生存环境、生存观念、生存状况的角度,在展示人的生活方式的自在性、合理性、生动性和丰富性,通过生命激情的燃烧展示人的情感世界、心路历程、精神风貌。《打羔》中的公羊与母羊,男人和女人,是表"意"的媒体和中介。他们的生活选择、生活方式、生活态度、生活情景,才是主要的。《靴子》中的姑娘那颗春心燃烧,渴望穿着靴子的快马"向她靠近,向她靠近,近在咫尺。从旅店到大路,近在咫尺"。这是对英雄的向往,对雄强精神的渴望,对主宰生活力量的企盼,这是生命形式对生活方式选择的心声。在心灵律动中伴随着对人性、人欲的思考,对人的价值的思考。性意识的背后,流淌着一股人的精神世界的鲜活血性。《树桩》(《延河》1997年第9期)中的那段"树林之恋"的深情,深深地灌注、积淀于每一棵树之中,即使是树被伐走了,失恋的他坐在当年曾热恋过的那个"树桩"上,树里喷发出的那股带有原始野性的情感之液,自然爱恋的浪漫之汁,如喷泉般汩汩流出,与他的血脉对接、通流。这种意绪是很感人的。"紫泥泉"是在自然之泉、生命之泉、智慧之泉、创造之泉中营造人类理想生活方式的通途。这种意蕴,是写意方式的艺术再现。

红柯小说中的"意",有相当大的一部分韵致是在叙述方式之中,是在环境和细节的浇铸之中。那种细腻而光滑、丰富而灵动、准确而机智、连贯而跳跃、浪漫而真诚、呼啸而夸张的语境、语态、语势、语情、语意、语式、语格、语气、语感,语言的诗化,语言的陌生化,语言的情感化,形象的想象化,等等,显示出一个才华横溢的诗人的气质、诗人的激情。作品散发着一种诗意的美。

红柯小说中的"意",是在草原大漠中写人生。牧人在牧羊,羊的灵魂也把牧羊人放逐了一回。"秋天是新疆的黄金季节,也是她的黄金季节。秋天他们频频幽会。漫长的冬季机会就很少了。秋天有一种危机和悲壮,相会的时刻就特别动情。"他通过石头、靴子写人,通过美丽奴羊的眼映人,通过银月之夜照人……一句话:他在自然的人化中寻找意趣的美妙与感人,他在人化的自然中寻找意蕴的博大与精深。

红柯小说中的"意",是深藏于作品的写景与写人之中的。这种写景,多是静态的灵魂剖白、意识的描绘,"一切景语皆情语"。就是写人物的行动,也是表现行动之外的一种"意"。他是在藏意中求味,表意中求趣,写意中求美。《中午两点》中的女人与情人幽会于树林中,她当时的那种情、那种意、那种爱、那种欲……是多么地生动和真实。自然的人在大自然中完全舒展了。然而,在她丈夫面前她又要掩饰。味趣、理义全在其中。另一个男子嫉恨她,把她卡死,下了楼,钻进出租车。司机问他去哪儿,他说"没有树的地方"。那么,自然已成为他情感深处嫉恨的一块伤心地,他不愿去,也不愿谁提起。这层意思,是深藏于他的回答"(去)没有树的地方"之中的。

红柯作品中的人物的情感世界,大多是通过他(她)的自然属性来表现社会属性,通过自然属性来表现社会属性的合理性、真实性,通过人意表现道义。这里的"意"有对中国传统审美形式的继承,也有对西方"意识流"写作方法和技巧的借鉴。作者写作过程中的意绪是飞扬的、激荡的、狂飙突击式的喷发和宣泄的。作品中的人物的意绪是散发的、弥漫的、突进的。这样,就使得他的作品具有一种冲击人心的力量。这种力量是一种意绪、意志、意念、情意的心灵对象化、情感对应化、意绪感染化。

　　红柯的小说中灌注着一股浪漫主义的诗情。这是作者表意的强烈以及生命激情燃烧的自然流露。《司机的故事》中的司机，在那"雪花落满北疆"，两只耳朵被冻掉时，"对面的司机叫起来：耳朵，你的耳朵。他用手一摸，他也叫起来，耳朵跟鸟儿一样不知飞哪去了"，"耳朵落进雪里跟长身上一样新鲜"。"耳朵在远方飞着，发出鸽哨一样呜呜的响声，他怦然心动。这一生，令他怦然心动的事情很少。耳朵离开他，作生命的壮游，于是在远方消失了。"这种思维方式，叙述方式，语境、语态、语势贯穿在他的许多作品之中，充盈在他表情达意的字里行间。

　　这种浪漫主义的诗情，浸透着浓郁的生命意识。这种生命意识，包含着这样几层意思：一是作者用自己的生命形式烛照客观外界事物的独特体悟："车子开动后，灰白的空气展开翅膀纷纷飞向远方。巨大的空间变得如此不真实。空气插上翅膀是因为他的车旧了。车子有响声而无速度，空气仿佛受了惊吓的鸟群，向远方迁徙。空气飞走后，空间里的一切都不真实了。树还在，石头还在，有时还有飞鸟：但它们迷迷瞪瞪一副没睡醒的样子，其实它们跟空气一起飞走了，他看到的只是它们以前的影子。"这种体悟，是作者用自己的生命体验，放飞一种独具特色的浪漫主义的诗情，是精神独立，是屈原式的"众人皆醉，唯我独醒"式的挺立。这种诗情，是无中生有，以虚写实，移情于客观对象的一种拟人化的情感意绪。二是夸大一种生命感知的意绪。"他看着小小的火柴在劲风中轰轰燃烧：他的眼瞳张开了，他的嘴角张开了，他身体上的骨头张开了。时间和空间被他撑得有棱有角。"（《司机的故事·我飞起来》）这是一种生命意识的自我扩张，是主观意绪的浓郁弥漫，是情感意绪在与客观事物的撞击中无限的夸张、极度的扩大。作品结构性的强调和叙述情绪物象化的强调以及二者的结合，给作品注入了一股非常青春的生命活力和激情。三是准确而形象地捕捉一种真实而又富于诗意的、浪漫主义的情感意绪："孩子看反光镜里追来的太阳,说太阳是一只红蜻蜓"(《司机的故事·干沟》);"嘴和舌头好半天没有感觉,他们把剩下的半碗茶水喝下去,舌头慢慢苏醒过来"。"司机说:舌头就是鱼,先用水救活他人才能吃饭。"(《司机的故事·干沟》)这种梦人说呓般的语言,是和作者要表达的主观立意、作品深藏的艺术意象相对应、相一致、相吻合的。四是诗眼和立意往往根植于生命激情的燃烧之中。《乌拉乌苏的银月之夜》中的主人公陶科长,在知青下乡期间,由于历史和时代的原因,为了生存,为了那个盖有红印的招工表,被光头队长强奸了。此后,那个乌拉乌苏的银月之夜,那张盖满红印的表格,就渗透进她的血液中,化入她的潜意识之中,她的性格从此被扭曲。她用一种变态心理"管理"(准确地说是虐待、体罚、迫害)学生。自然的寒流和人为的寒流(历史的寒流,社会的寒流)在这里合二为一。作者通过自然的寒流象征人为的寒流。在自然人被社会扭曲中,表现对人类文明社会的呼唤。特别值得一提的是:小萌萌这个艺术形象是具有新意的。这个新生命体具有一种深远的象征意义。一种忧国忧民的文学精神在生命激情的燃烧中闪烁着夺目的光彩。《司机的故事·干沟》,以鱼和蜻蜓为意象,在人本主义的情欲、性爱、鱼水之欢,蜻蜓与鱼之恋中,表现人在自然的生存中的坚强意志和精神豪情。生存意识在生命意识的极度扩张中,显示出人的精神的旷达、豪迈和激越。作者把人文大写在天地之间。

红柯小说中的"意",是一种价值取向,一种理想境界,一种生活态度,一种生活体验,是对人类前途和命运的叩击和发问。这种"意"是深藏于作品的写景、写人、写事之中的,是渗透在他的叙述方式、语境之中的。"意"是他创作的动因,也是他创作的结果。读他的小说,不能用传统的小说观念去要求他。他是在情感与观念、情感与思想、情感与哲理的融合处营造艺术哲学的审美意象,建造自己文学的理想殿堂。他是在中华民族审美习惯、审美情趣、审美理想的基点上,探索中国小说走向世界的新途径。

二

中国的小说创作，从五四运动开始就自觉地吸取象征主义的许多东西，但是成就不大。新时期文学以来，王蒙、韩少功、陈村、刘索拉、徐星、残雪、格非等人在这方面作出了不懈的努力，也取得了一定的成绩。红柯先生在这方面也作出了令人惊喜的探索。

他1996年9月发表于《人民文学》短篇小说头条的《奔马》中的马，是一种精神的象征。《美丽奴羊》中的那只美丽奴羊是至善至美的象征。屠夫终于在她面前"栽倒"了。紫泥泉象征着生命之泉、智慧之泉、创作之泉。《乌拉乌苏的银月之夜》中的"寒流""男孩萌萌"都具有典型的象征意义，其中蕴含着丰富的思想内涵。《靴子》象征着一种令人敬仰、敬畏的雄壮、飘逸而高贵的精神。红柯先生，用情感赋予靴子以生命的活力，在马、靴、人性化的呼吸与律动中，表现骑手穿过牧草、穿过花丛、穿过草原之花最有生命气息的蕊部时那雄性的勃起与强劲，表现靴子在辽阔的草原上触动少女的芳心，被爱慕、被尊重、被敬仰、被沉醉、被迷恋、被勾魂的心灵律动和感情意绪。这是情感的抒发，是内心的独白，是物象的人性化、人情化、人格化，是对格式塔心理学派思想的积极吸纳，是华夏民族的美学观念的自然流露，是对现代派小说技法的积极借鉴，是中国小说创作与世界当代文学接轨的有益探索之作。有谁能把靴子写得如此雄强、健壮、高贵、洋气、现代、出神入化、令人心跳如鼓？只有红柯！《石头鱼》（《延河》1998年第1期）是一篇洋溢着象征意味的现代派作品。海子、姑娘、水、鱼等等都是灵魂复归于一种精神的象征性组合。石头象征着没有感情、没有灵魂，或者准确地说，不懂人的感情，不懂人的灵魂，没有精神追求的一种生活方式和生存状况。智者——灵魂复归于精神的复活者，为拯救石头（不渴者），把它们一个个抛向水里。"海子嘭一声裂开一道口子，把飞翔的石头吞咽下去。""石头在水里不用张嘴，不用两鳃，它的呼吸是无形的，它的呼吸只是一种声音。"然而，智者——灵魂复归于精神（海子）的人是否真能担当起"救世主"这一角色呢，"他摸一下石头，一股美妙的感觉闪过全身，他抱住石头，抱起来，往石崖上去，给人的感觉好像往山里去"。因为，有一条象征着人生之途的"一条路从山里通到海子边，路是从石头上过来的"。他拯救石头，是在寻求拯救人生之路。"路是从石崖上拐下去的。路从山里出来，到石崖上打个弯拐到海子边，石崖下边是绝路。"作者在这里发出了掷地有声的质疑——人类的出路在哪里？是把石头变成鱼吗？或是把石头扔在海里与鱼为伍呢？或者是在路上寻路？作者那种对人类前途和命运的焦灼和担忧，充盈于字里行间，把人生之途的石头燃烧得通红通红，人类灼热、焦渴的道路呼唤精神的海子！有谁有如此高深的思意和举重若轻的才华，把石头写得如此神奇、通达、博深？只有红柯！

发表在《人民文学》2000年第5期上的《鸟》，是一篇表现人类治理沙漠、改造生存环境、植树养鸟的小说，在整个作品中象征着人与自然和谐相处的是自由之鸟、歌唱之鸟、和谐之鸟、心灵之鸟。在《鸟》这篇作品中，他没有像西方现代象征小说那样，追求思想的集中、凝练概括和逻辑的严谨、缜密，故事情节对思想观念的阐释，人物性格发展的逻辑层次对思想观念逻辑层次的演化和注解。他继承了中国写意的美学精神，把象征渗透在整个作品的细节设置之中。他在象征中渗透着寓意。作品中的鸟是一个意象。儿子、护林员、哈萨克族人等形象是对这个意象的阐释和解释。象征的逻辑层次渗透在这些形象的组合形式和结构之中，它在寓意中追求象征。白杨树是大漠的歌手。放牧的哈萨克人是大漠上的一只鸟。他和树的情感是相通、相连、相知的。"他悄悄告诉主人，树想唱歌呢，在房子底下。夜里，哈萨克听见树根在房子底下唱大地之歌。这种歌耳朵是听不见的。哈萨克指着心窝子，'这个地方嘛，听得清清楚楚'。"牧人有候鸟之称。牧人哈萨克把护林员的房子当成他们的中转站——候鸟的窝。借助防风林，他们冲破准噶尔那被风沙封锁了千百年的禁区，转换牧场，辗转南北，自由地飞翔。

有了树林没有鸟，树林也是一片死寂，天空也是一片死寂。"树上没有鸟就跟树没叶子一样，就跟人不长耳朵一样。"这是象意关系的阐释，也是意理关系的比兴。在儿子眼里，爸爸当护林员就是一只鸟。"锹头在护林员肩上一晃一晃确实像一只鸟。"他在为创造人类自然和谐的生存环境而尽情地歌唱。护林员和妻子养护着树林，养育着白杨树，也养育着儿子。"做完晨祷的小白杨和睡醒的孩子，一起嘹亮地唱起来。"在这里，小白杨和孩子完全化为一体。小白杨是孩子，孩子是小白杨。为了让鸟儿在防护林落脚，护林员夫妇付出巨大的代价——直到护林员献出了宝贵的生命。儿子和鸟在这里又化为一体，儿子象征着鸟，鸟象征着儿子。儿子和鸟的命运、遭遇融为一体。这种二者互为表里、互为意理、互为比喻的关系中，蕴含着"人化的自然"与"自然的人化"在生存自由、生活自由、情感自由的白云蓝天、绿水青山中幸福地徜徉、漫步、交谈、歌唱。孩子为救自由飞翔的鸟而摔断了腿，他为拯救自由飞翔的鸟而与带伤的鸟同呼吸、共命运。这种意象的组合方式、意理的关系结构，都显示出作者不同凡响的艺术才能。儿子的母亲继承丈夫未竟的事业，又去闯准噶尔门的大风沙，抢救带伤的鸟。整个作品是在象征、寓意的审美范式中完成的。这里的象征不完全是西方式的象征，固定在一个"点"上，再进行阐释性的情节推演，人物性格注释观念性的演化是中国式的散点平视、点线结合型的、流动的、散发的、扩张的、弥漫的，更多的是散文化的写意，带有创作主体诗化物象的特性。因此我们说他是在写意与象征的层面上，浪漫主义诗情的喷射。

《鹰影》也是充满着象征与写意的一篇力作。鹰影象征着一种正义而雄强的力量，一种高空俯视的思想境界，一种敏锐、勇敢的形象。母亲象征着保护这新生的思想幼芽健康成长的保姆和社会力量。白天，孩子背大书包去上学，孩子竟然说："妈妈它太沉了，给鹞鹰背这个，鹞鹰会变成麻雀。"医生也是一种象征，他象征着一种不正常、不健康的思想和势力。他不但不能对孩子的正常成长起保护的作用，反而起束缚、限制、压抑、阻碍、摧残、迫害的作用。在这篇作品中，红柯融进了一些中国童话寓言式的情感意绪与形式技巧。因此，这种象征就漾溢出一种中国的气魄和中国的作风。

写意与象征的有机融合，这是中国文学走向世界的一条绿色的坦途。它不单单是一个理论问题，更是一个实践的问题。红柯先生在理论与实践的结合上成功地向前跨越了一大步。这是令人欣慰的。正是在这一点上，我被他创作的风格激动得难以自已。也正是在这一点上，他在中国当代青年作家中显示出了自己独有的价值和地位。

三

红柯是一位具有浪漫主义情怀的诗人。他的骨子里充盈和澎湃着"离骚式"的激情和血质。他的小说，是这种激情的燃烧和热血的迸发。

《奔马》中的那匹马，疾驰如飞，赛过汽车。"那是一股疾风，带着啸音在车外奔驰，他不得不把车子拐到左边，给那呼啸而过的疾风让一半官道。那团混沌状态的风慢慢显出真形，由鬃到马头马身马蹄直到圆圆的后臀，直到它有了奔马的形态和生命……眼前一片空明，路消失了，他和他的车来到伊犁的原野上，那匹无法超越的神骏进入空气，化为一片纯净透明的光。"这是鲜活生命与科技成果的竞赛、比照和思考。作者站在人类生命哲学的基点，思考人类文明在宇宙自然中的价值和地位，没有一种浪漫的情怀和诗意，是无法写出如此漂亮而又动人的文字和情景的。在这篇作品中，作者写到司机的"耳朵飞了"，是在表现司机不听外人的闲言碎语，人与车飞驰在大漠高原之上的寓意。在《乌拉乌苏的银月之夜》，他写陶科长与丈夫的性爱，"她伸出光胳膊，把丈夫勾进被窝。窗外，银月哗的一声从林带里窜出来，像猎人枪口下的野兔，奔跑得通体透亮"。这种时空的迅速转变，这种情景描写的大幅度跳跃，这种在情感深处寻找对应物象的浪漫技巧，这种人与自然的诗意组接，充满在他的作品中，或者说这是他的一种叙述方式和表现手段。

他的笔下：干沟里的石头能飞；太阳是一条红鲤鱼；死者能说话，能走路，能思维；白杨树会唱歌；羊有灵魂；"云彩被月亮修剪得很纤秀很光滑"；婴儿吮吸的不是娘奶而是鸟血；靴子具有人的情感和思维；"村根在大地深处扭动，扭动着进入她的身体，很雄壮地蔓延开，蔓延到她的每一根神经上"；"青烟像舌头一样舔着蓝天。舔着舔着就舔出了火星。火星溅得很远，像长了翅膀"……正是这种浪漫主义的诗情，给了他表现主题的宏阔空间，使他在"万物皆备于我"的自由时空中，舒畅而愉悦地写意言志。这种诗情渗透在语言中，显得清新而陌生化；注入在叙述方式中，有一种天马行空、蛟龙出海的自如、旷达、雄浑和富于冲击力；充盈在结构中，有一种极大的艺术包含量和情满宇宙的扩张力和感染力。《玫瑰绿洲》是一篇浸淫着荒诞与魔幻精魂的喜人之作。作者要表现的是："精神寻找家园"这样一个严肃的命题。然而，在这样一个严肃的命题中，红柯先生却以荒诞与魔幻的手法，深刻而又淋漓尽致地表现了自己对这一哲学命题的博深思考。这里有人性在金钱拜物大潮中寻归故里的感叹，有乡思乡情的深深眷恋，有对历史虚无主义的批判，有人对社会历史的贡献，有人在自然中的独立，有人文主义与历史文明的融合……《玫瑰绿洲》标志着作者的创作跃上了一个新的高度。他在人类学的基点上思考着中国文学的发展。《美丽奴羊》中的"紫泥泉"表现大学生在读人生社会的这本大书，读草原文化的这本大书的同时，读自己的专业科研书。作者是这样写的：奔马所至，劲风四起，书箱嘎吱乱响，里边的书全蹦到地上，米丘林、李森科、孟德尔乱成一团，伊犁马像对付牧草一样用嘴衔起一本书，一扬脖子递给主人。"马把主人当成跟自己一样的大牲畜，大牲畜可以吃掉一块草原，吃一天一夜不抬头。马一本接一本给主人递书，太阳灭了，月亮亮起来。主人跟它一样有一双夜眼，能在晚上看东西。书本刷啦刷啦响，主人把它掏光吃净了，随手扔掉。那些被吃过的书，跟羽毛一样轻飘飘的。凶禽猛兽扒拉过的猎物，往往变成一堆轻飘飘的毛。""……主人手里的书也发出咩咩的叫声。"

这是何等地壮烈！王者之气只有在自然山水、辽阔的草原、雄强的马背上才能孕育成熟。一切现实的、常规的、已有的陈旧表达方式都无法表达作者的这种思想感情，只有借助于荒诞和魔幻。紫泥泉是一种象征，象征着草原文化的母体，象征着孕育王者之气的处女地。一切文弱之气，都将在这里消解、重构和再生。王者之气，在这里孕育和涌出。在《树泪》中，他是这样写草原的："收割机就像蚂蚱，在高草里蹦跶。绿蚂蚱蹦跶的地方，草斜斜地躺下去。草肯定是困了。这么大的草原，马跑一趟也累得够呛，草跑了多少趟？风有多快，草就有多快。草跟着风跑，马跟着草跑。"这是对草原独到的感悟和观察，只有诗心，才会这样领悟草与风、马与草的关系。《树泪》表现的是一种草原之恋、白桦林之恋的挚情。那种对草原文化的痴迷，达到了如醉如痴的地步。草原文化是一种雄伟壮丽的日神文化、雄性文化。这种文化狗是看不懂的。狗只能看星星，狗也看不懂星星，狗看星星一片明，什么也看不清。这种象征和寓意指向了一种批判。在作品中，那位"雨"姑娘，是一种精神的象征。她是一个清纯、善良、美丽、浪漫的姑娘。她象征着一种纯洁、自然、开朗、旷达、浪漫的草原文化精神。作品中的他被她深深地吸引、醉倒。"他已经走出树林了，身边还是树液的流动声，他跟喝醉酒的人一样，在原野上蹒跚。"他离开那片白桦林，但丢失在白桦林中的那段情、那种意、那丝恋、那缕爱，渗透在他的血液中，扎根于他的瞳仁里，他的"眼睛里有一棵小白桦"。"小白桦从他眼睛里长出来。""他抓住白桦树的胳膊。那是一条柔软的胳膊，又白又软和，汁液饱满的胳膊都是这样。有一个吻落在他脸上，比雨点大比雨点猛。他心里叫一声：'白雨'，他就叫不出声了。"没有一段揪心撕肠的酷恋、苦爱，是不能写出这种感情的。这是一种真挚的浪漫主义的感情。这里有人类文化的思考，更有个人情感的血肉体验。个人情感的血肉体验，构成了他上升到人类文化学意义上艺术思考的内在基因。红柯先生的浪漫主义诗情在作品中的表现形式有以下几点：

1.一种对自然美、自然力的崇拜和信仰，赋予他巨大的创作热情和智慧。《奔马》中的神骏赛过了汽车，现代文明的汽车砸断了神骏的腿。这是对现代文明的怀疑，叩问。自然美可以唤醒人沉睡的、痴迷的、异化的良知和灵魂。美丽奴羊的那双眼睛，不就使屠夫恢复了仁爱、人性吗？紫泥泉中跳动着的不也是一颗热爱自然、崇拜自然以及自然力之心吗？红柯先生的作品中的时空是广阔的，他给作品中灌注的思想情感是大气的。他是在大自然的宇宙之气、作家之气、作品之气的贯通中，寻找一种浑然天成的融通之气。

2.表现人与自然亲和的主题。人是自然的儿子，人只有认识自然规律，尊重自然规律，驾驭自然规律，才可能与自然处于一种和谐的生存状态之中。《鸟》《牧人》《石头鱼》《树桩》等作品，都表现了这样的主题。这个主题的表达，在红柯的作品中，是以自然的人化与人化的自然的形式出现的。为了表现和谐，他尖锐地批判着不和谐。他写人们为了这种和谐而付出的巨大代价。生命寻求保护和发展、繁衍的自然之情与自然之力，与创作的炽热感情汇聚在一起，构成了一股巨大的浪漫主义的诗情。

3.强调主题、立意，不注重故事情节和人物性格的描写与刻画。红柯先生的作品完全是重"意"而不注重"言"，重理趣而不注重形式。他的小说与一般意义上的、传统意义上的小说有一定的差异。这种差异表现在结构上，就是他的小说淡化故事情节，或者准确地说，非常淡化故事情节。表现在人物上，他不太重视人物性格逻辑层次的刻画，他是在写意、象征的审美层面上，汪洋恣肆、心游万仞地泼墨传神。他的小说中，回荡着先秦诸子，或者更准确地说类似于庄子散文式的情思和意绪。

4.这种浪漫主义的情怀，必然使他更多地吸纳魔幻现实主义、象征主义、荒诞派小说等西方现代派表现形式。《瞌睡》《玫瑰绿洲》《鹰影》《石头鱼》《靴子》《树桩》等小说，已经表现出这种创作的趋势。然而，这种中西小说的结合，已经不是原本意义上的魔幻现实主义和荒诞派小说，也不是原本意义上的中国传统小说。它是新锐的一族，它将在中国当代小说的创作中，占有自己的一席之地。

当然，红柯先生还年轻，我们不可能给他过早地下结论。但是，他创作中表现出来的独有的价值取向是明确的。这一点，是可以就此明论的。

四

一个成熟的作家，应该是诊断民族精神的医者。他未必能开出医治病患的药方，但应该是能判断病情、病症、病态、病势的医生。只有这样，他作品中的价值指向才能与大多数民众的思想感情相统一、相一致，他的艺术追求才能被整个社会所认可。红柯先生具备这种诊断社会精神病症的基本素质。他密切关注着我们这个民族的精神和心理状况。

红柯先生的小说中灌注着一种剔除民族劣根性、保守性、落后性的批判精神。《过冬》表现的是两代人的生活观念、生活态度与生活方式。重点写老头过冬的生活态度与生活方式的选择。用儿女的现代化的生活观念和文明的态度，烘托、陪衬老头的陈腐、落后、保守的生活观念和态度。这里有对老人的同情，也有对他旧生活方式的善意嘲笑。老人在儿女们供给他羊、肯德基、巧克力、煤、炉子后，很迷恋这个冬天。他觉得冬天有雪、有煤、有炉子就很好，很满足了。炉子、煤在这里成为一种具有象征意义的东西。儿子接他到城里，他"还是那句话：'没有炉子没有煤，日子怎么过呀？'老头问儿子：'暖气能不能接到炉子上？'儿子说：'能。'老头说：'接上暖气我还要烧煤。'"到了城里，"儿子只好把炉子搬到老头床前，儿子还给炉子装上四个滑轮，老头出去的时候，炉子轰隆隆跟在后边像凶猛的猎狗"。作者在两代人生活态度和观念的反差中，表现他们的生存状态、精神追求、生活观念的差异，旨在倡导、张扬一种新的生活态度和生活方式。《美丽奴羊》表现的是一种如醉如痴、物我两忘的生活方式对人性的异化，以及人性在自然美中复归的思想。

《屠夫》中的持刀者——他，真有一种庖丁解牛式的神奇本领和功夫。他的情感深处激荡着一股血腥的杀气。可是他面对美丽奴羊"清纯的泉水般的目光"，感到"自己也变成了草"。"他栽倒在地上，刀子扎进沙土，连柄都进去了。他望着比他高的羊。"人性在自然中的瞬间复活和猛然省悟。这是善最终战胜恶的艺术写照，这是生活意识在壮烈的过程中思考自身价值的一种内省精神。《屠夫》的结尾是这样写的："月亮一点一点升起来，像一只明亮滚圆的羊，雍容华贵，仪态万方，走过来，一直走到这个沉睡的男人身边。"这是揭示主题的一笔，也是极具象征意味的深蕴之笔。人与自然的融合，人与羊的和谐相处，在碧绿、丰腴、茂盛的草原上放牧善良的、美丽的奴羊，是人的灵魂诗意地栖居于大地的美妙情景和最高境界。《牧人》表现的是一种如醉如痴、物我两忘的生活方式对人性的迷失。牧人太爱他的羊了，当羊的灵魂牵着他"在旷野上走圆圈"的时候，一只棕褐色的狼混进了他的羊群，跟在他的身后，他却"相信他的羊回来了，他的鞭子轻轻地落在一件实物上"，误把狼当羊赶。"他泪水滂沱，他不敢睁开眼睛，他宁愿处于冥想状态。他太爱他的羊了，他呜呜咽咽，你简直分不清那是一种什么声音。反正是一种声音，飘荡在空旷的大地上，却是清晰而真切的。"是——"少年抖着缰绳冲过去，一刀劈掉狼脑袋"，"牧人的神经才开始松动"。作者站在人生哲学的高度，审视人的生活方式和生活态度，审视人性，思考人在自然中的地位和作用，思考自我在自然与社会生活中的独立与自主性，强调一种理性的复活精神。他企图建立新的、健全的、人性的思想武库。

"紫泥泉"高扬一种自然、壮阔、豪迈的王者之气，批判一种顶礼膜拜、甘居人下、借助他人活着的文弱之气。大学生跃马天山之巅，消解了文人的孱弱与酸腐，终于培育出良种羊和自己强健的儿子。《鹰影》借助童心的纯洁和幻想，向往自己飞向天空，向往自己变成鹞鹰，向往鹞鹰杀死恶狼。这是人的精神对高天鹞鹰展翅万里长空、鸣啼宇宙的一种博大情怀、雄强巨力的认同和崇尚，是对一种风驰电掣般的迅猛之神的呼唤。正是在这一点上，这篇作品，富于深刻的含义和再造民族精神的重量。然而作者却以几分魔幻与超现实的手法，通过一系列的意象组合，通过暗示的方法，把这一重大的主题表现得那么机巧、睿智、敏捷、轻松而又富于现代性与世界性。

《乌拉乌苏的银月之夜》，把"文革"对我们民族精神的扭曲和残害造成的后果，推到了一个新的认识高度。陶科长既是"文革"的受害者，也是新的历史条件下体罚和迫害学生的执行者。一个精神扭曲的形象，在新的科技时代培养出自己的下一代。他的儿子萌萌是新时代高科技的产儿，萌萌被他的母亲——陶科长关在地下室的铁门里，他的情感世界是潮湿的、阴暗的、变态的。他从小就有一种摧残美的心态："小家伙把野花扔在车轮底下，花瓣烂在沥青里，像壁画里残损的小飞天。"这完全是一种变态心理。作者的这种思考是很深刻的。

红柯先生面对国民精神的思考，是站在整个人类学的高度在审视我们这个民族。《乌拉乌苏的银月之夜》是在民族的繁衍和发展中思考这个民族在跻身于世界民族之林中的精神状况。《鸟》是表现人对自然的保护和改造，是思考人与自然的亲和关系。《美丽奴羊》《中午两点》等是在写人性、人情、人的精神世界。《大车》是一篇充满人生价值和意义思考的作品。大车曾在人类的生活中发生过重要的作用，由于历史的进步，它自然地被历史的进程所淘汰。但是老王却要把这沉于大地的历史旧车重新启动起来。因为这辆车曾把他的老婆和小女儿拉回了家，他对这车有一种特殊的感情。这从土里钻出来的大车对老王究竟有无价值和意义？作者在这里发出了掷地有声的叩问。人们在生活中都有走失的时候。在走失的途中，"哭上这么一回才算没有白活"。人们之所以在前进的途中迷失自己，是因为"外边大得没边边，空旷得没边边。人到这种地方打眼一望，就会垂头丧气往后看，看看自己是从哪条路上走来的。身后没有路也没有脚印。灰扑扑的荒野跟水一样，又平又静，你能在水上踏出脚印来？水顶多起一些浪花，脚刚拨开，水就平静了，又平又静。浅石浅草比水平静得多，它们连浪花都不起，脚踩上去是啥样子，拨开还是啥样子。地上除了自己的影子啥都没有，影子是跟人走的，走过的地方啥都没有。石头还是石头，沙土还是沙土，草还是草。人有些害怕有些憋气……"这完全是写人生的体验，生活的感受，也是对人类在走向文明的过程中，生命在历经艰难困苦的体验后，面对未来出路深感困惑、迷茫的真实倾吐。人生的理想出路在哪里？人生的价值和意义在哪里？拖拉机开出一个新世界，难道大车的沉没就是必然的吗？如果有人要丢掉世俗的享乐，而去重新启动历史风烟尘封了的东西，有无价值？这是否又是一次人生途中的主体迷失呢？这种思考，是一种人类学的价值和意义的思考。正因为他具备了这种思想基础，他的作品一般都具有一定的思想高度。

  红柯的小说创作中，写意性的美学命题，是他作品的质核。象征性的技巧，是他的作品走向现代性的突出光色。强烈的浪漫主义诗情，是融合中国式的写意和西方式的象征的内在"亲合剂"和"溶解液"。魔幻与荒诞的有机结合，是他浪漫主义的诗情在化合写意和象征后的一种升华。关注民族精神的重构和再造，关注人类发展的前途和命运，是他作品具有社会历史重量的内在原因。它使一切艺术技巧性的东西，在审美的基础上闪烁着迷人的光彩。目前，在中国当代小说创作队伍中，60年代后出生的青年作家已形成一支不可低估的力量。红柯先生，在这批作家中以自己独有的创作风格和形式，赢得了社会的普遍关注。希望他百尺竿头再进一步，在创作上取得更大的成绩，写出更新更美的作品！

  原载《延河》2000年第12期，原题为《写意象征的浪漫诗情——论红柯小说创作的艺术特征》

历史的意绪与诗性的机智

——评毛守仁长篇小说《天穿》的艺术特征

这是一个慈禧太后一道懿旨砍下新党人头,那些变法政令成了一叠废纸的时代;这是一个天穿了、地老了、人荒了、情枯了、性迷了、心乱了,科举不行,占山为王的时代;这是一个丧夫不能再嫁,神虚强力持家,家道分崩离析,各人自有主张,明里放火烧寨,暗里寻情幽会的时代;这是一个人性被压抑、恋情苦挣扎、历史大动荡、悲剧绵绵生的时代;这是一个风云变幻、世态炎凉、明争暗斗、外强中干、空寂冰冷、阴盛阳衰的时代;……这是山西省首届赵树理文学奖的获得者毛守仁先生,在他新近出版的长篇小说《天穿》(作家出版社2001年版)中描绘的时代特征。《天穿》艺术地展示了在戊戌变法的动荡年代,陕西关中地区一个盐商大家族中一群男女的爱与恨、生与死、情与理、灵与肉剧烈冲突的心路历程。历史打破了昔日农耕文化惨淡营造的田园牧歌式的恬淡和宁静。社会的动荡,改变了人们自我设计的生活轨迹,旧的思想文化道德观念大坝的解体,使人性、人爱在新与旧的两难境地被惨痛地撕裂,流血。

历史的列车在这里脱了轨,天意在这里违人愿。一切励精图治、言归正传、处心积虑的个人企图,都被历史的车轮碾得粉碎。贤能淑惠、外清内秀的周筱丹,生为女儿身,却具男儿心,足智多谋,刚柔兼济,运筹帷幄,竭尽全力,呕心沥血地维持着这个岌岌可危的盐业家政,企图以家道中兴实现自己的人生价值。然而，历史的无情发展降临在她头上的厄运使她无力回天。最终，她在人性的舒展与维护贞节名声的两难中，悲凉地倒在虚幻的分娩新生命的血泊中，魂归西天。仙风道骨、妙手回春的许宜欣，是皇家瑞气保护神的后裔，一根银针，天人感应，一剂药方，悬壶济世，救死扶伤，康复人道。他被人称为"天医星"，就连扶风县县长见他都要让路的人，在那风声鹤唳、危机四伏、阴冷黑暗的五更天，面对难产血崩中生命垂危的产妇呼救、哀求，他也无力挽回必然死亡的生命厄运。最后，也只能无可奈何地写一句"碧云悠悠兮泾水东流，伤嗟美人兮雨泣花愁"的诗句，神使鬼差地走向嵯峨山下那片孤寂而阴森森的柏树林，与孤鬼冤魂了却此生。饱读经书、有胆有识的黄威，生为一介布衣，却怀补天大志，他敢作敢为，敢与大少爷秦旗同场赛马，敢闯崔夫人的闺阁绣房，敢占山为王，攻打田家堡。他是一个本能而盲目的具有叛逆意识的人物形象。然而，由于他缺乏先进思想、先进政党的指导，缺乏正确的人生观，他的一腔革命的热情，只能在落草为寇的荒蛮野性中度过。美丽端庄、大胆泼辣的民卿是一个富于人情、仁爱的女性。她与大少爷秦旗同床异梦，与黄威情投意合。她面对妓女依梦，可以友好交谈；面对周筱丹，可以玲珑八面；在天穿日赛马会上，众人鹊起，纷纷押注时，她大胆、率真、毫无顾忌地当众舍弃丈夫而把钱押向了黄威；在黄威领兵攻打田家堡时，她蠢蠢欲动，想冒死闯战火，见情人一面。她是一个追求新生活的新女性形象，也是由于她缺乏先进思想、先进政党作指导，她终了被窒息在个人情感的囚笼之中。

人物在这里是历史化的人物，历史在这里是人情化、人性化、人格化了的历史。人物悲剧性的命运是历史发展必然趋势的冲突和人物性格的矛盾冲突所导致的必然结果。历史在这里化为人物的心路历程，人物是历史的血肉形象。生活中的积极的、肯定的意义被压抑和窒息，腐朽的、没落的历史意绪与人物的情感意绪融为一体。人物成为活化的历史形象。

一

　　把历史意识积淀、消融在生活现象、儿女情话、家长里短、情感意绪和心理活动之中，是毛守仁着力追求的历史人性化与人情历史化的艺术境界。在情感的律动中合着历史的节奏，在意绪的弥漫中浸润着时代的气息，是他着力营造的艺术氛围。在他的笔下，人物情感的流露深隐着人性在历史的剧变中不堪重负的喘呼声；人物意绪的弥漫浸润着心灵的气脉在社会的动荡中本能的狂跳。这里的"一切景语皆情语"。榴院里，蜜蜂嘤嘤嗡嗡扇动的春风也含着历史的节拍；夜合槐的叶片也托着时代的风烟；"玉兰花一朵朵放开，宽厚的花瓣温柔追忆着冬情雪景"；"石榴花如烧着似的一团一团热情奔放，使石榴院一时忘了黯淡和郁抑，生气盎盎起来"；民卿的发髻形态凝定着人情、人性的历史意象；一对蝎虎蕴含着几多人生的哲思；一匹千二红马饱含着多少社会的诉说。

　　《天穿》在把历史意识融化在人物的情感意绪的过程中，具体表现在四个方面：

　　首先，人物是特定历史条件下处于两难境地的"这一个"的艺术形象。人物的生存环境、生活方式、思维方法是被历史典型化了的艺术载体。例如嫣红，她是一个仆人，是大太太身边的一个丫鬟，后来被大少爷秦旗收为偏房——妾。她的言语举止是屈从于大太太民卿之下的，又讨好于秦旗的行为方式。她是在夹缝中生存的人物。黄威是大少爷秦旗身边的伴读人（书童），人称假大少爷。他在真与假，入科与落第，爱大太太又不能光明正大地走在一起的两难境地苦斗着，最终落草为寇。是田家堡扼杀了筱丹的青春爱情，然而，她又不能不为田家的家道振兴而操心劳神。凤梅在幽会过了她的男友——宝儿之后，又不得不慌不择路地跑进黄威处。这里的一切人物都生活在尖锐的矛盾冲突之中。这种矛盾是社会历史变革的矛盾在人物心灵中的冲突，是人物不由自主地被历史所左右、所摆布、所支配的悲剧性的冲突。这些冲突，又都是随时随地、每时每刻发生在他们日常生活之中的。

其次，人性的压抑、分裂与扭曲是通过生活中必然发生的事情，在人心灵中产生的意绪来表达的。意绪的生活化、历史化成为一种社会意识的情感基础。许宜欣是一位承载着传统文化精神的卫道者，他具有医者"救死扶伤"的善良之心，也有几分菩萨般的脂粉气。但历史的铁血性不对任何一个认同当时占统治地位文化的精英给予超然物外的温情主义的包容。他最终如痴如幻般梦游荒野，是他逆历史而动的必然结果。作品中对他命运和心理活动的描写，完全是一种意绪的表达，这种表达如太虚幻境般缥缈、梦幻，充满了一股浓郁的神秘之气。这是没有找到光明出路的人在苦苦徘徊中的一种意绪，是一个时代迷茫的意绪，是一个历史阶段的困惑意绪。筱丹、民卿、黄威等人，都曾多次有过这样类似的意绪流露。

其次，通过环境的描写和烘托，提炼富于历史价值的生活细节，渲染一种艺术的氛围。筱丹在病中，"非吃蝎虎不可。她说蝎虎叫守宫"。"民卿打一哆嗦，浑身爬满了鸡皮疙瘩。"周筱丹的病"未见啥大病、明证，只是这么病病歪歪地纠缠不休，那病古怪得像影子不上身却也不离身，绰绰有余地随了她，抬手动腿都有反应，却又抓不到实处"。许宜欣面对筱丹的病，"心里跑马守不住丹田了。门前五柳树柳丝长树冠大，稍有风，它们则招声摇出一天动静，原本为着创造意境，这阵却总寻不着悠然，那些长长的柳枝闹嚷嚷说不尽无限心事，又不叫人明白"。"昨天竟然替夫人把脉都收不拢心，脉相本来就如游丝一样悬而不定，偏偏耳底又如迎风嗡嗡自鸣，他无论如何屏息闭气总不能把脉相分离清晰"。这种意绪，是一种历史动荡中的斩不断、理还乱的意绪，是时代变革中的人无所适从的意绪，历史人情化的意绪，时代人格化的意绪。这意绪中浸润着一股浓烈的、潮湿的社会政体走向崩溃前的死亡气息。正是这种历史气息的描写，使这部作品具有了一种别样的艺术情调。

再次，用生命直觉充实艺术境界的张力。黄威攻打田家堡，"堡墙上火光照天烧",王五更"往干草堆里一躺,又绵软又暖和,他像条虫似的蠕动,身子便渐渐埋住,眼皮涩涩地丢盹,似梦非梦之间,缥缥缈缈有人吁喘,那气儿比他的潮湿,比他的清秀,比他的丰润"。把吁喘用"潮湿""清秀""丰润"来形容和表述,这是一种生命意绪感知的表达。七太太周知玉感知张阿婆反锁房门的那"咔嚓"一声,是"鬼头鬼气的,又有点恶狠","那支铜锁头的声响,冷冷的,硬硬的,是黄绿色,生了锈的那种色"。感知,在这里是一种生命直觉本能的判断。毛守仁的语境是用生命点燃语言的活力,使其无比生动的语境。"她从胳膊腕褪下一只水绿色玉镯子,啪地压在黄镇海的菊花青格上。青葱碧透的玉在阳光里晃着波纹,犹如一滴水流转。"在他的笔下玉好像都有了生命似的。写黄威和大少爷秦旗赛马,"黄威什么都没看见,但不祥的预感越来越近。真如内心深处的担忧,一团血光紧紧逼上来,不必回头看,那种血腥色火辣辣地感觉到啦,感觉到它的渐渐浓烈"。这是一种生命直觉对自己身边事物发展作出的判断。它是鲜活的、准确的,直觉中潜隐着、孕育着审美判断。把笔触探入人的潜意识、前意识,是优秀的作家开掘艺术美的宝藏的重要手段。

  毛守仁在他的《天穿》中强调了这一点,是值得肯定的。例如大太太对黄威的思念、周筱丹在情欲的烧烤下的神思恍惚等,都是典型的例子。作者不仅写了他们的心理活动,更多的是写一种生命的本能、意绪,知觉在跳动、弥漫、燃烧的样态。

  毛守仁用生命的意绪营造语境的艺术途径主要有三点:一是把心理活动生命意绪化。"生娃时刻,身子撕裂几瓣,她张着手,十个指头曲曲展展,恨不能捏死什么,那一刻她若能抓住镇海的皮肉,她的心就不会迷乱,她就能挺过来。"二是把叙述语言情感化。"他双手搔着马鬃,大鼻子里嗡嗡地包裹着送她的一腔怒吼,他那声吼铁一般硬朗","什么时候日头影子竟悄没声溜下窗根儿"。三是把抽象的概念拟人化、生动化、形象化。"石榴院再不是寡妇脸了","那灯头怕冷似的畏畏缩缩调治不出往日的豁亮"。

由于作者的这种艺术追求，所以，他的作品充满着生命的活力，生命的激情，生命的意绪。这样，就把人的生命价值的思考与社会历史发展的思考放在了一个真实可感、动人心弦的意境之中。

正是这多情少妇的春心一动，热血男儿的心猿意马，风流书生的放浪形骸，草莽英雄的叱咤风云……构成了这篇作品在《红楼梦》的情感意绪中融进《水浒传》的豪气，在《镜花缘》的历史图像中融进《聊斋志异》的写意象征；在沉郁寂冷的个人本欲的生命感知中融进"毁灭的激情也是一种创造的激情"的奔突，在性情自然流露中昭示历史的必然。

《李自成》《曾国藩》《康熙大帝》等作品，更多的是以历史意识演绎、阐释人物性格与社会生活。《天穿》则更多的是在人性的舒展、人情的自然流露、心意的"天人不合"以及情意的历史背离层面来表现时代的没落和社会的腐败。这是两种历史题材的创作路子。前者走向"席勒式的时代精神的简单的传声筒"，后者走向"莎士比亚式的情节的生动性和人物性格的丰富性"。毛守仁走的正是后者的这条路子。

二

《天穿》是一部带有浓厚传统文化色彩的小说。作者站在现代意识和现代观念的立场上，从民俗学、人类学、神话学、"四书"、"五经"、《地理风水》、《素女经》等文化历史积淀入手，以"女娲补天"传说为小说的开头和立意，对中国传统文化中的残枝败叶、陈腐思想予以认真的清理和有力的批判，吸取精华，去其糟粕，确定作品的艺术价值投向。这种创作立意，是站在生命的价值和意义与历史发展的总趋势是否取同一价值取向的立场上的一种选择，是一种对人、自然、社会三者和谐发展的理想生活的呼唤，是一种人性对文化中的历史滞后性的冷峻拷问。

田家二少爷殊旗病入膏肓，用筱丹来冲喜、企图挽救他死亡的命运。

然而，二少爷终究还是死了。周筱丹——周小姐成了周夫人——二少奶奶，但她少女冰清玉洁的身体没有任何一丝一毫的变化。她在寂寞、孤独中失却了人性、人情应有的权益、享受、价值和活力，她被冰冻在一个少女寡居的贞节房里。这种从民俗学入手，着眼于写人性、人情、人的生命意绪的历史定性，是值得肯定的。

大太太民卿难产假死，周筱丹误听别人言，准备用"一颗七寸钉钉在死者的肚子上"，说这样产后鬼就不闹院子，院子才平安。是许宜欣的到来，阻止了她的这一愚蠢的行动，救了民卿和孩子的命。这个典型细节把一个既是封建礼教的牺牲者又是封建礼教的卫道者的两重人格，写得合情合理、惟妙惟肖。

为了田家人财兴旺，周筱丹请鬼谷子察看地理，祭祖迁坟。鬼谷子那一番以地形论人理的神秘玄论，给人以似是而非之感。没有对地理五诀、风水类传统文化进行过比较深入的研究，是断然写不出这样的文字、语言、情节和人物个性来的。周筱丹请来鬼谷子给田家祖上看的风水宝地，没有给田家带来人财兴旺，反倒把周筱丹自己的青春生命埋葬在血岭沟。她之所以不得埋进田家坟墓。据说是为了捍卫田家坟墓的纯粹性。没有对传统文化保守性和落后性深入的分析，是写不出如此深刻的情节来的。

张阿婆这个男性化了的女性仆人，也被封建礼教毒害了，扭曲了，吞食了。她遵照二奶奶的吩咐，将屋门反锁了。她心里嘣嘣直跳。她这时才明白珍妃被丢进井里的含义："不就是为了女人的名誉？生前越显赫的女人，身后名誉越要紧。并非谁心狠，那本意竟是最善的。"这是一个在封建伦理门阀下生活的一个仆人对人生的基本认识和态度。真实、可信，又令人悲凉、伤感，可叹、可怜。

黄威攻打田家堡，城头高悬如林的月经血纸；这是以阴气对抗阳气，借助阴间鬼气，除恶避邪。这又与女性"补天"的主题、立意相吻接。正是这种独具匠心的情节提炼，使《天穿》在一种极富艺术感染力的世界中，放大了传统文化中的历史弊病。

黄威攻打田家堡，火光明天，周筱丹不是积极地组织人力去抗击强盗，却想的是怎样保住田家女性的贞节和名声。她让下人往楼上搬了几篓油，把女人们都锁在房子里，门口放着油篓。她自己也坐在油篓之上，等火烧来与堡同焚。与此同时她还在讲"周礼"。正是这渗透在她血液中的"周礼"，使她变得如此地麻木、愚昧和无知。

从周礼到孟子，到阴阳风水理论，到中医经验哲学的阐述，到民俗生存形态的描绘等等，作者一一对之进行历史的评价与审美评价相统一的分析和批判。他寻找和分析造成我们中华民族精神萎缩的文化原因。他用鲜活的生命感知，鞭挞封建礼教对人造成的精神压力和扭曲。正是这种用生命感知和哲理分析的拷问和追寻传统文化对国民精神劣根性形成的原因，才使《天穿》富有历史价值和时代意义。

三

艺术美中的诗性，指作家创作时的灵感、灵性灌注在艺术作品中诗意的、艺术化的、巧妙而机智的传达思想感情的语境和结构形式。这种语境和结构极富艺术的张力。它往往是一种超常的、奇妙的、巧夺天工般的意境和境界的营造。

《天穿》在主题的传达中，是具有这种特征的：社会历史的天穿了，需要"破天荒"的"女娲"来补。然而，补天者（周筱丹、黄威、许宜欣、孙稳婆、鬼谷子、周知王、张阿婆之流们）最后连他们自己都化为岩浆补进去了，可天却依然是穿的。你能说这种立意是没有诗性的光彩吗？

天穿了要用人补（周筱丹锁门，锁人欲之门与之俱焚），要用地补（鬼谷子看地理风水），要用医补（许宜欣的使命），要用科技补（铁路小姐），要用暴力补（黄威揭竿而起）……然而，都未能补了这穿了的天。你能说其中没有跳动着一颗炽烈的诗心吗！

《天穿》的诗性表现在结构形式中，就是强调一种历史的发展总趋势、人物的命运、人物生活中的感性形态、人物的心理活动、情感意绪与特定事件互相交织、互相照应、回环入扣，然而又协调耦合、同步发展、同步共振的审美境界。追求心灵外化的感性形态与人、自然、社会协调发展的理想社会生活，追求典型事件与典型细节相得益彰的社会历史性的艺术张力，追求形式感的精神意味，这些整体合一化的"九九归一"，是作者煞费苦心、惨淡经营的艺旨所在。例如：

孙稳婆要给难产假死的大太太肚子上钉钉子。被许先生拦住。他说："窈窕淑女桃之夭夭，细盈盈一支针尽够。"他一针下去，挽救了两条人命。这钉与针之间过渡得多么巧妙，又联系得那么内在而紧密。在同质异构或同构异质中寻找思想情感表达的整一性，是毛守仁先生在诗性的表达他的艺术追求的过程中机智的形式。诗性地、机智地表达他的美学追求的途径多种多样。

在夫人的坠马发髻，与黄威的赛场落马，黄威想参加科举，然而历史的变革使他科举落马等的形式中，寻找思想内容的表达与艺术形式的一致性、同一性、相似性，是他娴熟的技巧的自然流露。

大太太的丧事变喜事、丧筵变喜筵，在极端对立处寻找呼应和统一，是他谋篇布局的内在机制。

同时，他很注意道具、场景、事件等与人物命运、使命的内在关联。"迎祥宫里丝弦一阵，板鼓一阵，阿房腔婉转多变正演着今本《柳毅传》。"柳毅传书救龙女，许著银针救佳人。作者不也在扮演着柳毅的角色，传出书来，拯救那些生活在旧的传统道德观念下的女性吗？这种美妙的构思，怎能不叫人扼腕称赞呢！

《天穿》中的人物都是有个性、有艺术深蕴的人物形象。作者对之都赋予了属于自己思考的艺术特性。美丽、漂亮的依梦坠入风尘，却追寻《孟子》中的那种精神的独立和人格的挺拔。这是精神不倒、灵魂不死，是出淤泥而不染的莲花般的品性的自我完善，这是一个人的情思在严酷的、暗无天日的生活中拼死抗争的呐喊。他与大太太民卿的关系构成了作者更深一层的思想意蕴。大太太与依梦，依梦与大少爷秦旗，秦旗与周筱丹，大太太与秦旗，大太太与周筱丹，大太太与许宜欣，周筱丹与许宜欣……这人物关系，情感纠葛，对应组合、过渡衔接，充满了一种诗性的机智。

一匹千二红马，生出了那么多缠绕不清，"剪不断、理还乱"的事情；一对蝎虎负载了那么多的寓意，阴冷潮湿处的苔藓丛中，却跳动着鲜活的生命和坚贞的爱情；鬼谷子那被西凤酒烧红的眼，对应着热昏的、梦呓般的胡言乱语……这种机智，是一种"选材严、开掘深"，缤纷世界，神奇一点式的妙对和天趣般的组合。

毛守仁对中国古典小说的艺术技巧是情有独钟的，他也从中吸取了不少的营养。例如：《三国演义》中庞统与诸葛亮下棋的情节，他在《天穿》中就引用、发展、丰富了这一艺术的境界。黄威围了田家堡，许著以特使的身份去谈判，他知道黄威喜欢下棋，他就带了"金刚木棋盒"。见到黄威，他们俩摆开棋盘，拼杀了起来。许著以棋势论形势，以棋局谈时局，以棋步论人生的步履……一席论说得黄威茅塞顿开，收兵回营。一场血战谈笑间灰飞烟灭。这种"青出于蓝而胜于蓝"的艺术构思，是令人佩服的。

整个作品的时代背景和人物命运的暗合，依梦和民卿，民卿和筱丹，秦旗和黄威，筱丹和许著，凤梅和空儿，千二红和蝎虎……这一切关系、结构、秩序、排列、暗合、照应、聚散、虚指、实写等，都是一种富于诗性机智的艺术表达，都是一种有意义、有象征、有暗指的形式，都是一种艺术地整合思想感情的表达形式。

历史观念的情感意绪化，使《天穿》获得了一种富于艺术美的感性形式的内在凝聚力。诗性的机智又使之在结构形式中极大地表现了丰富的思想和感情。这二者之间有机智的统一，构成了一部整体性的艺术美的自在完备的文本形式。它在中国当代小说的创作中，散发着古典情结与现代意绪相交融的美学气息，给人以别样的审美享受。

　　当然，《天穿》还没有达到尽善尽美的艺术程度，其中情感意绪的典型化——对历史价值提炼的纯洁度、晶莹度还有待于再提高。

原载《小说评论》2001年第4期

（收入本书时有增删）

整体意象的诗化形式美

——评安武林儿童文学创作的艺术追求

以强烈的理性穿透力和浓郁的艺术感染力走进中国儿童文学创作殿堂的安武林，带着他自己独有的人生体验、审美判断、艺术认知的情意，为孩子们写出了《水杯里的大耳鼠》《栗子鼠出逃》《一朵花、二朵花、三朵花》《老巫婆的哭哭袋》《泥巴男生》《来自天堂的消息》《十四岁的天堂也下雨》等童话、小说、散文集。这些想象瑰丽、联想丰富、神与物游、天人合一、意与境谐、人化自然、谐情带韵、诗意盎然的作品，曾荣获"张天翼童话寓言奖"金奖、"冰心儿童文学图书奖"、文化部"蒲公英奖"、陕西省"蓓蕾少儿文学艺术奖"等二十余项。把哲思融进诗情，把现代意识注入传统观念，在世俗化的生活中提炼崇高、圣洁的精神境界；在简约、明快的形式中寄寓丰富、多彩的思想感情，这种艺术追求，使安武林不仅赢得了孩子们的一片赞扬声，也赢得了社会读书界的广泛好评。他在《中华读书报》《花季·雨季》《北京日报》《中外童话故事》《少女》《文学少年》等报刊开设个人专栏、发书评，谈创作、论艺术，显示出超群的艺术才华。安武林的创作，为我们提供了儿童文学创作新的文本形式。他的现代观念和现代意识以及对儿童文学新的理解，使他在一个新的基点上显示着他不同凡响的艺术价值。在这里，我仅以他的《老巫婆的哭哭袋》（甘肃少年儿童出版社2004年版）、《来自天堂的消息》

（北京少年儿童出版社2005年版）、《十四岁的天空也下雨》（北京少年儿童出版社2003年版），三本童话、小说、散文集为例，来说说他的艺术追求。

寓言式的童话隐喻

童话，是一种心游万仞、情与境谐、以象喻理、神与物扬、主客一体、整体隐喻的象征艺术。安武林的童话集中地体现了这一点。在《快乐的小魔轮》中，小棕熊卡琪的爸爸和妈妈离异了。卡琪的妈妈跟着另一个家伙跑到一个有山有水、美好的地方去了。

卡琪的爸爸用毛茸茸的大手捶着自己的胸脯吼道：我完了。

卡琪怯生生地说：那么，我呢？

爸爸凶巴巴地说：我不知道！

卡琪的爸爸搂着碗口粗的树使劲地摇晃，摇下一片片绿色的叶子；他用拳头或巴掌使劲地打着树干，大树可怜巴巴地告饶：求求你！

每一天，爸爸都是这么过的。

卡琪把落下的叶子拾起来，当手帕用。她的眼泪使绿色的叶子变成了五颜六色的图案，每一个图案的中间，都有一张小小的、妈妈微笑着的头像。

这是一段多么符合儿童心智的、精彩的描述。从卡琪的眼泪起到卡琪的眼泪止。卡琪的眼泪像山泉一样流淌着，浇得一大片草呀，花呀，使劲地疯长狂开，不也隐喻和暗示着卡琪这没有母爱的孩子在痛苦和孤独中放任自流、无人教养、独自疯长吗？卡琪爸爸的痛苦、无理性，不是给孩子带来更大的痛苦和孤独吗？来自父母离异的痛苦，给卡琪带来对母亲更多的思念。特别是卡琪拾起叶子当手帕擦泪，叶子变成美丽的图案，其中掩映着母亲的笑脸，这一笔写得很有诗意。这是一种从形象到形象的整体意蕴；这是一种抓住典型细节把心灵放大的主题特写、玫瑰色的抒情。在安武林的童话创作中，这是他最基本的表达方式。

安武林的童话，是21世纪的中国童话从传统向现代过渡的童话。在这里，中国传统童话的美学观念发生了巨大的变化。中国现代童话创作的思想、方法以一种新的姿态和形式出现在当代中国文坛。

中国传统观念的童话，更多的是在善恶的道德评判上培根育本，其矛盾冲突的基本根源是人与自然的对立。这在当时社会生产力低下、自然力向人发出统摄性的淫威时，是符合历史发展的审美价值投向的。但是，在科学技术飞速发展的今天，在人对自然资源采取疯狂式的掘取，自然生物成为人类餐桌上的美味佳肴，黄河断流，新的病毒、病原虫没有自然天敌时，人与自然的生态平衡被打破了，全球温热化等现象给人类的生存带来极大的危机。人们幡然醒悟，我们以往的做法是错误的，认识是不对的。这时候，人们开始《怀念狼》，寻找《狼图腾》。安武林的童话创作，正是在这一历史背景下，具有时代标记的人与自然和谐相处，在农耕文明向现代科技文明转换过程中童话主题表达的形式探索。《紫色的桑椹儿》，表达的是叶细细与花斑猪和谐相处的良苦用心。《童话饼》，叙说的是一个叫蘑菇妞妞的儿童用百花的花粉和花瓣上的露珠做成童话饼，狼吃了以后消解了他的恶性和残暴，变得温和可亲起来。这饼还能使斗恶者获得智能和力量。这则童话，表现了对传统童话中狼的形象的反叛与重塑，呼唤人与狼和平共处（狼已是自然力的象征）的美好愿望。

安武林在完成人与自然和谐相处的童话表达中，努力深化着童话中传统艺术形象向现代性的转变。在传统的童话中，巫婆往往是一个丑恶的形象。她是万祸之源。可是，在《老巫婆的哭哭袋》中，她为叶细细治好了病，并使她恢复了美丽、漂亮的容貌。在《告别三叶镇》里，她同情弱者，支持善者，惩治恶者，是一位令人尊敬、慈悲善良的老太婆。在《老巫婆的小木屋》中，她是一个深得孩子们喜爱的老人，"她的小木屋里，热闹非凡，孩子们出出进进，像过年似的"。在《哦，宝贝，宝贝》中，她是一个"以其人之道，还治其人之身"的正义的维护者。她用自己的幻术，粉碎了不公正的强权条例，给人以心灵的慰藉。在《多嘴婆婆的邻居》中，老巫婆以自己的法术复原了打碎的紫砂壶盖，解除了小女孩的惊恐、害怕、痛苦，给她带来幸福的欢乐生活。在《老巫婆的哭哭袋》中，老巫婆手拿铜铃铛，一路走，一路唱："走啊走，乐啊乐，哪里有笑声哪里就有我"……由丑到美，这是一个质的变化。在这逆向思维、颠倒过来看事物的背后，是更深刻的人类文化学、后工业革命等现代哲学的思考，是人性站在钢筋、水泥、暴力、肉欲上，遥望人类精神的万里星空。作家在《一座颠倒的医院》中，把这种思想感情表现得更加艺术化。

这种从传统到现代的转变，表现在创作实践中，必然是对现代儿童心理和时代特征的表现。《咕嘟，咕嘟》艺术地再现了当代儿童普遍孤独的心理特征。作者呼吁："必须让更多更多的人参与，让每一个热爱和关心儿童的人都参与进来，疗治这时代的儿童'病症'。"时代变了，人们的生活条件变了，富裕的物质生活，给独生子女带来的不是幸福、欢乐、开朗和大气，而是孤独、烦躁、狂妄和自私。作者为此而焦虑和担忧，他在《没有意思的玩具城》中，表现了一个失去金色童年的丰富生活享受的典型形象。哈克"把书包往地上一丢，身子猛地往后一倒，就重重地倒在席梦思床上。家里没有其他人，哈克望着天花板说：'真没意思。'突然，哈克烦躁起来"，他"飞起左脚，嗖，鞋子飞出去"，"飞起右脚，嗖，咣当，鞋子砸在什么东西上了。哈克很兴奋"。这种"兴奋"是建立在以我为中心，以无意识为乐趣，狂妄、自私、破坏性的基础之上的。这种从儿童普遍存在的心理和性格特征出发表现时代的心理病症，引起疗救者的注意，增添了安武林作品的现实生活感和历史责任感。

安武林在他的童话中，把严酷而复杂的现实生活艺术地展现在孩子们的面前，让孩子们通过阅读，过早地了解社会和人生。三叶镇上狭隘的猜妒；哈哈城的强盗逻辑；小古丽被关在麦秸的笼子里，带进城，受尽了熬煎。这种直面人生、正视现实的真诚书写，使十三四岁的孩子们面对他的作品有一种亲切感，因为这是他们人生路上必须面对的课题。

童话，是童心把宇宙、自然、山川、河流、飞禽、走兽、树木、花草，人情化、人性化、人格化的一种主观心灵移情的艺术。一颗富于弥漫、浸染和渗透万物的童稚心灵，艺术化的重构和整合理想的未来，这种诗化客观世界的思维方式，是童话艺术独具特质的天分。金波这样评价安武林的作品：安武林的童话充满大自然的音籁，充满爱与美的情思，拓展了儿童的想象，提高了对人的天性的认识，因而成了永恒的快乐。秦文君这样评价他：安武林用心缔造了一个童心世界，写的是小猫小狗、仙女巫婆，但同样富有灵性和繁复的思想，因为其中浪漫的童言，纯真童稚，切中天性，他的美妙在于为人们找回梦想和感情，以及极易丢失的赤子之心……安武林，他具有这种天分。一粒米，一盏灯，一粒果核，一块怀表，一座木屋，一只蟋蟀，一朵含露的玫瑰花，一串桑葚儿，一声蛙鸣……都能被他诗化出五光十色、扑朔迷离、引人入胜、妙趣横生的童话故事来。安武林的童话故事，是写给十三四岁的，乃至十五六岁的孩子们看的。他是一个在理性的基础上，构建寓言式童话皇宫的艺术家。他的童话，诡异、神奇、幻化，在隐喻的传达方式中，散发着一种感人至深的艺术魅力。

家教情怀的情理小说

《来自天堂的消息》写得非常清丽、明快。语言的畅晓、文字的朴素、情感表达的率真给这部作品披上了青春亮丽的彩衣。读完作品，掩卷遐思，我们不难发现，这是一部在简约中寓丰富，在朴素中含典雅，在明快中融圣洁，在率真中有坚毅的厚重、大气之作。作者站在象征意义的基点上，以一种空谷足音的宗教情怀，关照现实人生的世俗世界，艺术地再现了一群少年骄子的"孩子气"在菩提树下，灵魂修炼去天堂的主题。

作品中引用了席慕蓉这样一首诗：

一棵开花的树

如何让你遇见我

在我最美丽的时刻

为这

我已在佛前求了五百年

求佛让我们结一段尘缘

佛于是把我化作一棵树

长在你必经的路旁

阳光下

慎重地开满了花

朵朵都是我前世的盼望

当你走近

请你细听

那颤抖的叶

是我等待的热情

而当你终于无视地走过

在你身后落了一地的

朋友啊

那不是花瓣

那是我凋零的心

　　这"一棵开花的树"是生命的菩提树。这树上的花，是生命之花、菩提之花，这生命之树上的智能果，是菩提之花脱胎而来的。其中有阳光、雨露的浇灌，也有电闪雷鸣、暴风骤雨的炼狱。人，与生俱来都有"孩子气"，这是天然之气、稚嫩之气、率性之气、本真之气、血亲之气，没有它，不成其为人。但如果有了它，任其野性疯长，将毁掉人的一生。如何引导和升华它，这是爱的教育的重大课题。安武林以一种宗教理性和人类终极关爱的情怀，为我们描绘了一幅当代少年才俊在人类大爱的关照下，人性纯化、净化、升华的心路历程，展示了朦胧、童稚经过孤独、痛苦的历练，终于参悟出人生哲理的情感轨迹。席慕蓉的这首诗，可以说是引领整个作品主题思想的大纲，也可以说是建立整体作品形式和结构的基石。它涵盖了这部作品的全部意义。

作品中还引用了米斯特拉尔的几首诗，我认为这是对席慕蓉那首诗的补充和丰富。作者要告诉读者：热爱生活，热爱生命，生命来之不易，她不仅仅是属于你自己的，珍惜我们生活中的任何一段"尘缘"，以人类之大爱，倾听、领悟每一颗心灵的真诚倾诉，那是类属的悲怜与认同，那是慧性的灵悟与人化，千万不要匆匆而过。否则，将会伤透"在佛前求了五百年"的虔诚之心。这里的"天堂"具有一种象征意义。它是母爱的灵魂归宿的地方，也是善的灵魂向往的地方。它是精神的家园，又是情感的栖息地。只有在现实生活中，热爱生活，热爱生命，心存善意，多做好事，助人为乐，严于律己，敢于用痛苦承担生命的重任，才有可能听到来自天堂的、伟大的母爱之音，才有可能踏上灵魂与天堂的圣洁之路。作者通过我和爸爸、花姐、李不凡、小玉、柴青等人的矛盾纠葛、友情表现，艺术地展现了这些思想。

这是一部在细节中开掘深刻主题的长篇小说。用人类之大爱的主题，把一个一个典型的细节连缀起来，形成一个晶莹、透明、灿烂发光的项链，戴在菩萨的脖子上，是作者的良苦的用心。在第十六章，一棵开花的树中，一切事情都已发生，作品中的主人公站在现在时态的菩提树下，回忆小玉在最后离开他的时候，那些细枝末节的变化，他浑然不知地与小玉拉钩，"哎哟，我马上觉得有点不对劲。小玉在暗中使劲，好像把全身的力气都集中在小手指上了。哎哟，这小玉的淘气啊，又不是掰手腕，干吗要用那么大的力气？"果果当时面对"长在你必经的路旁"的"这一棵开花的树"，他没有读懂小玉"拉钩"这一生活细节——"阳光下／慎重地开满了花／朵朵都是我前世的盼望"的全部含义。她只"看见她的眼睛里闪过一丝异样的光芒。那么陌生，那么遥远"。第二天，当班主任张梅老师宣布"小玉转学走了"的消息后，果果的头顶上像响了一声炸雷，"好半天，我才慢慢回过神来。一种想哭的感觉在我的全身蔓延开来，这种想哭的感觉就像腐蚀液一样，把我所有的骨头都给腐蚀掉了。我两只胳膊肘撑在桌子上，浑身酸软无力。我怎么没有想到那些暗示性的细节呢？我真傻，小玉可是给我留下了充足的时间和机会啊。我瞅一眼小玉空荡荡的桌子，怅然若失，心里空荡荡的。我揉了揉眼圈，一些泪水顺着指缝流了出来"。

不是吗，莎莎小姐很喜欢果果的爸爸，果果的爸爸也很喜欢莎莎小姐。他们两人相亲相爱。只是由于果果的妈妈去世得早，果果的爸爸很爱果果，也很爱果果逝去的妈妈。他在自己的第二次婚姻选择中，把果果的意见放在了首位。凡是果果不喜欢、不接纳的女性，绝对不能成为他的爱人。果果也正是利用爸爸给他的这种权利，让自己狭隘的爱面子、虚荣心无限膨胀，让自己先入为主，主人意识无限扩张，让自己小孩气肆意践踏别人的尊严与情感，他逼走了他内心已经喜欢和接纳了的莎莎小姐。站在莎莎小姐的立场上看果果的这种行为："而当你终于无视地走过／在你身后落了一地的／朋友啊／那不是花瓣／那是我凋零的心。"

不是吗，果果细听了李不凡的诉说，接受了李不凡的热情，用爱消融了隔膜和误解，拯救了李不凡的灵魂，使他同样用爱来帮助和拯救更多的人……"一棵树上应该有花，有花就应该有果子"。这是一个生命的过程。花花和果果，主人公的名字也是有寓意的。人类的生命繁衍，人类的自身生产，人类社会的发展，都是这种生命过程的表现形式。一代人的败落，将造成几代人的惨重损失。由于果果的成熟，果果的爸爸和李不凡的爸爸消除了矛盾和误解，携手合作了。由于果果的成熟，花花小姐和果果的爸爸结婚了。有情人终成眷属。果果的亲生母亲也从天堂托来美梦，祝福果果有了一个温柔、善良、体贴的好妈妈。

小说在结构、形式上有一种整体对位、补充、互依的关系。我与李不凡、我的父亲与李不凡的父亲、我的父亲与李不凡的父亲因我的母亲而发生的矛盾冲突、我和李不凡因偷看我母亲的日记而发生的矛盾冲突："我气得七窍生烟，什么也顾不得了。我疯了似的冲了上去，照着他的侧面就给了他一拳。因为小玉和李不凡正好面对面，我只能从侧面出拳。我的目标是他的小腹，没想到的是，小玉侧了一下身子，我的一拳打在了小玉的背上。"我母亲的伟大与厚爱，小玉的温柔与窈窕，这两个女性是母爱的化身。她们都有一颗菩萨般的仁爱心灵，特别是现实生活中的小玉，她出身于高干之家，却没有丝毫贵族小姐的娇媚之态、浮华之意，有的却是生活朴素、平易近人。她是新时代新女性的形象。作者对女性怀着一种崇拜的心理。正是这种多样统一、整体合成的内心结构，使作品中的人物性格发展逻辑层次、情节冲突的因果关系在艺术审美的轨迹上运行。

读《来自天堂的消息》，我们能够感觉到，安武林是在用诗的意境结构小说。纯洁的感情——纯洁的灵魂——圣洁的天堂。小说中没有欺诈，没有血污，没有肮脏，有的是纯洁、善良、真诚、热忱、友好、明亮、健康、向上。青春小说，就应该是这种价值取向。面对这一代青少年，我们的作家一定要把培养他们具有一种人类之大爱的精神境界和情怀放在首位，安武林做到了这一点。

意境深远的清新散文

散文的特征在于抒情，小说的特征在于塑造人物形象。鲁迅的《风波》《戏社》，冰心的《小橘灯》等在这二者之间，培育出叙事抒情的散文之花。安武林的散文，走的就是这条路子，他的散文往往放大心灵的微波，特写情感的律动，在瞬间感应的生活意境中析出散文美的晶体。他的散文往往在生活的偶然载体——典型的细节中寻觅意与境谐的入口处。情感样态的生发轨迹，是他散文抒情的内在逻辑层次。他的散文是在青春初萌的情恋之花上闪烁的露珠，是少男少女心灵深处最纯洁、最柔弱、最隐秘的情感颤动和声响，是在美的仪态中求真、求美的精神聚焦，是初绽的新蕾第一次遇到风雨时的生命体认。清新、澄澈、明丽、阳光、健康、向上，是他散文美的基本特征。课桌上的一条"三八线"映照出童心世界的情波微澜；一声"小炉匠"的绰号，在天真少女情感的天空下起了瓢泼大雨；一盘跳棋，两颗玻璃心，在灿烂的阳光下博弈出五彩缤纷的思想光华；半个月亮郁郁地照在一颗忧伤的心里，那是一对青春少年不完整的苦恋；学校门口的亲切称谓在这里是粉碎陈旧门阀的纯洁友谊；琴声如诉，诉说着晓薇过去的美好，以及对未来的渴盼……少女心灵的撞击、波动、喧哗，映照出现实生活中的矛盾、冲突、斗争。现实的世界在心灵的世界沉积、过滤、诗化；心灵世界在现实世界中历练、完美、成熟。这二者在艺术审美的把握中叠合、重构、再造、整合，一个审美世界的新秩序、新律动在这里散发出感人的艺术魅力。

安武林的散文，是一种叙事中抒情，抒情中寓意，携情带意中寓理，理融于情的散文。这里的叙事是一种携情带韵的叙事。这里的抒情是一种喻理外化的叙事形式。这里的情节不仅仅是塑造人物形象和展示人物性格的情节，也是揭示人物心灵的律动和情感发展逻辑层次的情节，是用来寓意喻理的情节。读《青鸟快快飞》，我明显地感觉到，这里的青鸟，是一种象征幸福、吉祥、快乐的鸟儿，这是一种友谊的表征。作者是要告诉我们的少年儿童"请精心呵护你手中的青鸟，不要让它受伤，让它快快地飞"。《青春咖啡屋》，用咖啡提神一样给作品中的我以精神的鼓舞。"文洁雅突然有了一种想唱歌的欲望。是啊，一个素不相识的男人改变了她的生活。她觉得自己忽略了许多东西，比如说：俯拾即是的阳光，还有平凡人中不平凡的精神"。《回来吧，我的小船》是一篇寓意深刻、境界高远的作品。从城市到大山中度假的花女与石娃在山溪边不期而遇，清清的溪水洗涤着花女烦闷、困惑、纷乱的情感。她对朴厚、憨实、稚嫩的石娃产生了好感，主动向他靠拢和接近。他对石娃说："我放了暑假，住在城里闷得慌，便来山里看姥姥了，放松，放松。你不知道，在城里，人活得很累。这儿多好，青山、绿水、蓝天白云，人根本不会受到伤害。"石娃问她："那，你一个人不害怕吗？"花女说："怕？我最怕人了，除了人，我还怕什么，人的欺骗，人的谎言，人的虚伪，你有时都无法分辨出真和假。"这是一个单纯、清丽、善良、温柔、可爱的少女面对大山，美丽的自然的内心独白。这也是现代人面对复杂的社会现实深感压抑、苦闷、痛楚的一种普遍心理。花女很感谢石娃给她带来的快乐与幸福，把自己"还准备往溪水里放的一大堆叠好的花花绿绿的纸船"送给了石娃，并说好在第五天仍在这儿见面。可在相约的日子里，花女没有来，石娃等啊，等啊，等得好苦，还是没有来。石娃非常失望和痛苦，他知道花女是一个非常守信的人。在后来的日子里，石娃每天去他们相约的地方一次，"取出一只纸船，放在水里，小船碰碰撞撞，终于顺顺当当向远方漂泊而去"。这是一篇现代意识、现代观念、现代寓意很强的作品。花女的不辞而别可以作多种解说，也可以说她是被严酷的现实生活中的一股无法抗拒的力量逼走的、劫持走的。她来不及向石娃告别。她没有给石娃写信，也同样可以作多种解说，也许，她是被别人欺骗，被人暗算，已不在人世。所以，石娃接不到她的来信。石娃在溪中放船，希望之船、理想之船，怀念之船、生命之船、友谊之船。一篇短文，有如此深重、丰富、隽永的寓意，实在令人佩服。

安武林的散文，在形式上把小说的品格与散文的品格进行重铸与再造，创造出一种独具散文审美品格的文本形式。在内容上把现代意识、现代观念注入纯情如水、风轻云淡的童情、童趣之中，使作品的思想感情更贴近生活、贴近儿童的心理，具有强烈的艺术感染力。

总之，青年作家安武林是一位很有才气、很有理想、很有抱负的儿童文学家。他在少年儿童的情感、意绪、思想、观念的生活感受中，精心培育艺术的把握世界的方式。他用真、善、美，引领儿童跨过河流，越过山岗，走向理想的明天。他用整体意象的形式，在当代文坛的儿童文学创作中，张扬着自己的艺术个性，引起人们的普遍关注，当然，也赢得了孩子们的一片赞扬声。

原载《中国儿童文学》2005年第4期

民族文学形式的本体建构

——论长篇小说《山匪》的艺术价值

中国文学精神，在五四新文化运动以前，基本上是由两种创作方法支撑的：一种是以屈原的《离骚》为代表的浪漫主义；一种是以孔子选编的《诗经》为代表的现实主义。这两种创作方法犹如文学大河的两岸之堤，汹涌澎湃的文学精神的波涛，日夜不息地奔流在宽大的河床里。屈原《离骚》的浪漫情怀，更多地承袭了老子、庄子的思想，在自然、自由、游心的审美轨迹上行进。《诗经》的现实关爱，更多地承袭了孔子、孟子的观念，在入世、修身、治天下的经国立业的崇高轨道上运行。屈原浪漫主义诗性的产生源于湖北，孔子崇周的现实主义精神源于陕西。商洛，这块富于诗性的灵慧之地，处于湖北、陕西、河南的三省交界处。在这里，出现了三种经典式的文本，即《离骚》《道德经》《诗经》，这三种经典文本形式代表着浪漫情怀、自然人生、现实关爱这三种情感方式。战国时期，商洛曾是秦国法家代表人物——商鞅的封地。商鞅以他冷峻、严格、理性、法治的精神，对由东向西、由南而北的楚文化渗入的浪漫诗性进行理性的挤压、锻造、淬火，消减其飞扬于高天之上的幻想和虚妄，用现实主义精神冲淡狂飙突击式的浪漫诗性，把终极关爱的理想牵落在世俗生存的苍茫大地，用法家峻毅的意志提升敛财欲望的本能，把拯救人类社会的理想浇铸成震慑心灵的条律，这种浪漫情怀被理性精神所冲击、震荡、过滤、交融、重构以后，就把一个新的诗学种子播入了商州这片秦、楚相交的崇山峻岭之中。这就是：为什么历史发展到20世纪末和21世纪初，在中国陕西商洛这块土地，突然冒出了像贾平凹、陈彦、京夫、李高信、陈仓、方英文、陈毓、方晓蕾、王盛华、芦芙红、田井制、田涧青、鱼在洋、南书堂、姚家明、刘剑锋、董发亮、左右、胡晋生、胡中华等一批作家。孙见喜，当然也是这一作家群中的一个。光照文坛的商洛作家群，是中国当代文学值得研究的文艺现象。他们带有更多、更纯、更浓的本土文学精神的品质。

商洛这块艺术沃土培育出的审美情趣，带有一种楚文化、秦文化相杂交的基因。现实其外，浪漫其内，柔中有刚，穷而后工，虚灵中寓实在，潇洒中有周密，空白处蕴玄妙，飘逸中含功利，超拔中有制约，稚拙中见典雅，朴素处藏华润。这是一块富于智性、知性、悟性、灵性、慧性、诗性的艺术沃土。这里出现的作品具有清新、自然、明快、虚灵、瑰丽、鲜亮、活泛、邈远的审美风格。

商洛作家的审美品格与关中、陕北作家相比，更具有岭南气息，虚静、灵动、飘逸、通脱、惠敏。柳青的《创业史》，描绘的是一部关中风情及社会变迁的历史，表现出的审美特征是质朴、真实、厚重、大气。王汶石的《黑凤》，描绘了一部渭北高原的社会剧变和人生情态的图画，表现出的审美特征是热情、豪爽、侠义、睿智。陈忠实的《白鹿原》，描绘的是一个民族在百年历史的社会流变中，农村家族的生存样态，表现出的审美特征是朴实、厚重、沧桑、大气。路遥的《人生》，描绘的是一颗青春的心灵在社会前进中，左右徘徊、奋斗拼搏、迷惘困惑的两难处境，表现出的审美特征是热情、执着、深邃、敏锐……作为散文家、人物传记家、小说家的孙见喜，显然与他们的审美风格不同。孙见喜的艺术肌体里流淌着商洛这块艺术沃土滋养的血脉，这是潜在的、先验的、天赋的、无形的一种文化历史积淀。这种"集体无意识"的精神，制约、操纵着他的创作。《山匪》中所表现出的精神气韵、情感意绪、结构形式、主题思想、人物塑造、语言风格等，都明显地表现出民族文学的本体特征。也正是站在这个角度，我们说：《山匪》是近年来，中国民族文学形式本体建构中，长篇小说创作的新收获。

一

《山匪》以20世纪初叶，中国陕西东秦岭商县地区社会动荡、军阀混战、地方割据、豺狼当道、民不聊生的社会生活为背景，艺术地再现了一个贫困山区古老县城人民群众处于水深火热之中的悲惨情景：一个名叫苦胆湾的村庄，阵阵逃亡锣声起；一个姓孙的人家，条条人命丧九泉。作品开始于一个没有女人的家庭——乡绅孙老者带着他的四个儿子和一个长工辛勤劳作的场面。小说结束时孙家只剩下五个媳妇、三个幼子……故事延续了八年时间，即民国十三年到二十一年。其间有河南军阀刘镇华围困西安，关中二虎杨虎城、李虎臣守城八个月，蒋介石、冯玉祥、阎锡山中原混战等。作者在坚持生活的真实与艺术的真实，历史的真实与情感的真实的基础上，展开他诗情的创造之笔，生动而形象地展示了中国农民在特定历史阶段生活、生产的苦难状况。这里有表现挑贩者的艰辛，有表现人性被摧残的苦难，有把劳动作为审美形式的艺术描写，把劳动工具作为审美对象给予崇拜，把生命、死亡，放在了一个特定历史时代的政治背景上，展示了人作为社会关系总和的生动性和丰富性。

这是一个怎样的社会状况呢？用作品中的人物马皮干的话说："光为咱娃上学的事，叫咱受了多少折磨！如今年岁发展成了这，耍枪的死了一堆，没耍枪的也死了一堆，如今高杆子的人折完了，叫咱这筷子头儿的小百姓当旗杆！我是越想越害怕，指头一挨枪手心就出汗。从前孙老者说逛山门里一盆血我还不信，这如今啊，你逛是一盆血，不逛还是一盆血，你玩枪杆是一盆血，你玩笔杆也是一盆血'人'。"在动荡不安、政治黑暗的社会里，生命不如一只蚂蚁。为民立命的孙老者养了四个儿子，一个个效仿其父，为国兴亡忧，为民谋福乐，风餐露宿，披肝沥胆，结果是"四个儿子死了一双半，屋里丢下一窝子寡妇"。正是在这样一个腥风血雨、群魔乱舞的社会背景下，作者挥动他的艺术之笔，精心描绘了中国农民浴血奋战、百折不挠、坚忍不拔地生活下去的智慧、勇气和力量。

孙老者是一个农村中的知识分子，他经多见广，清朝末年住过衙门，"反正"后在乡里行走办事，给人合辙解疙瘩，他正直公道，善良仁爱。他在生活中做人的信条是见姻缘说合，见冤家说散。就是这样一个善待一切生灵的人，上天却把一个一个厄运降落在他的头上。作者通过这个人物形象的塑造，艺术地表现了中国农民的善良、质朴、仁爱。同时，也批判了中国农民的保守、狭隘、愚昧和落后。

陈八卦与孙老者相比，他是一个更具中国传统文化中道家色彩的人物形象。他同治十二年入庙为道童，当时患细病卧床不起，家里就把他寄到道长印公膝下，习练龙门派内丹理气复元之功，病愈后印公道长教其读童蒙，背经书，读诸子杂集；稍长，请道师导学，定志，辨命，还虚，从《道经》入门，读《琼纲》，辨《玄要》，入《悟真》，进《参园》，习《博易》；再而《黄庭经》《太平经》《上清经》《慧命经》一路攻下，成于《洞天秘典》《金火大成》，最后驻于《奇门遁甲》。他在作品中是一个半人半仙的艺术形象。他穿梭于民众与官僚之间。他善良、正直，却被时代扭曲了性格；他足智多谋，却被社会压抑了才华。他是一个以"变形人"的形象出现在作品中的。表面上装神弄鬼，施法布道，实质上施善惩恶，惠泽于民。他是一个游走于正义与邪恶、非理性与理性、暴力与仁爱之间的文化使者。他常常想不辱使命，但常常无法完成使命。他的身上更多地负载着文化批判的意义。他的那些"道术"，给作品披上了一层神秘主义的色彩。

孙文谦是孙老者的四儿子，在"老连长"手下吃粮，因屡建战功一路升为团长，为守城捐躯，他是一个"兵家"的艺术形象。在政权黑暗、政党反动的年代，兵家的优秀人才，也只能充当反动政权、反动军阀炮灰的角色。孙校长是孙老者的二儿子。官号取仁，小名锛子。这是一个教育家的角色。他为办学历尽艰辛，在腥风血雨中苦苦挣扎，在风刀剑霜中临危不惧，为办学鞠躬尽瘁，死而后已，他为了自身的生存而昼伏夜出、东躲西藏，最后还是被人暗杀。

老连长是披着羊皮的狼，一个真正的地痞流氓。他打着革命的招牌，干着恶霸的勾当，表面上怜弱爱民，背地里聚财敛色，为霸占十八娃，杀十八娃的丈夫——孙老者的大儿子。他妻妾成群，生活腐化，玩弄权术，为虎作伥。

张子刚、小牛郎、狗欠欠是一批革命者的形象，他们胸怀天下，忧国忧民，疾恶如仇，为民除害。他们是贯注于作品中的一股正气。因他们鲜活、生动的形象存在，作品才有了一种符合历史发展必然趋势的价值走向。

孙家的几个媳妇，是中国农村妇女中通情达理、贤能淑慧的典型代表。她们个个温柔善良，有主见，有胆略，孝敬老人，呵护幼子。然而，她们一个个的命运是非常悲惨的。

唐靖儿、固士珍，是一伙山匪的形象。他们绿林落草，占山为王，打家劫舍，杀人如麻，野性膨胀，恶贯满盈，这伙人代表着中国农村中的邪恶势力，是人性中长疯了的歪枝斜杈和毒瘤。

…………

这是一部有着生活广度和思考深度、有生活体验和艺术追求的长篇小说。作家孙见喜从政治、经济、军事、文化、教育、风俗等诸多方面，为我们生动、形象、真实地描绘了中国社会在20世纪初期，农民生存的现实状况和心路历程。作者把历史事件、社会政治化为生活背景，把思想观念、人生理想融入故事情节，在艺术地展示乡村农民生存苦难的同时，思考中国农民革命的出路，这就使《山匪》在中国当代文学表现匪类题材的艺术追求中，具有生活的真实性和艺术的真实性相统一，历史的真实性和时代的真实性相统一，生存的现实性与理想的可能性相统一的民族文学本体性的价值和意义。中国是一个农业大国，中国的革命在某种程度上讲，是农民革命。可是，迄今为止，在表现农民革命的现代文学作品中，还很少出现还劳动过程以真实，还劳动工具以审美，还生活语言以活力，还农民情感以典型，还人性在动乱的社会中以本真，还农民革命以血性，还中国乡村社区民俗文化精神以本源等，全方位、多角度地表现农民革命的优秀长篇小说。正是站在这个角度，他们说：《山匪》是一部成功的作品。

二

《山匪》在小说创作的艺术形式上，走的是一条《红楼梦》《镜花缘》"写意""传神"的路子。这在匪类题材中，是一种创新。作品不追求故事情节的跌宕起伏、人物关系的错综复杂、明线暗线的丝丝入扣、文字叙述的文雅华丽、现代主题的博深，而是追求用村言俚语的叙述方式，在鸡毛蒜皮、家长里短、婚丧嫁娶、挑贩歇店、女人尿尿、道人算卦、月下谈情、疯人说癫、痴人圆梦的生活细节中折射出历史的剧变、时代的光色和社会的投影。作者在世俗化的逼真描写中，表现精神穿越于人间烟火，这种追求在艺术上具有时代生活的超越性。

固士珍在上高等小学时，因屡犯校规被开除，在动乱的社会条件下，他得不到良好的教育，所以野性膨胀、人性泯灭、落草为寇，后投奔山匪唐靖儿，终于派人暗杀了孙校长。这个形象是一个野性未被文化驯化、阴险诡诈未被良知消解的形象。作者是要表现人与匪仅是一步之遥的思想观念。良好的社会环境、良好的教育、良好的思想文化熏陶，是人之所以为人的社会基础。同时，这个艺术形象，也对我们的教育者提出，在孩子上学、成长的阶段，对孩子的处罚一定要慎重，不要轻易放弃对他们的教育，否则，会造成不堪设想的后果。

唐靖儿是孙老者的亲外甥，一把好手艺的钉罗匠，可他抽烟耍赌当逛山，最后玩枪拉杆子当司令，从而称霸一方成为有名的山匪。可这个山匪行走背着母亲的牌位，一派孝子相。他也在荒春上开仓放粮。但他实质是一个杀人不眨眼的刽子手。这个形象，向人们揭示了：农民如果没有正确的思想引导，其狭隘的个人欲望将会野性膨胀，从而使他走向魔鬼的一面。钉罗，本身是一个由粗变细，为人们提供精细粮食的劳动方式，可唐靖儿自身却没有由粗变细，反倒越变越野、越变越粗，越变越疯狂。这里有一种象征意义。《山匪》重在写意，却不拘泥于写意。作者在写意的基础上也渗入写实的笔调，在细节的入微展示和情节的传奇色彩中，突出艺术情感的表达，塑造人物个性于细节叙述之中。细节的入微展示是生活积累对情感的艺术表达的一种提升。在这里，作者更多地展示生存的艰辛、人性的善恶。在第七章"流岭槽"中，作者非常细致地描写了孙老者四个儿媳妇夜间纺线的场面，又写了"弹棉花、搓捻子、纺线、拐线、耕布、织布、染布"的过程。在这类生活细节和劳动过程的描述中，穿插着学校着火的突发事件。这个突发事件，是一种传奇性的书写。匪类题材，本身带有传奇性。孙见喜的贡献在于把传奇性融入生活劳动过程的真实性、细微性之中。这就使他的匪类题材更具有一种生活的张力感。他是在写意性与传奇性之间，寻找一种民族文学本体建构的形式美。在行文中，他更倾向于《红楼梦》的叙述方式，追求情感意绪对读者审美心理的浸润性。传奇性把生活的真实、细节的真实、劳动过程的真实，放在了一个更具艺术审美冲击力的感受之上。

　　《山匪》是一部表现人民性与民族性的作品。孙见喜把对劳苦大众的爱深深地植根于生活的真实与艺术的真实相结合的基础之上。他写劳苦大众的普通生活，写他们的悲欢离合，写他们的风雨人生，写他们的情感裂变、价值取向、心路历程。在孙见喜看来，中国的农耕文化是一种乡土风俗、生存方式、生活习惯浸润和滋养的结果。书中孙老者是一个文化人，他是中国农耕文化的典型形象。作品中这样描写他："他一辈子崇敬文墨，坐衙门时就跟文案上的先生临颜真卿、柳公权，回乡里了笔纸都要花钱买，就支了这个土坯台子，每日闲余了坐小板凳上，蘸着黄泥水写几笔，是休息，也是休养。需要的是他要品味毛笔蘸了泥水在土坯上运行的那种感觉，润润儿的，绵绵儿的，仿佛犁头在湿地里划过，仿佛春雨在沙地上沤渗……"在这里，作家捕捉到了"毛笔蘸了泥水在土坯上运行的那种感觉"。这种感觉是一种"农耕文化"的情感样态，是一种在自然生存的境遇中，带有原始、古朴的文化情调、韵味、节律的表现形式。孙见喜的骨子里，荡漾的是这种乡土文化的审美情趣。《山匪》的审美情趣，也是在这一审美范式的前提下，扩张着它的艺术个性和价值取向。直到作品的最后，孙老者教孙子写毛笔字，也同样是他自己练写毛笔字的方式：一杯黄泥水，一支毛笔，一块黄土坯。这种细节的设置和描写很有艺术的张力。中华民族农耕文化培养出来的审美兴趣，就是这样一代一代承传下来的。黄土文化——农耕文化——耕读传家——五子登科——龙凤呈祥。华夏民族的文化精神、审美血脉，不正是在这代代相传、陈陈相因、节节相连、层层相依的逻辑秩序中，不断推进、繁衍生息的吗？

三

在描述劳动工具和劳动过程中，作者开掘中华民族精神的孕育、滋生、成长和凝定的情感形式与思想品格。劳动，使猿变成了人。劳动，创造了人类。劳动，创造了美。劳动，创造了人的一切思想、品德、文化、精神。从这里出发研究和探索人类精神生产的状态和形式，是最本源的。

《山匪》正是这样做的。作者把他的艺术笔触，深深地探入"人为财死，鸟为食亡"的原始本能的生存形态之中，从而寻求民族的、人类的精神本源。中华民族是一个勤劳、智慧、严谨、周密的民族。因为劳动的过程（生产方式）决定了这个民族的思维方式。在纺线、织布、染布过程的文字中，作者是这样描述的："经线斤二两的是320头的，斤半的是380头，二斤的是420头，头数越多口面越宽，布越结实。织布做生意的都是

320头，布的口面是尺二宽。""染过的布在高架上飘扬，染缸前的织机上，孙家妯娌正在进行最后的调试。她们装好织机的'卷坡子'，用'擒棍子'把布头压入'卷坡槽'绞紧。下来是排'筝'。正手拿筝板子拔，反手就把经线穿到油线环里，一根线穿一个环。'筝'绳子的两头儿，一头儿拴住脚踏板子，一头儿绑在天平架上，最后穿到'磨老宝'上，'盛子'框两边连着'蚂蚱腿子'，'蚂蚱腿子'上的鸡骨头'绞绑子'一定要绞紧。到这里，机子就算安好了，下边是打纬线，用小筒子打成小穗儿，一次打几十个盛到挂在天平架上的小竹篮里，用时取一个装到梭子里，梭子装好了，就是织布。这一共是十七道工序。"在这里，作者细致入微、抽丝剥茧地讲述这个劳动过程。他就是要表现生活在中国社会底层的普通劳动者的勤劳、智慧、严谨、周密、一丝不苟的品质，以及坚韧不拔的意志。

　　人的审美观念是一个从实用到审美的过程。在这个过程中，劳动工具、生活用品进入人类的审美视境，是时间在人的本质力量对象化中的凝定形式，是情感积淀的结果。然而，用艺术的笔触，形象地揭示这一审美过程，对现实生活中的实用工具进行审美的描绘，赋予其情感的、时代的、价值的、审美的判断，是许多作家都在矢志不移追求的一种境界。孙见喜对老贩挑肩上的那根桑木扁担的描绘，就是这种创造艺术美的表现形式。他从取材"百龄桑树的剽质"写起，到"大板锯解开"，"裁成八尺长三指厚五指宽的毛坯"，到"压桥""定桥"到"用文火烘烤"，"用寸刨刮，瓷花刮，再用青石磨，细沙磨，而后打蜡上釉"。对一件普通的劳动工具，如此细致入微、绘形绘神地描绘，是孙见喜在小说艺术创作中的贡献。在描绘中，他融进了一种对扁担的深爱，对生命的一种敬畏，对劳动的一种崇拜。扁担的制造过程，是一种情感的表达过程，审美创造的过程，艺术欣赏的过程。这扁担也有灵，有"钢质的体魄、绵韧的性格"。这扁担也有情：物我合一，神情兼备。这扁担也有品："神品""圣品""仙品"。作者把它人性化、人情化、人格化了。最精彩的是作者对"扁担开光"的描写。那种融神秘文化与民俗风情于一炉的艺术构思，那种把生活的苦难体验上升成一种审美情感的表达方式，显示出作家踏着生活的风尘波涛，精神飞扬于艺术天空的诗人情怀。源于生活、超越生活的个性创造，是以平凡而生活化的细节描述，神采飞扬于审美高空的方式表现出来的。

把劳动过程艺术化。在作品中还有榨油的过程、刮大烟的过程等等。这些都在作者的精心描绘之下，给人一种艺术的审美享受。把劳动工具美化，把劳动过程艺术化，是作者对劳动的热爱，对劳动人民的热爱，对乡村生活方式的热爱的表现。孙见喜是一个农家子弟，他骨子里澎湃着与普通劳动人民血肉相连的感情。正是这种得天独厚的条件，加上他的艺术天赋和勤奋，这部作品才在中国当代文坛散发着民族人类学的艺术光彩。

四

文学，是一种语言的艺术。汉语言文学专业构成的第一要素是语言学。中国近代史上新旧文化的划分，是以五四运动中"白话文"的确立为界碑的。《山匪》的突出贡献，是在生活语言和书面语言、方言和普通话、古代语言和现代语言、民族语言和人类语言的比照、杂交、融合、提炼中，创造出了一种适合于文本内容表达的语言形式。例如：作家在写到制作扁担时这样写：

"请来力拔山岳的沟里的后生，他弓了腰，以臂力、腰力、踵力，三力合一冲这材料，做千百次的闪晃"；写老贩挑送女儿十八娃回婆家，到了孙老者的家里，"老贩挑把黄豆袋放到脚地上不是，放在柜盖上也不是，最后放在老圈椅里"。写十八娃嫁到孙家，孙老者的用人机制是："银盘大脸双下巴的十八娃在铺面上走动多体面，模样儿长得俊俏，人有眼色嘴又甜，不调教都是生意场上的人望子。再一着有媳妇帮托，承礼也不至于太吃力,以后小两口过日子也热煎";在第四章"太岁官"中,孙老者家里遇事,他叫来外甥唐靖儿,教训着说:"你看你兄弟唐站儿,走路侧楞仰绊,鼻脸抽七裂八,做活没个人样儿,往后还得靠你哩。"

在这里,作者把民间方言、土语、俗语放在人类现代语言的参照系之中,放在人类走向新生活的审美价值取向的参照系之中,扬弃其封闭保守的、狭隘的、地域的、落后的、糟粕性的残渣,保留、提炼、整合、再造、升华其生活性的、鲜活的、文明的、进步的、人类的、精华性的"内核",创造出一种散发着地域性、民族性、现代性,具有泥土气息的新语境来。这种语境和作家要表达的情感是和谐一致的。

《山匪》的语言之新,表现在三个方面:一是在朴素的、生活化的语言中,寻找和提炼出一种富于诗意的新语境。例如,说孙老者的仁慈:"怜蛾不点灯,爱鼠常留饭";说老连长阴阳两面,八面玲珑:"你有你的鬼八卦,我有我的老主意";说陈八卦悄然出世,隐居民间:"已收长佩趋高座,独闭空斋画大圆";等等。这种在民间语言与诗性语言相结合中寻觅和提炼新的语境方式,使作品的语言显示出一种朴素中有典雅的境界。二是用方言土语,努力塑造中国具有农耕文化意味的典型形象,准确地表达农耕文明羽化出来的思想情感。在第七章,老连长收拾了南路镇嵩军的残部,送走了马克斋的人马,他也起身回商县城,坐轿子到了离城十里的东龙山,就被人团团围住。他下轿,双手在空中挥着对大家说:"好乡党哩,咱人是旧人,车是旧轮,我回来了咱该咋就咋,来日方长啊。"这不遮不掩、不装不饰、简单明了的本土话语,把他伪装成一个貌似"亲民者"的形象。三是在语言纯净化、明了化、朴素化、大众化的道路上,寻找表达整体意象的形式美、图画美。他写商县南门外的高阶下的码头,青石板一带的"棒槌市",作家是这样描写的:"要是天气晴好,满城的妇人女子都来这里洗衣服,那裸露的粉红小腿儿,葱白小手儿,藕肥小臂儿,再加上棒槌起落手镯叮当,历来被认为是一道风景。"这里的绘形、绘色、绘声、对称、重叠、儿化韵的应用,把一个个青春勃发的生命个体描写得非常富有动感、美感，把"棒槌市"的整体形象描绘得非常优美，十分鲜活。

正是作者这种独具色彩的个性化语言，给《山匪》增添了许多艺术魅力。

五

《山匪》是一部在民族文学本体形式的建构上，有着独有价值贡献的作品。从题材、主题、立意、审美趣味、语言、表现形式等方面，这部作品都有整体性的突破。重要的是，作者对农民的爱，对农村的了解，对劳动的爱，对中国传统文化的理解，在爱与理解的基础之上进行一种文化反思和政治自省。爱是一种情感体验和积累，反思和自省是一种理性的审视、理论的分析和把握。作品中，对农民革命的弱点、对中国传统文化的弱点的分析和批判，都是比较准确的。

孙老者是一个具有几分儒家情感的农民代表，他一生仁爱，对谁都宽容、仁慈、关爱，就是对院子里椿树上那窝蜂——葫芦豹，他也是关爱备至的。他经常用蜂糖水喂蜂，把蜂都惯得冬季不储备蜜了。可他最后却被自己所豢养的蜂蜇死。这一笔，是作品中的"神来"之笔。它把孙老者朴素的爱、愚昧的爱、敌我不分的爱，放置在一个理性分析、批判的基点上。作品结尾第十二章，安排"金虎叫葫芦豹蜇了"。孙老者与高二石他们一起烧掉蜂窝，"两个油疙瘩熊熊燃烧，扫帚粗……一股黑蜂火箭一般斜射下来，孙老者被蜂王蜇了"，他死在愚昧的仁爱之中，也死在仁爱的理性觉醒之时。这是一种分析、一种批判，也是一种自省。对野性，必须施以理性的法制，否则，古希腊农人怜蛇的悲剧必将重演。老连长、唐靖儿、固士珍、海鱼儿、马皮干……这些私欲冲天、野性膨胀的人，只有在理性的、法治的威慑下，才能走向人之正道。

陈八卦是道家思想的代表。他是乡里有名的能人，奔波于矛盾的风口浪尖，穿梭于斗争的敌我双方。他也同样像千百万农民一样，具有一颗善良、朴素、仁爱之心。他是一个"中庸之道"的苟活者。他用"道术"的障眼法迁就于恶势力的野性屠杀，麻醉民众的斗志，企图维持更大多数人的平安和幸福。但他错了。恶势力在他的软弱中得到更大的滋生和繁衍，变本加厉地向善良的民众施以疯狂的暴虐。他对老连长又惧又怕，明知道他是一个罪恶之源，可他却毫无惩治邪恶之首的办法。他最后娶妻生子，买地种田，离开道门而还俗，过上了平常人的生活，这也是一种省悟，是一种对传统文化若不能实现现代性的转变便不能救中国的自省。

小牛郎，是一个具有新思想的革命者的形象。他参加读书会，加入中国共产党的外围组织。这个艺术形象是一个对中国农耕文化进行冷静地审视、深刻地自省、理性地重铸的形象。他和十八娃的爱，是一种人性的必然，历史发展的必然，社会前进的必然。他杀死了老连长，是"天将降大任于斯人也"的标志。正是这个人物形象的塑造，使这部作品获得了巨大的思想性和鲜活的艺术冲击力。

张子刚、狗欠欠，尽管是"点景式"的人物，但他们的存在、活动、构成了小牛郎行动的时代背景、政治背景、历史背景。作品的重笔是写普通农民的生存状态与生活方式的，所以，对张子刚这类共产党的地下领导人的描写，只能用"点景式"的笔法去处理。他们显得虚了一些。然而，这里的虚正好显示了那里的实。正是这种思想认识的深刻性、艺术表现上的分寸感，使这部作品在表现中国农民革命，表现中国农耕文化的局限性中，有一种令人欣喜的和谐感。

总之，《山匪》是一部优秀的长篇小说，是新中国成立以来，陕西省长篇小说创作在表现匪类题材中，有突破性进展的一部优秀小说，是一部在民族文学本体形式建构中，有一定贡献的长篇小说。作品中写意性与传奇性的融合；中国农耕文化孕育出来的审美情趣与历史发展必然趋势的不和谐音的表达；中国农民劳动过程、劳动工具充满民族风情的醇化；生活语言与现代语言的扭结、过滤、清洗与提炼；等等，都使这部作品散发着一股感人的艺术魅力。

  当然，作品在故事情节的设置与人物性格发展的逻辑层上，还可以再严密、再融洽、再和谐一些。我相信孙见喜在今后的长篇小说创作中，会不断克服自己创作中的不足，走向更加成熟，写出更新、更美的好作品。

原载《商洛学院学报》2006年第3期

表现历史本体论的一部佳作

——论长篇小说《青木川》的艺术价值

是英雄创造历史，还是人民创造历史；是历史实有论，还是历史虚无论；历史是当代史，还是历史就是已经过去的历史，这是历史唯物主义还是历史唯心主义的基本问题。在目前中国文坛，围绕历史精神的借鉴性和实用性，出现了一股新历史主义的思潮。新历史主义者认为：历史是由胜利者——占统治地位的权力者书写的历史，历史是当代史，是为现实政治、经济建设服务的文化史。他们把历史归入一种实用的文本。这种文本的形成取决于叙述者的意图、理解、认识，受制于特定时代——社会权力的支配、影响。他们认为：人类历史的未来进程是不能预测的；人类历史的进程受人类知识增长的影响；人类不可能用合理的或科学的方法来预测人类科学知识的增长；没有一种科学的历史发展理论能作为预测历史的根据。新历史主义的代表人物卡尔·波普认为：理论是一种对实在的大胆猜测，是为了对付实在的一种尝试性假设。正是由于这种历史观的影响，一时间，用现实政治观念、生活观念、审美观念、价值观念阐释历史、演绎历史、戏说历史、杜撰历史、漫画历史、抹杀历史、歪曲历史的行径和作品大行其道。

历史本体论认为：历史是自然发展史和人类生存发展史的有机统一；是以人与自然相对和谐总体运行的进步程度来衡量人类社会的一切发展现

象；是在生活资料和产品分配方式的支配下人类生存方式的本体呈现，其中包括"我活着"这一精神主体在社会特定历史阶段时空中，存在的地位、价值和作用，以及生命存在的精神主体在社会历史前进中的历史标本。历史本体论丝毫不脱离每一个"我活着"。如果离开了每个"我活着"，又还有什么人类学历史"本体"可言。所以，所谓"历史本体"或"人类学历史本体"并不是某种抽象物体，不是理式、观念、绝对精神、意识形态等等。它只是每个活生生的人（个体）的日常生活本身。但这活生生的个体的人总是出生、生活、生存在一定时空条件下的群体之中，总是"活在世上"，"与他人同在"。"人是社会关系的总和。"在社会关系、历史关系中看人是如何地活着才有意义，才符合人类文明的历史发展。

叶广芩的长篇小说《青木川》（太白文艺出版社2007年版）站在历史本体论的立场上，以一种辩证唯物主义和历史唯物主义的精神分析、胸怀和气度，对中国半个多世纪以来走过的艰辛历程进行了总结和回顾，强调了人类历史的发展有其不以任何个人的意志为转移的基本规律。

一

历史本体论是尊重历史，站在一定的时空间，尊重人类社会走过的艰辛历程，站在一定社会生产力和生产关系、经济基础和上层建筑矛盾的基础之上，尊重人民群众的历史选择，在承认历史事实的前提下，讨论、总结历史，借鉴历史。叶广芩的文学创作正是这样，她以陕西省汉中市宁强县青木川镇近百年来的历史变迁为基础，以纪实的笔触，以几分幽默和调侃的情调，描绘了一幅当代人的心态图。

青木川，秦岭腹地的一个山村小镇，20世纪三四十年代，这里的乡村僻壤上曾有一个武装乡绅叫魏辅唐，他曾入伙打劫，后来自己拉了一支绿林武装力量，成立民团，接受县府征调，抗匪保民，结交江湖势力，培植党羽，联系官府，扩大势力范围。他以供给团防开支为由占据了青木川的文昌宫、田龙寺及广坪的柴山等，获取了利益。他利用青木川三省交界的特殊地理位置，在山上山下种了大片的罂粟，一时间成为三省最大的大烟毒品交易中心。官府来此查烟禁烟，由于魏辅唐武装实力的强大和他的狡黠应变，几次未果。魏辅唐通过贩卖鸦片积累了丰厚的资金，然后去四川买枪火壮大自己的武装力量。他手下有团丁千余人，枪四百多杆，其中不乏先进的洋式枪械。他对辖区管理严格，村民种烟不允许抽烟，谁抽烟枪杀谁，对盗窃敲诈勒索者施以酷刑。由于他的苦心经营，青木川地方安宁，商贸繁荣，民国三十一年的宁强《全县经济调查报告书》里记载："往昔全县迭遭匪患糜烂时，此一区独得保全。市镇、村落均是富庶气象，田园肥美，甲于西路各处。"实力强大后的魏辅唐开始发展地方商业经济。筹集资金开办"唐世盛"绸缎商店，销售油盐布匹，收购山货土产，客商南来北往，规模宏大。针对本地山区广出牛、羊、马、骡和野兽皮毛，他又开设了名为"辅友社"的手工皮革厂，生产皮革产品，同时经营茶馆、旅店、钱庄，印发小额银票在三省一带流通使用，修建休闲娱乐场所"荣盛魁"，招引四方客商。他又开了"同济堂"中药铺、土榨油坊、水磨坊……店铺摊点栉比鳞次、房屋厅楼精巧别致，买卖商客繁忙交易。他强调严格的诚信经营，不准欺负外地客商，如有纠纷，先处罚本地人。如果在他的管辖区被欺诈劫掠，他会一查到底，严惩不贷。魏辅唐并不满足于单纯的商业繁荣，开始兴修水利、建学校、办剧社、筑路修桥，高薪聘请外地学有专长的老师任教。他资助了三批学生去大都市读书；他的"辅仁剧社"连续演戏两个多月，慕名而来的观众很多。1949年秋，魏辅唐接受国民党汉中十八绥靖区司令官曹日晖的命令，将原有武装扩编为"宁西人民自卫总队"，官兵达千余人，魏辅唐任宁西人民自卫总队大队长。

1949年底，陕西南部全境解放，解放军57师171团进驻宁强，一营进驻广坪，魏辅唐在共产党的宣传教育下，积极友好地缴械投诚。由于当时阶级斗争的复杂性，许多矛盾交织在明暗不清的血腥之中。为了顾全大局，迅速稳定一方政治局势，1952年4月27日，宁强县人民法院以反革命恶霸杀人罪判处魏辅唐死刑，处决地点就在他创办的辅仁中学的操场边。1986年4月，中共陕西省委将原国民党宁西人民自卫总队定为投诚部队。1986年7月宁强县法院撤销1952年的判决，1986年12月，陕西省高级人民法院批复，同意宁强县法院的复查报告，对魏辅唐按投诚人员看待，属有功之臣。2001年清明，魏辅唐的儿子魏树楷为其父立碑，记载了其父造福青木川一方的诸多功绩。

叶广芩的长篇小说《青木川》，以魏辅唐的人生经历为素材，在历史真实的基础之上，运用辩证唯物主义和历史唯物主义的思想观点，结合中国革命几十年来走过的道路，针对当今现实中存在的问题，融进自己对历史真实和艺术真实相统一的理解，在原始封闭的自然村社文化中注入现代开放的工业文明的思考，在疾风暴雨般的阶级斗争历史烟云中透射出人性美的本色，迎着新历史主义的风雨，描写了一个个富于社会思考性的人物形象，为中国当代文学的画廊增添了一种以史为鉴、勿忘真实、敢于担当的精神彩图。

二

青木川魏辅唐一案在时隔三十四年后的昭雪平反，是党的十一届三中全会《关于建国以来党的若干历史问题的决议》带来的政治文明的春天。叶广芩的长篇小说《青木川》的出版，是一个富有历史使命感和社会责任感的作家，站在历史本体论的立场上，向行进在人类文明道路上的中华民族的忠实进言。

一个在五十多年前为开展土地革命，出生入死，浴血奋战，连自己的未婚妻都贡献给青木川这块土地的老革命，五十多年后携自己的女儿为埋葬在青木川的未婚妻扫墓，青木川的老少爷们却不太欢迎他，连谈论的兴趣都没有。有兴趣的倒是被这位老干部当年枪毙了的"反革命"魏辅唐（小说中为魏富堂，下同）。这种尊重历史，尊重现实，大胆求真，秉笔直书之坦诚、泼辣，一下子就把社会民众的心理、历史的思考推到了时代的最前沿。

作品中的主人公冯明，是枪毙魏富堂的执行者，一个对革命赤胆忠心、视死如归的坚强战士。时任解放军三营的教导员，青木川地区土地革命工作的负责人。在此期间，他的未婚妻林岚在战斗中光荣牺牲。时隔五十多年后，他携女儿冯小羽故地重游，为逝去的未婚妻扫墓。他看到青木川几十年来山河依旧，山路未变，道路依然崎岖不平，"公共汽车一路颠簸，沿着山道大喘气地爬行，沉重缓慢，随时有停顿的可能"。"离休老干部冯明许久没坐过这样破烂肮脏的大轿车了。他奇怪，这样烂脏的车竟然还能载着人响着音乐欢快而肆无忌惮地在山间窄路上飞奔，好像大家的命都很不值钱，早将生死置之度外了。"五十年来，全国各地、各族人民的生活发生了巨大的变化，这里人们的生存环境和生存状况却没有多少根本性的变化。他枪毙和镇压的魏富堂被平反，他过去被镇压的人，现在成为依靠的对象。他的内心充满了疑惑。作品中巧妙地安排了魏富堂的女儿魏金玉也携其子从美国回到青木川，为其父扫墓。她与冯明相见，"两人在说话的时候，冯明的手插在腰上，魏金玉的手抱在胸前，两个人的手自始至终也没有碰一下"。这是昔日的政治造成的血案横亘在两个活着的人之间，这是历史的爱恨情仇横亘在两个人之间，这是两个富有爱心、孝心、同情心的人在带血的政治呼啸中对尊严的维护，这是个体生命在历史大浪冲击中的尴尬和束手无策。五十年过去了，魏金玉在政府为其父平反后，不收回房产，反而要投资青木川的文化旅游事业，如此宽大的胸怀和高尚的精神境界，造福于青木川的人民。但她却伸不出自己原谅的手与冯明碰一下，这是一个受伤的心灵向一个被政治工具化了的心灵的叩问：你的心是热的吗？面对一个人的生命，能如此草菅吗？人们能够谅解历史前进需要人民、民族付出的血的代价，人们不能原谅执政治之规的人对"我活着"这一主体的社会实在的践踏和蹂躏。叶广芩在这些情节和细节的处理中，都渗透着一股强烈的历史本体论的精神。冯明是一个代表着赎罪意识的艺术形象。他的真诚，在社会政治运动中变为机械和简单。他的个人情感完全被社会政治意识所遮蔽。他是一个社会政治生活中的悲剧人物。

冯小羽是一个新时代的历史本体论者。她站在新历史主义迷雾包裹的现实生活之中，寻找着历史本体论的真面目。她搜肠刮肚，拨草寻针，走东访西，寻找程立雪，其实质就是在寻找历史本体论。她在第六章中与解苗子对话的情景和场面很有艺术的张力。"解苗子"已经是狂风中一盏残灯的垂垂老人，时昏时醒，时真时幻，时虚时实。她是唯一能够揭开程立雪其人其面的线索。这里的"解苗子"既是程立雪，又是谢静仪。历史在这里出现了混乱，谁是谁难以分清。冯小羽指认这时的解苗子就是程立雪，解苗子不承认自己是程立雪，她突然尖叫了起来，头昏脑涨，天旋地转，昏晕过去。这种历史的真人和现实中伪人的合一，给作品带来巨大的张力。

冯小羽在考察青木川镇魏富堂他们一些人当时的历史真实时，遇到了从来未有过的迷惘与困惑。"冯小羽思考得更多的还是程立雪，可总是想不明白，她到青木川来找程立雪，这个谜一样的女人反而离她越来越远，烟一样地抓不住了。下落不明的女校长谢静仪，糊涂老迈的解苗子，话留三分的许忠德，婆婆妈妈的李青女……人物并不复杂，却是这样地费人思量，才几十年啊，魏富堂时代的人不少还活着，竟然模糊得一塌糊涂……""冯小羽的头脑一片混沌迷蒙，如进山那天的大雾，满是游动的空白，露出隐隐的景致，却又瞬间隐藏得严严实实。河水在桥下缓慢地流，从前面山里淌出又流进后面山里，青木川被包围在重重叠叠的山中。冯小羽如看环幕电影一样，转了个圈，四面八方的山便联起手来，挤挤挨挨围着她转了一个圈。她不知道山的内里都有什么，是毒蛇猛兽还是鸟语花香，是穷山恶水还是茂密森林。"这是现实，也是历史，这是现实对历史的重现,这是历史对现实的质疑,这是当代人对现代革命史的拷问。叶广芩在这里是用象征的手法,表现冯小羽在坚持寻觅历史本体论中的艰难与迷茫。冯小羽是一个富有爱心的现代知识女性,她理解和同情她的父亲,她理解和同情解苗子、许忠德等一切人,但她不放弃她的信仰和追求。她对她父亲的那一套理论是有看法的,她坚持在尊重人的前提下的历史化的文明人格。她对程立雪的寻觅,是对一种独立霜雪中女性精神、女性人格、女性气质的寻觅。

程立雪是一个清纯如雪的玉洁女性。她是在和丈夫霍大成督察陕南地区的教育工作中,被动乱的社会局势冲散,又为丈夫的"大难临头只顾自己逃命"的举措而伤心。她自愿地留在青木川,借助魏富堂的势力,致力于山区教育,影响魏富堂从匪气走向人气、文气、和气的人。她劝魏富堂施善政,"痛改杀人放火之前非,收敛刚愎狠戾的性情,积德累功,慈心于物"。她把文明带进原始、封闭、愚昧、落后的青木川。她是一个带有天使般化身的人物形象。作者在她的身上,倾注了大量的赞美和歌颂。就是这样一个至善、至爱、至仁、至义、至诚、至真的人,在社会动荡的生活中,身不由己,人随事转,一生隐姓埋名,苟且偷生。残酷的现实,使她不能以自己的真实身份活着。这是历史本体论要直面的一个严峻的问题。

魏富堂是作者着力塑造的一个典型的艺术形象。他是历史本体论的求索者、寻觅者,又是殉道者。他出身于一个大山深处的贫民之家,因贫困的生活所迫,给一家富人刘庆福家当了上门女婿。"刘庆福一死,放出去的高利贷被魏富堂重新认定,还本不还息。老乌他爹借了刘庆福十块大洋,利滚利已经到了三百,愁得乌老汉恨不得上吊自杀,是刘家姑爷将二百九十个大洋全免了,乌老汉感激得想给新姑爷磕头。""魏富堂走上落草为寇的道路,是因为他杀死了地区民团团总魏文炳。""魏文炳不是好人,欺男霸女,勾结山中土匪,是当地红帮的大爷。""用魏富堂的话说是'为民除害',铲除这个'鱼肉乡里'的恶霸。"他迫不得已入了王三春的伙。在抢劫辘轳把教堂的火拼中，他冒犯帮规，阻止了王三春枪杀单纯可爱的小修女艾米丽。他和同是天涯沦落人的朱彩玲结婚后，朱彩玲"对魏富堂有严格约束，不杀穷人，不杀无辜。她规定，铁血营的宗旨是杀富济贫，就跟《水浒传》里的英雄豪杰似的，替天行道。对部下也订立了明确规定，攻击单身行人、妇女、老人和孩子要受到处罚，但是攻击官员，不论是清官还是赃官，只要他们进入铁血营的眼界，都是合理的目标。是贪官，财物一律收没，人杀死；是清官，财物发还一半，留下一只耳朵"。王三春于1939年12月31日被国民政府枪毙。魏富堂脱离王三春的干系，"回到青木川，摇身一变，变成了陕南九县联防办事处处长，成了与王三春对抗，为民除害的英雄。他以护佑青木川周边百十里治安为幌子，招兵买马，在家乡堂而皇之地大干起来"。他向往现代的文明生活方式，建起了方圆几百里少有的现代学校，使用起了电话、电冰箱、汽车；孩子们的英语讲得很好，女人一律讲官话，穿着时尚；他资助青木川的穷孩子到山外的大都市去上大学；他重金聘娶"进士及第"的赵家两位小姐，不抢不霸，明媒正娶；他在青木川种植大烟，却不准青木川的人吸大烟；他修建巴洛克浮雕的中学，大量购进各种学科的图书资料；他修建带风雨廊的柏木桥，平坦的石板路……他一生恪守做人的道德底线，施善扶困，助危济贫，然而，他却在社会历史的转型期，在轰轰烈烈的政治运动中被错杀了。

中国的无产阶级革命在初期，也有像魏富堂一样的人，落草为寇，占山为王，打富济穷。后来，他们在正确路线和思想的指引下，成为伟大的革命家，杰出的无产阶级战士。"魏富堂的许多举动实则是义举，绝对符合共产党'穷人翻身求解放，要干要革命'的道路，如果魏富堂依着这条路走下去，再接受红军的编制，解放后不是个元帅也是个了不起的将军。民国十三年，1924年，即中国革命的初创年代，那时候参加革命的人，除非为革命牺牲，活着的都出息得什么似的。用魏富堂乡人后来的话说，倘若魏老爷沿着汉江多跑几步，就跑到共产党怀里去了，差那么几步，就改变了一个人的命运。后生们也有自己的看法，他们说魏老爷关键问题是没有革命者指引，倘若他当时像《红色娘子军》的吴琼花一样，遇上了'常青指路'，那青木川的历史将是另一种写法，魏老爷的结局也是另一种样子了。"这些掷地有声的大胆议论，历史的疑问和沉思，是历史本体论的沉重之音、轰鸣之声。《青木川》的沉雄博大、意味深长之处就在这里。

许忠德是一个负载着历史本体论之重的艺术形象。他为人厚道，待人真诚，知恩图报，坚持原则。他受魏富堂的恩惠，魏富堂叫他们那一批受他资助在外求学的青年学子回乡，别人都没有回来，他回到了青木川。不守信义的人后来都成为显贵、名流。他坚守做人的原则却被生活的无情浪涛所击打。他劝魏富堂投诚，却和魏富堂一起被批斗。

所幸的是，历史本体论代表了历史发展的规律，历史最后给他以公正。他最后成为县政协委员，参政议政。在新的历史条件下，他的生活信念不倒，做人的原则不改。面对弄虚作假，欺世盗名者，他依然是抓住不放，与之进行无情的斗争。

解苗子是一位把自己交给上帝的人，她像一片没有根的浮萍，随水而走。魏富堂心里深爱着谢静仪却与她结了婚。她把自己的黄头发染成了黑头发，一生都没有讨来魏富堂的欢心和爱情。

林岚、李体壁、曹延林等，个个都是在青春年华时，死于战争的残酷杀戮之中。

个人的命运，在历史的掌握之中。世事造英雄。青木川的各色人等，同样摆脱不了社会历史对其的规约。叶广芩正是在历史的发展中表现每一个人不同的生活遭遇，通过个人的不同命运，表现社会历史的变化。人，在这里是历史的人。人的情感样态是社会历史的表现形式。

三

《青木川》中新历史主义的代表是钟一山、佘鸿雁、红头发、张宾等人物形象。这些写得极具生活气息的人物形象，因其历史的真实，而在寥寥几笔的白描记述中，显得那么入木三分，力透纸背。

作品中的钟一山是一位留学归来的历史学家。他对中国本土的历史知之甚少，大胆猜测杨贵妃在马嵬坡没死，而是从青木川逃往日本国的。他面对从枯井中提出的一网袋青铜器的复制品文物，手里拿着红头发青年给他的那枚绿锈斑斑的带钩，口中还念念有词地说："这是真的。"在钟一山那里，心中没有历史唯物主义的真实存在，历史是可以伪造的。

历史学家钟一山到青木川来，是为了对蜀道进行考察，对杨贵妃逃往日本的传说进行考察，"他不怕日头晒黑了皮肤，在考察的过程中发掘了不少东西，有汉代的箭镞、陶罐，唐代的铜镜、三彩，还有一尊明代的瓷佛像，在青女家的楼上摆弄来摆弄去，看看哪个都莫名其妙，弄得房间里一股生土腥气。蜀道的研究在这里变成了一团乱麻"。

钟一山的新历史主义在中国的泛起，是有其历史渊源和现实基础的。作品中的佘鸿雁是一个特定的社会历史条件下诞生出来的"怪胎"，他是李树敏的儿子，他的母亲佘老太太却被社会政治指认为是魏富堂强占的民女。几十年后，"老太太指着佘鸿雁说，他老子就是李树敏！老子上路那天他出生，是踩着毙他老子的枪子儿来的，跟他老子长得像一个模子倒出来的"。佘鸿雁在这政治斗争中，连自己归属于谁，自己的精神血质属于谁都不清楚。他完全是一个政治上的"随风走"。在"文化大革命"中，他随新历史主义的大潮，把魏富堂的家园办成了一个"青木川阶级教育展览馆"。他从甘肃请来了一支搞泥塑艺术的"红江山"战斗队，把历史的魏富堂、谢静仪，以及魏富堂手下的连长旅长一类塑造得面目全非。尽管许忠德、沈良佑等人还健在，他们也不顾历史人物在现实中的真实，任意割宰、装扮、丑化、漫画。正是这种政治历史的原因，钟一山陷入了新历史主义的重重迷雾之中。

红头发这个艺术形象，是钟一山新历史主义的派生物。他有伪造历史、欺世盗"利"的一面，也有在各种政治思想观念影响下，追时尚，赶潮流，求新生的一面。他是中国社会走向现代的进程中的"不肖子"。他极尽向钟一山推销假文物，他的这种弄虚作假的行为，常常被许忠德揭穿。"到了魏家后院，许忠德当着钟一山的面将沉到井里的网兜提上来，塑料网兜里满是青铜的物件，光唐代的衣带钩就有七八个，还有不少铜镜，有葡萄兽纹的，有菱花芙蓉草的。器物上刷满绿彩，一看就是批量生产的仿制品，由山外带进样品，佘鸿雁批量仿制，沉到干枯的井里，借着井底的潮气让浮彩慢慢渗入，慢慢生锈，然后再埋入黄土之中，数月后掘出，就是完整的'出土文物'了。"这种伪造"历史"的行径，使我们的历史学家钟一山面对真假一片茫然，不知所措。"钟一山捧着一把衣带钩，如同捧着一把尚未长熟的青枣，好气又好笑，但是他私下跟许忠德说，老许，红头发手里那个衣带钩的确是真的。"

"那个张宾已经彻底成了钟一山的'俘虏'，不但对杨贵妃来过青木川深信不疑，还跑前跑后帮着钟一山找证据，召开座谈会，进入了同样走火入魔的状态。"

历史本体论受到了新历史主义、历史虚无主义严峻的挑战。实用主义、历史虚无主义、新历史主义扰乱了人们的视线，人们陷入了一种空前的迷惘和困惑中。

四

《青木川》是在日常生活的现象、场景中，表现历史意识和历史观念。作品中有这样描写生活的场景："老房墙上，依稀残存着标语，一层层覆盖，又一层层剥落，承载时代的记录。仔细辨认那些不同的美术字，有'狠抓计划生育，三十天上环四十天结扎'，有'千万不要忘记阶级斗争'，有'鼓足干劲、力争上游'，还有'进行土地革命，建设新中国'，有'打倒地主分田地'……看得出每条标语在书写的时候都很认真，写标语的人无一不希望所宣传的内容能醒目长久，每一笔画都是描了又描，抹了又抹的。风雨岁月，写标语的人多已无处寻觅，那些用心描出的字迹也变得模糊不清，字迹的叠压让小镇变得陈旧又沉重。"冯明问起当年的几个积极分子，张保国说都死了。"冯明说，怎么都死了！冯明还想说，魏富堂这边的可一个个活得都挺旺，而且活得有滋有味，孙子都当了县长了，话到嘴边终是没说，毕竟不像领导干部的语言，也太没有政策水平。"叶广芩在这里要隐晦地传达出：人的才气、精神、胸襟是在历史社会的发展中，保持血肉之躯长寿的重要因素。气屈量小、心胸狭窄，面对社会政治生活的风雨必然早损、早夭、早逝。历史意识渗透在"我活着"的血肉之躯的生存样态之中。

魏富堂出资，供养着村里的一些穷苦人家的孩子到山外去上大学。1949年魏富堂写信叫他们回到家乡来，"意思说川陕局势动荡，青木川战略地势重要，必定将成为兵家争夺之地。为家乡免于燹乱，魏富堂希望在外的学子们回到家乡，辅佐他度过这一特殊时期，待局势平稳，他保证大家再续学业"。"那天在四川大学听魏富堂号召信的一共九个人，决定回去的只有许忠德一个。"他们不回去的人叫魏富堂"土豹子"，"这样说的时候，他们的心里已经和青木川的这位民团司令做了彻底决裂。只是一念的瞬间，他们就找准了人生的立场和位置，并且将'土豹子'的资助之恩抛之脑后，呈现出翻脸不认人的态势。用不着为了谁的资助而听命于谁，他们是有独立人格的知识人，他们应该有自己的前程，有选择的权利。到了这个份上，用不着再念着谁的好处而感恩戴德"。"几十年后，在四川大学树林里碰头的这几个人很多都成了学问家，有的在国内甚有名气，但是没有一个人站出来公开承认，自己是土匪供读出来的，也没有谁再走进青木川靠近过那座半坡的孤坟。他们诉说求学的艰难，即脱离魏富堂资助后极短暂的一小段穷困，被他们大大地夸张了……人的忘却，有时候是故意"。知恩图报的道德观念在这历史的进程中被颠覆，仁爱在这里被"成功者"践踏。历史的本体被"成功者"反目、否认。知恩图报的许忠德，忠于传统的道德观念，却扮演了一个社会"悲剧者"的角色。

这里有对人性在社会进程中的拷问；有对传统伦理道德观念封闭性、保守性、落后性的审视；有对新中国建立以来，几十年革命运动的反思；有对"历史是当代史"的反诘和质疑。

在《青木川》中，历史本体论的具体体现者是青木川镇上的那些老年精英。"他们是青木川的政治家和新闻解释者"，"有时，他们会向镇长、书记什么的提点建议，百分之八十会被采纳，但是他们轻易不提，他们的建议都是经过深思熟虑，让人无懈可击的，书记就是想反驳也没有那么容易。有人就说，大宅院门口的台阶上是青木川的众议院，是领导们也不敢小看、不敢得罪的地方。很多时候，老汉们很沉默地靠墙坐着，晒着太阳，各自微闭着眼，谁也不理谁"。他们有时候为一个历史细节的真实性而争论着：他们严肃认真地驳斥着后生们对历史上某个真实事件的歪曲和主观妄断；他们听到当年土改枪毙魏富堂的冯明"回来访旧"的消息后被"打蒙了，你看看我，我看看你"，一时说不出话来；郑培然说冯明的女友林岚"是为革命牺牲的"，"许忠德说，'为革命牺牲'，好久没有人说这个话了，听起来耳生得很"。对冯明没有过多谈论，不是不想谈，是没什么可谈，五十年的距离太遥远，他们一时还没有找到衔接点，不像日日议论魏富堂，谁起个头大伙就能接下去，老鼠拖锨，越拉越有分量，能拉扯出很实在的内容。"冯明这个使青木川改天换地的重要人物在青木川人的印象中竟然是连缀不起来，飘荡在半空的，不是青木川的人忘恩负义，是有点儿说不清道不明的情愫夹裹其中，让人不知如何掂起。"青木川人民忘记冯明，是因为冯明所代表的那种思想政治路线和极左思潮造成的失误对青木川人民的生活状况没有多大贡献。青木川人民忘不了魏富堂是因为他所代表的那种做人做事的思想观念和行为方式，对改进和提高当地普通民众的生活水平和生存状况作出了自己应有的人道主义的贡献。魏富堂按照人的历史真实活着，按照人性中善的准则活着，自然最终获得了历史的认可。

《青木川》在叙述中写史，在生活场景和日常现象中写人，在家长里短、鸡鸣狗叫的琐细中说事，于街谈巷议、假语村言中蕴寓重大的时代主题，这是作者艺术功力的表现。叶广芩在平淡中追求深意，在朴素中追求博大，在读者的心中留下了深刻的印象。

五

叶广芩的历史本体论是尊重人性在文明的轨迹上，坚持善的、理性的文明发展论。魏富堂是出身于社会动荡时期的草莽英雄，因为他有人性善的底线，他死后得以昭雪平反。许忠德因为他以理性的道德标准规约人生，后来他被推荐为县政协委员。谢静仪（程立雪）因其督察丈夫遭劫而自私地逃命，抛弃她不顾，她鄙视丈夫而上山落草，把文明带给了青木川……

人生的坎坷遭遇，政治的磨难最终使他们都得以善报、善终，有人死了，却长久地活在人民的心中，有人活着，因他们是新历史主义的代言人和执行者，却被人们忘记。历史在这里是以维护人性的善，促进人类的文明，穿越现实政治风云的迷雾而显示其本体论的强大。辩证唯物主义与历史唯物主义的人是坚持历史本体论的主体；有文化、有修养、有知识的人是历史本体论的主体。代表历史发展总趋势的知识分子应是坚持历史本体论的身体力行者。魏富堂在埋葬他的父亲时大肆铺张，他认为他有钱有势，有权有威，想给他父在修墓碑时戴一个令牌。但是，当时为魏富堂主事的施秀才坚持不能这样做。"秀才发了秀才的脾气，退回了魏富堂收买他的一根金条和二十亩山场地。"他到处宣传，"没有半天，青木川的男女老少都知道了魏富堂要给卖油的老魏戴令牌的事情，都觉得好笑，说土匪的爹戴着老爷的帽儿，那帽儿怕要戴歪了哟"。施秀才坚持历史的真实，历史的本来面目，历史的真相。他是历史本体论的身体力行者，又是历史本体论的实践者、维护者。

这件事对魏富堂教育很大。他认识到："父亲没戴上令牌，他不能也戴不上,他将来不能跟父亲一样,碑顶上光秃秃的,像个和尚。他下定决心,自他而始,魏家的墓碑顶上要有雕刻精致的帽子,要辉煌、要高大、要受人敬仰,要绝对地与众不同。这是什么,这就是根基。"魏富堂这里的"根基",是历史本体论的"根基",是历史价值,是个人生命对人类历史贡献的基座。魏富堂的这种认识,是对知识的认可,是对文明的认可,是对社会主体——人民大众价值评判的认同,是对历史发展规律的认可;是他对历史本体论的认可。他觉得,他要改换魏家门风,"他的后代得知书达理,得斯文高雅,得有名望地位"。"品种的改良得从根上改,女人的选择是极其重要的。"他用重金把"进士及第"赵家的两个千金娶回家;他对谢静仪言听计从;他为青木川做善事、好事;他尊重知识,办学校,资助穷苦人家的孩子在外读书;他尊重人格,赵家两个小姐来到青木川的魏富堂家后精神压抑,郁闷成疾,魏富堂又把她们送回"进士及第"的赵家,重金聘礼一笔勾销。他是一个以善的道德观念生存在一个狭窄的小天地的真实的活着的人。他的一生自然打下了历史与时代的深深烙印。

冯小羽是冯明的女儿,她随父亲来青木川,表面上观光旅游,实地里考察父辈们出生入死为革命的那段历史实况。她爱她的父亲和母亲,她想探知父亲与林岚阿姨的那段恋情。她想查询当年消失在青木川的程立雪这个人的历史踪迹。她对父辈的事业有敬佩和情感,也有冷静的、理性评估的成分。她更多地是站在今天客观的、历史唯物主义的角度看问题。她尊重父辈及一切历史老人。她具有平民意识和现代知识女性的精神气度。她是一个有审父意识的典型形象。她说:"父亲太传统,父亲那一套套革命理论常常让人无法理解。"她的审父意识,灌注着更多的经济决定论的历史本体论的思想。她对钟一山的新历史主义带有明显的批判性。她同样具有一颗善良、仁爱的心。她在与解苗子的交谈中,给解苗子带去她爱吃的核桃点心。

程立雪(谢静仪)、许忠德、李青女等,都是在人性善的道德轨迹上走过了他们的人生之路。

六

一个作家的历史态度，是由他的社会阅历、经济地位、社会关系所决定的。叶广芩也同样是这样。

叶广芩，女，北京市人，满族，祖姓叶赫那拉。中学就读于北京女一中，1968年分配到陕西当护士、记者，1990年在日本千叶大学学习。回国后于1995年调入西安市文联创作室，从事专业创作。2000年始到陕西周至县挂职任县委副书记。一级作家，中国作家协会会员，陕西省作协副主席，西安市作协副主席，西安市文联副主席，陕西省人大代表，西安市第十、十一届政协委员。先后被评为西安市优秀女作家，西安市有突出贡献的专家，并被陕西省委、省政府授予"德艺双馨"称号。主要作品有家族题材的小说《本是同根生》《谁翻乐府凄凉曲》以及长篇小说《采桑子》，纪实题材的《没有日记的罗敷河》《琢玉记》以及关于生物与动物保护题材的《老县城》《黑鱼千岁》《老虎大福》《熊猫碎货》《青木川》等。其文学作品在全国多次获奖，《梦也何曾到谢桥》获鲁迅文学奖。

叶广芩出身于皇亲贵族，少年时代，受传统文学、文化熏陶很重。她的血液中流淌着精神贵族的生命基因。中学毕业后，适逢"文化大革命"，她孤独而满怀失落地来到了西安古城。皇家出身的她在少年时代，是一种拉开距离看平民生活。她的天性是在自由、舒展的条件下成长起来的。她耳闻目睹了她的亲属们被批判、被游斗、被扫地出门的惨痛场景；她经历了少年时代被视为封建地主阶级的孝子贤孙，被歧视、被排挤、被冷落的心灵创伤。她中学毕业后，为生计而一路西下——抛亲离友来到陕西。她经过一番历练，深谙社会的复杂和人生的艰难。天性聪慧的她在适应中求生存，在生存中求发展。从医院的护士到《陕西工人报》当记者，良好的家学使她的文学才华在编辑和采访中大放异彩。她的作品一出手就有一种有别于秦地土著作家的别样情致。然而，她受压抑和惊悸的心理使她这一时期未能在一种更为自由和舒展的心境下创作。她的阅读和视野都限制了她更为本真的书写。

1990年，她在日本千叶大学学习，经过几年的异国深造，她站在另外一个文化参照系上来看中国的历史与现实。她有了新的发现，新的感悟，新的思想。她的文学创作出现了一个新的飞跃。这是在地域性中融进世界性，在民族性中融进人类性的一种飞跃。很快，她跃入陕西一流作家的行列。在后来的日子里，因她的爱人在日本工作，她每年都要在日本生活一段时间，这种生活方式给她的文学创作带来新的刺激和动因。她的创作激情在较长时间内保持着一种良好的竞技状态。

《青木川》是叶广芩融进自己对中国当代史的重新思考的长篇小说。她在历经了新中国成立后几十年的风云变幻中，结合自己家族的兴衰史，结合自己的所见所闻，思考着这个民族的历史、发展和未来。她写人活着的价值、意义、追求。她写个人的追求在社会中的遭遇、评价、待遇。她在个人经验中表现社会的政治光色。

如果说《青木川》还有美中不足的话，我以为有三点：文本的形式不够丰满，小说的叙述、描写在幽默与调侃中显得有些油滑与随意；冯小羽的历史倾向可以再明显、典型一些。目前，她的审父意识中还夹带一些非历史本体论的杂质；历史本体论和新历史主义这两种历史观的扭结还不是十分地有机统一。钟一山寻找杨贵妃和冯小羽寻找程立雪这二者之间的交叉点未能在隐喻、象征、比兴的峰峦上闪光。这些不足，是作家追求思想性的表达而带来的疏忽。当然，其中还有体验与采访不同的原因。我相信，叶广芩在今后的创作中会克服这些不足，写出更新更美的作品。

原载《海南师范大学学报》（社会科学版）2009年第2期

陕西当代农民诗歌创作初探

中国是一个诗国。陕西，是这个诗国的白菜心地带。历史上这里曾是十三朝文人骚客荟萃的圣地。"七月流火，九月授衣"的咏叹发自这里；"蒹葭苍苍，白露为霜"的名句也出自这里；《周南·关雎》的吟咏至今仍回荡在合阳县的芦花荡中。生活在这里的周边农民，自然受到这种浓厚的诗意浸染，唐诗宋词中的无名氏，其中应有农民诗人位列其中。中国古典诗词中的古风、歌谣，乃至竹枝词等一些诗篇，应是首出普通劳动农民之手，然后经过文人的整理、加工、改造，才臻于完善、定型的。漫漫历史路，滚滚风尘中，多少优秀的农民诗人如珍珠般埋在历史的尘埃中。20世纪四五十年代，陕西农民诗歌创作在中国诗坛出现了一个前所未有的高潮，一股代表着中国农民审美情趣、审美理想、审美风格的诗歌创作如春潮拍岸，卷起千堆雪，给中国诗坛带来勃勃生机，填补了中国文学史上农民诗人青史无名的空白。

中国农民诗歌创作，是华夏民族恬逸乐感、天人合一、道法自然的审美情趣、审美观念的重要组成部分；是在农耕文明的沃土上成长起田园牧歌式的精神之花。她喷洒着人类生存学意义上的芬芳。

现当代陕西农民诗歌创作，从王老九、李有源、韩起祥、谢茂公、李登峰、贺丙丁、祁守业等人起，经过李强华、蒿文杰、章立、王世民、郭建民、王连生等几代诗人的不懈努力，经过"王老九诗社""农二哥诗社""民风诗社""画乡诗社""三秦百花诗社""陕西农民诗歌学会"

等诗歌组织半个多世纪的辛勤耕耘，"诗在鞭花上炸响／诗在犁铧上闪光／诗在田垄上成行／诗在木锨上飞扬／诗在镰刀上吟唱"（屈甲成、屈维民诗句），终于迎来了陕西农民诗歌创作百花争艳、诗意盎然的春天。

一

中国现当代诗歌创作，从延安到西安，到北京，一路踏着"文艺为工农兵服务""文艺为人民服务"的进行曲，走来两支队伍：一路是臧克家、郭沫若、艾青、郭小川、贺敬之、柯仲平、玉杲、胡征、沙陵、雷抒雁等人；一路是王老九、李有源、韩起祥、谢茂公、李登峰、祁守业、贺丙丁、李强华、张志民、刘勇、刘章等人。这两支队伍，汇聚成中国现当代诗歌创作的主潮，即中国古典诗歌加民歌的诗学创作思潮。陕西当代农民诗歌创作水平，代表着中国当代农民诗歌创作的水平。陕西当代农民诗歌创作的高度，代表着中国当代农民诗歌创作的高度。陕西当代农民诗歌创作，强调：诗学、诗思、诗格的平民化、大众化、通俗化；诗境、诗趣、诗情的劳动性、质朴性、鲜活性；诗意、诗质、诗风的自然感、整体感、率真感；诗品、诗式、诗律的烟火气、泥土味、田园象。他们提倡诗歌内容的革命性、情志的劳动性、生活的平等性、形式的单纯性、审理的趣味性。当代陕西农民诗歌，承传了中国古典诗词中的清新、刚健、明快、简约、朴素、自然的审美情趣，应合了延安革命文艺的思想，推进了中国新诗的发展。

王老九，是陕西当代农民诗歌的带头人，先行者，旗手。他写于1949年7月1日的"七一颂歌"，如子夜彗星，二月春雷，一下子把他推到了一个时代的、民族的、革命的高度。你听："一颗珍珠土内埋，满身光彩难出来，一声炸雷天地动，挤出土来把花开。"全诗仅仅四句，自然、流畅、简捷、明快，那种从黑暗的社会中走向阳光明媚新生活的喜悦，那种革命给诗人本质力量对象化的显现带来的历史机遇，使诗人充满了蓬勃向上的朝气；那种古体诗的节奏和民谣情绪的完美结合，给人以强烈的艺术冲击力。当时，乃至其后，受王老九农民诗歌创作影响的诗人有：辽宁的霍满生、青海的韩友鹿、安徽的殷光兰、湖南的刘勇、河北的刘章，还有马秉书、李永红等人。在陕西境内，受他诗歌创作影响的有庞惠农、张凤翔，还有周维新、刘玉明、穆志远、何成海等人。这样，就在全国形成了一个农民诗歌创作大潮，有人把这个潮流叫作"庄稼汉诗潮"。这个诗潮的命名，大致缘起于：王老九诗社曾出了一个农民诗歌刊物叫《庄稼汉》；另外，这些写诗的人都是地地道道的农民；同时，他们的诗像土地里的庄稼一样丰茂、朴野、自然、单纯、素净。这些诗浸透着农民的精神、气质、品格、情趣，散发着一股庄稼汉的气息。同时，它也体现着诗的本质。诗，就是用通俗的语言反映深奥的哲理；用简约的文字反映博大的内容；用童稚的心理和目光收视人与社会、自然之间的和谐律动、节奏、声韵。

王老九是"庄稼汉诗派"的创始人，是新中国农民诗歌创作的开拓者。他一生写了《洋烟歌》《打麻将》《进西安》《张玉婵》《伟大的手》《想起毛主席》等诗篇。他的诗，是对新社会、新生活的赞歌，是中国农民翻身得解放的颂歌，是社会主义好的欢歌。他的诗，是劳动的节律、人民的感情、口头文学的形式；他的诗，旗帜鲜明地站在广大农民兄弟的立场上，对生活在社会底层的广大劳动人民群众给以深切的同情和诚挚的拥抱。他的诗风，是从广大农民兄弟的爱好、情趣、欣赏习惯出发，广泛吸收民间文学的口头语言，在此基础上，也适当吸取专业诗人在创作上的一些优点和长处，形成自己为广大人民群众所喜闻乐见的诗歌形式。他说："写诗怎样押韵，怎样能顺口，我都是从戏本的唱词里学来的。"秦腔英雄悲剧主义的粗犷和豪放，眉户、道情、小曲的清丽和婉约，有机地融化在王老九的诗风里，形成了他高亢激昂、欢乐明快、清新朴实，富于音乐性、节奏性的诗歌形式。他著有《东方飞起一巨龙》《王老九诗选》等诗集。

中国当代著名的诗人、作家、理论家，大多对"庄稼汉诗派"的领军人物——王老九有过高度的评价。艾青曾说："五四以来，全国共有三百三十四个诗人，王老九就是其中之一。"胡采称王老九为"我们的农民诗人""公认的优秀的农民诗人"。徐迟说："如果说，以前我们只有一个王老九，现在刘勇、刘章等许多农民诗人的声名已越出了本村、本县、本省，成为全国著名的诗人。"田间说："《王老九诗选》给我们带来了人民群众自己的声音，闪耀着劳动人民的智慧和天才。"柯仲平认为："庄稼汉派是一股颇具生命力的文学潮流。好个诗人王老九，劳动作诗一把手，黄河一带打红旗，打着唱着飞着走。中国多少王老九，满天唱的王老九。"魏钢焰认为："王老九的诗风像榴花似火一样片片笼秦州。"张志民认为："王老九的歌声不仅已化作秦岭的春花、延河的波浪，而且已汇作我们新长征的激流。"王老九走的是一条"中国气魄和中国作风""民族的、大众的"诗歌创作的路子。他的作品被翻译成俄、日、朝等国家的文字，流传在国外。

李有源是一位革命敏感性很强的农民政治抒情诗人。他的一首《东方红》，就把陕西农民诗歌创作与社会革命、时代精神、领袖人物紧密地连接在一起。他的《千年铁树开了花》《人民江山万万岁》《揽工苦》《共产党好》《交公粮》《变工队》《减租减息》《打坝歌》等诗篇，都是歌颂中国共产党、中国革命、革命领袖在人民群众中的地位和影响，歌颂人民翻身得解放、当家作主的喜悦和自豪。他的诗，简捷、明快，节奏性强，朴素、通俗，韵律感好。他一生写的诗不多，但农民诗歌的味道很纯正，情感很饱满，革命性强。1952年，他曾以农民作者身份参加在绥德专区召开的文艺工作者代表大会，之后又出席陕西省文艺创作者代表大会并获奖。

韩起祥是一位荷马式的中国农民叙事诗人，杰出的表演曲艺家。他曾任中国曲艺家协会副主席。他创作了《四岔捎书》《反巫神》《红鞋女妖精》《刘巧团圆》《张家庄祈雨》《一只老母鸡》《喜相逢》《张玉兰参加选举》《宜川大胜利》《翻身记》《我给毛主席去说书》等五百多首新诗，近三百万字。他的诗带有民间故事的传奇色彩，叙事性强，说唱味浓，以曲唱诗，以事吟诗，具有强烈的人民性、故事性、生活性、娱乐性、教化性。在他之后，有张俊功、韩应莲、薛怀光、王占社、解明生、张和平、曹伯炎、贺治财、高小青、何小平、高尔峰、陈玉印、杜彩云、贺改明、白明理、韩学斌、张启发、曹伯植等人。

谢茂公的诗与王老九是一个路子，他的人生经历像许多受压迫、受剥削的中国农民一样，灾难深重。他与王老九一样了解旧中国农民的苦难，他的文化程度略好一些。他创作的《解放西安》《说土改》《赴朝慰问记》《秀女结婚》《王老汉入社》等作品，深受当时广大读者的喜爱，社会反响很好。新中国成立后，他曾任西北曲艺促进会执委、陕西省文联候补委员，曾以农民诗人的身份参加全国政协会议。

谢茂公用口语化表达，以叙事的方式说史，以直抒胸臆的独白形式抒情，整个作品流畅、通达，充满着一种激情。它是一种快板诗的形式表达。他曾进京见到了毛泽东等党和国家领导人。他写的《老谢见了毛主席》与王老九的《伟大的手》和《想起毛主席》相比，王老九的诗明显靠近古典诗歌加民歌的形式。谢茂公的诗社会革命的成分多了一些，政治性强了一些。王老九的诗更靠近诗歌创作的审美特征。

李登峰与前两位相比，文化程度更高一些。新中国成立前，他上过四年蒙学，能拿起笔来，以诗歌的形式记日记。他写了二百多万字的日记歌谣，真实地记录了关中农村的历史变迁，有珍贵的史料价值。他的诗是以口语化、顺口溜、排比、递进的形式，表情达意，写人记事。他著有《钉锅匠李登峰日记歌谣选》。

祁守业是临潼县（今临潼区）"王老九诗社"的顾问。他比王老九小十三岁，新中国成立后与王老九一起担任乡宣传员，编诗写快板。他更多地继承了王老九的诗风。他的诗，境界开阔，气魄大，站得高。他的诗风刚健、豪放，被誉为"人民歌者"。著有《祁守业诗选》。

贺丙丁是"王老九诗社"的掌门人。主要作品有《歌唱党和毛主席》《贺丙丁认字》《天安门前万年春》《十六大精神是仙丹》等，出版了《贺丙丁诗选》《贺丙丁文选》。《贺丙丁认字》，表现了文化权利的平等享受，以及平民对文化的炽热追求。他是在文化与文学的层面上，思考着人的生活、人的价值和意义。他的作品是中国农民在精神文化生活上自觉追求的诗歌形式。

陕西当代农民诗歌在这个阶段，是政治革命的抒情阶段。它与中国无产阶级革命斗争和农民的翻身得解放紧密地联系起来。这里的诗情，是一种人民当家作主、土地归劳动者所有的欢乐之情；这里的诗意，是一种社会主义好、共产党好的写意；这里的诗品，是一种大野孕朴茂、厚土蕴天然的自然品格。

这些人的诗作，因其乘势而作，合时而唱，抒发了中国农民千百年来久郁心底的一种苦情、悲情、苍凉之情，表现了社会底层广大农民群众获得新生活的一种欢情、喜情、快乐之情。诗歌情调欢乐、明快、激扬、向上，语言质朴，朗朗上口，节奏感强，通俗易懂，生活气息浓，情感真挚，深得社会各界喜爱。正是这股开风气之先的农民诗潮，影响和滋润着这块高原厚土，使这里民族化、传统性、民歌式的诗体创作才绵长不断，余音袅袅，不绝如缕。例如：阮章竞的《王贵与李香香》、贺敬之的《回延安》等诗作，乃至脍炙人口的、深受广大诗歌读者所喜爱的《一把镢头二斤半》和《我来了》等优秀诗作，都产生在这里。

二

党的十一届三中全会后，陕西的农民诗歌得到了长足的发展。李强华得春风、春雨，诗歌创作如鲜花盛开般艳丽多彩，成为新一代陕西农民诗歌创作队伍中代表性的人物。李强华1956年发表处女作《姐姐遨娘家》，清新、自然、简约、真切，生活气息浓，时代感强。他自觉追求当代农民诗歌创作与五四新诗精神品格的贯通，民风、民俗、民情与时代精神的贯通，生活真实与政治革命贯通。他的《姐姐邀娘家》一发表，就与王老九、谢茂公、李登峰等老一辈诗人的诗风拉开了距离。著名词作家党永庵说："王老九是欢庆的唢呐，李强华是激扬的锣鼓。"李强华延续了老一代诗人歌颂新时代、歌颂新生活、歌颂翻身农民得解放的欢乐。他的诗更多的是抒情。他在个人的感情与人民大众的情感结合处写诗。他是王老九的紧密追随者，曾拜王老九学诗。但，他又是王老九的超越者。他追求诗歌本体的审美精神和品质。他努力用诗的形式反映伟大时代的农民生活。1960年，他因诗歌创作成绩突出，出席全国第三次文代会，受到毛泽东的接见；1965年，他又出席了全国青年业余文学创作积极分子大会。1989年在《南国诗报》举办的"中国刘三姐诗歌大赛"中，他的诗《唱歌要学刘三姐》获一等奖。1993年他的组诗《故乡诗话》获"西北五省区505杯农民诗歌大奖赛"一等奖。三十多年来，他坚持写作，从不间断，先后获奖30多次，发表诗作近千首。创作诗歌三千多首，出版《锄头底下开诗花》等诗集三部。《想起毛主席》一诗选入小学语文课本。他是户县（今鄠邑区）"画乡诗社"的社长，初红、章立、石侃之、王连生、苦果等人是这个社的骨干成员。李强华的诗构思奇特，形象生动，比喻贴切，大都不太长。他注重生活画面的捕捉和组接，强调节奏的工整和对仗，注重情感与形象的诗意结合，强调诗意向时代精神的深度开掘。他是陕西农民诗歌创作队伍中一位承前启后、继往开来的人物。他的诗曾在《人民文学》《人民日报》《诗刊》《延河》等报刊发表过。他从王老九、谢茂公、李登峰、祁守业、贺丙丁等老一代诗人那种民间口语化、快板诗的形式中挣脱出来，洗去了叙事性的非诗化的东西，摆脱了老一代诗人因历史原因形成的局限性，自觉在抒情性的沃土上，播种属于自己文学品格的诗种。他的诗与前面几位诗人相比，显得纯净了一些，更有诗味了一些，更现代了一些。他在生活性、人民性、时代性的基础上开掘民歌的趣味性、抒情性、意象性，但农民的诗质、诗品、诗风没有变。

陕西当代农民诗歌创作，真正意义上的觉醒和自觉，是从李强华开始的，在此之前，陕西农民诗歌浸染着一股浓重的清官盼、青天赞的情绪；激昂的社会政治革命的热情冲淡乃至淹没了澄澈的、晶莹的、审美的情感，叙事的成分太多，说唱味道太重，快板曲艺调式太浓，廉价歌颂的痕迹太强。在李强华之后，形成了一个在写民风、民意、民情、民俗层面上，挖掘农民诗歌审美品格的自觉追求。在这里，"农二哥诗社"的蒿文杰、"民风诗社"的王世民、"画乡诗社"的章立、王连生，"三秦百花诗社"的郭建民，以及惠智勇、马和平、屈发金、宋睿、田健、潜仁、柴玲俐、张公显、毕林飞、郭兴军、文广平、渭之流、王淑慧、李晓茹、苏有明等人，都应是从这里出发，一路走来的。

在这支队伍中，值得一提的是初红。初红不仅是一位诗人，他更是一位诗评家。他更多的时候是以农民诗歌评论家的姿态出现的。他是陕西农民诗歌学会发起人之一，曾任学会秘书长，主编会刊《黄土地》。他勤奋、睿智、惠敏，在很长一段历史时期，独擎陕西农民诗歌评论的大旗。他密切关注陕西农民诗歌创作的新动向、新问题，及时发表有见地的意见。他联络胡采、李若冰、毛锜、党永庵等各方文艺评论家，共同关注陕西农民诗歌创作的现状。应该说，陕西农民诗歌创作阵营的形成，与初红的努力有一定的关系。

目前，陕西省农村拥有农民诗歌作者三百余人，其中骨干作者六百余人，一批"80后""90后"的诗歌新苗破土而出，茁壮成长，成为陕西农民诗歌队伍中的中坚力量。

三

如果说，李强华是陕西农民诗歌创作的第二个历史阶段的代表人物，那么，第三个历史阶段的代表人物就是郭建民。这是一个有风险、有争议的判断。因为，在这个阶段，陕西农民诗歌队伍中，诗写得好的人太多了，例如王连生、王世民、章立、惠智勇、宋睿、郭行军、刘平安等人。在这里，我是以农民诗的审美特征、审美标准来判断的：有些人走得快，走得远，早已融进中国当代新诗探索的现代形式之中；有些人走得慢，落了伍，还在王老九、李强华的诗风、诗境上苦苦地徘徊。郭建民居于中轴线上。

郭建民从20世纪60年代开始创作，出版诗集《乡恋》《乡情》《热土》《乡村诗草》《田野的歌》《耀州风情》，诗文集《心泉》《郭建民诗文选》，等等。他的诗歌创作路子比较宽，时而在民歌与现代诗的中轴线上波动，时而在古体诗与民歌之间跳跃，时而在朗诵诗与楼梯诗中寻觅。他获得陕西省第二届农民诗歌大赛一等奖的《耀州锣鼓》写得很有激情，很自由、洒脱、豪放。其中有土地与庄稼的情感，又有朗诵诗、自由诗、楼梯诗的表达成分。他写的《红盖头》，在生活的纵深感中，挖掘民族精神深层的东西，在民谣的艺术形式中，表现现代人的一种生活观。而《山河祭英魂》，又有古体诗与民歌相融的追求。郭建民是在广泛地吸纳各种艺术营养的追求中，寻找新时代、新农民诗歌创作的新突破。他是继章立之后，陕西农民诗歌学会的掌门人。他自觉地带领大家走出单纯写民歌、民谣的局限，追求在更广阔、更博大、更朴野的艺术视野中创作诗歌。王连生、惠智勇、魏琦波、李延、丁鹏、马成友、焦启民、王盛才、屈金发、穆黎、文源、毕林飞、潜仁、文广平、玛丽娜、晴川、肖益人、张布正、苦果、刘平安、杨五贵、张凌宇、吕学敏、白春娥、何文朝、李双霖、薛文德、叶志俊、赵战劳、何琼、赵蓉、魏巧燕、王亚兰、袁余良、盛云霞、张中兴、马嘶、王璐等人，都是与郭建民并肩同行的新农民诗人，他们都应属于新时代、新时期、陕西新农民诗人的优秀成员。他们与王老九、李强华、章立、蒿文杰等非常民间化、民情化、民趣化的农民诗歌创作拉开了一定的距离。主要表现在以下三个方面：

1.他们在坚持民歌民谣的审美风格、品位、兴趣的基础上，大胆吸收中外新诗歌创作的优秀成果，在更高的层面上，思考着陕西农民诗歌创作的未来发展。例如刁永泉的《下里巴人歌》，站在民歌、民谣的基调上，歌颂和赞美农民诗的空灵、潇洒、大拙、大雅，在古调老曲中唱出了新声。党永庵的《枣园听歌》《果园写意》表现新农村、新青年月夜修鱼塘，晴日摘新果的新气象。王连生的《乡村》，那复调叠唱的板眼，那词语对位的情感递进，给人留下美好的印象。他的《西出阳关》中，那种漂流者无归的感情，那大漠孤烟里、入夜寒风中孤独的相思之恋，悲剧气氛的营造中有一丝黎明前希望的星光。他的诗境宽阔而灵动，朴素而淡雅。王盛才在农耕文明的薪火传承中，用现代意识淬炼传统农民的生活方式，提纯现代农民的生存观念。他站在历史的废墟上，思考着农耕文明的足迹与民族前进的诗意表达，诗意好，境界高。李晓茹在土地与灵魂的血泪交融中，寻找晶莹剔透的诗魂，把英雄的颂歌植于生活的大地之上。在这里，历史的印象与诗歌的意象融入了"生长蓝田玉的土地"。何文朝吸取西方现代楼梯诗的节奏、形式感，在《黄土地的儿子》里，在土地与我的关系思考中，表达一种忧思、感伤，激越的情感在明快、简捷的节奏中得到充分的表达。郭建民在生命本体的激情喷发中，寻找与时代精神的结合点，在生活现象的重复中，挖掘历史进步的文明节律。穆黎的《四十岁的女人》，构思新颖，描写了中年女人如"四月的槐花、五月的麦浪"一样美丽的风采，展示了她们"有泪也哭、有歌还唱"的丰富的内心世界。刘平安在朴素、旷达的诗情中，注入现代人的生命意识，郭兴军追求诗歌意象的纯洁度与诗情对象化的形式。正由于这些人的努力寻找、探索，陕西当代农民诗歌出现了一种新的气象。

2.他们在继承中国古典诗歌意境、韵律的道路上，思考着新诗反映时代内容的现代形式。在中国古典诗歌中，古风、乐府、竹枝词、民谣等形式早已存在，田园牧歌式的诗情渗透、弥漫、充盈在古典文学作品的字里行间。在陕西当代新农民诗歌的创作中，有相当一些人坚持走清新、简约、直接、朴素、明快的民歌诗意美的路子。在这条艺术道路上，他们自觉地追求传统的古典诗歌与新民歌相融合的诗情方式，他们培育一种既承袭古典诗歌的血脉，又反映现实生活中民情、民意、民风的新诗作。例如王世民的《银锄落地歌出喉》："烧下砖头盖新楼，打下芝麻榨香油，农民走上致富路，银锄落地歌出喉。"更多地继承了王老九的《七一颂歌》、祁守业的《田头短歌》、贺丙丁的《责任制是仙丹》等诗格、诗情、诗意。但他的民歌意味更纯，意境更美。他很好地吸收了古典诗歌中七言、七律对仗、押韵的传统，又立足现代人的新观念、新视角、新意境，竭力经营新农民诗的新形式。丁鹏的《田园即景》，继承了农民诗质朴、清纯、言简、意远的本质，吸收了中国古代田园诗、边塞诗中自然、清新、流畅、明快的东西，他的诗比较靠近传统的古典美，但反映的情感、思想、观念，完全是现代的。林宏的《总书记来到咱身边》，清新、爽朗，在律、绝的形式中灌注一种民歌的情调、意味、语境。窦允升在时令节气中，凭古吊今，用旧的诗歌形式，反映新生活；杨五贵沉入古典情趣之中，显出一种清新、拙朴的稚雅之真；刘作宇紧扣时代脉搏，歌颂改革，赞扬开放，在七律的声韵中，开掘时代精神的新节拍。许西芩、张布正、李正身、穆黎、张凌宇、秦凤岗、王耀先、白启堂、夏丽娜、白德全、张彩琴、杨远清、蒋玉祥、吴全喜、马忠友、张德新、鱼永强等诗人，走的是这条道路。这是一条在古典中追求现代、在传统中追求创新的艰难之途。从这一条道路上走过来的诗人，往往坚持诗歌语言的生活化、群众化、口语化，诗歌情感的淳朴、清新、明亮，诗歌意境的素净、恬淡、自然。他们牢牢地把握住农民诗歌草根性的诗学本质不放，用古典诗歌中发轫于民歌、民谣的手法和技巧，丰富农民新诗创作走向未来。他们面对古典主义中的贵族气、士大夫气，予以彻底的摒弃；他们面对现代主义、后现代主义的嬉皮士、实验派、虚无性，保持着一种非常谨慎、非常挑剔、非常苛刻的态度。

3.他们站在社会底层人的生活方式、生存环境、生命体验中，努力寻找从生活的情感到艺术的情感的审美路径。中国的农民诗歌，长期以来，一直在表现劳动者的辛劳、重压、酸楚、艰难的层面上吟咏。例如，流传在民间的《插秧歌》《祈雨歌》《哭嫁歌》《夫歌》《妇歌》等，都充满了这种强烈的悲剧意识。今天的农民诗歌创作继承了这种传统。王淑惠的《漏屋诗人》，通过生存环境的艰苦，映现诗人用诗的形式表达自己诗美感受的虔诚和执着。诗的意象巧妙、准确、形象，给人一种身居破旧茅屋，心内充满诗意的旷达和乐观。薛文德的《秋意如歌》，在大野的自然时序中，通过庄稼成熟的画面，流露出劳动者"醉态的芬芳"。马嘶的《行走江湖》，抒发了一个独步世俗社会的流浪者纯洁、善良、思考生命价值和人生意义的思想感情。现代漂泊者的孤独、寂寞、失落、酸楚、感伤，而又对光明追求的信念不灭，充盈在诗篇之中。赵战劳的《农民的假日》，从农民的辛劳出发，开掘诗意美的富矿。

诗，是人在社会生活中生命直觉对审美追求的艺术表达，是审美情感对一切理性文明的补充和校正，是人在社会与自然整体和谐的期待与理想中对现实的审美把握。农民诗歌，正是由于它的社会主体性，推动历史前进的主动性，使其在社会底层人们的苦难情绪表达中，具有了一种促进文明产生的革命意义。正是这种发自社会底层的审美情感的艺术表达，在人类现代工业文明的建设中，才有了一种超越时代历史局限的可能。

陕西当代农民诗歌对中国当代诗歌的贡献有三点：一是把五四新诗语言和延安革命文艺精神结合了起来，努力践行文艺为工农兵服务的路线和方针。二是开中国农民诗派之先河，把中国诗学的草根情结发展到一个时代的高度。三是以一种清新、明快、鲜活、健康的精神品格，丰富和校正着"古为今用""洋为中用"的政治极端和艺术偏见。这些新时代的农民诗人，站在中国新诗发展的时代高度，融古典于现代，融绮丽于简约，融丰富于单纯，融庙堂于山林，在诗美的沃土上辛勤耕耘，寻找着诗歌的自由性与历史的主体性的统一，诗歌的欲望性燃烧与社会文明性的统一。他们在一种时代精神的推动下，本能地抒发着一种工业文明给田园牧歌式的审美情感带来的震荡和不适的情绪。他们在农耕文明的大野上，迎着扑面而来的风暴，努力培育着中国气魄和中国作风的诗花。这种审美艺术上的追求，实质上是人类诗意地栖居于大地的精神追求。

四

　　陕西当代农民诗歌所走的道路，是中国传统诗学的正宗之途。中国的传统诗学是整体论的自然人格化的诗学观。这种诗学观在创作实验中呈现出两种样态：一种是《诗经》《古风》《乐府》等诗歌，带有强烈的民歌、民谣、民风的情调，表现出清新、明丽、澄澈、简约的诗风。一种是李商隐、李贺、王勃等诗人所追求的，讲用典的高深，讲修辞的华丽，讲诗意的铺陈，讲诗境的高古的诗风。前者被王维、杨万里、杜牧、李清照等诗人所发扬光大。他们追求自然、清新、流畅、质朴、真挚、明快、简练、轻淡、明了中的诗味、诗意、诗境、诗趣、诗心的审美表达。其实，这是中国诗学所追求的本源。这是一种以童稚之心表现人与自然的和谐相处，以赤子之情反映人与社会和谐相生，以通俗之言反映高深哲理、以极少的文字反映博大的内容的艺术表达。这是在自然天籁中谛听宇宙的律动，在天、地、人的沟通中，表现人生、社会的节奏。这是人类诗学的本源，这是中华民族的诗学之根。

　　得中国传统诗学真谛的诗人，总是从那些朴素、自然、恬淡、蕴寓、简约、辽阔的经典诗歌作品中吸取艺术营养，丰富自己的创作。例如刘禹锡、王昌龄、秦观、范成大等人，都是如此。他们中的许多人就创作过带有民歌、民谣风味的诗歌。陕西当代诗歌创作中的许多作者，走的也是这条路子。例如：曾以《司马祠漫想》荣获全国诗歌大奖的毛琦说："在我的心灵天平上，农民诗人的分量，比那些时尚诗人重得多。诗歌的根在民间。我写诗，就是从民歌中吸取营养、起根发苗的。"

　　当然，今天的新农民诗人已与解放初期的王老九、谢茂公、贺丙丁等人不同了。今天的新农民诗人境界更高，他们站在贫困、破败、钢筋、水泥之上，遥望人类精神文明的灿烂星空；他们伸出茧花累累的双手，编织着田园牧歌走向现代化的憧憬；他们用敦实有力的脚丫，踩平小农经济的田垄小径；他们用肌肉隆起的胸脯，盛满对人民的忠诚；他们挺起坚强不屈的脊梁，扛起一个时代的诗歌在民族精神重构中的历史重任。他们坐在田间地头的锄把上，思考着现代化的工业文明是否就是目前西方文明发达国家的一种模式？在农耕文明的沃土上，有没有可能建立起一种新的现代文明的新模式？如果人类只能生活在一种逻辑的、理性的、电子化学的工业文明之中，那么，人类生命结构、形式、功能的自然之躯将失去其赖以生存的大地气脉。正是站在这个角度，我以为，今天的农民诗歌创作，为我们提供了以下值得思考的问题。

1.树立新的农民观，建立新农民诗学的美学观念，努力表现时代赋予诗歌创作的历史使命。

今天的中国农民，是有知识、有文化、有修养的新一代农民。他们与历史上以往的农民有了明显的不同。有人把他们叫"新生代农民"。今天活跃在中国诗坛的农民诗人，他们是两代人，即改革开放前和改革开放后。改革开放前的农民诗人，是传统意义上的农民；改革开放后的农民诗人，是现代意义上的农民。在这两代人中，前者，是始终在土地上的耕种者；后者，是离开土地进城打工者。这些新生代农民工怀揣追求文明、追求平等、追求社会共享、追求新的生活方式的美好愿望来到现代化的都市。他们亦工亦农，农闲时进城打工，农忙时回乡务农。村办工厂、村办企业，成为社会主义市场经济条件下农村进步的标志。在这些企业、工厂中，原本是地道的农民，他们却享受着星期天和节假日，享受着国家企业管理的生活模式。他们过着一种城市人的生活方式。正像农民诗人丹文所写的"哥俩好呀五魁首／麻利端起杯中酒——／不说仓里溢／不说囤里流／也不说新砖新瓦造新楼"；只说咱庄稼汉过起了城里人的好光景，"葡萄酿美酒／芝麻榨香油／称心的日子千言万语说不够／来来来／喝它个底朝天／一切都在酒里头"。他们生活在现代文明的幸福之中。然而，他们人在楼林深处、都市之中，却常常怀念那田园牧歌式的生活情景。他们骨子里流着耕种者的血。他们是千百年来农耕文明积淀下的灿烂文化的天然继承人。今天。他们自然而然地成了这种文化的集大成者。他们站在"天人合一"的农耕文化审美价值观念的高地，思考着中国城市化的发展，思考着中国诗歌走向世界的途径。他们在寻找着自然哲学、伦理哲学与人类现代工业审美文化的结合点。他们在文学的民族性与人类性的交叉点上，思考着土地、自然、宇宙与人类文明和社会进步的出路。这是一个时代的严峻命题。只有对农耕文明有彻骨之爱，对人类"诗意地栖居于大地"的审美理想的执着追求者，才有可能担当此重任，只有把握了农耕文化的本质，站在现代工业文明的审美基座上，才有可能看清农耕文明在人类未来社会发展中的地位和作用，也才能站在历史发展的潮头，用一种现代文明人的魄力和气度，实现中华民族传统文化的诗学观念向世界先进文化的前进方向转变。

这种转变中的农民诗歌创作要表现的内容十分丰富：要表现与农村渐行渐远，却又融不进城市的苦恼；要表现选择职业上，高不成低不就的尴尬；要表现注重精神文化生活，却往往受到社会歧视的刺激；要表现交往愿望强烈，但交往范围狭小的情感落差；要表现打破城乡二元社会结构，给予新生代农民工进城后以公正、公平的国民待遇的要求；要表现新生代农民工的心理压力和郁结情绪；要表现他们背井离乡、客居都市的孤独与酸楚；要表现他们失去土地后的情感阵痛，土地与农民的血缘关系发生变化后的种种可能；要表现现代工业文明给环境带来的污染，农耕文明如何长治久安；要表现中国传统文化在走向全球化过程中的得失与优劣，在失与得的文化精神重构和再造中建立新的核心价值观；要表现农耕文明在城市化、现代工业化的进程中，"天人合一"审美观念、价值理想的蝉变的痛苦和获得新生的欢乐；要表现民族性与人类性的融合中，保持文化的独立性的可能。"农民／背弯成一张弓／总想把一些种子／射到远离庄稼的地方。"（河北省耿湘春诗句）

这是一个表现思想的时代，这是一个表现思想深度的时代，这是一个表现思想深度和广度的时代。

2.今天的农民诗歌,应是一个艺术审美价值判断的概念。

这里的农民,虽然沿用了过去的概念,但生存方式、生活观念发生了变化。大学生毕业后去农村当村干部;新生代农民工随着父母亲在城市打工出生或成长在城市;地地道道的农民在乡镇企业、工厂、车间上班;从农业大学、技校毕业的学生,在山野、农村一待就是几十年;等等。这些现象,令今天的农民诗歌研究者思考。今天谈论中国新农民诗歌创作中的农民概念,应是一种有历史背景的思想介入,应是时代的发展变化给其注入了新的内涵。我认为:农民诗歌创作中的"农民",应是一种文化心态、心理情结、田园旨归、农耕崇尚;应是一种对土地割不断、理还乱、千丝万缕联系的精神脐带。有的人一生靠耕种土地生活;有的人青少年时期在农村生活过;有的人中途驻扎在农村;有的人虽然生活在城市,但对农村、农民的生存、生活很关注,很同情,与他们同呼吸,共命运。这类人把自己自觉不自觉地融入乡民的生活之中,在他们的心灵深处逐渐形成了与农村生活方式相匹配的审美图式。这种心理图式,成为其进行审美判断的价值尺度。今天的农民诗歌,是这种心理图式、心理定式,文化审美价值判断的诗歌形式。这种诗歌的审美情趣、价值观、理想观,完全是从田园牧歌式的生活理想出发,从中国的农耕文明走向世界工业文明的先进性出发。

今天的新农民诗歌创作,应是一个对中国农民精神、文化、心理、观念进行分析、透视、重构的艺术实践。在这里,分析者也可能是现代工业文明的大都市培养出的诗人,他们对中国农民和农村的认识,主要是通过读书、看电影电视、艺术欣赏等间接的形式,有了一定的认识和了解的。他们站在现代工业文明孕育出的心理图式的基点上,对中国农村、农民精神、文化现象进行一种现代的、整体的、辩证的、全息的、科学的、艺术的、审美的再造与重构。我认为,这也应划归中国农民诗歌创作的范畴之内。20世纪初,俄国文学史上出现过"新农民诗人"的思潮和流派,代表人物有克留耶夫、叶赛宁、克雷奇科夫、奥列申和希里亚耶维茨等人,他们没有宣言，以一种诗学姿态、诗学追求，出现在俄国的诗坛上。今天的中国新农民诗歌中的"农民"概念的界定，应借鉴当时俄国诗坛对新农民诗人认识的态度。

3.今天的农民诗歌，应是一个民族精神薪火承传、民族文化独立于世界民族之林的、时代性的话题。

农耕文明薪火承传的问题，在中国的今天，已被提到了历史上前所未有的高度。人类工业文明进步的隆隆步伐，震荡着中华民族田园牧歌式的诗境。中国新一代的农民诗人面临着艰难的抉择：既保留田园牧歌的精髓，又吸取现代工业文明的精华，建构新时代中国现代工业文明的民族文化艺术的大厦。在这里，民族文化的传统血脉如何融入现代工业文明的躯体之中，人的自然性在现代工业文明的生存环境中，如何保持天然的精神元气，整体论的美学观、认识观如何与科学观、理性观水乳般地结合起来，伦理哲学、自然哲学如何与逻辑哲学、电子科学融合起来，对于现代人来说，成为时代的困惑。诗，是人类追求心灵安居的审美之所。如何使人诗意地栖居于大地，永远是诗歌的永恒主题。诗意地栖居，必然是人与自然、社会的和谐相处，一定是"天人合一"的美好境界。然而，现实的困惑是：迄今为止，人类还没有一种农耕文明与工业文明水乳般融合在一起的社会生存模式。我们看到的都是以损害和牺牲农耕文明为代价，换取工业文明的进步。这种历史的悖论令人困惑。在这现实与历史发展的悖论中，今天生活在中国大地上的新生代农民工，他们目前在社会生活中所处的地位是非常尴尬和艰难的。他们是土地的主人，他们创造着农耕文明，推进着社会的进步，他们却在城市化的进程中失去了土地，心头充满着一种酸楚和失落；他们携家带口进城打工，为城市建造房子，他们却买不起房；他们是美化城市的环保工，他们的子女在城里读书却要交高昂的借读费……诸多的社会问题，都使新一代农民工生活在一个受挤压、受歧视、受冷落的边缘化地带。他们创造着文明，文明却背离和奴役着他们。他们站在历史与现代的强烈冲突处，在深深地思考着人与自然、人与社会的一种和谐发展关系；他们思考着人类几千年来创造的农耕文明对人类精神文明形成的生命胚胎、生存模式的形态化意义。这种原始动力学的第一推动力的作用和意义，这种精神建构中逻辑起点的意义，是否就此一刀两断，消失殆尽。如果思想意识可以随着工业革命彻底抛弃旧的、农耕文明的一切成果，那么，人与自然之间天然的、本能的血肉关系也可以人为地消失殆尽吗？这些问题，都是令今天的现代人日夜思考的问题。

田园牧歌式的精神承传问题，成为当下人思考的热议话题。陕西农民诗歌创作，正是在这个意义上，有着时代的价值。关注这种文学现象，关注这个创作群体，是历史的要求和时代的呼唤。我衷心地希望我们的文学理论和批评密切关注农民诗歌创作的发展现状和未来。我也热切期盼新一代农民诗人对自己的生活、前途、理想充满信心，努力去表现自己心中真实的生活体验，表现时代的困惑和喜悦，表现民族复兴大业中的艰难与险阻，写出无愧于伟大时代的优秀诗篇来。

这是一个呼唤伟大诗人的时代，这是个伟大诗人一定会出现的时代。伟大时代的伟大诗人一定出现在农耕文明向工业文明转型的历史进程、历史思考、历史担当之中。

原载《理论导刊》2010年第12期，原题为《陕西当代农民诗歌纵横谈》

（收入本书时有增删）

在自然形式中呈现人性深处的光谱

——第广龙诗歌审美价值投向简论

中国石油作家协会副主席，中国诗歌学会理事，甘肃"诗坛八俊"之一，陕西省文学院签约作家，长庆油田新闻中心的第广龙，近几年来，以他长期扎根生活的切肤体验，感应时代风云的敏锐诗思，移情化物的创作激情，透视社会的别裁形式，在《诗刊》《星星》《绿风》《诗选刊》《诗林》《诗歌报》等报刊，发表了许多富有生命质感，散发着身体温度，在人的潜意识中开掘，意境深远，手法新颖，形式多样的好诗，结集出版了六本诗集，引起了诗坛的普遍关注。

第广龙的诗歌创作，呈现在读者面前的是一种写生活，写生命，写生存，写心理，写人性，写精神，写情志，写理想，多姿多彩，多元构成的风貌。其中有民族传统诗歌古乐府、竹枝词、长短句的遗风，有民谣、谚语、童谣等乡情野趣的韵致，有"朦胧诗"的调式，有"哲理诗"的节奏，透过这些七彩纷呈的诗篇，我们不难看出，他走的依然是一条五四白话诗启蒙的路子。他坚持"诗言志""诗教说"的审美价值投向。他的诗是中国当代诗坛口语化诗歌创作的一朵喷霞吐露的新蕾；他是整体把握中国诗学审美特征的探索者。他没有被传统的古风古韵、炼字炼句所遮蔽，没有在历史的旧纸堆里寻找点燃新时代东方朝晖的火种。他沉潜在大众语言的声响中，努力寻觅现代诗连接过去与未来的中枢机制。他扎根在生活的底层，努力提炼草根情结中的诗品。他在人生百态中寻觅人类精神文明的通道，在普通劳动者的生活方式中映显历史的烟云。他在自身生命的切肤之痛中，沉积诗美的清澈质地。他在生活的重压下，抒发郁闷情感的意绪。他的诗，没有无病呻吟的装腔作势，玩弄技巧的显摆，忸怩作态的东施效颦，浅薄时尚的追名逐利。他的诗，是生活酿制的一坛老酒，生命体验的审美升华，情感积累的恣肆喷发，痛定思痛的诗意表达。他的诗，是口语化的表白，生活化的直陈，形象化的叙说，情感化的隐喻，浪漫性的铺排。他的诗，在道白中携情带韵，在直陈中象外有象，在叙说中言外寓意，在写人中言此及彼，在纪事中移情于理，在写实中寄情言意。他长于在自然的形式中表现人生情绪、社会心理，在人物事象中显现精神姿态、价值取向，在场景描写中探入人性深处、情感秘境。他的诗，犹如黄土高原上那一束束接天抚云的白杨、松涛、蒲公英、马兰草、山丹丹花，素净而清新，自然而鲜活，单纯而生机勃勃，朴野而丰茂蔚然。他在常态中寓非凡，在普遍中蕴特殊，在一般里藏别致。他关注生命、生活、生存的情感样态。读他的诗，你会被一股来自生命体验的情感力量所震慑，被一种对生活中常人琐事的思考所感动，为一种灵魂不甘沉沦的诗意表达所陶醉。

一

第广龙在现实生活中，是一个国有企业新闻部门的党务工作者，他整天奔忙于宣传教育的风口浪尖，上情下达，迎八面来风，下情上传，实事求是，配合中心，审时度势，坚持真理，大智若愚，体察民情，世事洞明，提茶倒水，人情练达，滴恩泉涌，道德文章。他的创作，体现着他的人生经验和智慧。他的诗，睿智、真切、沉静、从容、间离、达观、率直、俗常、高远。他注重体验性的诉说，静观后的提升，自省中的叙事。他追求用现实的真实存在写心灵深处那一缕隐秘的情感，用自然的形式大写精神的意象，用生活中的阳光烛照心灵深处黑暗的角落。

《弯曲》，在人的生命出生与入死的两端，看人的生命在社会重压下的姿态呈现，用出生之形体诠释人生的悲剧意义。诗思的高妙令人扼腕叹服。《沙湾》，在自然山水的形式中，沉思人生社会的行进步履，在峰叠岭绕的转弯处，感悟"卸了重量""有了向往""才能走向远方"的人生哲理。诗人给静穆的山水风光中注入了一股血肉的精魂，给天荒地老的恬淡中充盈了一股思想的力量。《说老就老了》，从"秋风老了"的自然时序说起，说任何事物，都有"自己足够的光"。你的光在哪里？在恒久的时空中？还是在生儿育女的世俗里？唤起读者的沉思。诗中有生老病死的沧桑，也有青春婚娶的鲜亮。读这首诗，我们似乎在山野茅屋的柴门口，看见雪中一树红梅的高洁，自然中寓超脱。《羊羔叫了》，在寒冷饮食的背景下，突现人的动物性的一面，在"弱肉强食"的自然法则中，揭示社会人的"残酷性"，用自然现象类比社会现象，在生命自律中剖析人性的两面性。诗人把仁爱温情渗透在饕餮大餐之中。《上泥》，是一篇在客观冷静的记事写实中，寄托忧国忧民情怀的佳作。"一个大人物去世了"，"满世界都是哀乐"，"几个民工在和泥、上泥，铁锨铲起，用力甩到门楼子上，上头有几个人，也用铁锨接住，他们似乎置身局外"一幅田园牧歌式的生活图景。诗人把精神分析渗透在场景的呈现之中，用事实说话，让行动证明。以实写虚，以形写神，空谷人语，水响山应。诗中"门楼子"的意象，内涵丰富，集古纳今，是名望，是族徽，是面子，是地位，还是什么，总之，它是一种象征。正是这个意象，构成了这首诗的灵魂。《一个以身撞树的人》，是在自然生命与精神能量的互换、互置、互逆中，表现人欲的有限和短暂，引导人平静、淡定地生活。《带电的人》，在日常生活现象中，捕捉人的身体带有静电的生理现象，提炼精神潜能照耀芸芸众生的大爱情怀。诗人用想象、幻想、夸张的手法，表现了一种"超我"的人道主义的理想。瑰丽多姿的幻想和想象，在妙想迁得的魔杖指使下，重构人体静电这一生理现象，营造出了一个"童话般"晶莹、神奇的诗意世界来。《两个春天》，用自然写情感，用空间写思念。

写一个多情人的情思与眷恋，因爱而关心另一个人生存环境里春天的姗姗来迟。诗人把一种相思，两地恋情，通过客观环境的呈现，表现得含情脉脉。

诗，是人类诗意地栖居于大地的心灵记录。在自然的天籁中，谛听人类社会历史前进的足音；在灿烂星空的照耀下，叩问心灵的道德律令；在月亏月圆的时序中，寻觅人类精神潮涨潮落的节奏。这是诗人在月夜下捡拾垃圾，清除人类社会前进道路上精神污染的职责。正是基于此，我读出了第广龙诗歌中，自然的人性化、人情化、人格化的味道和品质来。

二

第广龙的诗，写得明快、直接、畅晓、通达，但不乏寓藉、内敛的现代感。他前后瞻顾、左右开弓，言情咏志，不拘一格，为山川代言，为生民立命，为天地立心，为人道而歌，全方位、多层次、多角度地表现现代人的生活方式、精神状态，表现城市化进程中的挤压，沉重肉体的空虚，世俗人生的追逐，田园牧歌的失落。诗人在物质与精神的两个世界游弋、分离、叠合、同一，想象、叩问、幻想、沉思、联想，重构出一个形与神、灵与肉相融相通、相对和谐、相互沟通的理想世界来。静穆、冷峻、高远，来自诗人对崇高的期盼；幽默、讽喻、嘲谑是对卑污的扬弃。他的诗歌有一种强烈的自我剖析、自我批判的精神。他是在自我否定中否定一种人性的弱点、人格的缺陷、人情的疏野。他在自我压抑、自我逃离中，展示一种心灵的向往。他在人的自我意识中灌注一种现代意绪。

《一个睡觉磨牙的人》，在人的潜意识中表现现实生活的压抑感、矛盾感。"常常在半夜，我被我的磨牙声吵醒"，这是一些人的生理现象。诗人以独具慧眼的诗性禀赋，抓住这一细枝末节，放大开来，特写而去，别开生面，设想出"白天，我是我，晚上，我是另一个我"的人格分裂来。这种别裁的诗意构思，是机巧而又美妙的。诗人把人人都有的"内心冲突"形象化、情景化、诗意化。这种出类拔萃的诗意表达，给人耳目一新之感。《一个长得像我的人》，在"本我"和"他我"之间徘徊、彷徨、自省、追问。在生理现象中分析人的精神独立的哲学含义。诗人在生活的惯常现象中，提升自我对灵魂的拷问。自然、真切、顺达、流畅、高远的诗思在现实生活的大地上播种、开花。诗歌最后点题"我得活出我的可能和意外"，博深在人性的天然流露之中。一种人类种群的生理遗传基因被诗人写真的自我觉醒的精神所提升，这是一种可贵的资质。读完这首诗，每一个有精神追求的人，都会有这样的疑问：我是不是本来的我，我的精神、情感、意志、人格是否被金钱、名誉、地位所诱惑？正是这种心灵的叩问，敲响了现代诗歌创作情感化的时代音韵。《一个独自唱歌的人》，表达的是一种精神萎缩、人格自卑的情感。诗中写到，有时在没有人的背后，喊几声"似乎唱了一阵歌曲"，也自我感到是一种"犯规""出格"，也觉得是不应说的。他们"在生活的缝隙里"唱几声歌，都"有些羞涩"。其中有同情，也有不屑。哀其不幸，怒其不争，是这首诗的基本情感基础。《一个自言自语的人》，把一种生活矛盾的压力具象化、情景化，用特殊涵盖一般，用个别融通普遍。诗人通过一种生活现象中的自我宣泄、自我表白，表现各色人等生活的不易。最后写抒情主人公画龙点睛破题"这和我没关系"，把诗境推向高潮。把一种心态聚焦在生活的一个细节上，进而把它放大、特写化，这是诗人的独家秘籍。

诗言志。博大深刻的思想，用简练明快、生动形象的语言表达出来就是诗。第广龙的诗，是思想的表达。他是在思想的参天大树下收集深秋金黄色的苹果。他在现代人的思想感情、行为方式中，提炼现代诗学的美学品质。也正是因为这样，他的诗，有一种坚挺、蕴藉、深沉、硬朗的诗学品质。

三

　　第广龙的诗，是生活中真情实感的自然流露，是悲天悯人的性情所至，是感物伤怀的内心道白，是拥抱生活的热切憧憬。他在诗歌审美的广阔领域里，始终坚持"净化心灵，美化感情，自省人格，创建新境"的创作原则。他在诗的意象组合与排列中，不遗余力地对假、丑、恶的东西予以无情的嘲讽和深刻的鞭挞。他在多维构成中，呼唤一种慈善仁爱、坦荡正直的阳光，普照弱势群体的心灵世界。

　　《一个铲雪的人》，是一首呼唤心灵纯洁和充满阳光的喻理诗。看旷野之雪，铲大街上被人类生活污染之雪，铲情感被污染的心灵之雪，层层深入，剥茧抽丝，丝丝入扣，拨动读者情感深处的审美之弦。被污染了的心灵"已经污秽不堪，而你却无法清除／无法把你这半生积累的死皮／排出体外"。语言通俗，表达准确，意蕴朴茂，诗情恣肆，一种朴实、敦厚、宽博的诗风轻拂人们的审美心理。这审美之风，一扫那些潮湿、阴暗、狭窄、污秽的情感阴霾，歌颂和赞美的是一个充满灿烂阳光的心灵世界。《下午两点的太阳》，每句诗的文字表面明白如话，而整体品味全诗，余味无穷，内涵丰裕。诗人是说人心乎，还是说阳光乎，还是说灿烂之极归于平淡乎，还是说下午两点的阳光是强弩之末乎，还是说阳光的赐福者冠冕堂皇中的是非不分，还是兼而有之？这种多维构成，多棱折光，含蓄蕴藉，宽博深刻，形成了独有的意境美。下午两点的太阳已过正午时分，虽然不是日照中天，但"自身的光很足够／把一个瞎子带走，然后藏起来／然后用一根光线，在大地上／画出盲道，那清晰的纹路／即使在最肮脏的地方，太阳也在照耀"。诗人是在写一种时光的衰老，生命的衰老，老于世故的圆滑，无原则，还是写深秋的成熟，成熟中的包容，包容中的藏污纳垢。总之，读他的这类诗，让人感受到一种丰富的寄寓，一种隐喻的高远，一种博深混合的摧枯拉朽，去腐生肌，除旧布新。《一个擦皮鞋的人》，表现了诗人同情弱者的怜悯之情。一个母亲带着自己的孩子在给行人擦鞋。人群熙攘，尘土飞扬，孩子在旁边玩耍。她低头边擦鞋，边教育自己的孩子长大不要再干这擦皮鞋活。"孩子似乎没有听进去什么，还沉在／折叠的快乐中，眼目闪闪发亮"。"我觉得我对你有所剥夺"。诗人在赐舍与剥夺，高位的低微与贫贱的低微相互融合中，呼唤一种人生的平等，一种生存的尊严。这种社会正义的呼唤，是发自心灵深处那一缕最隐秘、最脆弱、最柔韧的情感。《一个和我打招呼的人》，把一种世事沧桑、茫茫人生、贵人多忘自我化，在自我忏悔中，透视一种世态炎凉。贵人多忘，趋炎附势媚权贵者多多，这是一种人性的异化，也是人生众相的呈现。他对人的热情、真诚，换来的却是我的一种无知、空白、虚伪、应酬，多么真实的一种生活感受。这种内疚、忏悔、自责，似乎应该是春风得意者都有的一种情感。诗人批判世俗力量对人性的压抑和扭曲，从自身情感剖析开始，这就使他的诗有了一种真诚。《一个中风的人》，是在写一种病态的生活者。他没有远大的理想，"眼光里只有石头，也有玻璃的碎片"，诗人抓住生活中的一个病态的场景，生发开来，由此类比，比兴人生中的那些"踢踏者"。从生理病态的"踢踏者"影射到社会做人处事的"踢踏者"。诗人最后也给这种人以无情的批判。《暗地里搬东西的人》，是写一种人的行为方式，引起旁观者的一种心态。越是在黑暗处偷偷摸摸地做事，越容易引起人的注意，光明正大反而无人注意，这种生活的规律，是那些躲在阴暗角落里偷鸡摸狗者、鬼鬼祟祟者永远无法明白的。诗人在日常生活的空间、凡人琐事的黑暗角落中发掘人类精神文明的光源。《一个扔石头的人》，是写那些玩世不恭、冷嘲热讽的人。这种人常怀老子天下第一、唯我独尊的心态，一生都在扔石头，向世界的各个角落、各种事物、各种场合扔石头，不管好坏，不论美丑，没有时空，没有节制，是书生气十足，还是生命的返老还童，还是一抹残红的失落报复，还是与生俱来的破坏天性？诗人用充满浪漫主义的笔触，揭示了这种人行为方式的攻击性。《一个咳嗽的人》，是一个感冒患者对其他人的传染，这里是一种思想情感的精神传染。诗人在生活的细节中凸显精神性的弊病，小中见大，俗中藏雅，给人以深刻的启示。当领导者面对话筒，是说真话还是咳嗽，做群众的听众面对领导的声音，是鹦鹉学舌，还是有分析的接收，这是值得思考的。这种聚焦细节，特写放大的漫画表达，显示出诗人概括生活的艺术能力。

诗人，是人类在精神文明之途上前进的执火者、引领者、清道夫，他们的天职是清除生活中的垃圾，把清洁和光明还给人间。第广龙作为一个诗人，他在努力地践行着诗人的神圣天职。他写生活中的一个细节、场景、现象、行为方式、性格特征、人生姿态、心理活动，都是把价值投向人类未来的光明理想，投向对纯真、善良、美好的执着追求。他的诗，是一种"境在象外"的经营，"音在弦外"的制作，"象外有象"的寄寓，"味外有旨"的蕴藉。正是这种言外之意的诗思，构成了他简明丰郁、朴野浑厚的诗风。

四

第广龙的诗写得很简朴、含蓄、蕴藉、丰沛、机灵、静穆、鲜活、博深、高远、飘逸、潇洒、倜傥，有一种建安风骨。读他的诗，你能感受到一颗诗心在跳动，一双耳朵在风中倾听，一双眼睛在静静地观察，一个诗人在生活中久久地沉思。他在人生百态中寻觅人性的仁爱善良，他在社会的风霜雪雨中呼唤人情的温暖。他的诗因有体热而亲近，因有仁爱而温馨。他的诗想象丰富，热情奔放，自然真切，朴茂丰盈，言简意赅，神凝境阔。

《一个数星星的人》，在自然原野和人生山头，感受星辰闪烁的律动和人生变幻的无穷。在天河之网中思考人生之孔的奥妙。社会关系犹如一张巨大的网，"我不久也将钻入其中"。"虫子在鸣叫，身后是墓地／山坡上露水一片／死者来到高处，活着的人／偶尔会看看星星"。"走下山坡，大地和天空／恍惚之间，似乎发生了翻转"。坐山观星，心游万仞，精骛八级；低头看灯，情暖万家，思接千载，"谷地和平原抖动"，"漏风漏雨的星星，不知哪一颗／冰凉过我的手指"。诗写得非常地灵动、空寂、洒脱、飘逸。灵动中有凝神，空寂里含沉淀，洒脱在情理中，飘逸在节制里。《一个在梦里放火的人》，是写精神在现实生活中的压抑，情感在生存原则下的重负，无法排遣、宣泄、消除和转移，深夜里在潜意识的作用下，通过做梦，来宣泄这种压抑。诗人以凤凰涅槃式的熊熊火焰，搬来"秋天的树叶，书里的黄金／绵羊和山羊的羊毛老虎皮灯笼／山顶的云彩，河上的大雾／能烧的不能烧的，都往火里丢"。"烧掉求爱失败的尴尬／烧了失业的恐惧，烧了无家可归的忧愁／烧了告状无门的憋屈，烧了进退无路的绝望／烧了亲人的照片"。"烧了故乡的炊烟，烧了牛车的绳索／烧了井里的月亮，烧了月亮上的阴影／烧了往事"。"烧了饥饿烧了仇恨／烧了二十四节气／烧了十二属相／烧了风的衣裳，烧了铜钟的涟漪／连天堂的梯子也烧了／连地狱的门牌也烧了"。"最后把自己也烧成了一团火球"。火山爆发式的激情，狂飙突击式的诗意，在字里行间如江河奔涌，汤汤千里。但，诗美的理性，依然牢牢牵制着情感的风筝在高天自由飞翔。《一个裸奔的人》，写人的慧性中那一缕羞涩的隐隐之情。即使是勇敢的、抛弃一切世俗观念的裸奔，在那狂奔的时候，也会出现那一丝羞涩和怯懦。这就是人性中本质之所在。知耻是人与一切动物的根本区别。诗人用生活中的一个先锋主义的浪漫细节，把人性中的那一缕理性之光描写得非常诗意。"水脱了皱纹，水是死水一潭／石头脱了青苔，也难以成精"。"天空脱了云彩，星星脱了火焰／道路脱了远方，岁月脱了硬壳的封面"，"你只是脱去了过去的旧衣裳／灵魂没有脱，你对冷热的直觉没有脱／暴露身体的羞涩感也没有脱"。统万物于心灵，移情思于众象，万物皆备于我，我以诗心注万物，这种捕捉心灵的对应物，创造新颖而别致的诗的意象的超群悟性和能力，显示出诗人不同凡响的天分。《两个春天》《性欲旺盛却得不到满足的人》等作品，都是这方面的代表之作。

  诗人不仅想象丰富，诗情奔涌，构思别致，意象新颖，更重要的是：诗人能在理性的框定下放飞想象的鸽群，在理性的大地上吹响千军万马齐奔腾的号角。这种情与理统一的诗学范式，使他的诗空灵中意达云天，朴茂里诗思高远，形象外还有意象，简明中蕴含隐喻，旷达中暗设缜密，率直中含蕴意旨。

  总之，第广龙的诗，是一种充满生命感的体验诗，体验感的生活诗，生活感的心灵诗，心灵化的现代诗，时代感的抒情诗，抒情性的"别裁"诗。他的诗，是时代情感的扫描器，社会思潮的晴雨表。他在用他的诗笔，记录着普通劳动者的辛酸，精神守望者的重负，生活开拓者的孤独。他是我们这个时代，直面带血的惨淡人生的诗人。

原载《地火》2013年第4期
（收入本书时有增删）

极简主义文学的文本形式

——评陈毓小小说创作的艺术追求

小说，一定是以"小"开"说"，以"小"说"大"。"小"在晨露映辉，一叶知秋，观微知宏。但中国当代小说创作发展到今天，在感官刺激、情感至上、消遣娱乐、创作产业化、文化公司化等等思潮和观念的影响下，小说写得越来越满，越来越密，越来越繁，越来越长，越来越实。文学圈子里的许多有识之士都发出"中国的小说只剩下'说'，没有'小'了"的哀叹和呐喊。这不仅是中国当代小说创作遇到的问题，也是目前人类文学发展中小说创作遇到的问题。优秀的、成熟的、杰出的小说家怀疑"言可尽意"的理论，认为"言不尽意"是客观存在。他们发现"言"和"意"之间没有直接的互生关系。他们企图以言通"象"，"立象尽意"这条路径逼近小说的精粹本体。卡弗巧用语境的活性空间，将人物的复杂心理镶嵌于场景、活动和对话中，从而把他的叙事推进到让读者的五官能感受到、体察到的境地。乔伊斯依然走"言可尽意"的路子，他在语言互文的关系中，寻找语义学与逻辑学之间的偶然性和巧合性来建立自己小说的结构文本……在这种背景下，谈一谈走在中国"立象尽意"小说美学之路上的陈毓，谈一谈她的小小说创作的艺术追求，无疑具有一定的现实意义。

陈毓，中国作家协会会员，陕西省文学院签约作家。她为人真诚，心地善良，襟怀磊落，处事低调，情感细腻，满身才气，惠中秀外，贤淑敏感，创作勤奋，已在《小小说月刊》《芒种》《青年文学》《短篇小说》《天津文学》《飞天》《延河》《人文随笔》《小小说选刊》《微型小说选刊》《青年博览》《意林》《羊城晚报》等数十家报刊上发表文学作品一百多万字。出版小说集《美人迹》《蓝瓷花瓶》《谁听见蝴蝶的歌唱》《遇见红灯向右拐》，随笔集《好大雪》《名角》《伊人寂寞》等，几十篇作品入选"漓江版""花城版""长江文艺版"，小小说年选及微型小说年选诸多选本。获中国当代文坛首届小小说金麻雀奖。《名角》《赶花》《做一场风花雪月的梦》《伊人寂寞》《看星星的人》，分别获《小小说选刊》第七届、第十三届全国小小说佳作奖，第八届、第十一届、第十二届全国小小说优秀作品奖。2006年度中国小说排行榜上榜作家。应该说，陈毓在中国当代小说创作中，是一位有成就、有影响的青年作家。

金麻雀奖评奖委员会给陈毓的颁奖词是：陈毓具有艺术感觉的天赋，她以专注的目光，建立了自己独特丰盈的小小说艺术世界。她沉湎于人性中最柔软的、最敏感的情感部分，以天真而充满诗意的眼睛观察世界和人的心灵。她的文字是湿润的晶莹的，在似乎是信手拈来的一些故事片段和人物组合中，把艺术的想象力发挥得瑰丽奇特。意旨也明确：对生命意义的追寻，对人性的追究。可以说，陈毓已经形成了自己的创作风格——忧郁而空灵，她的作品丰富了小小说的表现力。她努力将感情的戏剧性汇入生活的典型细节中，并以此为依据把每一篇作品都写得轻盈而优美，仿佛蒙着一层淡绿的轻纱。

陈毓的小说，是笔简意丰的范本。她在用语言造象，用象营造境，在境象生成运动中传达着自己的思想感情和对世界的认识。

一

陈毓是一个感性与理性、形象与逻辑、独立与依附、传统与现代共存互依、互汇互融，相互交错，相互摩擦、鼓荡的知识女性。这种剪不断理还乱的情理相依，象境衍生的语境，使她站在田园牧歌式的审美情趣与现代工业文明的生活观念、古典情结与现代意识相扭结的中介线上，以一个在场者的女性目光和心理，用事象、物象、景象、时象、境象、气象、形象，构建起一个"载道""弘德""立言""澄明"的互体空间，来以小指大、以微探宏，表现21世纪初叶中国城市化进程中，民族的心灵裂变、情感阵痛、价值失衡、理想迷茫的精神特征。她的小说大多写现代青年的都市生活，写他们的情感世界，具有显明的时代性和浓郁的生活气息。即使是对夸父、大禹、嬴政、荆轲、唐玄宗、杨玉环、毛延寿等历史人物、风物古迹、神话传说等题材的整合与重构，她也是站在现代意识、现代观念的基点上，重新阐释和演绎现代人的生活方式与思想感情。她在现实生活的情景事象中表现人与人之间心灵的沟通与隔阂，情感的冲突与统一，良知的拷问与自省；她在义、象的构成中表现传统观念与现代意识的冲突情景，在境象的动态生成中揭示真假的分辨与混淆、认识的迷惘与困惑；她在事象的比兴中表达人物情感的时境，使读者陷入她设定的境象之中，体悟到她"以象载道"的良苦用心。她重视表现人物的情感、心态、襟抱、胸怀、精神、气质。她是在人的生命体验、生活感受、理想追求中，呈现出一种人生姿态、生活情趣、感情方式、生存境遇、期冀向往。她的作品更多地关注人性、人情、婚姻、家庭、伦理、道德的分析与重构。她长于在柴、米、油、盐的日常琐事中开掘具有时代意义的美学价值，长于在传统文化的思想武库中，寻觅、提炼出新的思想观念和情感因素，在表现当代人生活的情感方式和理想追求中完成自己作品中人物形象的塑造。

《爱情鱼》中的主人公叫"庄子"，是作者对诸子百家中的那位庄子"以象喻理""寓理于象"美学观的痴迷和信奉，还是对精神自由的浪漫比兴，总之，庄子失去了他炽爱的爱吃鱼的妻子妙儿，他痛苦万分。多年后他找到了酷似妙儿面貌的梅子。他像给妙儿钓鱼那样给梅子钓鱼。不爱吃鱼的梅子"压根就烦那股味道"。庄子施爱无对象，陷入了深深的孤独与痛苦之中。作者针对现实生活中一种再婚形式的爱情悲剧，把庄子与鱼的古典情思化为背景，用一种境在象外的艺术哲学审美目光，分析了怀旧情结的精神弊端，指出健康、向上、幸福、美满的家庭出路，表现出作者对人生、爱情、家庭的关注。作品中"良禽择木而栖。妙儿飞向更高的枝头"，庄子爱美丽漂亮的妙儿就像庄稼爱太阳一样，妙儿从他身边走开，他却走不出妙儿的爱情阴影。他以妙儿的形象在生活中再度寻找到酷似妙儿形象的第二任妻子——梅子。他像从前对待妙儿一样，下河捕鱼，熬汤给梅子。梅子不喜欢吃鱼喝汤，庄子的一汪深情化为泡影。人生的爱情悲剧在这里发生了。这篇作品告诉人们：每一个人都有每一个人自己的生活情趣和生活方式，千万不可以一种"刻舟求剑"的方式按图索骥，寻找自己曾经得到过，但已失去了的爱情。在人生爱情的河流中，不可能在不同的时空条件下，跋涉者的足迹蹚过同一河流的水。作品中的"鱼象""妙儿和梅子之象"，构成了一个立意的虚拟世界，庄子在这个艺术的虚拟世界中"载"起了作者要表意的那个"道义"。作品写得非常优美和隽永，构思新颖、别致，又切中生活里一些再婚的要害，给人以生活的启示。

《伊人寂寞》，在生活、爱情、生命、科学、金钱的诸多矛盾冲突中，冷静而理性地看待明亮的阳光下，黑影里的博物馆里的那个名叫"惊鸿"的人体生命。作者在芸芸众生的世俗生活中，思考着生命的脆弱与永恒，爱情的甜蜜与无常，精神的坚守与金钱的诱惑，生命的孕育与灾难的厄崩，人类生命科学的进步和人类在生命情感上付出的昂贵代价。作者把对爱情、情感、理智、金钱、科学在现代人生活方式的思考中聚焦在一个"人体奥秘"的形象之上。作者是根据博物馆里的"孕妇之象"，导出形成这种"惊鸿"情景和场面的原因和过程，进而描绘"看见明亮的阳光使博物馆待在黑影里"的凉意的感觉。睿智巧思，寓意博深，耐人寻味。

《做一场风花雪月的梦》，以现代青年男女吴归与盖青的爱情为背景，写了青春女子盖青在梦中对至情至爱的追慕和献身的境象，又写了现实生活中吴归对她无爱的境象。在英雄美人的古典形象中，提炼现代知识女性对爱的渴望与追求。梦中的盖青与秦王嬴政相遇、相恋、相爱，是"热象"，是美与爱、善与勇使之然。她路见不平，拔剑相助。她随他进宫，她看到"他很忙，他活在苦恼中、矛盾中、挣扎中。他要和那么多的人和事斗，要和自己抗争。他时而激昂，时而消沉，时而暴躁如闪电迅雷，时而又恬静如水。她看见过他兴奋快乐地绽放过孩子似的笑脸，又感受过他无法靠近岸的溺水者的孤独……"梦中的盖青急秦王嬴政之所急，忧秦王嬴政之所忧，完全是一个把自己的全部的爱献给了自己所爱的那个男人的女子。黄粱一枕南柯梦，身边吴归无处归。她从梦中醒来后，现实生活中她所爱的吴归却太扑朔迷离，忽明忽暗，来无影，去无踪，难以捉摸，是"冷象"。盖青在这梦中之"境象"与现实之"真象"的热冷对比与反差中，心无所归，情无所系，一腔凄凉，满腹闺怨。作品写得快明，大气，简捷。

《看星星的人》，从人的情感"心象"出发，表现了一个"立德者"的县上的宣传部部长和一个"立言者"的有夫之妇夜晚到深山去看星星的浪漫故事。作品中的两个主人公都生活在严酷的现实原则的律令之中，但他们为了心中的那一种纯真的感情而狂热地去做，去寻，去找，冲破世俗生活中的道道峡谷、重重山峦，到深山峡谷中去看星星。在这童话般的浪漫寓言故事中，作者直指现实生活中伦理道德的世俗观念，旧的封建残余、习惯势力对人的束缚，思考人的精神独立、情感自由和生存自由。半夜三更一个已婚的青年女子孤身外出，怎样给自己的丈夫解释？一个地区的宣传部部长不顾自己的社会形象，开车三个多小时，行程二百六十公里，约一个年轻的少妇去深邃的峡谷里去看星星，成何体统？然而，这两个心中无鬼、感情纯洁、只是互相欣赏和认同的人感到：有何不可呢？他们勇敢地做了。作品写了人人心中有，人人不敢做的一种感情、一个故事。在黑暗中寻找光明，在禁锢中寻找自由，读来给人以启迪。作品在"黑夜之象"中写"光明之象"；在"现实之境"中写"理想之境"，通过"境在象外"的"载道表情",把理想融化在生活的闲谈和海聊之中,举重若轻,以虚写实,以实映虚,虚实相生,相得益彰,以此达到了字少意丰的艺术效果。

《温泉》中的小满,是城镇化建设中一个"农转非"的洗浴中心服务员,她犹如自己生活在大山中的那一股清纯的山泉,清洁、透亮、纯净。她面对来来往往、出双入对来洗温泉的男女,发出了"他是她的谁?而她,又是他的谁呢?"的疑问。在这里,地下喷出的温泉之水的"清象"与来自大山深处的小满的"纯象"是互相辉映的。在现代化的爱琴海温泉度假村,我们究竟应该洗掉什么?难道是小满的纯洁、清丽吗?难道是"那个有风俗的年代"吗?这是旧的伦理道德观念面对新时代、新生活,新的人际关系发生变化的一种困惑和疑问。小满在改革开放后爱琴海温泉度假村的"现代洗沐之象"中思恋温泉镇那个民风淳朴、乡俗迷人的年代。那时候,村里的女孩子出嫁的前天,要去温泉里沐浴,干净鲜亮地迎接自己随之到来的全新的人生。这种矛盾心理是农耕文明向工业文明转变过程中的社会心理,作者在新旧之境"变"的"生成"过程中表现社会与自然、文明与道德的心理摩擦。

《在民间》,表现的是城镇化建设中农耕文明的"物象"被工业文明的"物象"所继承和保护的思想情感。这里有的是传统的"心象"和现代时尚的"心象"沟通,两代人的精神承传的艺术表达。

《海岸线》,写现代都市人的情感倦懒、疲惫、僵滞的"心象",在寻找追求桃花源式的"境象"中的矛盾、窥怯、隐匿、无奈和彷徨。

陈毓是一位写现代人生活情感的小说家。她在"立象尽意""境在象外""言不尽意"的技术手段中寻找着"形象大于思想,语言表现感情"的简笔写法。她的笔触携着时代的雷电,纵横驰骋在当下的生活大地上。她写男女在现实生活中的矛盾之情,写人性深处相依相恋中那一缕失落、空寂的猜度之情,写从古典的历史文丛中走向现代的哲理思考之情。她是以情为媒介,写社会,写人生。她是一个站在桂花簇拥的高地之上,理性地看待芸芸众生、世态百象、人间苦难的"理性"作家。她的笔下，流露着一股典雅、超拔、现代的高天之气。

二

陈毓是一个重情重义，崇尚真、善、美的理想主义的作家。她的作品中灌注的是一种至纯、至清、至洁、至善的情感。她的作品是表现一种感情，一种人性深处那种潜在的意识，一种在"本我"原罪心理基础上的对"超我"原则的顾盼，一种在自然属性的挤压下的超凡脱俗的意绪。她写人性的真，写人性的纯，写人性的美。她在生活的俗常琐事中，捕捉那些最能表现人的情感深处善的东西。她是一个人性本善的道德论者。她在"以事载道""缘情写景""比兴类推"的本象（文本世界）与外象（客观世界）的互体巧通中，营造出一个让读者有可能再度进行自由创作的空灵世界。

《卜吉寺的钟声》，用"宗教钟声"此物唤起"精神救赎"彼物，在"杀人逃亡犯"的此在"心境"与遥望灯火阑珊处不能享受生活之乐的"人性拷问"中，表现人与社会的和谐关系。一个因婚外情杀害了自己的妻子，从监狱里逃出来的犯人，在卜吉寺院的钟声中剃度出家了，"那一刻，他像是一个即将被冻僵的人遇见了温润的泉水，让他紧缩的、皱巴巴的心灵得到舒展。他如同一块肮脏的冰在那神圣的钟声里慢慢融化，那被溶解释放的，还有他的满面泪水。他在一种巨大的虚脱中沉沉睡去"。十七年他没走出沉重的负罪感，他救死扶伤，打坐念佛，仍然未逃脱"欲知过去因，见其现在果"的法网。宗教的"超我"和犯罪的"本我"形成"快乐原则"和"理想原则"两个情感的"境象"世界，作者表现心灵在这两个"境象"世界由低向高攀爬的心路历程。

《夜的黑》中的老丁，面对自己心爱的女人被一个名叫黑子的青年后生拐下山，他一个人孤独地在鹤山公园当着看守山门的护卫，他不怨恨他的妻子——秀。他从自己昔日对妻子不爱或不会爱的行为方式上找失去爱的原因。他认为是他自己对妻子爱得不够才让自己心爱的女人跟着别的爱她的男人跑了。这种对爱的自责、自查、自审、自省的拷问，是人类爱的情感认知的最高境界，是一种爱的自我情感历练的博大胸怀。作品向我们揭示出：我们每一个人都还沉睡在夜的黑暗之中。作者以黑夜之"黑"，引起沉睡在夜的黑暗之中的爱情之"黑"；以黑子拐走他的妻子秀的"事象"引起黑夜中一对并非夫妻的男女翻车丧命于深山沟的"事象"，在此"事象"引起彼"事象"的"比兴"中，形成一个以言立象、以象尽意的再造空间。

《一生》，表现了一个八十三岁的孤寡老妪历经爱情的风雨，对她在八岁时，一个小名叫黑牛，大名叫韩非的男孩子，把一顶用黄豆叶柄编织的灿烂花冠戴在她头上，对她说，他要娶她当老婆的一句童言而终生缅怀，长久回望，一世执守的苦恋感情。这是生命和爱情在世俗生活中的考量和追寻，这是对那份纯真感情的珍藏和缅怀。作品一开始就以男孩的"童真之情"引起她的"轻率之情"两种爱情态度之"象"开笔，后在历经八十三载沧桑岁月过场的情感之思中，对那顶"金黄色的花冠"的无限怀恋而收笔，开收在"比兴"之间，"境"阔"意"远。

《惊蛰》，以"动物之象"引起"人物之象"，以猫之恋引起人爱之情，作品写一个年轻的妻子对在外打工的丈夫的思念。作者把和暖思念丈夫赫石的那种爱之入骨的情感写得很凄清，很寂寞，很冰冷，很孤零。

陈毓的纯情，是对男女爱情纯洁的赞美和歌颂，是对爱情深处那一丝我生命感受的深入开掘，是对时光对青春生命磨损的一种苦恋和追忆。《一别十八年》，写精神在追求爱情的自由中，生命付出的十八年的代价。等了十八年的爱人功成名就、桂冠加身来迎娶她时，她却被那喑哑苍老的"气象"惊吓住，"盼他归来，她18年的愿望今天实现了，她却忽然迷失了自己的愿望"。作者在"气象"的类比中沉思生命的意义和爱情的价值。

陈毓的纯情，是对农耕文明哺育出的那种天蓝水碧、质朴无华、真诚无私感情的热情讴歌。《望镇的爱情》，用巴山深处奶妈和奶爸的恩爱感情的生活方式引起"我和妻子闹到即将成为彼此前夫前妻"的情感生活方式，在天蓝水碧、山大沟深的自然生活培育出来的"情感之象"中映现现代工业文明、城市文化对人的"异化之象"。作品中用自然、纯质的大山深处普通劳动者的情感方式，医治好了现代都市一对男女青年的爱情创伤。"我忽然觉得手掌中我妻子的手，和我的手紧密相握。这一刻，神迹显现。"

《名角》，以"霸王别姬式"的爱情悲剧引起小艺和导演儿子的爱情悲剧，在现实的爱情生活与理想的精神追求的矛盾中，表现一个在艺术审美创造中失去爱情的青年女子的人生悲剧。作品中是这样写的："小艺又百般纠缠丈夫，导演的儿子就在小艺耳边轻笑一声：小艺，我现在觉得你跟我在床上都像在演戏呢！小艺便灰了脸。"最后，她在《霸王别姬》封镜后，"项羽"在一部警匪片里演一个警察，高空跳楼，她也殉情而去。

陈毓笔下的纯情，是人性中那种至善、至美的感情在现实生活复杂矛盾冲突中的折射形式。《岁月深处的那次偷袭》，以孩子的天真、稚嫩、单纯、可爱的闹剧引起宽明"从村西头跳到村东头，又从村东头跳到村西头，他跑着号叫着，赶得鸡飞狗跳的。整整一个下午，把他遭打劫的消息散布到每一个角角落落"闹剧，在孩子的闹剧与宽明的闹剧的类比、类推的空间中，埋伏下控诉那个饥饿的时代对孩子们的摧残的艺术情思。宽明通过这种喧哗以泄他胸中对那个饥饿时代不满的郁闷之气。他对天真烂漫孩子的爱，是通过这种形式表达出来的。

陈毓在比兴、类推、类比中赞美和歌颂的纯情，是一种代表了人性本质的感情，代表了社会文明和进步的友情，代表了历史发展必然趋势的亲情，代表了新时代最富活力的爱情。她在以言造象、以象表情的批判中，鞭挞的是那些金钱拜物主义、权钱交易的肮脏之情，卖身求荣的卑污之情，人性异化的种种不健康的感情。市场经济的时代，纯洁的感情是什么，在哪里？这是我们生活的时代和社会向我们提出的一个尖锐而严峻的命题。有才华、有理想、有抱负、有作为的作家，必然会在这一命题下，表现农耕文明向工业文明转变过程中的心灵震痛和情感裂变，重构新时代新的伦理道德观念。陈毓就是这样，她表现纯洁情感的文学价值就在这里。

三

陈毓是一个具有浪漫情怀的作家，是一个在海德格尔诗化哲学的芳草地寻找"灵魂诗意地栖居于大地"的作家。她心中有一个形式上的现代哲学的世界，从这个世界投下的粒粒感情和双双目光，一定是西方现代主义小说美学精神与中国本土小说美学精神的融合。她的小说有《聊斋志异》的古雅，有《老人与海》的时尚，有乔伊斯在用语言直通意义世界的构成，有庄子喻理美学在人与自然的摩荡震动中生发的意境，有浪漫主义的审美情趣，也有实证主义的理性拷问。她的作品中荡漾着强烈的主观色彩，有些作品就是在用一种飞扬的想象幻想虚构出的一个主观自我感知的虚拟世界。她那率直、恣肆、诡谲、神奇、绚丽、多彩的丰富想象，鬼斧神工的异想天开，神与物游、点石成金、鲤鱼化龙的笔法与技艺，让人叹为观止。她在柔情似水的低吟浅唱中，传达出重大的社会主题；她在看似漫不经心的散淡叙述中，蕴含深沉的人生思考；她在且行且远的慢板散唱中，完成了自己一篇篇以简显丰、以小见大、以少胜多、以俗见雅、以虚映实、空灵虚静、澄澈照天、神采飞扬、潇洒瑰丽、玲珑剔透的具有欧美先锋主义审美意象的精短佳作。

《看灰灰谈恋爱》，在一个"才子落难，佳人相救"的古老套子中，装进一对现代男女青年的爱情。灰灰是一个个绿袖女走出国门、远嫁他国的"桥梁"。她开放、时尚、现代；木棉含蓄、传统、重情。现代的精神意绪需要传统的情感去滋养、拯救。

《像安寺那样》，实际上是在演绎一种现代观念，一种人生姿态。但作者在描写中绘声绘色，在群言群象中议论安寺和雪雁。在比喻三十八岁的雪雁时，用牡丹花，用杨玉环。这种叙说引象、描绘塑象的手段增强了她作品的艺术感染力。

　　《月光下》，在人的潜意识、本能和理性、功利的矛盾冲突中，表现伟大的母爱在外出打工岁月中生存的艰难。这里的情与理、灵与肉，在母爱的基石上闪烁出人性的光华。弗洛伊德、弗洛姆现代思想理论在中华民族伦理学美学的大地上生根、开花了。

　　《魔术师》，写得很冷静、理性、诡谲、虚幻，有一种西方哲思的荒诞意味，但其中有些细节又很真实，使人很易感，很容易沉浸和陷入，充盈着一股中国传统现实主义的情韵。作者正是在这真与假、白与黑、夜与昼的交织与变幻之中，表现人格的分裂、人性的异化。在魔术师的虚假生涯中同样潜藏着一颗求真、求纯、求爱、求美的赤子之心。作品在浪漫、幻化、诡谲的氛围描写中，蕴含着人性之美的张力。从四岁的无邪童真暗夜见真实的陌生女人进了师傅的房子，他问师傅被师傅搪塞、欺哄开始，到表演开膛破肚，"我用双手，把一颗心捧出，像热恋中的青年向心爱的姑娘表达爱情时那样。虔诚无比"。这是用魔术师表演的"假象"呼唤人生的"真情"之象。

　　《牧歌》，是在用一个现代知识青年的目光，看待岚城百姓的生存状况和生活方式。岚城的村民为鸡毛蒜皮事吵架骂仗，老支书用他的那乡村牧歌式的套路、解决问题的办法解决矛盾，居然成功了，这令大学生村官李济目瞪口呆。这是现代知识青年面对中国农村精神面貌的一种新鲜的感觉。作者很注意细节景象的对位与契合。"第一夜，躺在窄窄的木板床上，听檐下的雀儿仿佛在对他说话：'不吃你家的糜子，不吃你家的谷子，就借你家房檐，抱一窝儿子……'"这与半年后"李济一定要娶本地姑娘当老婆，闲身跳出红尘外"，在情感对应上不就有一种"异质同构"的关系吗！

《姑娘楼》，描写了一个进城打工盖房子的青年民工苟福，与失去土地分得一套房子的莲雾村的姑娘莲巧联姻的爱情故事。作者在爱情描写中，表现我们民族在社会变革中生存的矛盾与困境，表现普通劳动者在推动物质文明建设过程中的精神风貌。作品写得很舒展，很空灵，既现实，又诗意。"姑娘楼交付验收的那个晚上，苟福对自己奢侈了一下，他把每户的灯都拉亮，他慢慢绕楼房一圈，仰望每一扇亮着灯火的窗子，感受一种深沉的眩晕感，透彻骨头的幸福是眩晕的。苟福总结自己的感觉。莲巧，不管哪扇窗子属于咱们，我都喜欢。"这种沉浸于普通小人物生活窘境的描写，又凌空超拔于世俗生活之上的情感表达方式，使整个作品显示出现代时尚的笔触、蕴藉虚灵的意趣。

　　陈毓小说中的浪漫主义是深深植根于现实生活之中的，她的浪漫不仅仅是主观感性的思绪飞扬，而是真实生命感受的超验表达。《石榴花红石榴》，把孩子的童真、童趣和那个践踏人性，割资本主义尾巴的社会政治生活相对照，作品写得很生动、形象、感人，富有诗意。那时，"政府限定每家只能栽两棵大树或三棵小树"，父亲为了保护那棵大核桃树把一季一季的石榴树的花蕾及时摘下来，"悄悄扔进猪圈，被猪踩进了泥泞里"，让人感到石榴树是一棵不开花、不结果的小树。智者千虑，也有一失。作者写作品中的我发现了一个被父亲遗漏掉的一个小指头蛋儿大的青涩小石榴在密叶深处隐藏，"他用一片碎镜片把太阳慷慨的光芒反照到一颗青绿的石榴上"。作品用一种童心的视角，表现扼杀自然天性的社会政治生活。既真实，又浪漫。有童趣，有生活，有哲思，有诗思，有匍匐于生活大地的情感纪实，更有飞扬于精神世界的艺术想象。

　　《褒姒》在历史的提炼、幻化与浪漫中沉思美与爱美的思想内容和价值追求。《出神》在人性的生命意兴和生活情感的享受中，表现神性的孤寂、僵冷和沉重。《收集天香的人》，在人与自然的融合中寻找治疗人的生存疾病和生活困惑的灵丹妙药……

　　陈毓是一个观察生活细腻、体验情感丰富，既有西方现代主义的眼光，又有中国传统小说情愫的作家。她的笔简神丰，得益于她缘情写景，记事抒情，得意忘形，诗化生活的艺术表达。

四

　　严格地说：陈毓是一个诗人。她的许多作品是用诗的构思、诗的立意、诗的造境写成的。她的作品有激情万丈的丰富想象，又有人文主义的终极关怀。她在流浪汉的世俗生活中摄取小说的人性、人情、人欲、人伦的情感，在花前月下的审美生活中提炼小说的空灵、虚静、洒脱、放达、诗意。她把写实和写意、传统和现代、立象和尽意、简笔和丰神，用诗的情感和意绪凝结而成。她把诗的空灵、跳跃、节奏、意蕴、蒙太奇等手法和技巧运用到小说创作之中。这种特征表现在语言方面是简捷而明快，雅致而蕴藉，灵性而纯真；表现在情节方面是速率而跌宕，别裁而意蕴，率直而整体；表现在人物性格和心路历程的揭示方面是缘情写境，比兴喻理，言外有意。

　　陈毓小说创作中的空灵、虚静、放达，是诗化生活的一种表现形式，是站在世俗生活之上遥望人类精神文明灿烂星空的高远之思，是移情化物、超乎象外、凝神聚意、经营意境的放达手段。她的空灵来自思想的活跃、高蹈，情致的虚怀若谷；她的虚静来自情感的淡泊、闲适，意绪的超凡脱俗；她的放达来自心灵的自由、邈远。

　　总之，陈毓的作品温馨、阳光、细腻、通脱、清新、虚静、灵动，现代、洋气，在中国当代小说表现现代都市生活情感中独树一帜。

原载《小说评论》2014年第3期，原题为《论陈毓小小说创作的艺术追求》

"多余者"的思想到哪儿去了

文学中的"多余者"的形象，是19世纪俄罗斯文学中的一个概念，是对当时的文学创作中一种人物典型形象的概括命名。这类"多余者"属于贵族知识分子，但既不满足于自己的上流社会，又不能跳出他们生活的小圈子与人民结合，所以在他人看来就成了社会上多余的人。"多余者"具有一些共同的特征：多数出身于没落的名门望族，文化教养比较好，不为官职钱财所利诱；也能看出现实生活中的某些弊病和缺陷，在反动专制和农奴制下深感窒息。他们虽有变革现实的抱负，但缺少实践。他们生活空虚，性格软弱，没有向贵族社会抗争的勇气，只是用忧郁、彷徨的态度对待生活，在社会上无所作为。

普希金的《叶甫盖尼·奥涅金》里的主人公"奥涅金"，是属于"多余者"的形象。这类形象是在屠格涅夫1850年发表的中篇小说《多余人日记》之后才更加深入人心的。之后又有赫尔岑《谁的罪过》中的"别尔托夫"，莱蒙托夫《当代英雄》中的"毕巧林"，屠格涅夫《罗亭》中的"罗亭"，冈察洛夫《奥博洛莫夫》中的"奥博洛莫夫"，等等。

在中国20世纪二三十年代的文学史上，也出现过这样一批类似的"多余者"形象。像鲁迅笔下的涓生、巴金笔下的觉新、柔石笔下的肖涧秋、叶圣陶笔下的倪焕之、曹禺笔下的周萍等等，都属于这类形象。

这些"多余者"的形象，都是作家在一定的审美价值投向的规定下，负载着作家思想的文学形象。不管是生活中放浪形骸的唯乐生存者，还是自暴自弃的理想幻灭者，还是作者虚构出来的忧国忧民的思考者，他们虽然是病态的畸形人，但在思想上却是"报晓的先觉者"。他们精神上的富有、思想上的敏锐、语言批判的锋利足以使他们成为"英雄"，但意志上的怯懦和行动上的懒散，又使他们成为没有希望的精神叛逆者，或者说"失败的英雄"。

目前，我国文坛的一些青年作家承袭了"多余的人"的创作方法中一些东西，他们走下"崇高"，远离"宏大叙事"，放逐"尊命"，消解"工具论"，写小人物的"卑微"，写草根的"情感"，写普通人的"日常生活"，写弱势群体的"悲欢离合"……令人不满的是，他们稀释了"日常"中的"优秀"，"平凡"中的"伟大"，"平庸"中的"杰出"，出现了一种轻视劳动创造者的精神反映，热衷于社会寄生者的生活写真，淡化人的社会责任，强调人的生命意识，稀释人的理性追求，凸显人的感性释放，漠视人的主流价值认知，专注于边缘化、多余者的另类生活情趣的标榜。他们撕碎"爱情"写"性情"，抹杀"良知"写"本能"；冲淡"社会"写"自然"，贬低"理想"写"存在"。他们把文学中的卑微、庸碌、琐细、下层、弱势、渺小、放逐、感伤引向本能、唯我、自私、狭窄、阴暗、伤残、纵欲、放荡、病态的沼泽地。在这些被他们艺术日常化、平实化、写真化的人物形象塑造中，作者不是承袭"多余者"写作方法中的写"失败的英雄"，写病态的畸形人、思想上的"先觉者"，不是写他们的卑微、轻飘、随流、易折、圆滑下暗示的一种文明社会发展的历史趋势，不是写他们的空谈、懒怠、放浪下隐喻的一种健康向上的审美判断，不是写他们从"快乐原则"走向"理想原则"的历练过程，而是就平庸写平庸，就俗常写俗常，就卑微写卑微。为了使平庸、俗常、卑微典型化，不惜背离生活的真实，胡编乱造。最近，我读2014年第4期《收获》上发的一组《青年作家小说专辑》，这种感觉更为突出。

霍艳的《无人之境》，以文学队伍中一对老男少女为对象，写他们的

"食色"人性、"本能"欲望、"性情"样态，尽管作者设置了少女柴柴自幼离父，想在与老作家楚原的交往中寻找一种长期缺失的父爱的情节，由于缺少一种对楚原这个人物形象在塑造过程中理性控制的能力，使整个作品停留在一个狭窄的、阴暗的、偷窃的、男欢女爱的浅层次。假如作者遵循生活的真实，把笔触探入楚原和柴柴的心灵处，写楚原与柴柴做爱时与自己妻女情感的心灵冲突、矛盾、纠葛，写楚原为人夫为人父的灵肉撕扯，情理熬煎，良知、责任、义务的道德拷问，写楚原血缘家族文化心理结构在现代意识撞击下的阵痛、震裂、迷惘与重构，进而写柴柴在楚原矛盾心理映照、统摄下的不满、失落、痛苦、失望、沉思、自省与选择，那么，作品会出现另外一种春光明媚、惠风和畅、鸟语花香的广阔天地。

郑小驴的《可悲的第一人称》，由于作品中抒情主人公我——小娄的离家出走、逃离社会、躲避人生的动因源自我性欲放纵导致的非理性的悲剧性结局，所以，他后来身居深山在林中的苦难遭遇是不令人同情的。作者写小娄多次与李蕾做爱，致使其几次堕胎，李蕾不堪忍受这种非理性的泄欲折磨，离他出走。李蕾抛弃他后，他不引以为戒，仍我行我素，又与小鸟姑娘在一起不负责任地做爱，就是这样一个纵欲主义者，小鸟却对他爱得死去活来。

作品中的小娄是一个无责任心、无爱心，放浪形骸，纵欲自私的形象。他在和李蕾同居期间，李蕾曾有过"再堕一次胎，我就自杀"的纸条，他还要若无其事地做爱，导致李蕾离他而去；小鸟爱他，他说："这个女孩子有些偏执狂。"他在深山老林中的生活靠老康供养。由于作者过多过细地描写了他与李蕾做爱、人流，与小鸟做爱、分离、重逢的过程，写他在深山老林中的生活状态，使这个人物在人性的自然原野上失去理性地奔跑、寻觅。作者想表现母性牺牲、伟大、拯救的主题，由于没有给小娄这个人为形象注入应有的艺术哲学、性文化心理分析，对写"多余人"理解认识不足，因而，作品的神思散了一些，思想的表达未能抵达坦荡如砥的大道。例如，小娄在最后走投无路，面临毁灭时，他爬到树上去，突然听到老康给他带来小乌生了他的孩子的消息,他"扑通一声,直接从树上滚下来"。"我没空理他,在我的地里一路狂奔起来,像匹野马,长长的笑声统统给抛在了身后。"小乌给他生了孩子,给他濒临毁灭的人生打了一支强心针,使他从黑暗"里面逃出来"。像小娄这样无肝无肺、自私狭窄、泛性主义者,应不应该得到像小乌这样单纯、善良的母性救赎?这里有一个精神救赎的价值投向问题。

张乙的《素人》,站在对中国传统文化严格审视和批判的立场上,对行走在琴、茶之道上的有闲阶层的散淡、清静、虚伪、粗俗的人格分裂进行艺术哲学上的形象分析,强调一种积极进取、热情主动的真诚人生态度。

作品中孤芳自赏、我行我素、守身如玉的赵一新,崇尚古琴和茶道,她想在琴心茶品中寻找自己的精神寄托,由于琴、茶之道是一种古雅、闲适、幽静、玩味的静观之道,她的这种追求与现实生活的矛盾发生了强烈的冲突。现实生活中的矛盾使她难以在古雅的琴声和清馨的茶香中获得心灵的宁静和闲适;在她妹妹婚礼前一天,请男方家长吃饭,妹妹要请与母亲离异多年的父亲回来参加婚宴,她坚决反对,她忘不了父亲抛弃她和妹妹的伤痛;他的老师苏如龙是一个绝世琴师,他在自己的青年未婚女学生面前故作清高,教导赵一新"不管如何穷困,不能卖艺,不能收徒赚钱,学琴是为了悦己,可他自己却在背地里收徒赚钱,被他夫人指责为:既想当婊子又要立牌坊"的假君子;她的茶艺老师是一位"一身横肉,项上挂一根二百五十克的赤金项链,他喜欢穿粗麻的中式服装,脑袋上却顶着一个时髦的飞机头",彻头彻尾的一个"四不像""二百五""半吊子""粗俗之象"。相比之下,他的师兄"江礼却像个发育不良的诗人,干瘦、长发,总穿一条看上去有些脏兮兮的牛仔裤"。从这些人物形象的塑造和情节的设置上,我们不难看出作者对中国传统文化持否定和批判的态度。作者最后写赵一新"依旧沿着山路往前走,就这样,她一直走到了这条山路的尽头"。写她沿着自己的生存方式和生活道路一直走下去,一条道走到黑,走到穷途末路。

对传统文化的审视、质疑，乃至拷问，都是对的。批判地扬弃旧文化中的一些糟粕，继承其中一些文明的精华，这是民族文化发展和前进的基本动力。问题是《素人》在表现对传统文化批判的时候，没有为继承传统文化中优秀的精华留下余地，没有在对传统文化进行质疑和拷问时顾及民族文化在民族精神塑造中的积极进步作用。文学中的小说美学的一个基本原理是：否定中有肯定，肯定中有否定。苏如龙的人格分裂难道仅仅是对自己的青年女弟子的"异性相吸"，维护他在赵一新心中的清高形象吗？有没有儒家的哀而不怨、悲而不伤、爱而不淫的"中庸之道"影响着他？如果有，谈中国传统文化的保守性和滞后性，似乎也应该涵盖和包容这些思考。

朱个的《秘密》，有几分现代，有几分意识流，有几分荒诞，有几分滑稽，有几分调侃，有几分讽谏。一个混迹婚宴，以文化人的身份，骗吃骗喝，玩弄感情；一个以黑色包裹自己而出入于夜消费的青年女子，以一种在洗手间与男人拥抱而激起男人性欲而企图获得与男人结婚；一个明天要结婚，今天晚上还和自己在舞场上认识的酒吧女拥抱挤压亲吻，"沉沉地呼气，几乎快要把女人举起来"。这是一群"病态的人"。左辉利用人们的"好奇心""窥私欲"，欺世盗名，浑水摸鱼，骗吃骗喝，玩弄情感。张广生吃里扒外，情无定居。黑衣女拆同学的爱情之台。作品通过对这些"多余者"的生活方式的描写，反映现实生活中人生百象，情薄如纸，爱情的虚伪，友情的荒诞，情欲的疯狂。叩问现代人的精神立场。由于作者艺术思考更多地停留在写人欲、编故事的层面上，未能理清社会心理的"窥私欲"、浪迹婚宴上的"游戏欲"和繁华落尽后的"偷情欲"这三者之间，在一篇小说艺术表达中严密的逻辑层次和主题鲜明的审美关系，所以，作品中不必要的说明、交代性的文字多了一些，旁枝纷出，蔓条遮杆，喧宾夺主；为了贴近一种意念，渲染一种气氛，突显一种调式，有些地方的夸张显得生硬、荒诞，显得无稽。当三个"假人物"出现在一起时，作者心中的那个"真人物"在哪里，或隐或显应该有，但作者表现得很不够。能不能把崔莺这个人塑造成一个"真人"的形象？目前，这是一个虚幻缥缈的符号概念。由于对"真"的映照不够，就使"假"也无法附丽在艺术审美主题的价值投向上，这就使这篇作品在左辉、张广生、黑衣女的情感游戏和玩弄中滑向了轻浮，使左辉的欺世盗名与张广生在洗手间偷情这两条线索的形式结构中出现了一种"焊接感"。左辉与黑衣女，张广生与黑衣女这两条线未能在鲜明的主题表达和价值投向上有机地统一起来。张广生与崔莺爱情的虚无，与左辉的骗吃骗喝、玩弄女性未能在作品的主题表达上找到一个令人信服的艺术审美的情感"接点"。他们的行为方式、情感表达缺少内在的生活依据。张广生为什么在第二天结婚，今晚还在酒吧的洗手间"寻野食"？黑衣女与崔莺是同学，那么护私情，为什么敢与张广生暗地有勾搭？张广生为什么无视崔莺给他的爱情？像这些思考都缺乏艺术的隐喻、暗示、必要的描写、铺垫和交代。

旧海棠的《刘琳》，写一群打工妹的人生悲剧，写女性的被挤压、损伤、吞噬的悲惨遭遇。刘琳是一个"风骚""性感"，"渴望有一个人来宠爱她"的酒店打工妹。研究生毕业的陈仲鸿也是这家四星级酒店的一名见习水吧员。"他喜欢刘琳，但不知为什么他那时却明着跟桑拿部的一个小姐交往"。作品以刘琳和陈仲鸿的情感纠葛为线索，写刘琳坎坷悲惨的人生命运。她的可悲就在于她对爱情没有一个正确的认识。她处在男女性爱的本能的生活圈子里。她想把自己后半生的命运交给陈仲鸿，陈仲鸿却是一个见到年轻女孩子喜欢挑逗的轻薄男子。他自己结了婚，又与刘琳上床做爱。刘琳为他生下一个漂亮女孩。作者把笔触过多地停留在两性欲望的描写上，未能给自己笔下的人物以人生理性的生活思考、爱情选择，丈夫未尽丈夫的责任，妻子未尽妻子的义务。

我认为，旧海棠在人物形象塑造中，过多强调了生活的自然真实，未能在生活本质的真实的基础上提炼艺术的真实。写刘琳的悲剧人生是要突显"把美好的东西撕碎给人看"的价值投向。而作者更多地写她的生活环境，淡漠了她的自尊、自爱、自强、自立精神的开掘，未能把笔触投入她的内心世界。对陈仲鸿的塑造也是这样。背叛妻子的陈仲鸿内心世界应该有良知，道德的撕扯、煎熬、自责和拷问。然而，作者没有展开他人性的另一面。这显然不符合生活的真实，也不符合艺术的真实。人性是自然属性与社会属性在此消彼长、相克相生、相辅相成的磨砺中通过情与理的搏击，走向理性把握感情的。这是表现男女之爱的审美底线。塑造刘琳、陈仲鸿这两个艺术形象，应该守住这个审美底线。

　　于一爽的《每个混蛋都很悲伤》，带有心灵解剖的意味。作品中的张刚是一个没有人的基本爱心的"混蛋"，是社会上有"缺陷"有"毛病"的人。有妇之夫的他和30多岁的女子郭培酒店上床，野外做爱，狂野漶漫，肆无忌惮。作者极尽描写他们做爱的细节。郭培简单、多情，有许多男人；张刚空虚、散漫、无聊、无业、放荡，"有时候跟朋友喝多了，我会随便找女人。现在社会上管这个叫减压，只要她虚荣，我就不会失手"。"如果和一个人见面超过三次以上，我总会觉得有不祥的兆头"。这是一对气味相投的情人。整个作品写张刚的性心理，除了原始性欲的宣泄外，未能进入社会文化心理的分析。张刚这个混世魔王的人性湮灭的悲伤我看不到，也看不出他人性湮灭的原因或其他因素。即便是在郭培遇车祸而身亡的情况下，他也用"谁难过谁不是人"来为自己开脱。作品中流露出的人生观和生活观是消极的、散漫的、放荡的、病态的。那么，正确的人生价值走向在哪里？说郭培的出国是逃避与张刚的感情太勉强，因为她有许多男人；用郭培的死表现张刚的良知发现，未见其言行。整个作品浸淫在一种情欲漶漫之中，作者未抽出一条理性救赎心灵的情感之线来。

　　张怡薇的《哑然记》，在述说好友的友谊与爱情中，谈社会生活中人与人之间感情的隔膜、虚伪、吝啬、矫饰，写爱情的荒凉、苍白和伪装。作品在现代网络生活中，怀念、追寻昔日的生活方式和情感方式，审视和拷问当代人的爱情、友谊、情感的真诚程度。作者以第一人称幻雅的目光看李智和鲁西的爱情、情感生活，嘲讽李智的呆滞、吝啬、懦弱、惆怅、伪善，悲叹鲁西的虚荣、浅薄、自私、保守、卖萌、作茧自缚，抒发自己对现代女性受挤压的生存心态。

整个作品笼罩在一种小女人的自我生活的小圈子之中，作品中的细节都是在自我情感的细波微响中表现狭窄和渺小的生活情趣。这是一组现代人的生存样态和生活方式，但不足以表达现代人的生存方式和情感样态的主流。有些细节的描写有失现代人生活的真实。例如，李智和鲁西在新婚之夜关于如何做爱咨询幻雅，这种夸张和讽刺由于缺乏现代人健康向上、磊落阳光、挺拔理想的价值投向，显得自我那么虚弱、苍白、渺小、琐碎。幻雅心中理想的人生价值是什么？她追求的现代人的人生价值是什么？她追求的现代人的人生审美标准是什么？她心中空无一物。因而，她对李智、鲁西的爱情评价就显得浮躁、漶漫、雾蒙。作者笔下的人物是一群生活在"自我"之中的小人物，他们在十元钱的礼尚往来中兜圈子，在借钱写借条与不写借条的生活环境中钩心斗角。这是目前中国现代青年人的精神风貌吗？

双雪涛的《跛人》，充满了青春少年的叛逆冒险、单纯率真、恣肆敢为、自由放任、无拘无束、胡奔乱闯。作品通过两个青春少年在火车上遇到了一个残疾"跛人"的情节设置，隐喻人要在一定的社会规约下生活和成长，否则，会被社会所折损和残伤。如果这一对青春少年过于强调冲破一定社会形成的规约，跛人的今天就是他们的明天。无疑，这个立意是好的。但由于作品中思想的隐蔽性和人物形象鲜明性的差异，加之作者在青春少女刘一朵这个人物形象的塑造上过于夸张，说她在清晨顶着彻骨的严寒，越窗而钻进二楼男朋友的被窝，她在火车上要与男朋友在洗手间做爱，等等，对一个十七岁的青春少女，这样描写，对青少年有没有负面的影响，我很担心。

《收获》上发表的这一辑短篇小说，既显示出青年作家创作的审美追求和艺术才华，以及探索和独创的勇气和力量（例如，在写实与象征、自然与写意的融合中开拓当代小说的新天地），又暴露出他们从传统走向现代，从借鉴走向自我，从理性走向感性，从观念走向形式的极端性。

是的，短篇小说因其篇幅的限制，不可能条分缕析，面面俱到，但是，正因为其形式的短小所限，才有其在有限中表现无限，在极简中表现丰裕的审美特征。优秀的短篇小说家，一定是在表现他所肯定和赞扬的一种思想感情时，必然站在他所否定者的对立面，用他所肯定的思想感情表达方式，努力涵盖、包容、集纳他所否定的对立面中有生命、有活力、有价值的"合理内核"，在肯定与否定、否定与肯定的辩证艺术表达中，显示出其超群的才华。

当我们的青年作家强调人的生命意识、原始力量时，一定不要否定理性力量在人类文明进化过程中的历史地位和作用；当我们强调社会文明、政治对人性的异化时，一定不要忘记人的社会性对人的自然性的淬炼和提升。我们可以不要"崇高"，但我们不可以不要人的精神和情感的纯洁；我们可以不要"宏大叙事"，但我们不可以不要日常叙事中的理想追求和人生价值的表达；我们可以不要不食人间烟火的纯粹革命者或坐在僧侣式的祭坛上的布道者，但我们不可以不要站在世俗的物质生活之上的晓之以理、动之以情的情感抚慰与思想激励；我们可以放弃背离社会生活实际的虚妄幻想，但我们不可以不要文学给人以生活的希望和克服困难的勇气；我们可以不要儒家思想对人的束缚，但我们不可不要"良知"对善的传播。

青年是中国的希望，青年作家是中国文学的未来，但青年作家在成长和进步的过程中，也需要听一听不同的反应和声音。一个作家的健康成长，一定是在文学批评和评论的不断警示、质疑和拷问中走向他所处的那个时代的艺术创作巅峰的。

海燕穿行在暴风雨中，

雄鹰翱翔在电闪雷鸣之时，

青年作家在文学批评的疾风暴雨中长成参天大树，我拭目以待。

原载《文学自由谈》2014年第6期

（收入本书时有增删）

真实永远是小说美学的第一要素

——谈杨少衡先生四篇小说的艺术局限

小说美学有主题、思想、立意、结构、人物、情节、辞章、叙述、语境、视角、时空等诸多要素，但追求真实地表现人的生命、生存、生活的状况，表现人对存在世界的态度，表现人创造自己未来生存的理想世界，永远是小说美学的第一要素。

文学是一定的社会生活在作家头脑中反映的产物，这里"一定的社会生活"是要求文学作品所描写的人物、事件、思想和感情，必须具有一定社会历史的真实性，这样才能使读者在阅读作品时产生一种可信、可亲的"共鸣"，进而受到启发、感染和教育。所以，文学的真实性是关系到文学作品的艺术生命的重要问题。

文学的真实性是生活的真实与艺术的真实的有机统一。生活的真实是要求作家表现出生活的本质，艺术的真实是要求作家澄明生活的理想和未来。生活的真实并非单纯、自在、自然的生活实在，而是要求作家通过对现实生活中乱象、假象的穿透和剥离，抓住一定历史时期代表先进的生产力和生产关系的真实的生活情景，表现生活在社会基层的劳苦大众的情感和愿望。艺术的真实是抓住反映社会生活本质的典型细节和情景，加以虚构、想象、扩充、放大，更加典型化，揭示出社会矛盾、人的性格冲突中的某些本质的方面。仅仅机械地、照相式地复写现实生活并不一定就能获得艺术真实。只有当作家的立场、观点与社会发展的趋势相一致,并且有相当的认识能力和表现能力时,才能深刻地认识和反映社会生活的真实,揭示出某种社会现象的本质意义,也才能真正达到艺术的真实。

生活的真实是艺术真实的基础,又是评判艺术真实的标准之一。马克思在评价法国浪漫主义的作家夏多布里昂时说:他代表的"是法国式虚荣","这种虚荣不是穿着18世纪轻佻的服装,而是换上了浪漫的外衣,用新创的辞藻来加以炫耀,虚伪的深奥,拜占庭式的夸张,感情的卖弄,色彩的变幻,文字的雕琢,矫揉造作,妄自尊大,总之,无论在形式上或在内容上,都是前所未有的谎言的大杂烩"。马克思在这里用文学的真实性在评价一个作家。恩格斯在给英国的女作家卡格拉斯的信中曾强调指出:"现实主义除了细节的真实之外,还要再现典型环境中的典型性格。"他把真实当作论述现实主义问题的基础。法捷耶夫在评价马克·吐温时说:"他真实地描写和批评美国社会的伪善、自私自利、愚昧无知,真实地表现了穷与富的矛盾。"席勒认为:诗人就是模仿现实和寻找自然,模仿现实成为素朴的诗人,寻找自然成为感伤的诗人。真实地反映一定时期的社会生活,特定阶段人的生存关系的历史风貌,权力关系和自由关系的情感样态,是建立文学艺术审美大厦的基石。就是超现实主义,也是在表现来自生活情感体验的基础之上,用穿越时空的神思再现被现实生活所忽略、遮蔽、压抑、禁锢、绑架、扼杀的思想的奇伟瑰丽;用超凡脱俗、神奇诡谲、万物皆备于我的"诗思"融化象外之象、景外之景、弦外之音、味外之旨的"哲思",用"不现实"的象征情景表现"现实的"或"超现实"的理想情思,用艺术的真实温暖和照亮心灵在寒冬子夜的黑暗,通过超现实的创作方式表现幻化中的实在、虚构中的未来、荒诞中的真情、虚无中的真实、缥缈里的可信。

小说的经典之作,基本上都是在真实的沃土上长成的参天大树。小说大师和巨匠都是在真实地描写"一个民族的心灵秘史",真实地塑造一颗心灵在追求真、善、美的心路历程上经风沐雨、含辛茹苦走过来的斑斑足迹。但是，目前许多作家远离生活，轻视文学的真实性，轻视文学的真实性对一个作家创作的重要性。他们伏在物欲、情欲、权欲、钱欲的生活表皮，从自己肤浅的观察出发，从狭窄的知识境域出发，写以情换物，写权钱交易，写男盗女娼，无视灵魂行走在权力与自由间的艰难，无视人性在本我与超我之途上的痛苦炼狱，无视人欲在走向纯粹精神高地的悲壮与辉煌，沉溺于个人情感的杯水风波之中，背离生活的真实，走入胡编乱造的死胡同。

最近，我连续读了杨少衡先生创作的中篇小说《我不认识你》（《人民文学》2013年第12期，《中篇小说月报》2014年第1期转载）、《蓝名单》（《北京文学》2013年第11期，《小说月报》2014年第1期转载）、《海湾三千亩》（《山花》2012年第5期，《中篇小说选刊》2014年第5期选载），短篇小说《一〇八号文件》（《芙蓉》2014年第5期，《小说月报》2014年第12期转载）后，就有这种感觉，虽没有那么严重，却也深忧他的艺术创作的未来之途能走多远。

杨少衡先生的这四篇小说都是写官场生活的，由于作家对官场生活缺乏应有的了解，对行政官员的工作作风、生活习惯、思维方式、生活态度等缺乏应有的认识，更多的是靠自己有限的体验和表面的观察，凭自己的主观臆测来编织故事，所以，他写出的这四篇作品就显得空虚、单薄、稀松、涣散、乏力、贫弱、漂浮。

《我不认识你》，描写了一个叫孟奇的年轻干部因黄从文受贿一案被牵连，免去其副市长职务的故事。这部作品的不真实，是儿子对父爱被坏人所制造的矛盾冲淡了的不真实。

例如：一个市区的公安局局长陈胜利竟然在办公室与青年女子郑涵发生性关系。

市政协委员，有实力、有影响的民营企业家安再厚，回老家为去世的父亲上坟祭祖，却还带着他的情妇。令人不可思议的是，在烧完纸，磕过头，起身后，他还在坟地旁边的林子里与情妇做爱。

副市长孟奇在对父亲的感情与私仇的关系处理上前后不统一。

在他父亲的遗体告别仪式上,他见到林珊,林珊与孟奇握手时说了句话:"阿孟节哀。"孟奇说:"帮我传话给小四。""他怎么?""告诉他,别把我惹火了。"林珊表情有异:"怎么说?"孟奇不跟她细说,转身与后边的吊唁者握手。

这个细节的设置就缺乏生活的真实。在前边的描写中,孟奇是一个爱父亲,重孝道,看重父子之情的儿子。父亲问他在仕途的进步方面有何进展,孟奇隐瞒不顺利的真相,对父亲说正在进行。那就是说他把对父亲的爱看得比他的仕途升迁要重。然而在父亲逝世后的这个非常悲痛和特殊的场合,他却一反常态,置失去父爱造成的悲痛而不顾,直接向自己的政敌宣战。这种前后不一的描写是不真实的。在中国传统的丧葬告别仪式中,死者的亲属对前来吊唁的人,都是以礼相待、心存感激的,以平平安安、顺顺利利办完丧事为重,让死者入土为安。悠悠万事,唯此为大。特别是作为孝子,最怕有人扰乱"丧事",认为这是对亡者最大的"罪过"。此时此刻,一切人间生者的矛盾都将退居其次。而且,作品在此之前,作者也是把孟奇当作一个比较冷静深沉、"号称一动不动",不跑官、不寻情、不请客、不送礼,凭工作、凭实力、凭水平、凭公允来赢得群众信任的干部。

现实生活中能干到副市长位置的孟奇,应该在人情世故、伦理道德方面有一定的修养,此时此刻,他被父亲去世的巨大悲痛所淹没、压倒、遮蔽,一切世间的名誉地位的纷争都将暂时退居其次,此时亲情的极端高扬是理智后人性对社会政治性、革命性进行反思、质疑、拷问、审视的价值尺度之一。如果此时此刻,他还沉浸在自己的政治权力争斗之中,提着纸惹鬼,没事找事,那么,他显得太不成熟,太幼稚,太脱离实际,太简单,太冲动,太不可信了。

孟奇胸中有大爱、真爱。中国传统文化"宋明理学"中有"天理大于人情"之说。此时的天理,应该说是父亲给了孟奇生命的这个理,这个

171

"父给子命"的苍天之理，一定大于小四对孟奇仇视的这种人情。因此，作为忠于孝道的孟奇来说，不可能倒行"天理"，逆施"人情"。

还有，孟奇面对民营企业家安再厚给省委秘书长黄从文的"放在两个茶叶盒里的六十万元"和"房子事件"，他已经明显地意识到了这种权钱交易的背后，不仅有安再厚的个人目的，还附加有他个人仕途升迁的机遇和条件。他内心应该有一种忐忑、焦灼、纠结的感情升腾，他能一眼看穿安再厚在利用他。但他半个眼睁，半个眼闭，佯装不知，得过且过，浑水摸鱼，铤而走险。"后来安再厚曾表示有事要告诉他，他知道安想说什么，清楚安迟早要拿它来要求什么，他不愿被要挟，坚决不听。"这里的孟奇，应该是在揭露与包庇、批判与迎合、遏制与纵容的两难之间忧虑、徘徊、摇摆，欲进不能，欲罢不忍。作者应是在主观人格不被邪恶绑架，不随波逐流，反抗金钱、权力的诱惑和威胁，在自我与超我的矛盾冲突中，展开人物性格和心理描写。然而，他没有。

正由于他的笔触一直停留在不真实的生活表层，孟奇这个人物形象始终没有立起来。

《蓝名单》讲述的是一个县级领导的父亲简增国因涉嫌贪污案件被列入蓝名单，被关押拘留，在乡镇任职的儿子简哲与父亲情感上的矛盾纠葛。这部作品的不真实是儿子对父爱和家国情怀的理解不真实。作品中的简哲不满父亲"政治革命"的那一套，处处事事与父亲对着干，父亲说东，他偏说西。他有一种天生的叛逆性格和"审父情结"。但是，当他听说父亲涉嫌"蓝名单"一案时，他坐不住了，一改长期不回家不愿面对父亲的僵局。

他回到家里，与父亲一起到阳台，劝父亲说："如果情况属实，不承认是不对的。无论多么丢面子，无论会遇到什么麻烦，应当尊重事实，这才对。"

"谁让你管对管错啊？"简增国问。

"我是你儿子。"

"你管不了，老爸自己对付。"

"爸，为什么要引火烧身？"

这，不可能是此时此刻简哲说出的话。作者忽视了生活中父子之情的厚重与博大，表达的含蓄、温暖、深沉和微妙。此时此刻简哲见到他的父亲，是怀着一种十分复杂的、难以名状的情感的：既怕触及这一敏感而伤父亲心的话题，又不得不谈，在这种心理情感下，见面之后，他不可能开门见山、单刀直入地谈这个话题，有可能"王顾左右而言他""项庄舞剑，意在沛公""言此及彼""拍着窗子给门听""旁敲侧击"。他既怨恨父亲为政不廉，又悔恨自己以往自私任性，对父亲一味地顶撞、反叛、回避、远离，没有及时与他交心，用自己的思想感情影响他。他既惧父亲被关进去后受牢狱之苦，又怕母亲知道这件事后受情感之伤的伤心和孤独。此时此刻，他把以往父亲在暗地里帮助他、关心他的一切事情细细回味，五味杂陈，痛不欲生。

简哲是从社会底层靠自己勤奋工作奋斗到乡长位置的，他深味人生的艰难和不易，他有"信念"和"理想"。他对父亲是爱恨交加，爱大于恨，爱中有怜，爱中有悲，爱中有憎，爱中有伤，爱中有痛。这是一个生命生存在追求权力意志之途灵魂被挤压、撕扯的伤痛者的形象，作者应在充分展示他对父爱的酷恋中，左右为难，前扯肝花后扯心的伤痛处境，展示他在心路历程上带血的泣诉。基于这样的感情基础，我认为他说不出那样冰冷冷、硬邦邦、缺乏人情味的话。

还有，当父亲入狱后，作为儿子在第一时间来到监狱看他的父亲。他无半点亲情之心，突然发问"爸，我想知道是怎么回事？""蓝名单十万元呢？跟我有什么关系？"这，更是不真实的：其父简增国一案，一旦宣判，路人皆知，无须再问。探监室有监控摄像、录音设备，作为谈话双方深知不能谈私密话题。简哲非常清楚自己的父亲一生在政治旋涡中"游泳"的经验和技巧，他给许多人定罪。父亲能心甘情愿地身陷牢狱，认罪服法，已是不言自明的事实，无须再问。父亲被打入牢狱，已成铁案，作为儿子，只能悲伤，安慰父亲好好活着，好好服法改造，不宜再揭伤疤，再在父亲的伤痛处撒盐，而应回避这个话题，谈谈孩子，谈谈母亲，谈谈自己乡下的生活，越是这样，才越具有文学审美的悲剧意义。简哲此时此刻更多是反省自己未尽孝道，未能经常回家关心照顾父亲，未能与父亲交流，未能影响和改造父亲，致使父亲走上了这条犯罪的道路。他承受着巨大的自悔、自责、内疚的压力。正是这样的情感基础，我觉得他不能说出那样冰冷冷、硬邦邦的话。正是作者对简哲这个人物心理情感的简单处理，使得整个作品显得漂浮，不实在。

《海湾三千亩》讲述的是一个身居跨国国企股份公司要职的高干子女欧阳琳，借势"圈地"过程中与某市副市长季东升几次交往过程中矛盾冲突的故事。这篇作品的不真实是：细节的不真实导致了人物情感表达的不真实。作品中的副市长季东升这个人物有一句口头禅："脱内裤。"他不分时间地点，口无遮拦地胡说浪调，在许多地方显得有失体统。他在第三次见欧阳琳前，向市委书记郑仲水汇报工作，郑仲水问："如果不谈项目，她找你做什么？"季东升表情认真："我的身体不错。"下级给上级汇报工作，上级问话，下级可能开这样的玩笑吗！他的说酸话，讲黄段子，放肆调侃，不分场合，不管男女，不顾生熟。他第一次与欧阳琳见面，坐在饭桌上，就口无遮拦，肆无忌惮地大讲公猪给母猪配种，人工给母猪授精的事。更有甚者，作者竟然安排欧阳琳也笑着附和他："我听说你们地方官劳动强度也很大。""有新民谣说村村丈母娘，夜夜入洞房。是这样吗？"作者在编织故事情节中，不顾生活中事物发展的本质规定性，不顾事物发展应有的逻辑层次，直朝自己预先设定的"想当然"奔去。第三次季东升与欧阳琳酒后在露天浴池旁的通道上散步，欧阳琳主动上前挽住季东升的臂弯，笑着对季东升说："把婚离了，到北京找我吧。"这不符合人物的身份和实际，此时此刻她要的是"三千亩海湾地"，她要的是拉大旗作虎皮，借势糊弄人的"矜持身份和姿态"，不是低层次的女性卖萌外交。由于作者未能从生活实际情景的规定性出发，而是从自己臆造的想当然出发，因而未能把笔触探入人物的内心深处。例如，作品最后一次季东升看到欧阳琳发病的惨状，作者只是安排季东升被欧阳琳狂癫状态下对他的无意识的撞击伤害，他如何应急处理，而未能把笔触探入季东升的内心深处，深入开掘季东升的精神世界。季在此前已经历过父亲开颅脑手术的情感折磨和炼狱，他对人生、生命、爱，是有思考的。面对欧阳琳发病的惨状，他的心灵深处有对女性美被病痛折磨、摧残的同情、悲怜、无助，又有对她带病"圈地"的万般不解，有对"奸商"蔡政绑架欧阳琳的憎恶，也有对自己嘲弄、调侃、戏谑欧阳琳的忏悔……然而，作者把这种矛盾的心理置于脑后而不顾，而是简单地处理人物性格发展应有逻辑层次，这样，就大大削弱了作品的艺术感染力和冲击力。

《一〇八号文件》讲的是一个省政府办公厅副主任下到市上查办一起水源污染案，被副市长魏杰设圈套陷，致病住院，案件不了了之的故事。这篇作品的不真实在于：作者在现实主义的叙述模式向象征荒诞的先锋小说叙述模式的转变中的不真实。作品中的主人公许奕霖落实省长重要批示，负责督查某市水源地污染问题，在工作班子紧锣密鼓、废寝忘食、夜以继日地忙碌工作的紧要时刻，副市长魏杰为了转移视线和目标，突然请他打牌，而"日常很严肃，不苟言笑"，工作认真的许奕霖居然莫名其妙地停止了紧张忙碌的集体办公，接受了魏杰的邀请。在玩的过程中，他又被不会出牌的自己的对家的胡乱出牌气得昏厥了过去，住进医院进行抢救，后患了中风不语症。一个官做到省政府办公厅副主任的高位，他面对突如其来的魏副市长为自己设的陷阱挖的坑，绝不是作品中现在所描写的对话内容和表达的方式；魏副市长"请君入瓮"的直白邀请，此时此刻的许奕霖绝对不可能接受。他为什么要立即停止与其他四个人的集体办公而去应邀"玩耍"呢？作者没有写出其中的必然。那么，我们再退一步，即使是许奕霖上了牌场，他也是迫不得已，被绑架上去的，趁着自己的对家不配合、胡乱出牌而顺势退场，也是情理之中，不可能"假戏""真做"，没有理由把自己气成那样。一个省政府办公厅副主任，他应该有怎样的修养、气度、胸怀、境界和精神状态，乃至待人接物，应付复杂人际关系和场面的能力，我们站在遥远的地方，也能有一个常识性的基本把握。应该不是作者目下笔下这样一个脱离生活实际而靠自己猜想杜撰出来的人物形象。

这篇小说应该是作者企图从传统的现实主义的创作方法走向象征、荒诞的探索之作。广义地说，艺术即象征。任何艺术形象都将作为中介喻指特定的抽象意蕴和内心冲动。象征主义创作方法中的小说里的象征是指一种具体的艺术把握方式。这种以特定的具体形象表现或暗示某种观念、哲理或情感的独异处理有别于情节模式的小说。但它依然强调具体形象表现或暗示某种观念、哲理或情感的真实性。当张贤亮从《辞海》上直接摘下"绿化树"的词条以象征贫瘠土地上的劳动者的时候，这股绿风也漫过了中国的当代文坛；当周立武在他的《巨兽》中，用那个巨兽象征着猎人生活中一种难以跨越的传统道德观念时，读者为简单之中寓丰富的艺术魅力而鼓起了掌；《鱼钩》中的象征意味，使人们站在另一个审美制高点上看前进着的高晓声；张承志的《大坂》、王蒙的《杂色》、王安忆的《小鲍庄》、韩少功的《归去来》、洪峰的《湮没》、残雪的《苍老的浮云》《天窗》《旷野生》等，都曾用象征中的真实魅力征服了亿万读者，在中国当代小说史上留下了独异的光彩。与这些作品相比，《一〇八号文件》中的"梅花三"就显得漂浮和空虚多了。"梅花三"象征着什么？是一种偷闲享乐的精神鸦片？是一种个人兴趣倒霉的象征？是一个时代弊病和痼疾的暗示？是一种潜在的定时炸弹隐喻？是一种娱乐时代政坛的咒语？是一种舞弊隐瞒作风的讽刺？是……我不知道是什么。我想作者自己也未必清楚是什么。象征主义作品中的"象征物象"一定是统摄整个作品的思想灵魂，是照澈作品立意的光点，是作品审美感受的眼睛，是作品情感呼吸的通氧道。《一〇八号文件》中的"梅花三"是一个承载作品情节的"导具"，不是象征主义小说艺术审美范式中的"太阳"。象征荒诞小说也需要把"存在者的真（无蔽）置入作品"，在"真的创建"中让无蔽状态中显现的存在者发出绚丽之光。象征荒诞小说努力探求人物内心的"最高真实"，它要求作家心中装有"此岸"和"彼岸"两个世界，杨少衡先生心中只有"此岸"世界，他没有通过暗示、烘托、对比和联想的表现手法，把读者引向"彼岸"世界。象征荒诞小说，是人在荒诞处境中所感到的抽象的心理苦闷。它属于"先锋小说"之列，受"意识流"小说影响严重，显然，《一〇八号文件》不属于象征荒诞小说。作者写这篇作品时，犹如在现实主义创作方法的"铁轨"上划行象征荒诞的"帆船"，自然出现行不通的现象。

这四篇作品，由于作者表现生活的不真实，作品在价值投向上也出现了偏差。孟奇、简哲、季东升、许奕霖这些有缺陷的"中间人物"是作者简单的、时代观念的传声筒。不是说"中间人物"不能写，我是说，由于作者思想认识和艺术修养的局限，使他无法在小说典型人物形象塑造方面达到一个艺术的高度。鲁迅的《阿Q正传》中的阿Q形象，也是一个令人"哀其不幸，怒其不争"的"中间人物"形象，但其光彩照人，在中国文学史上熠熠生辉。柳青的《创业史》中的"梁三老汉"也是"中间人物"，同样光彩照人。"中间人物"，如果作者不能给其注入深刻而博大的思想，不能赋予其文学典型的美学意义，那也就堕入庸碌和习常。

另外，由于作者过于沉浸在"情节模式"的故事编织、事件的交代以及情节的完整的设置之中，冲淡了作品"神"的聚焦和凝定，出现了为了讲故事而忘记或者松懈了人物形象和性格的塑造，为了故事的完整而忽视了审美情感在特定情景规定下，艺术表达也陷落在"空"与"虚"之间的、神思不定的、无魂无神的状态之中。作品中出现了事件的头绪多，过程长，交代细，读起来让人有拥塞、枝蔓、烦琐、不精炼、不简洁的感觉。

其实，作者在《我不认识你》的创作中就潜伏着一种想走向理性提炼感性、哲思概括生活的企图，他企图在"我不认识你""我只认识我自己""我有时连自己都不认识"的三段论的理性模式中结构故事情节，因对人物情感的把握不准和思考不足，这种带有思辨性的哲理思考窒息在烦琐而冗杂的叙述事件、介绍过程的形式之中。

从《我不认识你》的理性强入，到《蓝名单》的六亲不认，到《海湾三千亩》的狂放不羁、胡说浪诨、逢场作戏，到《一〇八号文件》的现实主义与象征荒诞的"拉郎配"，显示出作者在创作道路上的迷惘和困惑。当然，这四篇作品不能代表作者的全部，我只是希望作者在今后的创作中不断读书学习，刻苦钻研小说创作的美学问题，深入生活实际，在真实地表现人物的心路历程中展示社会风云变幻、历史发展的必然趋势，为人民群众奉献更新更美的优秀作品。

原载《海南师范大学学报》（社会科学版）2015年第4期

（收入本书时有增删）

敲响自己的骨头，为生民立言

——评吕向阳散文集《神态度》的艺术追求

在秦岭北麓，关中西部，宝鸡山城，有一位为人真诚、处事低调，以文为生、编报写作，才华横溢、文采飞扬的散文家——他就是敲响自己的骨头，为生民立言的长安学子——吕向阳。

最近，我读了他新近出版的散文集《神态度》（陕西人民出版社2015年版），对他的散文创作有了更深一层的理解。我以为：《神态度》是陕西散文界近几年来不可多得的收获。它在文心与民心、土地与精神、现实与信仰、传统与现代、世俗与高雅等方面，都有自己卓尔不群的个性特征。它在村舍炊烟、平民生活、百姓感情与城市音乐、时代精神、历史责任的融合处平衡而立。读完这本三十万字的散文集，吕向阳给我的印象是一位屈子般忧国忧民、愤世嫉俗、清流正直、情感丰富的文人。他的散文是深山峡谷中的幽兰，是黄土高原上的山丹丹，是太白山上的独叶草，是关山草原的紫荆花。这种生于厚土、长于高天、大拙大朴、大真大美、大俗大雅、大愚大智、大音希声、大象无形、大巧若拙的审美情怀和格调，使他的散文漾溢出一种势如破竹、排山倒海、雷霆万钧、摧枯拉朽、星火燎原、风卷残云之势。文章中表现出的那种卑微与高贵、草舍与殿堂、哲思和诗情、高雅与拙朴、直率与丰富、旁征与博引、载道与审美，都达到了返璞归真、至真至美的程度。其宽博的视境、深刻的思想、瑰丽的想象、飞扬的诗情，令人激动不已，扼腕叹服。如若不信，你不妨读一读他的这本散文集。

他，在"文以载道"的创作之途上攀登

中国的散文创作沿着两条道路繁衍而下：一条是"泉林山野派"的自然唯美说；一条是"人生致用派"的教育功用说。唯美说产生了宋玉、司马相如、枚皋、李延年、谢灵运、谢惠连、谢朓、沈约、温子昇、庾信、卢思道、上官仪、苏味道、宋之问、柳永、王维。教育功用说产生了荀况、韩非、陆贾、贾谊、东方朔、司马迁、王充、王融、郦道元、杨素、魏征。"唯美派"注重自然、情感、自我、形式、声色、用典、律例，讲究形象生动、辞藻华美、浮艳雍容、排偶富丽、绮错婉媚、对句工整、文风峭刻。"致用派"注重社会、民生、立德、理性、教化，感情真挚，偏重致用，文朴质清、辞章自然，明快畅晓，笔力简劲，刚健醇厚。

吕向阳身为地方报的一个编辑记者，走的是"致用派"的路子。他的本职工作要求他必须站在"为人民服务，为社会主义服务""为天地立心，为生民立命"的立场上，从普通劳动者的现实生活和生存的实际出发，从社会最下层的普通劳动者的利益和愿望出发，从民族复兴的前途和命运出发，表现社会最广大的人民群众最关心的问题，表现实际生活中最棘手的问题，表现真、善、美战胜假、丑、恶的心路历程。他笔下的人情，是一种历史社会化了的人情、人伦、人性、人格。他笔下的世故，是一种被政治浸润化了的世态、世道、世俗、世事、世相。他写风土人情，是历史沿革、世相沧桑、天理良心。他写神鬼魍魉，是写世间奸佞、社会小人、人中败类。他写日弄神、倒腾鬼、扑神鬼、等路鬼、倒包客、狐狸精、嘴儿客等世间万象，实质上是写人的生存方式、生活观念、人生态度、向往期盼、价值投向。那些民间俗语、乡村年画、风土人情、鸡鸣狗叫，被他特写、聚焦、白描，赋予博深的思想意义。把乡土记忆、市井叙

述发展到这种文本形式，是吕氏向阳的独门绝技。在这里，乡村印象、乡土情感、乡音记忆、乡下经验，通过现代文明、现代意识、现代思想的艺术烛照，映射出社会进步的历史光色，显露出人生意义和价值的思考，这是吕向阳对中国当代散文的贡献。

吕向阳散文中的生活，是一种平实的积极、自然的健康、自由的向上、天宇的阳光，充满正能量。他作品中表达的情感，是一种人性的善良、人情的正义、人格的真诚。他把歌颂和赞美投向社会最底层的普通劳动者的勤劳和勇敢，投向为生民立命的德高望重，投向为天地立心的赤子情怀。他批判和鞭笞的是为官不廉、为富不仁、为人不正的那些煽阴风，点鬼火，当面是人，背地是鬼，玩弄阴谋诡计，说是倒非、捕风捉影、穿凿附会、栽赃陷害、偷梁换柱、祸国害民、损公肥私的阴谋家或玩术者。

他的作品充盈着一股浩然之正气。这股浩然正气有农家子弟的纯朴之气，有长期生活在社会底层，从普通劳动者身上吸取的勤奋之气，有现代知识分子的文气，有时代报人敢于担当的勇气。这充满正能量的浩然正气发自一颗忧国忧民的赤子之心。只有热爱生活、拥抱生活、创造生活，才能发现生活中的阳光、鲜花。他文章中深刻的思想性来源于他心灵的深刻体验。他的散文带有一种杂文的品质，针砭邪恶，张扬正义，讽嘲辛辣，直指灵魂。也正因为如此，我说，他的散文是一种思想型的散文。他是在思想性、生活性、致用性、艺术性、审美性的有机融合处培育散文美的新品种。

他，在民间叙述中提炼乡土的醇美

民间叙事，广义上指民间所有话语叙说的内容、形式、结构、特征。狭义的指民间故事、寓言、传说、笑话、谚语、名言的叙事个性特征。俄国汉学家李福清在研究中国文学时，很注意民间叙述对作家的影响，他客观地论述了作家如何利用民间叙事的母题、形象、语言等问题。俄国学者普罗普对俄罗斯民间故事的形态学研究,华裔美国学者丁乃通对中国民间故事类型的索引,芬兰学者阿尔尼和美国学者汤普森对民间文学类型和母题的分类,等等,都是这方面的研究成果。中外文学创作的实践证明:过分专注于民间叙事的世俗、乡土、方言、俚语、辞章、气质、神思、形态,会使文章的叙述格调陷入粗糙、朴野、拙朴、平实、浅近,如能在民间叙事的基础上假以经典文学叙事的情感、意绪、襟抱、思想、境界、形式,在世事洞明、人情练达的前提下假以诗情画意的文字表达,那将是从生活到艺术的通才,从阡陌到殿堂的劲旅,从大地到高天的神鹰。这类文章粗中有细,文中有野,情中有理,象外有境,如凤驾霞,如锦添花,如舟乘风,如虎添翼,深入浅出,以简写丰,立象尽意,以虚写实,敲釜鸣鉴,超凡脱俗。吕向阳就是这样:他在民间叙事与经典写作、乡土风情与文人学养的两极对立处,编织自己散文美的花环。他的文章,基本上都是取材于民间风俗、人情世故、俚语村言、木版年画、地望地貌、历史掌故。这种乡土记忆、乡土叙事、乡土抒情的写作姿态使他承天真,接地气,叙人伦,说世情,写拙朴,书大美。他写"鱼草绕着溪水,水质泛着本色,泥土飘着香味,河畔黄牛在悠闲地啃草,牛铃敲碎了晨曦,公鸡衔来了朝阳,卖豆腐的叫声熟悉而洪亮"。他写木猴、桶圈、烂瓦片,表现农家孩童天真、烂漫地滚铁环、打陀螺的乐趣。他写民间叙说的嘴儿客、溜达神、地利鬼、舌变猴、精灵鬼、踢蹋神,实质上是写社会上各色人等的生活态度、生存方式、思想感情和生活观念。一碗岐山臊子面,写尽小麦从种到收,从面到食,从生到死,从礼到乐的人间忧乐。一个西府小贩,写尽黄土地上的农民从传统观念向现代观念转变,从小农经济向工业文明转变的蝉蜕史。一朵野菊花,映显出当下留守乡村妇女的质朴、勤劳、善良以及孤寂中的默默奉献。一眼润德泉,映显出世道的清明与混浊。在这里,他不遗余力地表现普通劳动者善良、淳朴、真诚、俭约、勤劳、仁爱、正直的思想品德。这就使他的作品渗透着一种浓浓的民心、民情、民意、民风、民声的期冀和愿望,表现出一种更贴近大众审美的现代精神文明的思想感情。

可贵的是，他开口小，挖掘深，着手低，视境高，取材乡土，写意日月，写民风，咏精神，写世态，说心灵。这种身居茅屋，胸怀世界，两腿泥巴，寄情高远的叙述方式，得益于他读书学习，博闻强识，举一反三，触类旁通，勤学多写，拥书自雄。丰赡的学修，使他撒豆成兵；高远的思想，使他点石成金；诗化生活，使他心游万仞；道德文章，使他忧国忧民。他写金黄色的滚滚麦田，影射黄金货币对人类生活感情的影响。他写太白山大爷海的"神鸟"，是对高山峰顶李道长的赞美。他写《凤翔木版年画小人图》，"八幅小人图，如吐蕊的蛇、卷尾的蝎、装死的狐狸、打盹的鳄鱼、火红的罂粟，个个饱含毒汁，暗藏玄机，让人后怕，冷气倒抽，直至毛骨悚然，心惊肉跳"。他在《见了旋风竟作揖》中写道："见了旋风就作揖的后人并未绝迹——见恶人低头哈腰，见权贵趋炎附势，见大款唇若绽桃，见窃贼视若无睹，见穷困事不关己，见危难袖手旁观，见庸俗随声附和，脊梁骨软，正义感弱，小人心重。"他在《白地捏骨角》中说："小人本很渺小，但借助于借刀杀人、偷梁换柱、颠倒黑白等锐器，一如给猪装上鳄鱼的嘴，给鸡装上蝎子的尾，给猫装上狐狸的头，就将自己组合成能攻能守的'装甲部队'。"他在《日弄神》中写道："于是，比干被剖心，蒙恬被杀戮，商鞅被车裂，晁错被腰斩"；说日弄神亡国，唐朝有李林甫，宋朝有李邦彦等。他在《阴溜神》中写道："这不，闹鬼亡了殷朝，封禅伤了秦朝，寻仙误了汉朝，佞佛荒了唐朝，设醮毁了明朝。"他在《狐狸精》中写道：女人"只因长得美，被人骂成精"。"夏姬是狐狸精，赵飞燕是狐狸精，萧皇后是狐狸精，杨玉环是狐狸精。"他说："王昭君是女流，马秀英是女流，小凤仙是女流，秋瑾是女流，杨秀贞是女流，她们在史册上留下了挥之不去的香魂。"他在《倒包客》中说："从汉宣帝时代起这里挖出了尸臣鼎、毛公鼎、大盂鼎、大克鼎、虢季子白盘、何尊等三万多件文物。"他说土地神"活在民心，活在诗行，更红火在春天的祭祀里。唐张籍的《吴楚歌词》：'庭前春鸟啄林声，红夹罗襦缝未成。今朝社日停针线，起向朱樱树下行。'唐王驾《社日》：'桑柘影斜春社散，家家扶得醉人归。'宋陆游《游山西村》：'箫鼓追随春社近，衣冠简朴古风存。'元方太古《社日出游》：'村村社鼓隔溪闻，赛祀归来客半醺'"。

　　这些生于黄土、长于乡俗的文字，之所以绽放出高贵典雅的翰墨书香，正是他把书读懂、读通、读透的缘故。深厚的学养使他胸有诗书气自华，披着麻袋也高贵。因其知识学养的深厚，他看平常之物也能看出别人看不到的价值和意义。他说："一个家一个村再穷也有传家宝——皇上的蛐蛐笼子，太师的玛瑙坠子，大臣的石头眼镜，状元的玉器笔筒，富翁的牛槽马桩，穷汉的扁担筛子，放到哪个博物馆都神气十足，甚至叫花子的打狗棍、豁豁碗都是写长篇小说的老酵面。"

　　正是这种民间叙事与经典写作，乡土风情与文人学养的有机融合，俗话方言与精英写作，拥书自雄与旁征博引，立足民间与寄情高远，使他把学问化于世情，从大俗走向大雅，在风情人伦中开掘意境，他的散文才显得那么浑厚、大气、朴茂、宽博、深远、圆通、瓷实、饱满、挺拔、遒劲、刚健、畅达、淋漓。

他，在批判假丑恶中歌颂真善美

　　吕向阳生活在一个乡村教师家庭中，他自幼受到耕读传家、廉以养德、"国家兴亡，匹夫有责"、"民可载舟，亦可覆舟"等儒家传统思想文化的教育和熏染，后来读书学习又系统地接受了辩证唯物主义和历史唯物主义的思想。他的散文在"为社会主义服务"的立场上，有一种强烈的批判现实主义的色彩。他憎恶社会上的尔虞我诈、损人利己、栽赃陷害、拍马溜须、爱钱不要脸、跟风扬碌碡、白地捏骨角、吹涨又捏塌。他批判那些心怀鬼胎、性乖命硬、贼眉鼠眼、口若枯井、声若豺狼、腿若螳螂的"扑神鬼"；那些一事当前，先替自己打算，见利忘义、见死不救、阳奉阴违、口是心非的"短见鬼";那些说是弄非,穿凿附会,偷梁换柱,天天炫耀着哄人、蒙人、耍人的"白日鬼"。他赞美忧国忧民的仁人志士、为国捐躯的英雄、坚持正义的公民、清正廉洁的干部。他是一个在乡村长大的孩子,他对土地怀有赤子般的痴恋之情。他热爱生活,热爱生命,热爱祖国,热爱党的事业,具有一种社会责任感和历史使命感,对一些不利于青年人的成长、不利于革命事业发展的人和事,他毫不留情地批评。他在《日弄神》中谈道:"一些日弄神打着'学术权威''思想权威''一代大师'的幌子,鼓吹的却是无政府主义、自由主义、金钱至上、及时行乐等等颓废思想!"他在写《毛鬼神》中谈道:"如今,官场有毛鬼神,一边念马列,一边拜鬼神,两边讨好,他们焉知太上清静无为,佛祖四大皆空,绝对不是用钱能够腐蚀拉拢的!"

正是这种立场坚定、爱憎分明、坚持正义、批评邪恶、忧国忧民的赤子情怀,使他的文章观点鲜明,思想犀利,情感饱满,清新刚健,获得读者广泛的好评。

他,在诗情奔涌中炼字炼句

《神态度》分为四辑:"神态度""小人图""风土记""碎玉池"。我以为这四辑可分为两部分:一部分是借题发挥,愤世嫉俗,带有杂文色彩的散文;一部分是状物咏志,借景抒情的散文。不管是带有杂文色彩的散文,还是纯粹借景抒情的散文,都具有诗性的品质。

散文创作是一种更多地凸显主体精神、心灵跳动、性情表达,以己度物,神与物游,移情别恋,诗化生活的写作方式。以物写物,照猫画虎,依样画瓢,就事论事,流于低下,状物言志,顺藤摸瓜,振技溯本,诗化生活,居于神品。

吕向阳的散文创作属于状物言志,顺藤摸瓜,振技溯本,诗化生活,居于神品的类型。他的散文中跳动着一颗诗心。他自觉地把自己的审美感情投向大地、自然、村民、乡俗，在世俗生活的律动中应合普通劳动者在生产实践中的经验总结，在人与人、人与自然、人与社会和谐相处的企盼和想望中，表现别具一格的诗性"别裁"。他在《落凌霜》中这样写道："凌霜紧紧地依偎着大地，它知道，也有喜欢它的人，农夫们此时不正是喜上眉梢吗？'要吃白馍馍，冬天落凌霜……'""凌霜依偎在大地的怀抱中，感到春神正扶着黛色的犁儿在蹒跚走来，感到雷电在遥远的天涯正在擎起长剑。凌霜感到：它是冬日的祭坛，春日的蓓蕾……"

其次，他喜欢用排比递进句，例如，在《走马关山》中他说："向往草原，向往神话。向往草原，向往天堂。""草原有原始的大美。草原有健康的雄风。草原有纯洁的气息。""面对开发大潮，我们应思考如何保护这方仁山圣水；面对游人如织，我们应盘算将什么留给子孙。面对沙尘暴，我们不妨唱唱印第安人那首歌谣：'只有当最后一棵树被刨，最后一条河中毒，最后一条鱼被捕，你们才会发觉，钱财不能吃……'"这种行文如江河滔滔，一泻千里，如长空裂电，惊世骇俗。这种巧用他人之诗的"恰借"，增强了文章的诗情。

另外，他很讲究在抒情尽意中炼字炼句，例如，他说："马追逐闪电，马嗜爱边草，马是勇士的伙伴，马是战争的箭镞。"

正是由于我对《神态度》阅读后的这些感受，我对吕向阳的散文创作抱有更大的希望和热忱，我希望他在编报之余，写出更新更美的作品奉献给读者。

原载《光明日报》2016年9月12日，原题为《敲响自己的骨头，为生民立言——读散文集〈神态度〉》

一轴波澜壮阔的历史画卷

——评长篇小说《汉武大帝》的艺术追求

在人类文学史上，我对苏联杰出的文学评论家车尔尼雪夫斯基是非常欣赏的，我欣赏他那博深的哲思与狂飙突击式的诗情。每当我想起他的长篇小说《怎么办》时，心中就暗想着中国式的"车尔尼雪夫斯基"在哪里？有谁能与其并肩？在这种心理支配下，我读司马迁、苏轼、朱熹、王阳明、鲁迅、钱钟书、莫言、北岛、史铁生、余秋雨、刘再复的作品时，这种复杂、企盼的情感表现得更为强烈。当来自茂陵边上的杨焕亭先生，在壬辰十月阳光的照耀下，把他历经六年、几易其稿的《汉武大帝》书稿送给我，邀我为之写序。当我阅读完这部近一百二十万字的皇皇大作后，我喜出望外。我感到：这位以文学评论享誉文坛的关中学子，有步车尔尼雪夫斯基后尘之价值取向，写出了一部诗思与哲思、情感与思想相融合，感人至深的历史人物小说。

当代文坛的历史小说创作，在实用主义、功利主义、虚无主义等的狂潮冲击下，一批以消遣娱乐为目的，淡化历史、架空历史、歪曲历史、胡编乱造前朝旧事的读物充斥图书市场。历史小说，是历史与小说的二元融合。它首先是历史，然后才是小说。它需要史的品质、诗的情感。它是文献逻辑向审美表达的形象转化，是历史的真实与艺术的真实的有机统一。历史的真实是指历史背景、历史事件、历史人物、历史精神的真实；艺术的真实在这里是指在历史真实的前提下，作者还原历史人物，诗化历史情境，虚构历史心理、意绪、氛围、艺术形象，给读者以审美共鸣和生活的启示。

杨焕亭先生历经六年，呕心沥血创作的《汉武大帝》具有这种审美品质。他在尊重历史从史实出发、还原历史从生活出发、重温历史从情感出发、追求文学从心灵出发、追求审美从形象出发、追求诗性从神思出发的前提下，以诗人的激情和史家的理性，在历史唯物论和艺术审美论相结合的立场上，以宏阔雄健的笔触，把历史的评价和审美的评价有机地结合起来，艺术地再现了汉武帝时代改革与保守、清廉与贪污、勤政与枉法的政治斗争，形象地表现了宫廷内部、家族血缘之间争权夺利的矛盾冲突，全面地展现了汉代盛世的历史风貌，诗意地传达了我们这个民族在封建帝王的专制统治下，人性历练成民族精神的艰难历程。作者以其渊博的历史知识和深厚的文学素养，站在21世纪初叶中国历史小说创作的高地，在崇高与卑贱、善良与邪恶、君主与臣子、皇权与政治、历史与现实、战争与和平、感性与理性、爱情与阴谋之间，寻找历史的真实与艺术的真实的统一，历史的精神与人性裂变的统一，给中国当代历史小说创作的百花园里增添了一束喷霞吐露的艳丽新葩。

这是一部具有史诗品质的文学作品，作者以诗人的激情，飞扬的神思，充分的历史知识准备，文学的审美诉求，拥抱历史的巨子——汉武帝。与其说杨焕亭先生选择了汉武帝刘彻，不如说汉武帝刘彻选择了杨焕亭先生。这是两个时代精神、两种历史观念、两个生命主体、两种人文气质相近、相吸、相通、相亲、相敬的互相叠加，互相选择；这是历经两千多年，茂陵上的流云、飞鹰、草木花香、帝王之气在一个书生笔下的融合和聚拢。杨焕亭先生长期生活、工作在咸阳古都，茂陵高处的苍松翠柏下有他读书学习的青石，茂陵石雕旁有他无数次漫步思考的脚印。他的阅历、学识、修养、气质，给了他与汉武帝刘彻相遇成书的条件。他化历史为艺术，化文献为情境，化史实为审美，站在描人、写心、抒情的文学审美基点上,用宏大叙事的手法,表现了汉武帝刘彻开创大汉雄风的历史风貌,写出了历史的"这一个"人物形象。

汉武帝,在作者的笔下是一个心胸开阔、足智多谋、高瞻远瞩、任用贤才、广开言路、善于纳谏、集思广益、励精图治、开疆拓土、敢为人先,有理想、有追求、有抱负、有雄心、有气魄、有才华、有远见的政治家。他为大汉王朝的强盛而图谋,他为匈奴人的不断袭扰而忧虑,他为太皇太后的专权而压抑,他为打开西域的通途而高兴……他在朝政议事时,尽量从大局出发,不计较贤臣良将尖锐刻薄的批评。他在推行自己的新政时,"罢黜百家,独尊儒术",但他对好"黄老之学"的贤士一视同仁。

元光元年(前134)十一月,刘彻面对汲黯的铮铮谏言与尖锐批评,"弯下腰,几乎是拥着汲黯从地上站起来,而一种欣慰和喜悦此时也从他的胸间汩汩而出"。他"在宣室殿单独接见朝臣时,往往衣着随便,有时候踞厕而视,有时候甚至连皇冠也忘了戴。但是对汲黯,皇上向来是不冠不见"。"皇上如此地敬重一位主爵都尉,这是自大汉一统天下以来所没有的"。

他是一个思想解放、善于思考、善于学习的封建帝王。卫青首战告捷回来后,刘彻面对从匈奴手中缴回来的马与刀,果决地提出:雁门郡城后勾注山的精钢矿石不能再卖给匈奴人,命少府寺遣人采邑,打造兵器,以充军用;面对匈奴马与西域大宛马杂交的良种马,他告诉即将赴渔阳的韩安国"要他在边关多购这样的马匹"。

他在家事与国事错综复杂的矛盾冲突中,把国之利益放在家的利益上,大义灭亲,秉公护法,忍受着个人心灵的痛苦、煎熬,艰难地推进着"新制""推恩制""元狩变革"的实施和发展,拓展着民富国强的道路。

当然,作者并不是一味地美化刘彻,而是继承了司马迁"秉笔直书"的精神。他也写刘彻玩弄权谋、御人之术的一面;写他"喜欢文士与喜欢从西域来的天马无异。用则御之,不用则弃之"。努力还他一个有血有肉的、符合历史真实的帝王形象。例如:他使李蔡位至三公,而对忠诚于他的李广、汲黯等人，久放低位而不闻不问。"说他冷酷，汲黯这样敢于直言的人却常常得到他的宽恕；说他英明，他却屡屡地用了些行为不正的人担大任，让像李广、郝贤这样的人受委屈；说他怠惰，他为大汉的中兴呕心沥血，屡屡做出惊天动地的决策；说他勤政，他又常常对李蔡等人的行乐谏言乐而不疲。"他对巫蛊案张汤假公济私，专权枉法的放过；他在卫夫人怀孕期间与卫夫人身边宫女的泄欲……这些都表现出这个人物形象性格的多重性。正是在这性格的多重组合中，塑造了一个符合历史真实的封建帝王的典型形象。

作品中与刘彻相伴的近二百个人物形象，人人都出彩，个个有特征，或浓墨重彩，或轻描淡写，都鲜明、生动，富有个性特征：

居功不骄、自律朝野的卫青；青春劲发、英勇善战的骠骑将军霍去病；察言观色、忠诚勤快的包桑；圆滑周转、逢迎揣摩的公孙弘；历尽艰辛、不辱使命的张骞；书生意气、固守己见的董仲舒；才华横溢、重情重义的司马相如；温婉恭和、庄重沉实的李蔡；体恤民情、不务虚言的郝贤；宽怀大度的隆虑阏氏；左右摇摆的赵信；不愿受降的巴图鲁；狂妄的昆邪尔图；诡谲狡黠的伊稚邪；妄自尊大的左屠耆王；壮心不已的李广；桀骜矜持的长公主；卫子夫的内敛淑惠；韩安国的忠君保国；淮南王的阴险狡诈；莽撞的灌夫，精明的韩嫣……都给人留下了难忘的印象。

杨焕亭先生是一个诗、书、画皆通，饱受中国传统文化熏陶和滋养的作家。他推崇传统文化、传统思想、传统精神。他塑造的正面人物形象，大都是传统道德情操占主流的人物形象。例如：汲黯，"一个官居九卿的主爵都尉，却让皇上都无法在他的面前随意放纵；为什么他的矜持和傲岸，却让卫青分外地钦敬，原来，在他的背后，是品节铸就成凛然不可侵犯的伟岸"。作者在汲黯这个典型形象塑造中，表现的是一种刚直不阿、坦荡磊落、实事求是、秉公执法、平等待人、直言陈理的人格观。当然，作品中也塑造了像主父偃、张汤等这样心胸狭窄、嫉贤妒能、心理阴暗的政治投机者的艺术形象。即便是这样，作者也没有抹杀这些政治投机者在特定的历史条件下、特殊的环境中，在处理一些重大事件、案件中的积极作用。

作者在近一百二十万字的皇皇大作中，用充满激情的文字表现人的生命意识，人的食色欲望，人性在从自然野性向社会理性发展过程中的艰难历程；表现情与理、灵与肉、家与国的扭结与撕扯中的心灵疼痛，在人性的剖析中表现历史的思考，在良知与道德的拷问中表现人类文明的价值走向。例如：霍去病与阳石公主的相恋，张骞与纳吉玛的情感，刘彻与卫子夫的炽爱，公主对卫青的牵挂，窦太后与董偃的缠绵，司马相如与卓文君的笃深，赵信与可西萨仁的苦爱，刘彻与李妍的狂欢……作者写他们美好的情感，也写他们炽烈的爱恋。性爱写得很感性，很真切，很切肤，同样也很美好。例如：第二卷第二十章写刘彻和王夫人"情与欲的快感"达到高潮，"登顶之后那是一览众山的愉悦，潮落之后那是月出沧浪的柔美"。

但是，理性，始终是作者在整个作品中灌注的基本精神。人的完美存在的证实，本质上在于抉择的自由。这一自由即把握着必然，使自己置身于最高责任的链环之中。刘彻，就是这最高责任的链环之中的一个。王夫人与他刚刚做完爱，借着他高兴的时候，王夫人向他提出她要去雍城参加祀五峙大典的要求。刘彻斩钉截铁地说："住了！"刘彻没有等到王夫人说完，用力一推，女人的滑腻的身子就离开了他魁梧的躯体，刘彻脸色阴沉地朝着外面喊道："来人！送夫人回掖庭去。"刘彻这样做是他自己的此在的证实，是他自己抉择自由的亮敞过程。

人即必得证实他的存在者。大将军卫青在与呼韩浑琊决战上谷之前，面对公主的缠绵多情，他强压住自己爱的情感，没有向公主告别。"他觉得，只有当上一个成功的将军之后，他才有资格去回应公主火辣辣的目光，才能最终填平他们之间的鸿沟。"

大丈夫志在千里，岂能为儿女情长所羁绊。当霍去病面对皇上要他与阳石公主完婚时，他心中深深地爱着阳石公主，嘴里却理智地说："匈奴灭国之日，乃臣完婚之时。请皇上允准臣的奏请。"

元朔元年（前128）十二月，中郎将司马相如从西南回来，面对卓文君的千般恩爱、万种风情的温柔之乡，他认为，"男人就应该为国家建功立业，在皇上面前见证自己的价值"。他辞别夫人，"车驾碾过厚厚的积雪，上朝给皇上汇报去了"。

作者写战争，同样站在理性的立场上，穿越大汉沙文主义的狭隘藩篱，高扬人性的猎猎大旗。作品在第二卷第八章写卫青对白羊人和楼烦人的进攻，楼烦人对卫青军的反扑时，作者这样引吭高歌：

  哪有惧怕风雨的雄鹰啊
  哪有害怕狼群的猎豹啊
  当家园跑来狼群的时候
  我们挥动手中的战刀
  血！染红了草原的土地
  战马，踩碎敌人的头颅
  楼烦人的汉子啊
  站在草原上，是一座山
  躺在大地上，是一道梁
  谁敢侵犯我的家乡
  就让他们尝尝我们手中的剑
  …………

作者是一个谴责战争，不要战争，敬民保家的和平主义者。对楼烦人英雄主义的歌唱，实质上是对民族平等的期盼。作品中许多地方流露着这种人道主义的反战情绪。

这部作品灌注着一股浪漫主义的情思：作者在第二部第八章描写符离和蒲尼酣睡后，有一段"风沙对话"：

  半夜，起了风，风和沙在窃窃私语。
  风说，快叫醒大王，汉人来进攻了。
  沙说，大王终日为子民辛劳，让他睡个安稳觉。

风说，汉人可是来抢楼烦人的土地和牛羊的，还有楼烦人的头颅。

沙说，危言耸听，汉人不是在渔阳么？

风把沙使劲掀到一边，拍打着穹庐，发出沉闷的声音。

沙说，打扰大王的睡觉，你想找死么？

符离亦真亦梦地睁了睁醉眼，骂道：何人如此大胆，竟敢惊扰寡人？"

"砰砰砰……"这回他听清了，是有人在敲门。

汉人杀来了。

作者在表现张汤错杀李文时，刑场结尾的描写有与关汉卿《窦娥冤》相类似情景：刘彻驾神马的情节渲染……

正是这些精彩的浪漫主义的情节设置和文字表达，使这部作品具有了一种神采飞扬的气韵。

作者是一位充满激情的诗人。诗人是酒神的神圣祭司，在神圣的黑夜中，他走遍大地，书写历史和现实。杨焕亭先生饱蘸诗情，书写着大汉历史、盛世帝王。他"物我同一"的叙事笔端流露着一股"天人感应"的诗情。他的抒情，往往是在一种特定情境的规定下，扼住时间的喉咙，放大情感的波动，用一种特写的、凸显的、叠加复唱的句式，层层递进，反复强调一种心理感受。例如：在第一卷第十七章"闽粤二分见谋略，永巷事发捕韩嫣"中，这样描写卫青与公主相见的情景："这也许就是爱，谁都能读出对方眸子里的波澜，却依然在徘徊；这也许就是爱，隔着窗户，谁都能看清对方的身影，却依旧被一种薄薄的窗纸分隔；这也许就是爱，谁都能感觉到对方的心跳，却无法敞开彼此的心扉；这也许就是爱，谁都能体会到对方的炽热，但两团熊熊燃烧的火苗却只能若即若离地吻舔；这也许就是爱，折磨着女人的情，也折磨着男人的爱，让人语无伦次，让人无法摆脱。"在第四十四章，写到太皇太后年老体衰，行将就木，传她懿旨，不再过问朝政，军事全权由皇上决断时，作者是这样记年叙事的：

193

"建元五年九月最后一天的太阳把它橘黄色的光芒留给了秋日的万里云天，悄悄地隐没在苍山背后。"在下卷《天汉雄风》第一章"河西干戈化帛定，瀚海英魂伴青山"中写道："这是河西之战的最后一役，以血迹对土地的浸渍，以白骨对河水的激荡，以兽性对人性的吞噬而降下了它壮烈而又悲惨的帷幕。"紧接着在第三章中有这样的文字："王朝就在这样紧张的脚步中送走了欢欣鼓舞的春天，告别了头绪繁复的夏天，走进了秋风生渭水，吹落长安叶的季节。"卫青与公主见面后，卫青问公主"在卫青离开的日子里，公主还好吧？""好什么呀！这府上的一切你了如指掌，本宫究竟过的什么日子，你会不明白？锦衣玉馔挡不住红颜老去，歌舞盈耳拂不去愁肠百结，红烛高照怎能消孤独寂寞，这日子何日是个尽头？我只能临窗叹花开花谢，凭栏望日月星空，日晚倦梳妆，对镜枉凝眉"。作者在第二卷第十一章"胭脂玉碎动胡地，张骞清泪归长安"中描写元朔三年，军臣单于死后，伊稚斜和于单围绕单于之后反目成仇，血腥争夺时，是这样描写的："匈奴人的野性在这个季节里舔着刀刃上的寒光，把兄弟姐妹的身躯当作磨刀石，把部族的血当作催生来春劲草的余吾河水，他们卸下微笑的面纱，用滴血的双手拉开漫漫冬夜的帷幕。"

这是一种创作激情的喷射，诗化史料的抒情，优美散文的倾泻。作者以其饱满的审美激情，融化了历史文献的逻辑"硬块"，用他"神与物游"的诗心复活了冰冷的历史人物。作品中的抒情，是在叙事中抒情。作者的叙述，是一种携情带韵的叙述。这种融诗性与史实的叙事表达，使这部皇皇巨著具有一种极大的艺术感染力。

作品中不时夹杂着匈奴等不同民族的唱诗的出现，这些唱诗写得都很有时代特征、地域风情、民族风味，例如：第二卷第八章"铁蹄重击破楼烦，卫青封赏犒三军"中，楼烦人与白羊人在崇祖祭天的盛大庆典中唱道：

  阴山高啊河水长，
  牛羊肥啊汉子壮，

是太阳神给了楼烦人美丽的草原

是太阳神给了楼烦人温暖的阳光

是英雄符离大王

给了我们幸福和安康

诗中有汉乐府的节律，有草原诗的比喻和象征，有英雄创世说的诗情。看得出，作者是在神祇的祭坛上寻找草原民族寓居的精神之根。

作者很会心理描写。其中君臣之间的揣摩，将相之间的猜测，王侯之间的角逐，后宫嫔妃之间的争宠，朝野之间的利益纷争……都惟妙惟肖地展现在大家面前，写得很入微，很恰当，很贴切，很感人。例如：汲黯与郝贤在夜间巡视上谷时的对话描写；李蔡与张汤同时被拜为三公之位后，两人当天晚上为郝贤案而共商对策时的心理描写……都是很见功力的。

长篇小说是结构的艺术。特别是一部超过百万字的皇皇巨著，要做结构规整，前后照应，有进有退，有收有放，实属不易。作品中有纵横千里，宏大激烈的战争场面，又有花前月下，庭院闺房的爱情私语；有朝廷上明火执仗的唇枪舌剑，又有权力之争背后的陷阱暗箭。线索多，丝丝入扣；时间长，条分缕析。给人的感觉是：刘彻犹如一棵参天大树的树干，其他人犹如树冠、树枝、树叶。例如，刘彻在前边说了，今后在战争中多夺匈奴人的马，卫青在后边的战斗中，对张校尉说：

你部明日移步陇西，负责拦截匈奴浑斜王和休屠王的驰援。

还有！上谷之役后，皇上要我军在战场上多夺匈奴战马。此次出征，皇上又一再交代，此战除了收回河南地外，就是要多掳匈奴战马，充实我军，这一点请诸位务必明白。

在后边的作战中，"将士们按照安排，直奔马厩，夺得了上万匹战马"。这种前后照应，撒得开，收得拢，甩出一根线头，钓到一条大鱼的整体构思，使这部小说显得宏大中有细腻，整体中有统一。

作者有一种化历史文献成情景描写，融历史资料为审美情思的艺术表达。读小说作品，我们有一种身临其境的真实感、如沐春风的舒适感，这是一种艺术表达的审美感染。作者创作的思维是非常敏锐、活跃的，他会编故事，当故事情节发展到一定阶段，结构组合需要细节来勾连和填补时，他可以信手拈来一个细节放在那儿，很贴切，很恰当。这种虚构和调配细节的能力，常常使我感受到，他有一种举重若轻的创作天分。

《汉武大帝》是我国当代文学长篇历史小说创作的新收获。它以题材的重大，场面的宏阔，人物的众多，篇幅的巨大，思想的睿智，表达的诗意，揭开了汉武帝刘彻这个历史人物小说创作的新篇章。相信这部黄钟大吕式的作品会赢得读者的青睐。

选自《汉武大帝》，长江文艺出版社，2016年，原题为《诗人激情与史家理性的结晶——记长篇历史小说〈汉武大帝〉》

后现代主义生命伦理的历史追问

——评邱华栋短篇小说《云柜》的价值追求

一个后现代主义的时代到来了!

"互联网+"的生活方式席卷中国大地;人工智能化飞速发展,机器人在围棋竞赛中战胜了九段高手;胚胎干细胞、人工授精、器官移植、转基因、精神控制、变性、美容手术等成绩显著;美国康涅狄格州的华裔科学家杨向中用一头十三岁的老母牛的体细胞成功地克隆了十头牛犊,从DNA分析发现,克隆牛的端粒远远比其供体母牛的长,而且与自然生育的同龄小牛的端粒没有差别;1998年1月,美国一位名叫理查德·锡德的科学家率先提出,他将进行克隆人试验;据英国媒体报道,在美国马萨诸塞州高级细胞技术研究所工作的科学家,使用了与英国罗斯林研究所克隆多利类似的技术,克隆了一个男性人类胚胎,它包含近400个细胞……克隆的生命,挤进时间的迷宫,山河依旧,岁月倒流,天赋的经典,突然更改了密码,似曾相识的青春,在幻影交叠中迷惘、困惑、彷徨、恐慌和忧伤。

克隆人有可能突破人类已有的信仰和禁忌,破坏制造他的人类的形象和尊严;人的地位与感情将受到伤害;性、婚姻、家庭、生育的经典或天赋格局会被打碎;基因的生态秩序被破坏,影响进化轨迹;人伦辈分混乱,父母兄弟姐妹子女关系难以判定;人畜界限有可能被打破,人类在动物界的至高无上的地位被动摇;克隆人的个人家庭、社会与法律身份不明或难以确定；克隆人可能终身被观察、研究，终身成为被科学跟踪、研究的对象；其基因隐私公开、侵犯克隆人及其相关者的隐私权，由于其性状病状预知，可能会引起歧视与就业、教育和其他权利的危机；发生代际伦理难题，克隆人本人无法对自己的克隆人身份做到知情同意；克隆人心理发育、教育、社会地位会出现问题；继承权易于发生纠纷；单亲家庭与同性恋家庭的特殊伦理问题；由于基因先存，具有商业价值，则会出现商品化的纯粹工具主义倾向；极有可能在研究和"制造"过程中发生事故；极有可能使这项技术被任意滥用；专利与复制权、权力转让、克隆按钮控制权力、制度、法律、组织体系等都会引起致命的争议……

也正因为这样，德国研究技术部长吕特格斯大声疾呼："复制人类将不被允许。"

人类基因组南方研究中心伦理部主任沈铭贤教授一针见血地说："克隆人是对人类尊严的莫大威胁！"

全球人类基因组伦理委员会主任克娜琶斯说，"要发动群众来抵制克隆人"。

有人提出，要克隆人，必须立克隆人之法。

…………

邱华栋的短篇小说《云柜》（《当代》2016年第1期），艺术地再现了人类在克隆人到来之前，在试管人工授精、代孕、代育面前的迷惘、困惑与忧伤。

作品中的施雁翎是一位从事大数据、云计算、电子商务的单身女子。她开了几个电子商务公司，日进斗金，整天奔忙，云里计算，雾里飞走，一直没有时间谈恋爱结婚，到了35岁的一天，她碰见与她同样单身的男子孔东，她想通过借孔东的精子，用人工授精、代孕、代育的方法要一个孩子。

孔东是一位结过婚又离了婚，从事艺术创作，有理想，有追求，但又脚踏大地，实在生活，严谨做人，认真办事，有悲悯情怀，有责任感的人。他面对从事大数据，云计算，很富有、很现代、很功利、很强势、很周密、能买办的施雁翎提出的要求，感到意外、震惊、荒唐、匪夷所思。

这就是《云柜》给我们提供的故事框架。故事是虚构的，然而却是今天现实生活中已经发生和还在继续发生的。施雁翎的婚姻生育观念是超前的，但也是人们已经选择和可能继续选择的一种生活方式。人类在科学技术飞速发展的面前，有多样性的生产和生活方式可选择，究竟哪一种更符合人类生命伦理发展的文明趋势？哪一种更符合人类文明历史进步的客观规律？哪一种更符合人类关于生命的价值、目的、意义追求的方向？这是《云柜》为读者提供的思考。

作者把人物放在现代科技发展和都市文明的生活之中，充分表现现代化的生活方式给人们的生活、生产、爱情、婚姻、家庭等方面带来的变化。作品中的男女主人公在私人豪宅的艺术沙龙上购买艺术作品；在高档酒店点正规的法式大餐，吃着带血的牛排，喝着玫瑰色的红酒、谈情说爱；在枫华园露天汽车电影院看汽车电影；在后花园吃金枪鱼沙拉，说女人为了生双胞胎、三胞胎，要吃一种叫作多仔丸的药等。作者通过现代都市生活的烘托，传统观念与现代意识的冲突，个性化语言的对话，形象性的描写，准确的心理分析，类型化的象征，云柜、云慧、云计算、云里雾里的隐喻，真实、梦幻，一个原因多种结果的暗示，顺叙、倒叙、插入、复述、猜想、虚拟、写实等融合在一起的形式，展现了一幅科技与情感撞击、产生与伦理背离、现代与传统割裂、文明与道德撕扯的后现代主义生命伦理的心灵图式。正是站在这个角度，我们说《云柜》是一篇有艺术追求，有生活气息，有时代特征，有思想深度，有精神分析，有终极关怀，有生命忧思，有社会责任，有历史追问，有伦理重构的好作品。

文学，是表现人类关于生命的价值、目的和意义的思考。

生命伦理学是站在人与自然、社会和谐的角度，叙事和把握人类在追求自身美好生活的过程中，对生命道德现象进行符合人类社会历史发展规律、文明进步的、客观公正、经验性的描述与分析，对生命科学技术进行伦理裁判与反省，对生命特别是人的生命的本质、价值与意义进行道德哲学解读。生命伦理学的主体原则是爱与善。①爱与善是人类生活的基础。生命伦理学的任何一条原则、规则都派生于爱与善，或者是这二者的子体和分体；都在不同的侧面上体现与表达二者的终极道德目的。只有服从于这两条母体原则，才使基本原则和应用原则具有伦理价值感。《云柜》的主题集中地表现了后现代主义爱与善的矛盾冲突。施雁翎与孔东的矛盾冲突是围绕爱与善而展开的。施雁翎不与孔东结婚却又要借孔东的精子生孩子，这种荒唐的事只有云里计算的人才能做得出来。孔东不为施雁翎提供自己的精子，是因为他认为试管里精子和卵子的结合，不足以替代生命激情燃烧时用爱创造新生命的主体欢愉，基因、血缘、遗传的天然纯洁性，不足以推进人类进化文明的继承性和先进性。孔东逃避施雁翎的逼遣，是逃脱虚构的远方、虚拟的世界。在孔东的眼中，哪怕施雁翎吃光了爱的情感，她的科技霸权主义依然平衡不了被人类之爱压弯的地平线。她企图用现代科技剔除人的七情六欲，把爱消解在高天云端，用发光的电子擦亮基因的生命。这，永远拯救不了人类的信仰和灵魂。孔东睥睨施雁翎的云计算，是因他没有爱，没有善。施雁翎认为曹秀云"是一个好姑娘"，孔东"忽然有些讨厌这个姑娘了"，因为曹秀云在金钱面前出卖了她的子宫，丧失了母性的尊严和高尚。

爱，是生命伦理第一主体原则。任何生命伦理问题，都不能违反"爱"。爱是有具体时代特征、社会内容、人文因素的。人是一个"有思想""重感情""讲道德"的主体，人性之爱是建立在人的思想、感情、道德、经验、体会、感受和觉悟基础上的。人最欢愉最热烈最快活最激情最温馨最幸福最自由之时就是"最爱"。有多少人多少次，尽管心里溢满泪水，但他（她）依然迎着刺骨的寒风，狂热地追求着"爱"。孔东认为施雁翎的爱抽掉了人的生命对情爱的直接体验，抽掉了爱的本质，抽掉了爱的那个最快乐最激情最温馨最幸福最自由的"世道人心"。她对人的生

---

① 参见孙慕义：《后现代生命伦理学》（下），中国社会科学出版社，2015年，第624页。

命本真之爱的理解是功利的、物质的、工具的、技术的。孔东不敢向她倾诉自己真爱的心声,不敢碰这母性之身,不敢涉这母性之水,而施雁翎却生生要他的精子。孔东面对皓月,满含热泪地问:母亲是怀抱炊烟,喂养生命的天使?还是空买空卖、算计云端的奸商?

法国哲学家圣·艾克思比瑞曾经把爱定义为:"爱就是我引导你回归自我的过程。"[①]回归自我,就是回归人本身的行为原则。施雁翎没有引导孔东回归孔东自我本身,她引导孔东疏离孔东自我本身;孔东也没有引导施雁翎回归施雁翎自我本身,孔东不愿意配合施雁翎完成试管受精,抵制她的"云计算",是坚守人的生命创造是爱回归自我。施雁翎在科学工具主义的道路上,从唯我中心出发,用人工智能培植人的生物性的有机体,把科学异化人推到了危险的地步。

善,是生命伦理学第二主体原则。善是文明的灯塔,用爱点燃,指向光辉灿烂的美好明天。德国哲学家恩斯特·卡西尔在《人论》一书中指出:"纯善实体,乃生存的最高目的。物性无不渴求至善。"[②]孔东在施雁翎借精子这件事情上,更多的是面对爱与善的纠结。他梦见自己六十岁退休后,"有一天,家里忽然来了一个人,那人是一个美籍小伙子。他要孔东抚养他。他要继承孔东的财产"。"孔东汗如雨下,他说:'这个,这个——需要——需要——'"这是善的道德良知在孔东心中熬煎的映现。孔东在施雁翎"云计算"面前束手无策,左右为难,嗫嚅着,怠慢着,磨蹭着,拖延着,这是善在没爱的境遇下,面对不爱的苛求所表现出的窘态。

尊重自主是生命伦理学的基本原则。尊重人的观念在道德上要求每一个人都要认可人有形成自己独立判断的自由,以及选择任何行为方式的

---

① 转引自巴士卡里雅:《爱和生活》,顿珠桑译,生活·读书·新知三联书店,1988年,第26页。
② 转引自圣多玛斯·阿奎纳:《阿奎纳著作集·论万事》,吕穆迪译述,安徽人民出版社,2013年,第13页。

自由，当然是在一定的道德界域之内。人应当是个人命运的主宰，因而有权拒绝别人对自己命运的支配和不合情理的限制。孔东对施雁翎要求的拒绝，既是他维护个人生命自主权的表现，也是他对生命繁衍一种形式的选择。他认为施雁翎对他的要求和支配是不合情理的。他不愿把人生搞得那么既机械，又扑朔迷离，既"云计算"，又不可把握。

平等原则是民主主义伦理学的基本原则。当然，绝对平等是十分可怕的，也是无法实现的，那么，追求本身就成为一种对理想和相对的利益满足欲望的企盼。作品中孔东对施雁翎的对抗，更多的是表现为孔东对生命平等原则的坚持。孔东"作为一个传统的男人，如今，要面对的是这样的女对手。或者不是对手，是新型的朋友关系，伙伴关系，男女关系。女人变化了，男人还没有怎么变。男人必须跟上这样的变化才可以适应人类这种高级动物的变化。就是想到了这一层，作为男人的孔东，忽然感到了体内原始的反抗力量。好啊，你不是强势吗？你不是不再需要男人了吗？那我就是不想让你的云计算实现，我就是不配合你。我就是想让你的云柜模式破产，我就是不答应，我就是不让你得逞。因为人生说到底是由意外和变化构成的，包括情感、生育也是这样的。一切都云计算好了，还有什么意思？男人的脸往哪里搁？"在这里，孔东对施雁翎的对抗，是在人格上追求平等，是对施雁翎强势的本能反驳。爱情、生儿育女，本是两厢情愿，男欢女爱，你尊我，我敬你的事，岂能动辄抱怨，动辄"用怀疑的眼光看着他"。

《云柜》的作者站在后现代主义生命伦理的基点上，坚持辩证唯物主义和历史唯物主义对人的解放、人的自我异化的积极扬弃，对人的本质的占有，进而达到自然主义和人道主义统一的立场，形象而真实地表现当代人在后现代主义生命伦理学境遇下的迷惘和困惑的心态。

社会主义革命的理论是消灭剥削阶级，消灭不平等的社会现象，劳动人民当家做主，尊重劳动，尊重生命，按劳分配，人人平等、人的个性得到全面发展。马克思通过共产主义的信仰，使人反省并确立生命伦理的人生意义，使人自我对生命做主，成为自身解放的目的。

马克思在《1844年经济学—哲学手稿》中强调："劳动者在占有感性的外部世界和外部世界为其提供直接的肉体生存所需的资料方面必须成为主人。人是劳动者，又是肉体的主体。这样才能够生存。""拿妇女当作牺牲品和婢女来看待，表现出了人在对待自己本身方面所经历的那种无限的堕落。"[①]共产主义把人理解为人向自身生命的还原或复归，理解为人的自我异化的扬弃。人向作为社会的人即合乎人的本性的人的自身的复归，这种复归是彻底的、自觉的、保存了以往发展的全部丰富成果的。"它是人和自然界之间、人和人之间的矛盾的真正解决，是存在和本质、对象化和自我确证、自由和必然、个体和类之间的斗争的真正解决。它是历史之谜的解答，而且知道自己就是这种解答。"[②]恩格斯在《路德维希·费尔巴哈和德国古典哲学的终结》中指出："人与人之间的、特别是两性之间的感情关系，是自从有人类以来就存在的、属人的纯粹情感。费尔巴哈不是直截了当地按照本来面貌看待人们彼此间以相互倾慕为基础的性爱关系，而是以宗教观念破坏了这种纯粹的人的关系。"[③]《云柜》中的孔东在占有感性的外部世界和外部世界为其提供直接的肉体生存所需的资料方面没有成为自己生命的主人。曹秀云没有成为自己生命的主人。孔东和施雁翎之间的对抗是人和自然之间、人和人之间的矛盾斗争，是人的存在与本质、对象化和自我确证、自由和必然、个体和类之间斗争的表现。施雁翎不是直截了当地按照本来面貌看待人们彼此间以相互倾慕为基础的性爱关系，而是以科技利己主义的观念破坏了这种纯粹的人的关系。

施雁翎是一个被科学技术异化了的形象。她在追求自己美好生活的

---

① 转引自北京大学中文系文艺理论教研室编：《文学理论学习资料》（上册），北京大学出版社，1981年，第201页。
② 中共中央马克思恩格斯列宁斯大林著作编译局编译：《马克思恩格斯文集》第1卷，人民出版社，2009年，第185—186页。
③ 转引自北京大学中文系文艺理论教研室编：《文学理论学习资料》（上册），北京大学出版社，1981年，第221页。

过程中，利用现代化的科技手段为一己私利服务，用金钱绑架科学，用她的人性异化把科学推向"霸权主义"的深渊。在施雁翎身上，更多地渗透着科学理性对人性血肉的抽空，对人情放射式的秒杀，对人格生物性的稀释，对人品物理性的磨低，对人爱机械性的拒斥，对人的生命、伦理道德无情的蹂躏和践踏。

作品中孔东这个人物形象，更多地渗透着传统、自然、情感、人本、唯物、仁爱的思想。他是存在与本质、对象化和自我确证、自由和必然、个体和类之间的统一论者。他直截了当地按照本来面貌看待人们彼此间相互倾慕的、纯粹的性爱关系。

作品中孔东问施雁翎："我觉得，首先，这里面有没有法律问题？万一她把孩子带走了怎么办？其次，孩子出生之后怎么办？算谁的？你的，还是我的？谁来养？假如我们没有婚姻关系——这孩子最终算谁的？"施雁翎说与他无关。但他认为，事实上用了他的精子，怎能说无关？与其说与他有关，又显得有些勉强，他实在没有和施雁翎发生爱情。要他放弃对这个孩子的抚养权，他总觉得过意不去，但要他真正对这个孩子负起养育的责任，他又感到自己活得太窝囊，有失做人的原则和尊严。

孔东是以生命实践的直接经验、真感实觉的体悟扩延生命的繁衍和伦理道德的秩序和存在。他以自身的、感性的、亲历的、内在的、主体的、体悟的方式，认知和评判"外在的""客观的""同类的"爱的现象与事件。自然把生命赋予了他的血肉之躯，他就要用自己的血肉之躯拥抱自然，拥抱自己本质力量的对象化，在自己本质力量的对象化的爱人身上找回自己。他希望通过爱的实践，能唤起"我的实在""我的激情""我的感觉""我的情思""我的灵魂""我的施予""我的奉献""我的炽爱""我的创造"。

孔东这个人物形象，是一个普通的人物形象，就因为他负载了后现代主义给人们的生活带来的困惑和迷惘，才成为中国当代文学中的一个具有时代特征的新形象。新就新在，他概括了理性发展到"云柜"时代，感性被科学理性压抑，普通人面对科技霸权主义、工具主义、消费主义、商品经济飞速发展带来的心灵震荡所造成的精神裂变。新就新在，社会民众面对大数据、云计算、人工智能、试管婴儿等科技进步所产生的时代困惑和迷茫。孔东这个人物形象艺术地再现了人性在科学技术飞速发展过程中对主体复归的呼唤，对科学技术使人异化的质疑。孔东的形象，是生命感性与理性、科学与信仰、自然与人道矛盾冲突的精神形象。这个艺术形象，站在现实生存的大地上，感念生命在未来云计算高天云端的苦恼；以平凡的血肉之躯感受科技理性的冰冷；以人性的真情反抗人工授精、代孕、代育过程中利令智昏的狂晕。孔东这个艺术形象的价值在于，强调了人的鲜活生命作为主体精神的存在形式，在生命生殖自然权利作为人性守护的基本前提中，必须用生命伦理道德的秩序和戒律，约束和限制人对自身繁殖的过程中对人的这种自然权利的剥夺和滥用。

人类的生活是创造性的生活，科学技术的发展是人类创造性的劳动的结果。这种创造性的劳动积累、集中、沉淀了人类长期以来形成的感性与理性、直觉与分析、现实与理想、科学与幻想、信仰与意志的全部经验和教训，创造了人类文明史。迄今为止，人类的文明活动一直恪守着生命的激情在理性——善的道德判断的道路上运行。人类的生命科学实践是禁止把人的身体、器官或身体的生物性资源当作商品来买卖的。作品中的施雁翎用金钱收买了曹秀云的生育权，这对曹秀云的生命自主权是一种强奸。施雁翎是一个极端理性、金钱绑架科学的典型代表，她非常自私、功利心强、冷酷无情、算计周密，是科学工具主义的人性异化者，也是一个在后现代主义的思潮中，丢失人的生命伦理，被机械化的生活方式、生产方式牵着鼻子走的迷失者。

作品中有这样一个细节表现出了她自私的极端性：施雁翎拉着孔东"一起去找那个戴着口罩、有一双漂亮的双眼皮大眼睛的男大夫"，"靠前一步，小声说：'陈大夫，能不能这样，我和他一起到那个取精室里，我帮助他把精子取到？'陈大夫看了她一眼，在口罩后面哈哈笑了：'不行啊，美女，这样医院成了什么地方了？即使你们是夫妻，也不能在我们这里做爱啊。不行的。'孔东的脸红了。""施雁翎失望了一下"。

在这里，她完全从自我中心主义的个人欲求出发，为了个人的一己私利，可以置社会医院的形象而不顾，置社会公德而不顾，可以给社会公益性的医院涂抹上烟巷青楼的淫乱色彩。理性在她身上是自我中心主义的婢女，她可以任意驱使。爱情在她身上是工具主义的附庸，为了达到取孔东精子的目的，她完全不顾人的生命爱情的尊严与高贵。作者在这个人物形象的塑造中，寄托了更多的质疑和拷问。

《云柜》，是后现代主义的生活方式在中国发展到一定历史阶段的产物。严格地讲：中国的后现代主义思潮真正在神州九百六十多万平方公里大地上泛起，应该是在21世纪初叶。我是认同美国杜克大学弗·杰姆逊教授提出的：二次大战后的资本主义产生了后现代主义的观点的。[1]这个概念的提出，带有探索性、前卫性、先锋性、风险性。这个概念的丰富和发展也经历了一定历史时期：1870年，英国画家约翰·维金斯·查普曼举办了一次个人画展，因为他的油画作品而首次提出了"后现代"的口号，并以此表达法国印度派的前卫画风，体现一种批判和创造精神。47年后，德国作家鲁道夫·潘维茨在他的《欧洲文化的危机》一书中第二次提到"后现代"这个词。1934年，西班牙诗人费德里科·德·奥尼斯重新诠释这一概念，认为后现代主义是1896至1905年现代主义文化的继续和发展，1914年前后，是后现代主义对现代主义的超越与反动。[2]人类之所以给生命伦理学冠以后现代主义的概念，是因为随着工业文明现代化的发展，随着现代化的生活方式深入千家万户，现代性的语言和文化无法描述人类生命伦理在现代化的发展中遇到的一些问题，无法充分容纳现代化在给广大的人民群众提供的文明成果享受的过程中不同感受和不同要求。源于生命生物

---

[1] 参见弗·杰姆逊：《后现代主义与文化理论——杰姆逊教授讲演录》，唐小兵译，陕西师范大学出版社，1986年，第5—6页。
[2] 参见高宣扬：《当代法国哲学导论》（下卷），同济大学出版社，2004年，第809页。

性结构的差异在现代化的生活方式的选择中，人性的各种新异的欲望在文化的多种选择中引发了一定的社会冲突，为了表述这种冲突，人类寻找到了后现代主义这个带有一些探索性、前卫性、风险性的名词概念。后现代主义是对现代主义的发展、延伸、补充和修订。其中包含着人们在现代化生活方式的享受中，情与理、技与道、善与恶、爱与欲、文与野、虚与实、假与真的矛盾冲突。

小说《云柜》，以其短小的艺术形式，反映了博大的社会内容，以其敏锐的审美触角，碰撞上了严峻的时代主题，以其自然朴素的叙述方式，开启了东西融合、中外互补、新颖别致的文本形式。因此，我们说：这是一篇具有人类性、时代性、前瞻性、超越性的文学作品。它在表现人类生命伦理思考的创作中，扎根现实，着眼未来，携着泥土的芳香，呈现绿叶的阳光，在普通人的生儿育女的生活方式和情感世界中，寻找表达人类终极性关怀的绿色通道，这种艺术视域和审美追求是不可多得、不可低估、不容忽视的。

作者把后现代主义文学中的一些表现形式和中国传统的创作方法交融起来，在带着生命"血丝"的叙述中，把"意识流"与"写意性"、"典型论"和"意境论"、"故事性"与"想象力"融合在一起，在结构上采取"焦点"与"平视"、"封闭"与"开放"、"中心事件"与"多种结果"相融合，在人物形象塑造中，"对话"与"叙事"、"写实"与"写虚"、"客观"与"主观"、"现代（理）"与"传统（情）"相结合。作品既生动又挺拔，既匍匐于大地又飞扬于云天，既轻松又厚重，既无奈又坚守，既物质又精神，既理智又情感，既自然又精致，既充实又空灵，既朴茂又文雅，既随意又工巧，既想象又真实，既细致又放达，既单纯又丰富，既简捷又意蕴，既平实又浪漫，既柴米油盐又生前死后。写生儿育女之事，论人类文明之道；说生命繁衍之艰，论情感道德之理。传统与现代相映，泾渭分明；现实与未来交错，意蕴深远。生命在文明中沉思，天地可鉴，精神对物质质疑，灵肉忧悒。邱华栋是一位小说家，也是一位诗人，他的小说中跳跃着一颗诗心，在人类的终极关怀中叙事说情，境深意远。他的小说中荡漾着一种节奏，在历史担当中描写分析，张弛有度。整个作品散发着诗意盎然的灵性和慧性。

20世纪末21世纪初，西方后现代主义文学对中国当代文学发生了深刻的影响，冰释了中国当代文学中的一些传统观念、叙述方式、创作技法，把隐含在现代性中的某种"好的形式"传到中国。我们的作家在借鉴西方后现代主义文学精神的过程中，去伪存真，去粗取精，兼收并蓄，写中国精神和中国故事，创作出许多优秀作品。王安忆的《小鲍庄》是中国新时期文学诞生以来第一篇以伦理为正面主题的小说。莫言的《蛙》是一部现实主义杰作，作品中的女性形象——"姑姑"，从迎接生命者到剥夺生命者再到还原生命者，姑姑的命运次第展开。转换了的历史语境和伦理叙事，最终让姑姑实现自我生命的终极救赎。历史与伦理的巨大悖论，人在历史与伦理的旋涡中的生存状态，表现得非常充分。史铁生在其长篇小说《务虚笔记》和《我的丁一之旅》的叙事和探讨中呈现出伦理关系和叙事主体在叙述文本中建构出的伦理价值。严歌苓通过一部部作品向传统道德伦理提出挑战。李锐的小说创作，更多地表现了诸如：夫妻关系、人与社会环境间的关系、人与历史的关系。刘震云的《一句顶一万句》写出底层农民的友爱与背叛、家庭伦理的困境。姜戎的《狼图腾》和红柯的《四棵树》中的自然指向一种生态伦理和精神价值。在方方的笔下，中国传统上重亲情的家庭理念遭到颠覆，伦理崇拜遭到消解。家庭成员之间的亲情之爱，被人性中根深蒂固的自私和利己主义所取代，家庭氛围失却了温馨幸福的光泽，由于人性自私、卑污造成的家庭悲剧令人心痛。"新时期"是个体伦理叙事得以建立、成熟的阶段。从铁凝对善的发现和叙写，到余华对恶的解析和审视，到陈希我对绝望的直面和抗辩，可以见出当代小说已经打开了一个全新的生命空间，并对个体生存作出了新的伦理解释。

无须讳言，也有相当一些作品更多地在"人性解放"的喧哗声中，把"污血"与"婴儿"一起倒掉，抛弃了传统伦理道德中精华的东西；有一些作品更多地在人性的本欲上做文章，在审美的商品化、娱乐化上寻找文学的价值，在批判传统的伦理道德，宣扬极端个人自由化的思考上塑造人物形象；有一些作品更多地在模仿后现代主义的表现技法上蹒跚踌躇；有一些作品在人物的心理刻画上过分粗鄙与世俗；有一些作品发泄对生活和生存不满时所操持的那种玩世的调侃令人不满……

这些作品往往片面地领会和解读了"后现代主义"，这些作者在创作中完全淡化了"后现代主义"原本产生的探索性、实验性、颠覆性、前卫性、先锋性、风险性、解放性的历史文化背景，摒弃了"后现代主义"形成的思想基础。正是在这一点上，邱华栋填补了不足。《云柜》中施雁翎的计算，无法掌控生活的偶然，生命的走远。施雁翎咬着空气，咬着科技自私主义的质地，步量太阳系，目测银河底，最终将使母性被掐死在她的生命里。

文学是人学。文学是一门人的生命生存生产的学问。文学的叙事伦理也是一种生命生存伦理。小说写作既是一个语言事件，也是一个伦理事件。我们的作家应该在自己切身的生命体验、生命感受、生活顿悟、生存期盼中，把个人的思想情感与人类性、时代性、历史性的思考联系起来，创作出反映人类命运和前途，揭示人的生命伦理趋势，向往未来美好生活的好作品。

原载《海南师范大学学报》（社会科学版）2016年第8期

"躲在一张蛇皮里"

——赵月斌的文学迷宫

作为一个文学评论者兼作家，赵月斌有创作的体会和经验，也有批评家的敏锐和独立。他站在创作和批评的前沿，独持己见，在诗思与哲思的融合处，发出富有自己个性而又符合艺术创作规律的真知灼见。他是一个"省察生活""直陈真念"的作家，又是一个"以心触心""明心见性"的批评家；他是时代风雨的速记员，又是一个"正视悖论""寻思未来"的思考者。他性情率直而真诚，也有"躲在蛇皮里"的私密；他有神经质的敏感和内敛，又有诗性的无邪和张狂；他有坚持历史唯物主义的信念，又有对人生未知、世界彼岸怀有深沉的敬畏；他质疑生活悖论的悲剧，呼唤文学在人的精神性超越中的"蛇吞象"。

一、赵月斌文学观念的逻辑起点

人类在认识和把握世界的过程中，有两种互为表里、互为依存、互为补充、相辅相成、相克相生的情感形态：一种是理性自信、自制、冷静、清醒、坚定、明智、尊贵，一种是感性自卑、虔诚、敬畏、感伤、压抑、沉重、自省。

赵月斌是从"文革"的尾声中走过来的。谁能说他的小说《关于合欢的三种说法》中,"男孩总怀疑,是那个女孩下了毒手","那棵树的头被人杀掉了"①的悲剧没有积淀着他童年感受到"人整人,人伤人,人害人"的悲剧阴影?正是这种挥之不去,烙印在童年记忆深处的"往事记忆",使他成年以后,站在道德理性的高地,回望渗透在血液中的人生悲剧感和悲剧性的人生观。

他从基督在十字架上为神所弃,看到了神的"荣耀";从最亲近的人往往最使其伤心的人的"杀亲情结"中,看到了人的"原罪"的潜质;他从我们愈是求识,愈是感到自己的无知中,感到了用"有限"把握"无限"的无能和惶恐;从"欲壑难平""孽缘不净"中感到人的卑微……

他,用悲剧的眼光,看到了"特殊的个人际遇和文化背景使胡河清在劫难逃"②,读出了余华的《活着》《在细雨中呼喊》"向死而生";"品味苏童的'悲情叙事'",从《西瓜船》中"看到了大善大美,体会到了人之为'人'的尊严"③;他说李浩的长篇小说,"总是把任何在回忆中出现的东西都抹上一层悲凉。他酝酿着这种悲凉,推动着这种悲凉,直到这悲凉膨胀成巨大的气泡,顷刻之间便化为乌有"④。他读芥川龙之介的小说《地狱变》,看到了"殉难的美神"⑤。

他说:"没有悲怆和毁灭往往无以成奇文,伟大的作品往往是惨烈的、颠覆性的,写作者把人间大恸灌注到字里行间,不但刺痛了大地的神经,也让读者(观众)黯然自照,心生哀怜。"⑥

这,就是他思想的逻辑起点。他从这里登堂入室。

---

① 赵月斌:《关于合欢的三种说法》,见赵月斌《雨天的九个错误》,中国海洋大学出版社,2014年,第91页。
② 赵月斌:《迎向诗意的逆光》,作家出版社,2011年,第15页。
③ 同上,第133页。
④ 同上,第153页。
⑤ 同上,第164页。
⑥ 同上,第237页。

二、在人的本质追问中考量文学价值

"文学是人学"。人是什么？人是精神，这种精神在本质上是人对未知生存世界的发问，是人面对人者之"在"的来龙去脉的追问，是人从现实的"此岸"抵达理想的"彼岸"的一种精神超越。人的本质在于怜恤之情。这种怜恤是人的一种"先验"禀赋，带有类的物种认同，类的同命相连、同性相恤。怜恤在追求和谐中使真、善、美散发着超越性的精神光华。

赵月斌在《活着的罪过与福祉》中对人的精神超越性是这样追问的："简乾和的人生就没有'价值'吗？所谓的思想、尊严和价值到底属于谁？"①看得出，他是站在人的本质上，谈论平凡人生的思想价值和意义。赵月斌更多地把历史精神放置在活生生的人的情感世界考察。他在《只想看到活生生的人》一文中，对《史记·刺客列传》中的五位"名垂后世"的刺客进行剖析，批评当下一些作家在创作中，并未从人的本质出发，而是从人的原始野性、血腥暴力出发，"以一种残酷的暴力美学表现所谓的英雄行为"②的倾向。他在《写出生活的质感》一文中说："无论我们生在什么年代，处在怎样的环境中，都要解决如何活着的问题，而解决这个问题的关键，是如何做人——做一个什么样的人？这就牵涉到立场、原则、底线、形势、时机等等主客观因素。""但是那种种外部条件的核心，则是一个'人'字。这个'人'字应该和人性、仁爱连在一起，如此，人类才会不讳其平凡，不避其卑微，所谓伟大、高贵恰恰来自你内心深处的体恤、悲悯。"③

文学是什么？文学是人的本质力量在认识和把握世界的过程中的一

---

① 赵月斌：《迎向诗意的逆光》，作家出版社，2011年，第265页。
② 同上，第256页。
③ 赵月斌：《暧昧的证词》，中国海洋大学出版社，2014年，第262—263页。

种审美方式。文学通过真、善、美的情感表达，在人的本质与社会本质的互映中，显示出人的精神超越物质，以及有限把握无限的历史价值和社会责任。善，关涉人性、人情、人欲、人爱、人伦、人品、人格，是人从心灵深处发出的一种惺惺相惜的关切。赵月斌的作品用善救赎人性中的"原罪"，用善要求爱的品格，用善展望生的远方，是其表现人之为人的精神之源。他的小说《羊皮记》中的李跑就是这样一个典型形象。

真，涉及人的求知、认知、感知、真知、认识、体验、理性，是人在认识事物和把握世界过程中的一种自我生存的选择方式。赵月斌说他的创作和评论更多地是表达自己的"真念"。他在《暧昧的证词·自序》中说："但我相信，无论看到了什么，都不会背离内心的真念，不会让浮云遮蔽了灵魂。"作家要"从踏踏实实的现实出发，从真真切切的生命体验出发"，在前人创作成就的基础上，继承性地推"陈"出"新"，返"璞"归"真"，写出"反映出这个时代的活力与困厄的作品"[1]。

美，涉及无目的的目的性，无功利的功利性。审美判断是人在认识和把握世界的过程中知、情、意的整体投射。美是善的至真，真的至纯。美是至善至真的"敞亮"。赵月斌的美是在似与不似之间，在寻找得与失之间，在现实的真实与心灵的真实之间，在"熊掌"与"鱼"的两难选择之间，在矛盾变化的统一之间，在喜怒哀乐发与未发之间，在政、通、人、和四因素的"中和"之间，在你中有我、我中有你的复杂关系之间，在无目的性和合目的性之间。

文学通过表现真、善、美反映生活，澄明生活，照亮生活，引领生活，激发自我"在"的能力，创造"在"的美好未来，呈现"在"的觉在，把握"在"的美好，"在"的关系、律动、节奏、秩序、趋向、走势。文学表现人的精神是一种超越精神，这种超越性是人的理性统摄感性，理想超越现实，"自我"走出"本能"，"超我"跨越"自我"的一

---

[1] 赵月斌：《暧昧的证词》，中国海洋大学出版社，2014年，"自序"第4页。

种精神情志。作家的使命就是表现这种超越精神,"从而营造一种有向度的'生活'"。用人性的体恤之光,"唤醒冰谷中的死火,并给其温热,让它重新燃烧,不再冻结"。①他欣赏《海上钢琴师》和《猎人格胡斯》,是作者对人的生命、生存的有限性和精神超越性两难处境的深深思考;他在《我们何以求生,何以爱》一文中说:人活下去的理由,"那就是发自本能的爱,对生命对自身的爱,对他人对尘世的爱,正因有了爱,人才不会绝望,才能代代相传……"②

赵月斌认同美国神学家保罗·蒂希用"终极关怀"这个词指称人企图摆脱与生俱来的有限性,渴望最终"获救"而作出的理智奉献或委身的观点。"人之所以追求获救,实际上是自己赋予自己一种生存的意义。从而走出生存的困境。"③他批评余华的《活着》和《许三观卖血记》主题的机械重复,"没有超越"。活着是前提,怎样活才是症结所在。福贵"承受"了生命之重,为何总不能苦尽甘来?④余华的《兄弟》"虽然拴上了余华的'时代'情结,却过于浮飘,恶搞多于潜沉,抓狂甚于掘藏,写实流于矫揉造作,荒诞近乎胡搅蛮缠,虽粗线条地勾勒了'时代'的面目、现象,却未走进时代的内心,也未画出时代的灵魂。问题是,徐福贵、许三观他们没有'自我的获救'之可能?""余华驾驭的故事总是在原处徘徊,没有驶向神圣的灵地。""在卡夫卡笔下,不可能成为可能的趋向。而余华笔下,可能走向了不可能。他把生活写死了。"⑤

人的精神的超越性不是无限的,而是有限的。精神依赖于肉体,肉体制约于精神,一个人丧失了肉体生命,此在的精神将不再由自我的血性所滋生和繁衍。人的血肉之躯生活在一定的时空中,这种时空条件必然制约着自我精神的滋生和繁衍。人的肉体生命对精神的制约性,精神对物质

---

① 赵月斌:《暧昧的证词》,中国海洋大学出版社,2014年,第28页。
② 赵月斌:《迎向诗意的逆光》,作家出版社,2011年,第238页。
③ 同上,第127页。
④ 同上,第127页。
⑤ 同上,第131页。

超越的矛盾性，人性中的自然属性和社会属性的二重性，精神的超越性与有限性的悖论，构成了人的内在本质的矛盾冲突性。这种矛盾冲突性在人的社会实践中常常会出现一种纯粹精神在选择行为方式上的困惑、迷茫，出现一种"两难选择"的情景。赵月斌抓住"人生的丰富就在于人在有限中把握无限的矛盾性"这一点，深入开掘文学反映人的本质和生活的本质在人类精神文明建设中的一致性和先进性。他的长篇小说《沉疴》以爷爷的病为轴心，述写了他病危过程中亲人们表现出的各自迥异的亲情，以及他们对"死"的不同态度；同时，通过对爷爷生前和死后事的回顾，展示了人与人的疏离。如果有人把《十年怀胎》简单地归入社会问题的类型小说，那就未免粗泛了，《十年怀胎》是在人的社会性中思考人的本质。赵月斌就是在这个基点上，营造自己的文学城堡的。

三、在反躬自问中寻找文学精神的尺度

20世纪80年代末，中国思想界正处在"解放思想"的热潮中，人们试图从政治学、人类学、社会学、文化学、生命科学、哲学等各个方面总结和反思"文革"造成的悲剧。其中"寻根论""价值论""实践论""现象学""精神分析""集体无意识"等名词概念满天飞，"人道主义""存在主义""结构主义"等理论不绝于耳。在这场"思想大解放"的思潮中，其中影响较大，发人深省的是"我是谁？我从哪里来？我到哪里去？"的声音。在这场民族性的反躬自问中，对于一个正在长知识、十八九岁的文学青年来讲，正是"春雨"接"地墒"的极好时节。赵月斌思想感情的"萌芽"正是在这种思想资源的春风化雨滋润下，破土而出的。

他在反省"假、大、空""高、大、全""红、光、亮""唯精神论""唯成分论""唯血统论"造成的悲剧中，如饥似渴地阅读各种各样、各种流派、各种学说、各种版本的书，寻找造成悲剧之"根"，寻找

人类摆脱生活悲剧之"途"。他在博览群书,广泛阅读,深入思考中,努力寻找认识事物的方法、途径,寻找打开认识之谜的那把"万能钥匙"。他从间接经验中承接历史,从直接经验中感悟人生。他从人的本质对事物的本质的认识中探求生活的真实与艺术的真实相统一的辩证关系。他从生命本体承载精神的有限与无限出发,寻找神思从"此在"移情到"彼在"的"真念",从人的体恤、悲悯、脆弱的心性出发,寻找理性精神在推动社会历史前进中的动力。他无中思有,虚中求实,死里求生,悲中发愤,用人性慧悟之光,澄明生活,照亮生活,引领生活。

赵月斌在《发现诗性的存在》一文中说:"人们愈是拥抱现代,愈是与生活离弃,在强大的现实面前,人们似乎只能充当可有可无的附庸,或者,坠入海德格尔所说的'对存在的遗忘'那样的状态中。""如何发现'被遗忘的存在?'米兰·昆德拉最看重的是小说。他强调,小说所要回答的一个问题就是:'人的存在是什么,它的诗性何在?'"[①]小说家的首要任务是用文字抵近"我是谁?我从哪里来?我到哪里去?"的诗性表达。他希望在这时代的大潮中,现代人不要被潮流裹挟着走,不要披上赶潮流的袍子,不要戴上现代性的帽子赶潮流、追时尚,要理智地思考生活,认识社会,认识自我,自觉地选择自己的生存方式,要在汹涌澎湃的历史大潮中,与历史前进的步伐保持同一节奏、同一律动,站在社会进步的风口浪尖,不时地回头望一望,反躬自问地想一想,"我是谁?我从哪里来?我到哪里去?"

这一命题,是赵月斌寻找人生意义和文学奥妙的精神尺度,也是他创作和评论的内在精神尺度。

四、在生活的悖论中表现生存的困境

文学如何表现生活的真实?有人在"照搬"生活,有人在"美化"生

[①] 赵月斌:《暧昧的证词》,作家出版社,2011年,第251页。

活,有人在歪曲生活,有人在"叩问"生活,有人在"嘲弄"生活,有人在"逃避"生活,有人在自然中"写实";有人在"荒诞"中"写真";有人以虚写实;有人用丑映美……

文学究竟如何表现生活?条条道路通罗马,一个历史时期,一个社会发展的特有状态变量,都有与其相应的形式和内容。古希腊时代的幻想与神话,中世纪对宗教禁欲主义的批判,19世纪批判现实主义,20世纪拉美的魔幻现实主义,都是文学在一定历史阶段表现生活的有效方式。不同时代的作家也可能有相近的表达方式。

曹雪芹正是抓住了这种人生悖论的状态,深入开掘宝黛爱情的悲剧意义,在肯定中有否定、否定中有肯定、你中有我、我中有你、血浓于水中,显示出人生悖论的复杂性、丰富性、生动性、鲜活性、真实性。《老人与海》中的圣地亚哥与大马林鱼,谁是最终的胜利者?是圣地亚哥?还是大马林鱼?正是这种生命价值的悖论拓宽了《老人与海》的主题思想。萨特《肮脏的手》中亲姐姐为保护游击队员而亲手在监狱的阴暗角落掐死了自己的亲弟弟。路遥的《人生》中的高加林面对刘巧珍和黄亚萍两个女性的爱情,陷入两难的选择和道德的"二律背反"之中……这些都是经典作品给我们提供的成功经验:在生活的悖论中思考着文学的价值投向。

赵月斌同样也在这"生命、生存的悖论状态"中,思考着文学在人的迷茫和困惑中的价值投向。他在评价《化身博士》这样的惊险小说时说:"至于我,如果说有怀疑,也不是怀疑小说中的人物,而是怀疑人性的显与隐,寻找那种犹豫不定无法捉摸的悖谬状态。"[1]他在《逍遥与沉迷》一文中写到胡河清在实际生活中以完全绝望和不屑的态度看待异性之爱,文学中的胡河清则忘情地歌唱柏拉图式的精神恋爱。"胡河清已陷入神秘主义的谶纬学说旋涡之中","苦心经营的国学大业,实乃一太虚幻境,

---

[1] 赵月斌、王一:《真相·假相·迷宫·乌托邦》,见赵月斌《雨天的九个错误》,中国海洋大学出版社,2014年,第243页。

它开了胡君的'天眼',又蒙蔽了他的心灵。"[1]他由于热爱生命而结束生命。他正视人在走向文明征途中的因得而失、因失而得的这种悖论现象,敬畏这种来自生活非人力所能改变的、充满变数的现象。但他内心仍跳跃着人的理性、精神、智慧、审美的力量,他想用这种力量穿透生活、生命、生存悖论的阴霾,以静制动,以人性的审美坚守应生活万变的诡谲事象,以人类生命的理性判断,虔敬地把握社会发展的历史大趋势,努力用道德的评判点燃人性中那隐匿深深的怜恤之灵光。

赵月斌在《卢金地论:寻找存在之失》中说:"活着即执着。人生在世总要有所为有所不为,生存的悖论大抵如此。我们了解世界,我们省察生活,我们认识自己,我们愈是明达愈是悲观,愈是化解愈是矛盾重重。"[2]他在分析、感叹人生的悖论现象和遭遇时说:有些敏感你已感知却无力触动,有些隐秘你已觉着却无能探寻,有些沉睡你无能觉醒。"你以为你逃脱了,其实你正在其中。我看到很多很多人,他们勉力活着,根本来不及怨恨。他们草芥般自生自灭,他们承受、吸纳着,人类因此蓬蓬勃勃。"[3]他认为:"一部伟大的作品……其内涵应'具有高度的复杂性和矛盾性,而决不是一种统一体或稳定的结构'。"[4]有意味的小说正是在表现人在生活、生命、生存的悖论中,精神、情感在两难情况下的理性坚守才散发着艺术审美的无限魅力。

五、在坚守和超越中走向下一步

赵月斌生活、学习、工作在山东,山东是中华民族伦理道德的高地。"山东作家的'道德理想主义'在20世纪80年代的中国文坛曾产生过很大

---

[1] 赵月斌:《迎向诗意的逆光》,作家出版社,2011年,第14页。
[2] 赵月斌:《暧昧的证词》,中国海洋大学出版社,2014年,第89页。
[3] 赵月斌:《迎向诗意的逆光》,作家出版社,2011年,第275页。
[4] 赵月斌:《暧昧的证词》,中国海洋大学出版社,2014年,第11页。

的影响"。随着社会变革的深入发展，西方的各种思想观念的侵入，人们的传统伦理道德观念受到强烈冲击，出现了一种强烈的阵痛、撕裂和失重。人们在阵痛中出走，在失重中迷惑，在迷失中寻找，在寻找中坚守，在坚守中前行。这似乎是人类沿着理性的道路，走向文明的蹒跚足迹。赵月斌正是从中华民族道德的高地上的"出走"，在寻找摆脱悲剧中迷失，在迷失中坚守理性对感性的超越。他有对世风日下、道德滑坡的批判，有对生命悖论的质疑，有对人性本欲的拷问，有对内心真念的守护，有对人的本质与生活的本质、艺术的本质与历史的本质之间关系的辨析，有对文学"纯净心灵"的功用建构，有对世事造英雄的敬畏。这些，构成了他始终坚持的历史的、审美的、理性的、健康的、向上的文学之途，唯其敬畏，他才虔诚、谨慎、卑恭、笃实和坚守。

他在小说《寻父记》中，成功地塑造了父子两个同叫何斯，互相寻找的人生悖论的形象。为寻找真爱而编造谎言，被谎言蒙蔽者为寻找谎言言说中的"他"而出走苦苦地寻找，在寻找他人中而又丢失了自己。这种人生的悖论现象，难道不是人性中的自私、贪欲、占有、排他所造成的"孽缘"吗？在小说《雨天的九个错误》中，出租车司机叫"何斯"。长篇小说《沉疴》中，叙述者我也叫"何斯"。何斯——何氏——何方人氏？他用文学叩问、质疑人生，思考和澄明生活的这一句"何方人氏"振聋发聩的声音，拨动读者的心弦。

在小说《寻找白雪公主》中，描写了一对青春学子为寻找爱而冲破世俗——在坚守爱中备受打击——在寻找历史的真爱与现实的真爱中而迷失——在为真爱的坚守中而流血牺牲。他评价苏联作家瓦连京·拉斯普金的小说《活下去，并且要记住》中的人物安德烈时说：他是一个出走，出逃，出离者的利己主义者形象。他在精神逃离、情感逃离、爱情逃离中寻找、抉取生存的物质依赖。"出走——迷失——寻找"，是赵月斌在当代文坛，对叙事文学认识现实生活、演说人的命运的一种艺术规律性的概括和把握，是他在写作实践中对当代文学叙事结构、模式在形态学上的一种概括和总结。他从"摩西出埃及，老子出关，石达开出走天京"等，讲"出走"。他从陶渊明的《桃花源记》、卡夫卡的《变形记》、萨拉马戈的《失明的记忆》"中说"迷失"。他从"徐巿的传说，金羊毛的故事，麦哲伦环球航行，阿波罗11号登上月球"谈"寻找"。他批评短篇小说《老酒泡人参》中主人公聂鸣的"迷失"，他写裸行者深夜里的"出走"，他写白雪和苏岩到山东南部滕县（今山东滕州市）去"寻找"……

"我是谁？我们从哪里来？我们要到哪里去？"的追问，使许许多多的迷失者出走，使许许多多的寻找者又陷入新的迷失。寻找是人求知、求生、求美的本能。寻找给人以生的力量和希望。不是说寻找一定能寻找得到寻找者想寻求的东西或目标，因生活的丰富多彩、千变万幻，人的生命和认识的有限性，生活中许许多多的寻找是人享受寻找的过程和情感慰藉，而不是结果。老子失踪，徐巿有去无回，石达开、麦哲伦死于中途，桃花源"不复得路"。如果仅用寻找中寻找到结果作为判断寻找的唯一标准，似乎我们迈出的每一步，都有可能是最后一步，我们所作的每一个选择，都是因为别无选择。那样的话，所谓救赎，所谓乐土，似乎都不过是遥遥无期的海市蜃楼。即便如此，赵月斌也要为寻找中的那种"明知不可为而为之的人的精神"而点赞，为在人生的悖论现象的探求中而发出"下一步，还是要往前走，即使无可选择，也是一种选择的方式"的抉择之声。文学要表现人在困难环境中出走的理由、原因、动机、心理、情感、实质；要表现人在与命运抗争中迷失的遭遇、情景、事象、场面、神思；要表现人在与命运抗争中寻找的方向、目标、线索、途径。这心理动机可能是探索人在与命运的抗争中的情感隐秘；这情景事象可能是人在与命运的抗争中，思考新的生产力与生产关系给人心灵投下希望的企盼之光；这方向目标可能是人在与命运的抗争中，照耀阴冷心灵的一缕春阳，可能是打开封闭思想的一扇天窗。

赵月斌从黄强的《山妹子》中看到了"假想的飞翔"，从刘照如的小说中看到了"迷宫中的守望"，从卢金地的小说中看到了"寻找存在之失",他分析王宗坤的小说《红袖》中的"红袖在一个个'如果、本来'都被错过,她'不抱任何的希望',又附着在生命的表层,只是以避让的态度'应付'人生,到头来只会失去自我,舍弃灵魂"。[①]他强调要用真心与灵魂去积极寻找,这种寻找是带着热血热泪的体温的寻找,是给人的精神和心灵以温柔敦厚、温馨温爱、情感慰藉的寻找。

他说:写作要与自己的灵魂相遇。"小说家就该是那种敢于吞噬故事的人,如同一条蛇吞下一头大象:下一步应该怎么办?"[②]下一步,怎么办?这是一个人类性的发问。这是一个人类在生存学的层面上,生命向精神的发问,精神向生命的发问,这是人类社会的一切社会学家、哲学家、思想家、文学艺术家都深深思考、深深忧虑、深深困惑的严峻命题。

赵月斌在这里向文学家发问,是催生黄钟大吕、不朽之作的深沉钟声。

六、在传统与现代的撞击中追求崇高

我阅读70后作家的作品有一种突出的感觉和印象:他们中的大多数人走下"崇高",远离"宏大叙事",放逐"遵命",消解"工具论",写小人物的"卑微",写草根的"情感",写普通人的"日常生活",写弱势群体的"悲欢离合"……令人不满的是,他们稀释了"日常"中的"优秀"、"平凡"中的"伟大"、"平庸"中的"杰出",出现了一种轻视劳动创造者的精神反映,热衷于社会寄生者的生活写真,淡化人的社会责任,强调人的生命意识,稀释人的理性追求,凸显人的感性释放,漠视人的主流价值认知,专注于边缘化、多余者的另类生活情趣的标榜。他们撕碎"爱情"写"性情",抹杀"良知"写"本能";冲淡"社会"写"自然",贬低"理想"写"存在"。他们把文学中的卑微、庸碌、琐细、下

---

① 赵月斌:《暧昧的证词》,中国海洋大学出版社,2014年,第201页。
② 同上,第234页。

层、弱势、渺小、放逐、感伤引向本能、唯我、自私、狭窄、阴暗、伤残、纵欲、放荡、病态的沼泽地。在这些被他们艺术日常化、平实化、写真化、欲望化的人物形象塑造中,作者不是承袭"多余人"写作方法中的写"失败的英雄",写病态的畸形人,写思想上的"先觉者",不是写他们的卑微、轻飘、随流、易折、圆滑下暗示的一种文明社会发展的历史趋势,不是写他们的空谈、懒怠、放浪下隐喻的一种健康向上的审美判断,不是写他们从"快乐原则"走向"理想原则"的历练过程,而是就平庸写平庸,就俗常写俗常,就卑微写卑微。为了使平庸、俗常、卑微典型化,不惜背离生活的真实,胡编乱造。

赵月斌也是一个"70后"作家,他具有历史赋予他们这一代作家所具有的时代特点。其实他也像自己的评论对象那样"在追求一种对成见、对惯例、对绝对多数的'溢出'(审美的溢出)。这'溢出'可能是突破,也可能是冒犯;可能是虚飘的蒸汽,也可能是孤立无援的异数或是势不可挡的巨型野兽"[①]。不同的是,他的"溢出",是一种承前启后,继往开来的"溢出"。他在批评"伪现实主义""荒诞现实主义"时说:"荒诞化也只能沦为一类'创作技法',并不能深入生活的腹地,就更勿论探摸到内心的隐秘了。""至少,作家本人应该植根于生活,有自己的感受、省察和洞见,在你的幻想恣意驰骋时,不该放弃对现实世界的敬畏和尊重。一颗粗糙、枯干的心怎么可能顾念生命的细节、现实的丰盈?一个草率、空疏的人又怎可能仅凭想象就轻易撷取存在的真实?"[②]

他对陈集益"越位或出轨"的小说感觉是"心有戚戚"。他对"下半身写作""拯救身体"的小说分析得头头是道,合情入理,言之凿凿。但他没有放弃对文学的"意义""思想""精神""灵魂"的坚守,他强调身体承德安神的人文精神。他坚定不移地行走在"带着幻想和感恩,活

[①] 赵月斌:《镜子里的匕首——李浩长篇小说〈镜子里的父亲〉的若干读法》,载《小说评论》2015年第3期。
[②] 赵月斌:《暧昧的证词》,中国海洋大学出版社,2014年,第214页。

着并爱着"的文学之途。尽管他心灵深处不时也回响着邈远而余波未了的"虚无"之声,但他的灵魂没有停止对"彼岸"和"神圣"的追求。在《狂犬日记》中,他用"狗性"映照"人性"的自私、卑劣、庸俗、残虐的一面,在"人""兽"合一中讽刺社会中堕落、贪欲的弊端,努力表现"卑下者"为改变自己的屈辱命运,寻求平等、公正、自强、自尊而付出的代价。他说自己的"《硬币项链》,虽然写的是一种恶,但它最终还是在吁请真与善,它的落脚点还是人之大美、大爱"[①]。

他评说《海上钢琴师》和《猎人格拉胡斯》电影和小说中的主人公时说:"他们的内心深处,有一条自己的岸,实际上,他们一直在自己的心灵中行驶,他们依靠自己的灵魂掌握方向。"[②]他肯定山东文学"道德理想主义"在20世纪80年代对中国文坛的巨大影响。他赞美张炜、尤凤伟"有主张,有方向的"坚守和追求。他呼唤"超前、超常、超速、超载","走在时间前面","理解这个民族的现在与未来"的作品出现。

他也摆弄形式感,但他的摆弄形式感是一种"有意味的形式"的寻找。他认为:形式感仅仅是一种手段、方法、技巧,其目的是表现人的本质在认识事物的本质过程中,生命和灵魂在改变自己的行为方式、沿着人类理性文明的方向前行时表现出的种种形态、风韵、神采。这里的形式感,一方面,不能弱化现实的丰腴和"纵深";另一方面,一定要"赋予非现实以生命和灵魂,由此诞生下的文学",才是真正赋予了形式感的文学。

赵月斌对小说技巧的偏好是强烈的,但这种偏好并未冲淡他对形而上和彼岸世界的深入思考,他用形式负载内容,用技巧蕴含感情,用文学触及人的本质,人的精神超越以及人与自然、社会的关系。他有博闻强记的禀赋,他有独持己见的精神。他有强烈、浪漫的想象,以及白日梦者纵横交错的思维特征。他有现代主义的先锋意识,异质技法的借鉴和汲取,

---

[①] 赵月斌、王一:《真相、假象、迷宫、乌托邦》,见赵月斌《雨天的九个错误》,中国海洋大学出版社,2014年,第237页。
[②] 赵月斌:《迎向诗意的逆光》,作家出版社,2011年,第237页。

但他始终不懈地坚持传统现实主义的精神固守，坚持在寻找文学表现人的本质、生活的本质、社会和历史的本质的统一中营造虚拟世界。他的小说《关于合欢的三种说法》《雨天的九个错误》等作品，在形式上带有更多的实验性。我把他非常热衷于这种形式感，归于对传统的叙述方式的不满和疏远。尽管他的这一类作品显示出现代主义文学作品的实验性，但这种形式上的探索并未冲淡他的现实主义人的精神坚守。阅读他的这类作品，你能感觉到他写感觉、情绪、心灵，更多地还是写人在世俗世界、沧桑人生、物欲横流中的精神坚守和超越。他以"一切'正确'质疑和叩问的勇气，照见属于自己的精神世界、文学追求和审美价值投向"。

他用现代的重锤敲响文学的灵魂之钟，他在传统悲剧的挽歌中呼唤新生的力量，他在卑微的描写与礼赞中寄托高尚的情思和理想。

他编织的故事多离奇、迷离、诡谲，但多寄蕴言外之意、弦外之音、象外之旨。他的小说更多地带有寓言、象征的意味。他的评论对作家和作品的分析既贴切又独到，既实际又高超。贴切来自对作家、作品的理解，独到来自丰富的理论修养，实际来自对古今中外创作的了解，高超来自对社会人生价值终极性的思考。他的评论和创作带有更多的发现和创造，他的行文渗透了自己强烈的情感色彩和精神血脉。

他对形式感的迷恋可能是偏执的，可他对文学表现人的价值追求是不懈的；他在生活悖论的困局中可能是迷茫的，但他对人生奥秘和社会真谛的思考是不懈的。他的表现形式、修辞语境、结体技法可能是现代的，可他的思维方式、文化心理、审美精神的坚守是传统的；他描写的对象是卑微的、普通的，他要表达的文学观念是崇高的、神圣的；他表现的生活方式是民族的，他寄托的情怀是人类的。他在貌似"游戏"的笔法下潜流着挥之不去的爱与生的幽怨与担当。

原载《文艺争鸣》2017年第7期

（收入本书时有增删）

在人类文明的历史拐点上惆怅、张望

——贾平凹的悲剧意识论

在秦岭北麓，黄河南岸，长安古都，拥书自雄的贾平凹，是中国当代文坛表现文学的悲剧意识，有成就、有声望、有影响、有地位、勤奋而又高产的作家之一，也是一个受读者追捧、受批评家争议、受书商宠幸、受"书生直谏"、受媒体炒作，"红得发紫"的作家（乔伊斯曾说："《尤利西斯》迫使几个世纪的教授学者们来争论我的原意。这就是确保不朽的唯一途径。"）。有人说他是中国当代文坛最有影响的作家，有人说《废都》是中国当代文学史上一个媚俗的恶例；有人说他是中国当代文坛最高产的作家，有人说他是自我抄袭、重复自己的"劳模"；有人说他是中国当代文学史上最后一位伟大的乡土作家，有人说他是"恋污癖"；有人说他是"鬼才"，有人说他是庸才……见仁见智，莫衷一是。

我以为：贾平凹是一位站在中国农耕文明向工业文明转型的历史拐点上，心中既有享受现代工业文明的滋润，又有对现代工业文明造成的环境污染、资源匮乏、精神孤独的不满；对现代城镇化建设中失去的农耕文明创造的田园牧歌无限留恋，怀着满腔的惆怅和迷惘，苦苦思索中国现代社会文明出路的作家；是一个怀着强烈的历史使命感和社会责任感，站在道德与价值选择的二律背反处，瞻前顾后，左顾右盼，忧国忧民，感物伤怀，怀乡恋土，秉笔直书的作家；是一位站在艺术审美至真、至善、至情、至境的高地，建构自己人道、悲悯、朴茂、丰沛、妙悟、诡谲、象征的人类文化学的文学图式的作家；是一位站在历史变革的转折处惆怅展望，悲天悯人的悲剧性作家。

一

秦岭，这条雄伟逶迤、挺拔绵延，耸立于黄河长江之间的祖脉，滋养着一代又一代中华儿女。贾平凹属龙，1952年农历的二月二十一日，出生于陕西省商洛市丹凤县棣花村。这是秦岭大山腹地的一个小小的盆地，犹如一个"丹阳"，被长江和黄河烘托而起，呈"二龙戏珠"之势。

棣花村山清水秀，人杰地灵，物华天宝，"土地平旷，屋舍俨然，有良田美池桑竹之属。阡陌交通，鸡犬相闻，其中往来种作，男女衣着，悉如外人。黄发垂髫，并怡然自乐"（陶渊明《桃花源记》）。这种农耕文明的耕作方式和生活方式凝结成的田园牧歌式的乐感文化心理，渗透在贾平凹生命的每一个细胞当中，成为他创作过程当中的潜意识。

十九岁之前，贾平凹没有走出棣花街方圆三十里。他留盖盖头，穿草鞋，会做各种农活。自小多病，却从没有去过医院，只喝姜汤捂汗，拔火罐或者用瓷片割破眉心放血；若久病不愈，家里人则请神作法以驱鬼。他在祠堂改成的教室里学会了认字；在不知不觉中就学会了秦腔、写对联和铭旌。棣花村藏着能人：善制木的、能泥塑的、通文墨的、精胡琴的、理鼓谱的、唱秦腔的；有人盘腿搭手说着《封神演义》，据说和书上一字不差；有人偷偷地读《易经》，成了阴阳先生；有人拿锅黑当墨，在墙上画出二十四孝图；还有人率领弟子修建了全县几乎所有的重要建筑。以至于干部派下来，来前必有人嘱：到棣花街不敢随便说文写字。这里的风土人情、民间习俗、文化积淀、山光水色、自然风光、生活环境，在他晶莹、透明、纯洁的童心世界打下了终生不可磨灭的烙印。童年的生活经历、感情形态往往渗透、积淀在一个人的潜意识中，它自觉不自觉地制约着作家在自己的创作中感情形态、意象形式、形式感的律动。贾平凹也是这样,他对中国传统文化有一种赤子般的情感,对农耕式的自然经济、生活方式有一种天然的依恋。这种思想感情使他对喧嚣、浮华的工业都市生活,有一种本能的不适与审视的能力。从《山地笔记》《满月儿》《九叶树》《西北风》到《商州初录》《童年家事》《二月杏》《丑石》等,莫不如此。一棵小桃树、一个鸟巢、一眼清泉、一粒沙砾、一片落叶、一盆文竹、一条溪流、一只云雀、一只贝、一匹骆驼都能激发他的创作灵感。他听夜箫、看月迹、观冬景、读山、访兰、品梅、论关中……在"天人合一""生态平衡"的审美基座上运思笔墨,激扬文字,塑造形象,编织故事,设置情节,审视与批判着人类在历史行进中的过失与局限。面对工业社会生活对人自然本能的压抑,他怀着一股失落的感情,唱出了一曲曲忧伤而凄楚的挽歌。

贾平凹心灵深处珍藏的文化审美心理是一种逍遥自在、悠闲轻松、放任自流、虚静恬逸的"乐感图式"。他在虚静、自由、清真、天籁般的情感中渴望人与人、人与社会、人与自然和谐相处。他渴望自己过一种自由、恬静、虚灵、自我的读书的生活。"静虚村"是他的一个"理想国"。静虚村是一个现代化建筑之中的"桃花源",土地平旷,茅舍俨然。虽没有"良田美池桑竹之属",却也槐花掩映村庄,春燕叼泥梁上。春光在这里用轻灵的翅膀洒下玉露,生物沐浴着爱,村庄披戴着一片静穆。这里没有人性的异化,没有压抑的人情,一切都是那样地自然、和谐、宁静、淡泊。这种田园诗般的情景、形象和图景,正是作者所要表现的热爱劳动人民、羡慕劳动生活,向往阡陌桑麻,和劳动人民同呼吸、共命运的感情写照。

由于他有一个自然恬淡闲适的心境,他对客观外界的事象、场景、物理,有一种独到的、别样的感受和妙想:虚静的心在明亮的月夜通过地下的水盆中清澈的水,遥望高天上的星月;一场大雪覆盖了大地,他从"白"中看到了"虚"的丰富内涵;一棵弱小的桃树在风雨中摇摆,他看到了生命成长的艰难和不易；一块大门前不起眼的"丑石"，他看到了"大象无形，大音希声""遗世独立"的贵重和"有眼不识金镶玉"的可悲。

正是这种清澈的、碧玉般的、灵动的、阴柔的审美心理，给他的作品中灌注了一种清凌的、透视的、映显的、水天一色、高远辽阔的审美情趣。他能站在世俗生活之上遥望人类精神文明的灿烂星空。

《高兴》中捡破烂的高兴、妓女孟夷纯，《浮躁》中的金狗、小水，《白朗》中的土匪白朗，《美穴地》中的四姨太，《腊月·正月》中被称为"二流子"的王才，《天狗》中的天狗，《秦腔》中的引生，《商州》中的秃子，等等，这些生活在社会最底层的小人物，他们在饥寒交迫的生活线上苦苦地挣扎，但是他们心中的良知没有泯灭，他们守着人性的底线。他们心中有光明。他们对人生寄托着希望和未来。

二

丹凤县棣花村是一个历史名城。早在春秋战国时期，这里就是商於古道上的一个闻名遐迩的重要驿站，商贾络绎，贸易昌盛，车水马龙，酒旗昭昭，人文荟萃。"商於"为古代地名，最早属于楚国，后被秦国占领，成为法家商鞅的封邑。秦国占领商於后，在古道上建关设卡，古道成为通往楚国以及南方的一条重要通道。史料记载，秦楚为争夺商於这块地盘，曾展开多次残酷的拉锯战，楚文化的凤图腾与秦文化的龙图腾、《楚辞》式的浪漫主义诗情与《诗经》式的现实主义的理性、长江流域的清丽婉约与黄河流域的浑厚磅礴，展开激烈的角逐、争斗、火拼、屠戮。激情与理智、理想与现实、生与死、灵与肉、血与火、爱与恨，在这里撕扯、熬煎、互渗、置换、重构、再造、沉淀、凝定。楚文化的浪漫主义诗情在秦文化现实主义的理性精神中"淬火""蘸钢""开锋"。这种历史性的"淬火"，带有生命激情被"激灭""重启"的性质和品格。这种人性的

"蘸钢",象征文化的"融合"、爱恨情仇的"圆寂",这种血腥残酷的"开锋",带有英雄悲剧主义的色彩。

这种英雄悲剧主义的精神是从激情到理智、从狂热到冷静、凤凰涅槃式的死而复生,是艺术审美想象的焰火、激情、热能以"能量守恒的规律"化成一种艺术审美的精神、境界、气质、节奏、韵律、感觉、意念、形式、想象、情趣、悟性、风俗、礼仪,悄然渗入这片古老而幽深的盆地,世世代代滋养着生活在这里的人们的心智。

"仓颉造字阳虚山"的传说,把这块土地对中华民族文化贡献推到了五千年之前的五帝时代。"契佐禹治水有功,帝舜封契于商。"

商鞅变法封之于商於,打破了奴隶主世袭贵族的特权,确定了封建等级制度,发展和壮大了地主阶级政治势力,实现了中央集权制。

"四皓隐居文显山",以待天下定的流亡足迹,给这块土地上印下了悲伤的历史印痕。崖墓是东汉时期流行于我国西南地区特殊的墓葬形式。商洛有四千二百三十五座崖墓。

这块封地的主人——商鞅被处以车裂的历史事件,把自然经济创造农耕文明的理性(社会规范对人性的情感吞噬)提升到了一个空前绝后的血腥程度。

中国农耕文明最壮烈的悲剧精神注入这一块丹凤朝阳的神秘大地。历史发展到20世纪以降到21世纪之初,这块悲剧性的热土被现代工业文明的隆隆机声所震悚,田园牧歌的美梦被打碎了。贾平凹的丹凤县棣花村,"黄昏的时候有人看见了一个椭圆形的东西在葡萄园的上空旋转,接着一声巨响,像地震一般,骥林娘放在檐笸上晾米的瓦盆当即就跌碎。双鱼家的山墙上掉下一块砖,砸着睡在墙下的母猪,母猪就流产了。而镇上所有人家的门环,在那一瞬间都哐啷哐啷地一起摇动"。这是《高老庄》的开篇之笔,作者对读者描绘了一幅生活的景象,田园牧歌式的农耕文明的生活秩序、血缘家族式的生活观念被现在工业文明打破了。人们在机声隆隆、天外来客、现代科技、物欲横流、精神空虚、理想缺失、道德滑坡中陷入一种惊悸、焦虑、浮躁、恐慌之中。这是农耕文明向工业文明转变过程当中的历史震荡。在这个高老庄式的历史动荡中，贾平凹乐感文化心理结构受到了颠覆性的打击，一种"无可奈何花落去"的悲剧"乡愁"在他心中油然而生。

带着"乡愁"沉重的感情，从悲剧性的土地上走来的贾平凹，有两次文学批评的疾风暴雨，加速、增强和固化了他的这种悲剧性的心理的形成。

20世纪80年代初，贾平凹在现实主义创作的道路上，顺风顺雨，一路鲜花为她绽放。他的文学创作呈现出清新、自然、欢快、轻松、愉悦，一种田园牧歌式的"春意图"。《满月儿》等作品是他在这个历史时期的代表作。随着农村改革的不断的深化，他的思想认识的不断提高，他自觉地把目光投向了世界文学的学习和借鉴，他借鉴拉美的魔幻现实主义创作手法，写出了《"厦屋婆"悼文》《沙地》《年关夜景》《鬼城》《晚唱》《二月杏》等作品，有涉及官场的，有反映人性黑暗的，有表现神秘主义情感的。这本来是他在创作过程当中有益的探索。但是，在1982年3月，陕西省"笔耕"文学批评小组在西北大学图书馆召开了一个贾平凹作品研讨会，当时受"异化论"的影响，一些还未从庸俗社会学樊篱中解放出来的文学批评家认为他走上了脱离现实，脱离人民，脱离民族，脱离传统，脱离时代的邪路。会议上的火药味很浓，有人给他扣上历史唯心主义的帽子。会议刚一结束，《人民日报》就转载了这个会议的纪要。这个时期，他基本上是以童稚清纯的眼光来看世界的，唯美、抒情。当时他只有三十出头，肩膀稚嫩，很难顶住这种突如其来的巨大的精神压力，思想负担重，情绪低落。他的父亲从老家专门来看他，安慰他。他在写回忆《父亲》的文章当中表现了当时的这种思想感情。当年他在参加全国"文代会"期间，《文艺报》向他约稿，他在文章中说："古城长安天气很冷，室内室外一个温度，冻死苍蝇也冻死玫瑰。"当时陕西省作家协会的机关刊物《延河》发了一组评论他的专辑，只有费秉勋、白冠勇两位评论家，比较客观、冷静地从文学创造的审美规律出发谈论他的创作，其他评论家的文章，都是否定他的这种有益的探索。面对急风暴雨式的批评，他马上缩了回去，立即写下了《商州初录》《商州又录》《商州再录》《鸡窝洼的人家》《腊月·正月》等被评论界称为表现社会改革的"凤凰三点头式的作品"。

第二次是1993年对他的长篇小说《废都》的批评。这次批评规模之大，时间之长，讨伐之烈，情绪之炽，在中国当代文学史上罕见。有人用"道家的眼光"来看作品，有人用女权主义的思想来分析作品，有人用社会政治学的尺子衡量，有人给作品冠以色情的帽子……在这场铺天盖地的批评大潮中，贾平凹病倒了。当时他住在西北大学校园里。

那是一个秋冬之交的一天，我携夫人去看望他。他在病中，正在吃药打针，精神很颓唐，身体很虚弱。他住的单身宿舍的大门上贴着陕西省委宣传部、西安市委宣传部、西安市文联等单位发出的联合公告："鉴于贾平凹先生患病期间，谢绝一切新闻界和文艺界来访来客。"他提前给我们开着门，进了房间，我看到他不大的房间里门背后挂着一个四尺八开左右的细篾竹笸，上面用毛笔写着"潜龙看飞"四个朴厚、醇正、温雅的大字。不大的客厅的沙发靠墙的壁上，悬挂着他自己写的四尺斗方的书法作品，上边写着南朝诗人王籍《入若耶溪》中的一句诗"蝉噪林逾静，鸟鸣山更幽"。开始他和我谈他的绘画、收藏、书法，后来谈他的身体，最后，谈到这场对他的批评。他表现出一种深深的悲哀、孤独和无奈，精神上的压力极大。他说他基本上是两点一线，从学校到医院，工资也是让单位人给他代领然后送给他的。这场批评造成的结果是，上级领导部门点名批评他，让他写思想检讨，《废都》被禁止发行，他下基层到华西村体验生活去了。

在这场旷日持久的批判中，从阴暗的角落里刮了一股邪风，有人匿名在网上造谣惑众，说他在黄赌毒场所出现……

长篇小说《废都》被禁了16年。

2009年，《废都》被解禁。

这两次批评，客观地讲，贾平凹冷静而理智地接受批评的心理准备是不足的，因为他对自己的文学观念和创作上的艺术表达是自信的。这就给他思想或情感上造成了一定的重创。加之"文革"期间阶级斗争扩大化，极左思潮对乡间教书的他父亲的批判、开除公职、遣送回乡劳动，"文革"后期"伤痕文学"对他的影响，他的家庭、婚姻的破裂，加之他的患病、长期服药打针，形成了他悲剧性的审美心理。

三

贾平凹作品中表现出的悲剧意识，大致可以分为两个发展阶段：第一个阶段是20世纪80年代初，他在为田园牧歌般的生活方式和生产方式的逐渐消失而唱挽歌，情感更多地停留在感伤、留恋、失意的层面。其代表作是"商州"系列当中的一些篇目。第二个阶段是到了90年代初以后，他变得更加冷静和理智，努力用社会历史的价值判断去澄净生活的尘埃和时代的局限，艺术地表现现代工业文明对传统农耕文明的重铸和再造所造成的悲剧意义。

小说《丈夫》《春愁》，基本上都是在表现"痴情女子负心汉"的故事模式中，写美丽、善良的女子被男子遗弃后的不幸遭遇，对传统的生产方式、生活方式和思想观念进行审视。他强调感性与理性的合理调节，以取得社会存在和个体心灵的平衡稳定。故事多在"不忍人之心"的基点上发生。

此后发表的《山镇夜店》《上任》《夏家老太》等作品，表现了作家对国民性的思考。这类作品中作者对人的关切和强烈的民族忧患意识，呈现出悲剧性的生活形态。《沙地》《二月杏》《好了歌》是贾平凹这一时期的悲剧意识表现较为充分的一组作品，极言人生的艰难，努力营造浓郁的悲剧气氛，使作品充满了艺术感染力。《天狗》中的掘井把式李正在一次偶然的事故中因塌方而瘫痪,为了生存,被迫"招夫养夫"。徒弟天狗因坚持传统的道德观念只尽赡养的责任,而不享受做丈夫的权利,李正终因不堪忍受道德和心理的双重压力而自杀。这既是道德的悲剧、伦理的悲剧,也是经济的悲剧。《小白菜》《一个死了才走运的老头》《人极》等作品,可归纳为另一类。白香、小白菜、老头、白水的悲剧,展现了那个噩梦般的岁月中人生的苦难,"有价值的人生被毁灭了,这既是人性的悲剧、政治的悲剧,也是历史的悲剧"。《冰炭》中的刘长顺是那个"革文化命"的时代的无辜牺牲者。他是秦腔演员,在演《沙家浜》中饰刁德一,因演得好,下边群众鼓掌,领导说他把坏人演成好人了,不准他演,他骂了几句,就成了"犯人",在这里,他被人毒打、欺负,他还在地里吊嗓子练功。白香很同情他、怜爱他,同情他的处境,怜爱他的演唱才华,也给爱他的男性以应有的情感表示。她在生活中千方百计地照顾、赞助他,给他医病。由于她爱他、忘不了他的嗓子(她认为是这口好嗓子给他带来灾难的)。在这里,作者既表现了那个暴虐的时代不要文化娱乐,摧残文艺工作者,使人正常的性心理无所寄托,又写出在"愚民政策"的毒害下,善良的人在怜爱中不自觉地摧残文艺人才的悲剧。由于整个社会缺少应有的文化娱乐,人们的"潜意识"(精神)无所依托,无法在象征性的对象化中得到应有的舒展,因而整个社会是狂热的、烦躁的、易爆的、紊乱的、不要人性的。《古堡》《火纸》《浮躁》中部分人身上折射出的悲剧意识有着更为深刻的历史内涵,对封建势力仍然强大的认识,对民族心智与魂魄仍然滞留在旧的思想观念上的感觉,形成了这类作品普遍存在的忧患倾向。《妊娠》从人生的原生态出发,总体上显示的生命的悲剧意识,引起了人们并不剧烈却极深沉的悲凉感和灵魂的震颤。《故里》中的每个人的人生都表现出这样的悲剧性。赵一仁的德行和威望在乡里都是无与伦比的,可越到后来他越感到人生的艰难,面对家庭内部各式各样的矛盾冲突他毫无办法。赵一仁暴发、富裕了,但他的妻子却失去了一只胳膊。赵一仁想挖龙骨发财,最后却挨了枪子。儿子赵良被执着的单相思葬送了青春。赵云终日浸泡在泪水的痛苦之中无法解脱。漂亮高贵的赵怡最后也因人生、爱情、家庭的悲剧而变成一个灵魂出窍的夜游人。《龙卷风》《瘪家沟》也都从各个侧面展示了人生的空寂和痛苦，给人一种空门禅意的人生感。《逛山》中的人物命运都是悲剧性的。《白朗》中的主人公白朗，大侠大义，风流倜傥，最后因全军覆没，人格追求彻底幻灭，而遁入空门。《美穴地》《晚雨》《五魁》均以婚姻爱情为主线，表现个体生命的热爱者，终因文化氛围、社会环境和迷失的主体精神，构成种种障碍，使他们最起码的愿望都难以实现。《秦腔》中的夏天义被塑造成传统农耕文化的典型代表，他生长在农村的土地上，估计就是他的命，就是他的根。他对土地的依恋和酷爱犹如对自己生命的重视。他的命运就是土地的命运，他的结局就是土地的结局。他的结局暗示着传统农耕文化日后发展的趋势，具有悲剧性，呈现出社会的转型、中国传统的农耕文化以及思想观念在城市化、现代化的浪潮下给人民生活和精神上带来的震动和变化。这是社会主义新农村的必然，也是传统农耕文化的悲剧。《高兴》中在城市捡破烂、拾垃圾的刘高兴，一厢情愿地单恋着孟夷纯。孟夷纯坐牢了，身份卑贱的刘高兴无能为力。但是，他仍然没有放弃自己的爱情，他想方设法搭救她。刘高兴对自己的城市爱情执着、不离不弃。可是，城市爱情并没有被刘高兴的痴心感动。刘高兴没有搭救出孟夷纯，没有获得自己的城市爱情，用孟夷纯的故事印证了爱情中有缘无分的悲剧。《远山野情》中香香最后的离家出走，也表现了这种思想感情。

  《废都》中的庄之蝶，本想以自己作家特有的个性自由，自由自在地活着。但是纷繁、复杂的现实却常常阻挠他的生活方式，焚毁他的精神追求，常常迫使他去干一些他不愿干的事。走路歪脚、喝水粘牙、阴差阳错，种下去的是龙种，收获的却是跳蚤。人生无常，命运随机。他备受现实的压抑，整天处在这种兵来将挡，水来土掩，拆东墙，补西墙，左右为难，是是非非，假戏真做，真情假做，鬼使神差的被动生活中，像托尔斯泰那样离家出走，双手抱着另一位悲剧人物——周敏送给他的那只唱尽人间幽伤和悲哀的埙罐，躺在候车室的一长椅上"双目翻白，嘴歪在一边"孤零零地死去了。龚靖元死了，钟唯贤死了，阿灿死了，黄厂长的老婆死了，老太太死了，孟云房一只眼睛瞎了，阮知非把人眼换成了狗眼，柳月嫁给了一个她不爱的跛子，唐宛儿重新落入囹圄之中，那头具有"哲学家意味的奶牛被人杀了，尾巴也被人砍走了……"

呼啦啦大厦倾，一片废墟真悲凉。

人生的悲剧感和悲剧性的人生观浓重地笼罩和弥漫在《废都》的整个作品之中。那灵魂游荡于阴阳之间，唠唠叨叨的老太太，那疯疯癫癫收破烂的老头儿，钟唯贤的命运，阿灿、阿兰姐妹的遭遇，牛月清的孤独，龚靖元的惨状……贾平凹站在死亡的终极线上，展示着曾是帝王之都的西京，社会各色人等的生活态度、方式、遭遇，展示了一种旧文化面临一种新文化的强烈冲击和置换时的窘迫和尴尬。作者调动自己多年的生活积累，描绘了一种旧文化人格面临新的文化潮流的冲击，在绝望与毁灭之前的生命燃烧和对未来爱欲前景的企盼，一种旧的情感世界面临新的历史选择中的彷徨、徘徊和茫然。悲剧的意义在于这曲挽歌是新旧交替的历史和声，是人的情感世界中的历史投影，是人的爱欲在历史前进的痛苦呻吟中的悲哀咏叹。

四

贾平凹在表现这种历史的悲剧意识当中，更多地是从他的文化积累、生命体验出发，用富有诗人气质的情感融化传统文化的历史精神，在传统与现代、诗情与哲理、文学与文化的结合处，开掘现代与传统相结合的价值走向。

他用"心游万仞，精骛八极"的艺术想象翱翔于荀子的"天人之分"中"顺天"（天人合一）的万里晴空，对现代工业文明对自然和人类生活的污染表现出强烈的批判。《废都》中的"庄之蝶爬在牛的肚子上，直接吮吸鲜牛奶","平日菜也不要炒,也不要切,白水煮在锅里","这样营养好哩"。作品中把"牛"拟人化,发出自然向人类社会的叩问:"城市是什么呢?城市是一堆水泥嘛!这个城市的人到处都在怨恨人太多了,说天越来越小,地面越来越窄,但是人却都要逃离乡村来到这个城市,而又没有一个愿意丢弃城籍从城墙的四个门洞里走出去。人就是这样的贱性吗?创造了城市又把自己限制在城市。""进门就关门""谁也不理谁","街巷里这么多,你呼出的气我吸进去,我呼出的气你吸进去,公共汽车上是人挤人,影剧院里更是人靠人,但都大眼瞪小眼地不认识。如同是一堆沙子,抓起来是一把,放开了粒粒分散"。"差不多的人都害了心脏病、肠胃病、肝炎、神经官能症。他们无时不在注意卫生,戴上口罩,创造了肥皂洗手洗脚,研制了药针剂,用牙刷刷牙,用避孕套套住阴茎。他们似乎也在思考:这到底是怎么啦,不停地研究,不停地开会,结论就是人应该减少,于是没有不谈起来主张一个重型的炸弹来炸死除了自己和自己亲人以外的人。""牛坚信的是当这个世界在混沌的时候,地球上生存的都是野兽,人也是野兽的一种。那时天地相应,一切动物也同天地相应,人与所有的动物是平等的;而现在人与苍蝇、蚊子、老鼠一样是个繁殖最多的种族之一,他们不同于别的动物的是建造了这样的城市罢了。可悲的正是人建造了城市,而城市却将他们的种族蜕化,心胸自私、度量窄小、指甲软弱只能掏掏耳屎,肠子也缩短了,一截成为没有用的盲肠,他们高贵地看不起别的动物,可哪里知道在山林江河的动物正在默默地注视着他们不久将面临的末日灾难!在牛的另一种感觉里,总预感了这个城市有一天要彻底消亡,因为静夜之时,它发现了这个城市在下陷,是城市每日大量汲取地下水的缘故,或是人和建筑越来越多,压迫地壳的运行。但人却一点不知道,继续在这块地上堆积水泥,继续在抽用地下水,那使他们沾沾自喜的八水绕西京的地理,现在不是几乎已经干涸了吗?那标志着这个城市的大雁塔不是也倾斜得要倒塌了吗?到那一日,整个城市塌陷下去,黄河过来的水或许将这里变成一个水泽,或者没有水,到处长满蒿草。那时候，人才真正知道了自己的过错；知道了自己的过错，也成了水泽中的鱼鳖，也成了啃吃蒿草的牛羊猪狗；那就要明白了这个世界上野性是多么与天地同一，如何去进行另一种方式的生存了。"

他用弦外之音、言外之意、景外之景、象外之象、境在象外、魔幻现实主义的手法，呼唤自然魂归来兮。《怀念狼》，是揭示人的极大扩张，逼仄其他物种的消亡、绝迹的自然生态悲剧的一部大书。传达出作者希冀生态平衡、和谐以及对人类生存困境、生命力萎蔫的忧虑。商州仅存的十五只狼绝迹了，山里人没有生命张力的依赖，自然生态失衡，无狼为伴皆为人类生存、生活之祸事。这真是"人走到哪里，哪里就生态失衡，环境破坏。人，其自身已成为大自然的天敌，环境恶化的污染源"。这部作品，无疑是对当下现代文明的一种质疑、困惑和悲情的叩问。小说中的狼不仅仅是现实当中实实在在的生命个体，也象征着原始、自然、本能、强劲、刚健、粗犷、野性的生命力，作家在现代文明社会中寻找人类生命的创造力、爆发力、感知力的生命之根，寻找人类创造精神文明的元气、精气、雄气、霸气、大气，追求人与自然和谐相处的关系。

他在性与情融，色与食在，神与物游，情动于中的人性分析中批判现实生活当中人性的被扭曲。《冰炭》以人性写历史，以历史映人性。"一堆篝火在山洼燃起来了，夜显得更黑，雪也下得无声。从山头上望下去，可怕的不是那夜，不是那雪，篝火堆却像是夜的血口，影影绰绰的人出现在那里。""雪地就拉长缩小他们的影子，幽幽如鬼。"夜吞没了一切，夜的"血口"也吞没了人性。世界是冰冷的、黑暗的，人一抬脚动手，就被拉长缩小着。这不正是那个特殊年代的写照吗？豺狼当道，鬼蜮成灾。阶级斗争的硝烟绞杀着人性、人情。可是，是梅花，总是要迎雪怒放的。是煤炭，总是要在一定的温度上燃烧的。是人，总是要流露出人性美的。她——冰清玉洁出水芙蓉，一个爱与美、真与善的伟大精魂——白香！却像一块乌黑发亮的炭一样在顽强地燃烧着。尽管周围是冰封雪飘的严酷环境，可她依然默默地用自己的人性之光、之热、之火在温暖着黑夜中寒冷的人们。她不仅自然形态美，内在的心灵也很美。她的美像玫瑰一样，是因为有善的芳香才显得愈加美好的。她的美和现实生活中的丑形成了强烈的对照。尽管那个绞杀美、荼毒人性的时代竭力摒弃她的存在，压抑、窒息她青春应有的活力。可她却千方百计把人性中的温情之爱施给寒冷中窘困、寂寞的饥贫者。终于，她用自己的青春和生命唤醒了深山野林中被严酷的政治压抑的沉睡的人性。排长觉醒是一代人的觉醒，排长、刘长顺、白香的悲剧是整个社会的大悲剧。

他在国家兴亡、匹夫有责的家国情怀中，表现社会最底层的普通干部群众对一种历史精神的呼唤。《带灯》的"美丽和富饶"一节中，作者借带灯的口说："美丽和富饶其实从来都统一不了，大矿区那儿残山剩水了却富饶，东岔沟村是美丽却不富饶。竹子说：有了大工厂咱樱镇也就富饶了。带灯说：富饶了会不会也就不美丽了呢？"在"大工厂建在梅李园那儿"，"带灯为基建的隆隆机声而彻夜难眠"。在"石刻却被炸了"一节，作品表达了文化、文物被损毁的痛心和失落。

贾平凹在1984年2月25日写的《在商州山地》中曾写道："八三年的春节，闲着无事，无意间读了美学家宗白华先生的几句话，他写于20年代，是写给大诗人郭沫若的，说'一方面多与自然和哲理接近，养成完满高尚的诗人人格，一方面多研究天才诗中的自然音节，自然方式，以及诗的构造，这也许于我极合审美心境'。"贾平凹长期以来是在"自然——哲学——诗人人格——诗的构造"的创作模式中建造自己的艺术殿堂。

五

在西方，诗歌是文学的"初形式"。荷马史诗产生于前10—前8世纪。《普罗米修斯》产生于公元前5世纪，而伟大的悲剧诗人索福克勒斯的《俄狄浦斯》《安提歌涅》则在公元前4世纪就产生了。叔本华认为悲剧是最高的诗艺。优秀的悲剧作品一定是具有诗人禀赋、睿智、诗情和才华的作家创作的。只有具备诗人禀赋的作家，才有可能把握和穿越悲剧性感情对主体心灵的遮蔽和笼罩，在超越生活悲剧感情体验的基础之上，用直觉、感悟、想象、通感、形象建构属于人类艺术审美的理性大厦。贾平凹具有诗人的气质、禀赋和才华（他出版过一本诗集《空白》）。他用诗情穿越悲剧性感情的睿智、机巧、神奇、别裁、妙悟，是非一般的戏剧家和文学家所能及的。

他的散文，多用诗的构思来创造散文的意境。空灵的神思妙想，精细的艺术感悟，独特的生活体验，朴素鲜活的语言，耐人寻味的意境，简洁传神的大写意，意味深长的韵味，等等，都构成了他散文创作中的一种诗意的美。例如，《五味巷》，写的是古城西安的一条短巷，以及巷子里的人们生活的情景。作者并没有将目光聚焦于一个人物、一个家庭生活故事，而是弥漫在巷子里的每一个角落，作者努力去捕捉自然事物的变化，去描绘一幅生活的群像，展示人与人、人与社会、人与自然的和谐相处，随着一声"春来了"，黄绿的色彩又弥漫在巷中。若隐若现的春意在朴素的文字中显示出惊人的优美，字里行间，语言竟流动起来，流淌过自然的春夏秋冬，也倒映出世间的人生百态。《爱的踪迹》在童心世界中，发掘诗意的美。《黑龙口》《莽岭一条沟》《桃冲》《龙驹寨》《极花》《白浪街》等一批以地方命名的作品，以质朴放野的文风传神地写出的地域特色，像一幅幅写意画。

《秦腔》中的引生得知夏风娶了她暗恋中的白雪后，当场就气死了过去，被救醒后，"回到家里使劲地哭，哭得咯了血。院子里有一个捶布石，提了拳头就打，打得捶布石都软了，像是棉花包，一疙瘩面"。他把心中的痛苦块垒一股脑发泄在捶布石上，心里还是不能释然，盼着有一场地震，盼望大家都成为乞丐，他好救白雪，给白雪讨馒头吃。

小说《天狗》中有这样一段极富诗意的感受描写："江边倏忽唱起了一种歌声，歌声是低沉的，不易听清的每一个歌儿，却音律美妙，天狗觉得这歌声是从天上降下来的，从水皮子上走过来的……月亮开始慢慢地蚀亏，然后天地间光亮暗淡，以至完全堕入黑暗的深渊，唯有古老的乞月的歌声和着江水缓缓地流。"作者成功地化用了古诗的语言，创造了一个充满诗意的意境。《废都》中来自古城墙的塄声，《极花》展示他心中"商州"的诗意、诗情、诗境被打破了……

他追求意象的自然，诗性的自然，纯真的自然，天真的自然。他用"自然的人化"和"人化的自然"诗化生活。他具有诗人的气质，想象力极为丰富，选择的自然意象也很缤纷多彩，例如，《废都》中的四个太阳、奇花，《高老庄》中的飞碟，《白夜》中的大蜥蜴及虱子，《怀念狼》中的人狼互变等。

中篇小说《小月前本》用"诗化生活"的方式设置故事情节，塑造良好形象。例如：才才浇完地，小月醒来后责怪他没有叫醒她。才才看看毛和尚，口羞得说不出来，忙闷着头去收拾那皮水管子。不小心却连人带管子一起倒在泥水坑里。才才正在浇地，门门的那几个本家却要中途借机去浇他们自己的地，门门手执棒往空中一甩，正好打落在身边一棵柿树上，三个四个青涩柿子应声掉下（生着呢）。这完全是一种诗的意境，诗人的情怀，这情景的设计、人物行动、语言的安排，具有一种浪漫的诗情。

《小月前本》在形式结构上也是趋向于"自然的音节""自然的形式""诗的构造"。例如，门门和小月约会，被小月爹发现，那动作，那对话，是人情的自然的音节，也是人生活中自然流露出的形式。小月从地上爬起来，一脸的鼻血，没命地跑走了，河岸上，门门正站在几棵杨树下往村里张望，她一下子抱住了他，月光下，眼睛里放射着痛苦、愤怒、惊恐的光。

这里在月光如水的自然中，表现人自然的生活感情，这是情感的自然形式，然而又实实在在是富于诗人人格的诗的构造。小月和门门在路上走时的对话，那么简洁，那么自然，而又那么富有诗意：

　　两个人又一次抱在了一起。

　　"好了，你在那边躺下歇歇。"

"不敢，门门，不敢呢！"

门门停止了，手又下来。小月就在木板上躺下，他自个坐在门口，为小月执行着站岗任务。

河里的流水呜呜的，听不到一点儿人的声音。

这不是诗的构造是什么？

中篇小说《美穴地》，在自然山水的结构与人生命运结构中，寻找诗意的栖居地。柳子言、四姨太，几经波折，几经离散，柳子言的死而复生，一个逃离了老头去当了三年的压寨夫人的四姨太，到头来又回到朽而又朽的老头的炕上。这种诗的结构形式，是诗人人格的艺术表现形式。

中篇小说《五魁》，从风俗入笔，展开故事情节。作家赋予五魁这个人物形象几分诗人的情愫。五魁在背女的路上歇脚时那丰富的想象，那细腻、微妙的心理活动，完全不是一个出苦力的生活在社会底层的贫困者的情怀和意趣。五魁与土匪抗争——五魁智取白风寨——五魁背着女人离开柳家——山神庙安居——五魁杀死狗。这里自然的音节，自然的形式，自然的结构，然而又是诗意的构思。

《带灯》的叙述是携情带韵、生动妙趣、诗意表达的。例如："鲜花插在牛粪上"一节，写带灯"看见过盈川的烟草在风里满天飞絮，她看见过无数的小路在牵着群峦，乱云随着落日把众壑映得一片通红。北山的锦布峪村有梅树大如数间屋，苍皮藓隆，繁花如簇。南沟的骆家坝村，曾经天降五色云于草木，云可手掬，以口吹之墙壁粲然可观。发现了水在石槽河道上流过那真的是滚雪，能体会到堤坝下的潭里正是静水深流。还有那树和树下的草，你看着它们，它们在那儿开花，你不看它们，它们还在那儿开花，风怀其中，色彩摇曳。"

作品中带灯给元天亮的信，可以说是优美的爱情诗，信中的神与物游，万物皆备于我，诗化物象的主观爱情，达到了一种荡魂摄魄、感天动地的境地。这种诗意的表达不是简单的、表面的、语言的优美。它是一个作家对客观物象的整体把握，是作家在表达自己的特定情感中，生动、形象、别趣的意象组合和整体象征的诗境营造。例如在"一身的樱花瓣都是眼珠子"一节中，写带灯和竹子是樱镇的两朵花，非常吸引人们的眼球。作者营造了樱镇的樱树很多，"满空中是忽悠的樱花瓣，不时地沾在他们的头发上、衣服上，甚至还有一瓣贴住了竹子的眼睛。竹子用手去抹，它又飘走了。到了东岔沟村，摩托停下来，两人抖着身子，花瓣就落了一地。竹子说：哎呀，这花瓣是咋开的？带灯说：那不是花瓣，是眼珠子"。作者在写一种感觉，一种把生活艺术化、审美化、诗意化的感觉。

正因为作者有这种诗意的表达方式，他用诗的情思把批判的锋芒藏匿在自然主义的描写当中。作者为了使批判的精神生长在生活的大地上，使鞭挞的锋芒融入情感的骨血中，他在表面写实的笔触下，努力营造自然主义的氛围。尽量用一种自然主义的真实记录和描写把这种批判的锋芒包裹起来，乃至稀释化，使它渗透在无聊、琐碎的客观叙述之中。例如："综合办的主要职责""本年度的责任目标""樱镇需要化解稳控的矛盾纠纷问题"等章节，前两节，似乎是写实的，自然主义地照搬生活中的条例，后一节显然是借用现实生活中的这种条文形式，表现樱镇矛盾纠纷的面宽，人多，事杂。作者一口气罗列了三十八个问题，足见当下农村社会矛盾的尖锐与普遍。例如"镇党政办发出通知""县委县政府办公室指示""二十三条偏方"，作者正是在这现象罗列、情景复写、公文照搬、抱娃收鸡蛋、拉牛放铁锨、东拉西扯、谝闲传中裹挟着一些对现存行政体制、乡镇机构建设、政策贯彻、干部教育等诸多国计民生问题的揭示、审思和焦虑。

六

贾平凹的悲剧是农耕文明向工业文明转型的过程当中，恋旧求新，前扯肝花后扯心，"熊掌"和"鱼"都想要，而又无法"兼得"的历史悲剧。在这种历史悲剧的阵痛中，他思考着：人类先进社会的文明模式：能不能把农耕文明的先进成果和现代工业文明的先进成果,在"人类诗意地栖居于大地"的生活方式中结合起来,从根本上创造一种人类文明社会的先进模式。带着这种想法,他从农耕文明产生的思维方式、语言特征、文字形式等方面表现他自己富于时代性的文学思考。

20世纪80年代,他是文学"寻根派"的代表人物之一。他要寻农耕文明的根,在传统文化与现代文明的有机结合中,表现典型环境中的典型性格。

文学是人学,人是什么?人是直立于大地之上,与自然界的爬行动物拉开了距离。天地之间人是最可宝贵的。古文字中"人"通"大"。手臂展开,两腿叉开,是"人",是"大"。籀文中的"人"字像手臂腿胫的样子。贾平凹写人的直立、挺拔、伟岸、坚强、勇敢、思想、道德、情操、精神、境界。他写站立的"人"创造人类文明的历史,不屈的"人"格形象,阳光下浑身散发着真、善、美的光彩。天是什么?"天"颠也。至高无上,从一"人",或从一"大"。由"人"顶起一重天。贾平凹写现实生活当中人的头上一把"剑",道德星空严肃的律令。人的心灵深处的一道最脆弱、敏感、悲悯、善良的防线。他写人的理性的一种精神重负,这重负之下有生活的阳光、雨露。他写人之为人的一种历史精神、社会责任。地是什么?"地",元气初分,轻清阳为天,重浊阴为地。"地",万物所陈列成也。"地"从"土","土"吐生万物。地是地坛,是地祭,是安泰的力量源泉。天、地、人之根在大地,大地意识是中华民族文明之根性。

面对现代文明社会当中的文字的不断简化,网络语言的不断刷新,人们日常生活中的口头语言越来越走向感性化、实用化、功利化,许慎的《说文解字》渐行渐远。贾平凹强调:天元地坤,人头是"元"的本义,树立人的独立思想。"坤"的位置的大地西南方向的"申"位,土位在"申",他写野蛮开采矿藏,伤"申"(身)动"艮"(根),强调人仁伦理、群体意识、血缘家族观念在人们生活当中的根深蒂固。他写"天人合一","一"惟初太始,"一"划由人(大)开"天""地",化成万物。"道立于一"。贾平凹在表现农耕文明根性的模式是:土地——母性——生命——苦难——抗争——救赎。

贾平凹在2013年11月6日晚,在北师大讲演的主题是"我的土地,我的写作"。关注现实,扎根大地,表现普通劳动者的生存状况、生活方式、精神风貌,是他文学创作义不容辞的神圣天职。具体表现在以下几个方面:

1.母性崇拜。大地孕育万物,母性繁衍人类。他笔下的女性都具有像广袤的大地一样宽阔的胸怀,像蓝天上的明月一样清丽、漂亮的形象。满儿、月儿、小月、香香、烟峰、小水、师娘、四姨太、黑氏、王娘、菊娃、虞白、梅梅、叶素芹、英英、石华、兑子、唐宛儿、柳月、西夏、颜铭、眉子、江岚、带灯……个个都是"菩萨式的善"和"维纳斯的美"二者有机统一。他笔下的女性形象更多地带有中国古典美人的风韵和气质,她们是拯救落难公子的佳人,扶助弱者的菩萨,坚持公平、正义的救世主。她们中的有些人,为了爱情甘愿用自己身体或灵魂承担所有的生活苦难。她们身上所呈现出来的美丽而博大、苦难而神圣的特点,正是一个个男主人公奋斗的动力。这些女性都是男主人公生命的庇护者和启蒙者,正是她们的带有悲剧性的付出,才构建起了男性的神话世界。她们美丽、善良,却承载了无尽的苦难。例如,《蒿子梅》中的高梅是六十三个男人的"鼓动器",她促使着每一个男人蓬勃向上地生活,激励着每一个男人意气风发地工作。男人们极力地渴望她,妄想得到她圣洁的爱情。她到谁的房子去,谁就感到无上荣光、自豪和骄傲。谁都愿意和她待在一起,多说几句话。她是这个队男人们心中崇敬的偶像,是这个队男人们生活中的"强磁场"。在她未来之前,这个井队是所有井队里影响最不好的队,能干的喜事队长虽然费了九牛二虎之力把生产任务完成了,可酗酒、吵闹、说粗话、不讲卫生的习气依然存在。太奇怪了,一个朝气蓬勃的漂亮女子,把远僻山中的六十三个男人的生活、工作引导得井井有条,生产任务直线上升，情绪非常高涨，改变了多年形成的脏、乱、差的局面，一跃而成为全矿区的先进典型。这太令人惶惑、迷惘了，就连高梅自己也感到诧异、惊奇。"人类的进步，难道也有异性之间互相刺激的因素吗？高梅不止一次地想着这个问题，突然感觉到自己存在的价值。"高梅是伟大人性的化身，是人类爱与美之神。她具有高尚、纯洁、美好的道德情操，却被其他单位的人所误解，诬蔑她是"公共汽车""婊子"。在这里，作者怀着气愤、悲伤的复杂感情，努力表现纯洁、高尚、伟大的人性与传统道德观念、旧的历史遗迹的碰撞。这是文明与愚昧、前进与倒退的碰撞，是新生命与旧观念的殊死搏斗，是前进了的人性人格努力挣脱传统的道德观念强加在自己的身上的枷锁的抗争。

《废都》关于女性的美更多地停留在自然形态的美。作者站在"人性异化"和"男权中心"的位置上，批判灵与肉分离造成的人与自然属性对人的社会属性的"遮蔽"和"淹没"。《带灯》塑造了一个追求光明的女性形象。有人说贾平凹是一个阴柔性的作家，是否也有这种因素。

2.生命意识。生是农耕文明传统文化的核心，强调生的价值，澄明死的意义，一直是农耕文化全力阐述的问题。贾平凹通过对生命意识——性的分析，把艺术笔触深入人性的心灵深处。

1985年《上海文学》第3期上发表的中篇小说《蒿子梅》和同年《中国》第2期发表的《冰炭》，是这方面的代表作。如果说《蒿子梅》是一篇生命意识突破"潜意识"禁区的创新之作，那么《冰炭》则是把人本身的内在规律和社会发展的客观规律有机结合的突破性的创作。《蒿子梅》的人物、故事是在柔和、温情、悠缓的性心理氛围中进行和展开的。作者在抒发人的生命意识的自然意绪中，表达了这样一种深刻的思辨——对人的"潜意识"只有合理、正确地引导，才能有效地建立文明社会。那么《冰炭》中的人物和故事则是在压抑、暴虐、令人窒息的变态的性心理气氛中展开的。作者在压抑中表达了这样一种深刻的思辨——人的性心理活动即便不是唯一的，也是重要的透视社会生活本质的窗口，它的活动轨迹与人类文明史演变的线索无疑是成比例的。

《废都》可以说是贾平凹关于生命意识的代表作，他依然高扬生命"回归自然"的旗帜。庄之蝶趴在牛身上吮吸生牛奶，牛的哲学的思考和独白，疯老人对现实的嘲讽和鞭挞，庄之蝶企图在女性的自然美中栖居自己动荡不安的迷失的灵魂……都说明了这一点。回归自然的芳草地，圣洁的女性也不能拯救失去灵魂的庄之蝶。庄之蝶的悲剧，说明这条道路走不通。

《怀念狼》，是作者想从自然力中吸取生命的元气，用野性的元气、真气、清气补充生命中的志气、正气、骨气的式微；用自然力当中的清气、净气荡涤现代生活方式给生命意识带来的精神上颓废污染的浊气、晦气。强调人与自然和谐的社会风气。

贾平凹在生的意识、生的观念、生的形象塑造中，对中国当代文学的贡献在于：

（1）把弗洛伊德的"性原动说"诗意地化入中国传统文化"生"的文脉之中。他站在"美的创造规律"的基点上，对弗洛伊德理论进行批判的继承，从中国传统文化生长的内在逻辑层次出发，扬弃地域、水土、气候、人种、风俗、习惯不同的东西，吸取人类相通的东西，对传统文化中的"生"的观念进行冷静缜密的审视和扬弃。唐宛儿的生，死在庄之蝶没有灵魂的"拯救"和社会旧的传统观念之中；牛月清的生，死在封建伦理道德三纲五常之中。五魁是封建伦理道德的受害者，他自觉不自觉地祸及于爱他恋他的女人。他无法冲破自己的心理障碍，致使这个女人的性心理变形、扭曲，与狗同恋。人等同于狗，五魁杀死了狗，也用软刀子杀死了爱他、恋他的那个女人。最后，他从人性"生"的一极走向精神"死"的一极，成了土匪。这里的审视是疼痛的、富有诗意的、渗透性的。把生命中的性意识诗化，从人性的内在因素出发，分析传统伦理道德的生命因素和社会成分，指出建立社会主义新道德的走向，是他的"别裁"。

（2）肯定人性的生存权，在"土味"中表现生的艰难。黑氏正是在寻求人、社会、性的文明和谐中，不断地摒弃假、丑、恶，追求真、善、美的。他生活在土地上劳动一族之中，但又受到劳动一族当中一些邪恶势力的迫害，活得非常艰难。天狗是一个浑身上下充满"土气"的普通劳动者，他想给师娘以幸福、美满的生活。可是，由于他摆脱不了所负的情感阴影，"他一时又想起了师傅，心里怦怦作跳，就坐回炕上大喘气"。在这种情况下，师娘和他有何幸福可言呢？小月对门门的爱情是一种凭借男女青年的生命直觉（性的作用）而产生的，然而，这生命直觉的审美选择是投向中国农村改革开放后的新人——新生力量，代表社会先进的生产力的人。《鸡窝洼的人家》中的两个家的重新组合，是性、情、爱使之然。但是，这性、情、爱的淡化、发展、组合、裂变、重构的逻辑层次是促进中国农村经济体制改革后的逻辑层次和历史前进的律动和音节的。站在情与理、灵与肉、性与爱矛盾的"二律背反"处，写出活的人，活人的社会生活的两难境地。

（3）强调生命扎根于大地深处，朝着太阳成长的心性历程。《废都》中的庄之蝶是一个精神的执火者，面对旧的精神价值观念、伦理道德"皇都"的倒塌，他迷失、彷徨、徘徊，不知去向，他的灵魂无所依托，他想在美中栖息自己的迷惘了的灵魂。然而，缺少灵魂的心灵是无美可言的行尸走肉，最后他只能走向阴暗、潮湿和死亡的渊薮。《太白山记》中的"少女"篇，写那少年与少女俩人在山林里尽情地享受爱情，后来俩人双双变成石头。作者艺术地再现了人是万物之灵长，灵长生长在理性的大地之上，食五谷杂粮，长"心性"之灵。否则，只能化为无生命的"石"物。

3.土地是中国精神、中国叙述、中国形象的根本。贾平凹在《我是农民》一书中，讲述了他在二十岁之前在农村生活的经历，以及他对自己耕作在土地，生活在农村的一种体验、看法和态度。他说："读了不到两年的初中，学校便放了假。""回到了棣花，我成了名副其实的农民……从运麦糠开始，我被队长派了运粪、套牛等农活，每天挣三个工分。那时一个劳动日是十分，十分工折合人民币是两角，就是说，我一天从早到晚的劳动可以赚得六分钱。""我是棣花公社棣花大队东街村的社员了,我已经能闭着眼睛说出我们村的土地在前河滩是多少亩水田,西河滩是多少新修地,东硷是多少亩旱田,西硷又有多少亩梯田。我爱土地,爱土地上的每一株庄稼苗……""可后来,做起城里人了,我才发现,我的本性依旧是农民,如乌鸡一样,那是乌在了骨头里的。"[1]

《秦腔》集中地表现了改革开放年代乡村的价值观念、人际关系的传统格局的深刻变化,字里行间倾注了对故乡的一腔热情和对社会转型期农村现状的深沉的思考。贾平凹认为,土地是农民生活的根,农民、农村是社会稳定的基础和关键,土地的所有制形式,是衡量一个社会文明程度的基本标准。他的散文《一块土地》,通过"一家人在沙百村外的狼牙刺滩,起早贪黑硬是挖掉了狼牙刺,搬走了石头,才修出来了十八亩二分五厘地"。"但在太爷三十一岁的那一年,房子着了大火,把什么都烧成了灰,十八亩地就卖给了村里的马家。"土改运动中又在分田地时分到了这块土地,但人民公社化又被收回去了。后来改革开放,这块土地又在开发征地时被征了去。作者写土地的流转、变迁,映射出几代人的生活与命运。一块十八亩的土地见证了中国历史的几十年变迁。这一块土地,就像一本史书一样,写过几代农民的岁月。作品中灌注了农民对土地深深的爱,太爷死后要埋在十八亩地的梧桐树下;"爷爷从地上捏了一把土,捏着捏着,就把一小撮塞在嘴里嚼了起来,吓了他一跳"。他在《秦腔》后记中谈道:"农村在解决了农民吃饭问题后,国家的注意力转移到了城市,农村又怎么办呢?农民不仅仅是吃饱肚子,水里的葫芦压下去了一次后就会永远沉在水底吗?"[2] "我站在街巷的石磙子碾盘子前,想,难道棣花街上我的亲人、熟人就这么很快地要消失吗?这条老街很快就要消失吗?土地也从此要消失吗?真的是在城市化,而农村能真的消失吗?如果

---

[1] 贾平凹:《秦腔》,作家出版社,2005年,第560页。
[2] 同上,第561页。

消失不了，那又该怎么办呢？"①

2015年4月14日下午，贾平凹先生最新长篇小说《极花》新书发布会在中国现代文学馆举行，他在会上说："这十几年，就我的目光所及，我觉得（乡村）衰败的速度是极快的，快得令人吃惊。包括去年跑了很多地方，村庄有一些地方，只有在那个大寨子前面见过人，其他完全没有人。从门缝里看进去，荒草半人深。我跑到我们乡镇南山和北山，走了比较偏远的村寨子。在前几年去的时候，村寨人少，村和村合并。我心里特别不是滋味。十多年前，乡土文学里面还有批判，确实还有，严格讲这十年以来，批判都没有办法批判了，批判谁？好像不知道批判谁，没有对象，想说没人听。现在不是歌颂它或者说是批判它，都不是这个问题了，完全是成了一种痛，这个跟人没法说，是只有自己内心知道的东西。就像没有孩子的人看到邻居的孩子，这个感受没办法谈，只有自己知道。在这种两难的情况下，想写一个叫人说不出的痛苦，想表现这方面的东西，不仅仅是批判（我觉得现在不是批判，绝对不是歌颂或者批判）。在这种情况下，写了《极花》这个故事。"

4.为生民立命。2014年10月21日，贾平凹在和西北大学师生的座谈会上说："好作品完成的使命是为百姓、民生写作。""我就是实实在在地写一些基层的事情，也算自己这么多年来一直在为基层工作。"他的全部创作紧紧地围绕着一个命题，那就是为生民立命，为土地立传，为历史留言。他作品当中的人物形象，大多数是社会最底层普通劳动者的形象。

长篇小说《高兴》中的主人公高兴是一个社会转型期的乡里能人，一个具有现代思想意识的农村青年，在中国城镇化建设的高潮中，农村人口大量涌进城市，建设用地使农耕土地锐减，高兴为生计不得不涌入城市捡破烂。作品中五富的死亡，孟夷纯的"堕落"，都显示了贾平凹对社会下层人的同情和对农民的出路的思考、担忧。

---

① 贾平凹：《秦腔》，作家出版社，2005年，第562—563页。

高兴和五富同乡，他们吃苦耐劳，重视友情，生死同盟。相比之下，五富比高兴年长，但他胆小怕事，心理狭隘，生活陋习，身上携带着浓重的小农经济思想意识。而高兴有见识，有自尊，有思想，生活中养成了良善守信的美德。他的吃穿住行虽然在城里人看来是下贱的，但他还是按照文明礼仪的章法做出人样来！吃粗茶淡饭他也细嚼慢咽，每天捡完垃圾他都要擦洗身子，出外见人他要穿上捡来的西服。高兴是个农民知识分子，在他身上，包含着民间百姓的生存智慧，形成了农耕文明的生活方式和身份志向。他有文化，有善恶是非观念，这个心地善良的乡里能人俨然是同他一样的贱民们的精神领袖，是五富等人的主心骨。他见义勇为，当遇见小车司机碰伤孩子要溜走时，他勇敢地挡在汽车前边，当汽车司机驾车冲撞时，他趴在小车车头，手抓雨刮器，直到警察赶到挡下汽车。高兴与妓女孟夷纯的交往，是作家从悲悯情怀出发，将民间视为下贱的拾破烂的和妓女连在一起进行描写，从中抒发对民间不幸者的同情和理解。

《带灯》中的带灯，是大山的女儿，她爱大山的幽深、清静，爱山里人的纯朴、善良，爱山泉的澄澈、清纯，爱山花的青春、鲜活。她以一颗金子般的心爱着大山深处樱镇各村的乡民。她为解决南河村人修屋垒墙筛沙和南胜沟村人吃水等问题，与元黑眼斗智斗勇；她为十三个硅肺病患者取证、上诉，争取劳保补偿待遇。她以一个人民公仆的标准和品质，践行着为人民服务的职责。她是黑夜中的一盏小小的油灯，以微弱之光，驱散着黑暗，照亮着前程，显示着生命的智慧、价值、意义，乃至人之为人的作为。她身为樱镇治办主任，为民排忧，为国解难；她为人之妻，经常回丈夫家看望风烛残年、孤苦伶仃的婆婆，不管丈夫怎样为追求自己艺术创作的梦而背井离乡，终年寄居于大都市不回家，一回家就与她吵架。即使是这样，她也守住人生爱情、家庭、伦理、道德、精神的底线，正正经经做事，清清白白为人，老老实实处世。她为人之友，经常无私地帮助朋友、同事、生活的弱者。张膏药的儿媳才栽下一方西红柿的小苗，带灯就给她了三十元钱，提前预付了一季果的收入，并说："有空了我就来吃，吃剩下的还归你。"她工作认真，坚持原则。她反对给上访专业户陈小岔一千五百元。她认为陈小岔得利以后可能还会再来闹，而且别的人也都看样。她志存高远，情系明天。她对元天亮的单相思，柏拉图式的苦恋，实质上是对人类美好精神的一种挚诚之恋。她在乡镇各村深受群众的爱戴，东岔沟的六斤，红堡子村的刘慧芹，南河村的陈艾娃，镇东街村的李存存等，都是她妇女界的好朋友，可以说：她"村村都有老伙计"。就是社会上的那些五脊六兽、阿猫阿狗、混混闲皮，对她也是敬三分，惧三分，爱三分。因为她一身正气、清气，办事公道认真，说话算数，处理问题从实际出发，既考虑到上级部门的要求，又要替群众着想。她是一个脚踏实地的维稳干部，又是一个年轻漂亮、情感丰富的女性。樱镇的许多人都喜欢带灯的漂亮和能干。作者是把她当作生活中的有血有肉，有爱有憎，有悲有喜的真人来写，真、善、美集于她一身。她身上有工作、生活的智慧，又有菩萨般美好的德行。带灯的形象意义是：国家兴亡，匹夫有责，小民的发光意识；人微言轻，位卑忧国的爱民思想；融入生活，超越世俗，越是在生存环境潮湿和阴暗的条件下，越要发光的精神挺拔品质；在物欲横流、货币纷扰的情景下，从容、淡定、自尊、自爱的生活、工作着的乐观态度。这些都是农耕文化根性的东西，贾平凹从农耕文化的根性出发，思考人类文明社会发展的历史趋势。

七

贾平凹悲剧意识的表现形式大致概括和归纳起来有以下几点：

1.在自然生态被破坏中揭示人性被"异化"的悲剧情态。《怀念狼》，这部叙述无羁、寓意丰饶的长篇小说是一阕"天人合一"的祈歌。作品中的主人公子明，把对现代人人性的"异化"，精神危机的自救寄托在了对狼的追寻中。猎人、记者、烂头在为商州尚存的十五只狼拍照存档的途中，血光之灾比比皆是，妖魔奇遇倏然丛生，诡事异象层出不穷。其感伤、哀怨、苦难之情溢于言表。

2.在传统农耕文明与现代工业文明悲剧性的矛盾冲突中，表现人生的悲剧感和悲剧性的人生观。《高老庄》的主人公高子路，他一方面享受到了物欲横流的都市生活和现代文明带给他的自由与快活，另一方面他却在都市文明中无法安妥自己的灵魂。他在心理上和情感上刻意去回避与压抑的乡村文明情结已经转化为文化人格的重要因素，构筑在高子路的内心精神世界里。因此他开始逃离城市，企图回到远离城市的家乡高老庄，以寻找安妥灵魂的精神家园。然而，子路在带着新婚的妻子西夏回乡省亲、祭奠父亲的过程中经历的种种野蛮而残忍的家长里短、鸡零狗碎却打破了他对故乡的诗意想象和温情回望。子路为寻找精神家园而满怀热情地回到已经疏离很久的故乡，并没有使他找到安妥灵魂的居所，对故乡的日思夜想在现实中遭到的却是现实中备受熬煎和内心无法摆脱的混乱和困惑。《古炉》，故事发生在陕西一个名为"古炉"的村子里，这里贫穷而闭塞却山清水秀，村人们保有传统的烧窑技术和浓郁的民风古韵，仿佛几百年来从未被搞乱过。但是动荡却从1965年冬天开始，古炉村里的几乎所有人，在各种因素的催化下，各怀不同的心腹事，集体投入一场声势浩大的运动之中，直到1967年春，这个山清水秀的宁静村落，演变成了一个充满猜忌、对抗、大打出手的人文精神的废墟。

3.道家悲剧意识对他的影响。由悲剧人生观或人生的悲剧感走向自然、天真、空灵、虚静的艺术境界，是贾平凹受道家生命意识影响的主体艺术表达。在贾平凹的作品当中往往有三个世界：天、地、人。天上的未必都是神仙，地狱里的未必都是鬼，地上的未必都是人。他在长篇小说《秦腔》书的封底有这样的句子："魔幻笔触出入三界，畸形情恋动魄惊心，四稿增删倾毕生心血，一朝成书慰半世乡情。"

4.在历史的"病相"中报告人生的悲剧。《病相报告》中的胡方、江岚、叶素芹、冬梅、韩文、景川、胡亥、訾林的家庭、婚姻、爱情、工作、命运的悲惨遭遇，有历史社会的原因，更有个人性格修养的原因，作者在历史发展的悲剧性的情境中,表现特定社会历史发展阶段特定的悲剧风貌。

5.坚持中庸之道,在悲而不痛、哀而不伤中营造悲剧氛围。例如,《妊娠》,没有大悲恸、大哀伤的情节设置,作者在淡淡如流水中表现悲剧意识,努力营造一种"润物细雨"般的悲剧氛围。《古堡》,承袭了鲁迅《坟》中"人血馒头"悲剧的衣钵。作品中高老大这一形象都有革命的理想主义色彩。他一心想使村里人富裕起来,可就是始终得不到村民的理解和支持,事必躬亲、呕心沥血的结果是村人的疏远,车钱被骗,家产被抢,孩子送命,弟弟被杀,最后他自己本人也遭车祸受伤,又被判刑入狱。面对宣判他的布告,麻木的村民蜂拥着去抢撕据说可以避邪的盖有红印戳的纸片。表现出一种哀其不幸、怒其不争的悲剧情感。

6.追逐一种灿烂之极归于平淡的禅意。《白朗》中的土匪头子白朗,匡扶正义,扶弱济贫,路见不平拔刀相助,杀人如麻,威风八面,最后他的灵魂幡然醒悟,他放下了屠刀,立地成佛,皈依了佛门。《龙卷风》也有这种审美倾向。

7.在因果报应中编织悲剧情节。《刘家三兄弟本事》中的刘老大从肉体到灵魂都是丑陋的,但在"文革"那美丑颠倒的岁月,他却活得人五人六,英武光鲜,神气百倍。这本身就是一个社会历史的悲剧。但极左路线的干扰使他最终也被送上了断头台。

8.用喜剧涵盖悲剧。《下棋》,写一个公社生产干事因棋艺很臭,处处被人嘲笑,可当他被提拔为公社书记以后却奇妙地成了小镇上的常胜将军,连老辣的"山中老怪"也败在他的手下。这是一个多么令人哭笑不得的生活悲剧呀。

9.在"二律背反"中表现悲剧意识。《上任》中那个刚刚从大队支部书记提拔为公社书记的干部,本想带领大家大干一番事业,可他的朴实、平易、谦和的工作作风却使群众感到他不像个公社书记,这种可贵的工作作风和品质却处处成为工作的障碍。这种"二律背反"的表达方式,是贾平凹悲剧性的审美创造给读者留下了二度创造的巨大的空间。

10.在人性的自卑情结中开掘悲剧性的生命价值。《五魁》中的五魁及女人的悲剧是因为五魁不能省悟的卑琐造成的。五魁唤醒了一个青春少妇内心深处的人性的渴望，但也是五魁又亲手扼杀了这种人性的要求。他看不起自己的贫穷和低贱，自始至终以为自己配不上高贵的柳少奶奶，在逃出柳家住进山神庙之后，他人格的卑琐更加暴露无遗，只一味地考虑到他所钟爱的女人的物质需要，却毫不顾忌女人最基本的欲望，致使女人与畜类交合，出于妒忌，他又杀死了那条狗，导致女人羞愧而死。小说最后写到五魁由一个视女人为神明的好人，一跃而变为连娶十一个良家女子为压寨夫人的匪首。

11.在悲剧性碎片化的叙述中，对中国传统文化的娱乐形式走向衰微，现代都市文化蓬勃兴起，表现出无限的感伤。《秦腔》作品当中的白雪是中国传统文化失败的写照。陈星、翠翠是都市文化欣赏者的代表，半疯半傻的引生，是一个被阉割了的艺术形象。他是一个具有象征意义的形象。一个阉割了欲望、冲动、激情的形象，使欲望不再有真实的行为。引生不仅仅阉割了自己对白雪的欲望，也阉割了对中国乡土文化传统叙述的倾诉。

贾平凹的悲剧，从尼采、鲁迅那里继承抗争的精神；从卢梭、沈从文那里继承对人类在现代化进程中所产生的异化状态的分析；从高尔基、郭沫若那里继承无产阶级功利价值的追求；从克罗齐、林语堂那里继承心理分析的表现性。贾平凹的悲剧继承了中国传统悲剧的精华，他没有把人生推向毁灭的极端，没有把生命推向绝望的深渊。他的悲剧中有生的希望，有美的呼唤，有善的追求，有真的抗争，有人性的呵护，有历史的叩问，有伦理的重铸，有人性的分析，有社会的担当，一言以蔽之，他是为人生的悲剧。

八

贾平凹的悲剧是一种中国式的悲剧，中国式的悲剧是一种带有浪漫主义喜剧涵盖悲剧意味的悲剧：关汉卿《窦娥冤》中的三个许愿的实现；在民间流传已有一千七百多年的《梁山伯与祝英台》，最后的"化蝶"；《牛郎织女》《嫦娥奔月》《白蛇传》《聊斋志异》中故事情节和人物命运的发展最后都给人以生的希望。贾平凹的悲剧也是这样。

从《太白山记》开始，贾平凹的小说显露出强烈的神秘主义悲剧性特征，其结构、语言、叙述的节奏，都与《山海经》《红楼梦》《聊斋志异》《世说新语》等作品当中的悲剧意味相接近，并深得其生命悲剧意识的真传。《白夜》里夜郎突然饕餮附体，后来患有夜游症，自己却浑然不觉。《浮躁》中久病女人高烧时的"通说"。《古炉》里蚕婆念咒转圈为病人辟邪祛病。《秦腔》中第一叙述者"疯子"引生具有的能与万物感应和幻化的"通灵"特性：他能与飞鸟走兽、草木虫鱼对话交流：他让机灵的老鼠到白雪那里去透露爱的信号；化身为蜘蛛审视君亭开村委会的过程；用爱的念祷使白雪连打喷嚏；让自己的灵魂出窍，人在县医院，魂归清风街；天眼大开，能看到清风街村人头上冒着的火焰，从而预知人的阳寿和时运。还有一些自然的诡异现象和无数的红云样的蜻蜓，泛滥成灾且来去突然的地虱婆虫，"说来也怪，白路的娘在墓堆上哭得人拉不起来，就刮了一阵风，地虱婆竟然全随着风起飞，遮天蔽日的一片黑云在清风街上空兜了三个来回，就朝西消逝了"[1]。多年不见而又突然出现的狼等等这些神秘的现象，夏天智一家发现白雪的孩子没有屁眼时，"一群蜂结队从门楼外飞进院子，在痒痒树下的椅子上嗡嗡一团。冬天里原本没蜂的，却来了这么多的蜂"[2]。这些情节的设置和故事编织，都表现出贾平凹在

---

[1] 贾平凹：《秦腔》，作家出版社，2005年，第210页。
[2] 同上，第408页。

创作中自觉追求东方悲剧神秘主义精神的特征。贾平凹悲剧意识当中的东方古典哲学、传统文化、神秘主义色彩主要表现在以下几个方面：

1.从中国传统古典文化当中吸取营养。《美穴地》直接从中国古典哲学——"风水学"中汲取创作题材。他站在东方神秘主义文化的制高点上，借鉴西方意象、象征主义和结构主义的思潮，在作品中追求自然之象与人生之象、命运之象与地理之象、山水精神与神性精神的对位与呼应，追求意在象中流、象在意下显的整体性审美效应，进而在生与死的意象建构处表现一种两极对位、天人感应的超越意识。说他家族坟脉中要出现一个皇帝，应验是应验了，具有讽刺意味的是最后这个皇帝是舞台上假扮的"皇帝"。

2.用现代意识烛照中国古典哲学思想。《火纸》，是中国当代文学史上，用当代意识烛照传统观念，用现代哲学观念映照东方神秘主义文化的优秀之作。贾平凹写两个青年生活在阳世，他们做的却是追悼亡灵阴间的生计；汉江的水属阴，火纸燃香属阳，木生火，水克火，阴阳相克（对立）相生（统一）的中国古典哲学的立意，让一对生活在原始深山中的男女青年做转化这一对矛盾的主体，转化的手段也是原始的古老作坊式的生产方式。古老的哲学立意，古老山区中愚昧的人，古老落后的生产方式，古老落后的思想意识，一切都是古老而僵死的，唯有男女青年的青春与爱情是鲜活的（像火一样燃烧着）。作者合目的地用古老而僵死的"硬壳"，窒息死鲜活而燃烧的生命，再用曾经是爱情与生命的富有者含辛茹苦地以古老而僵死的生产方式生产出来的火纸去悼念、焚祭他们青春、爱情、生命的亡灵，在烈火的燃烧中显示生命精神的光亮与不朽。

《火纸》的艺术价值，对于贾平凹来说，是从"鬼城"的"挽唱"中走向商州东方曙光的烛火，是在"仁爱"的"张力场"上由写人的改革向写改革时代的人的转变；是从具象的描写走向意象的概括，从暗示艺术的意蕴走向象征艺术的涵盖的一步。如果把《火纸》放在全国新时期小说发展的格局中来衡量，它的艺术价值也许显得不怎么重要。但是，《火纸》

的意义就在于它从中国哲学意识的审美特征出发，用经济体制改革的当代意识去冶炼原始野性，浇铸建造改革时代文学艺术大厦的砖瓦。真正用中国哲学意识的审美特征去和中华民族的文化意识去联姻，反映中国当前经济改革现状的小说，显然应从《火纸》算起。当然，过去也有用现代哲学意识光照小说创作的，却没有在中国哲学特征和中国文化审美特征的焦点上去寻找中国小说艺术的引爆点，没有在现代意识的观照下，用中国古典哲学意识去开掘与之相适应的原始、野性题材，没有把哲学意识渗透在作品的主题提炼和情节编织、结构布局之中，而是生硬地搞哲理说教，对小说艺术的感情形态失去应有的兴趣。作品中的人物似乎来自遥远的理性主义时代，纷纷充当起智者，向芸芸众生阐述着他们关于世界、历史、人生和存在的冷峻的思辨。而《火纸》在重视小说感情形态的基础上，从中国哲学的喻理、感悟入手，营造艺术的"张力场"，"磁化"作品中的情节和人物。这却是它自己所独有的。

3.在道家与佛学的融合中表现"神谕观念"。贾平凹的《烟》中灌注着一种"神谕观念"。这篇小说是在意象与禅宗的神秘叠合处思索中国小说的出路，它把贾平凹的艺术禀赋——意会、感悟、神秘与智慧、理性、意念有机地融为一体。《烟》描写的是一个叫石祥的青年战士，具有一种神秘的感悟秉性。他七岁时就在自己来去的地方感悟到了那里有一个烟斗的存在。他患有严重的"烟瘾"，在战地上被烟瘾所折磨。最后，他在吸了一口烟后闭上了眼睛，幸福、满足地死去。作者用一种超现实主义的荒诞笔法，在现实世界和梦幻世界、昨天的战争和今天的战争之间表现人性、人情、人意的一种幻象、思象、求象的审美情绪，发出了"人是什么？人从哪里来？人到哪里去？"的沉思和感叹。富于感悟和意会的贾平凹在这里把他一向崇尚的"虚静"境界发展到"灵动"的新地，而这种美学境界的拓展，是靠他站在神秘主义的制高点上，透过佛学的灵性之光来完成的。故事一开始，就把时间定在日落西山、夕阳晚照的时候。这表现出作者怀着夸父追日般的情怀，对生命发出一种"人无力回天"的无奈感叹和深情的依恋。太阳是宇宙的光源，生命的根系，没有阳光，就没有生命，在这阳光即将沉没、黄昏弥漫宇宙的时候，人们自然充满了"夕阳无限好，只是近黄昏"的悲愁离绪、凄凉感伤的意味。具象的太阳在战争硝烟的弥漫中，且置黄昏之时，其惨淡、昏暗是可想而知的了。烟斗，是一个具象，是人们日常生活中的一个消费品，它象征着人间烟火味，是世俗社会的浓缩。它是人性的一种表现形式。它有生命在燃烧的意味。作者把它放在战场上，这就赋予了它更深的寓意：是用烟斗能制造烟，象征战争在制造人类之烟；还是象征人世的烟火和战争是一脉相承的；还是探究人性中的竞争意识是战争硝烟的深层"烟斗"；还是诅咒烟雾的弥漫，期盼一个风和日朗的白云蓝天。似乎是，又似乎都不是。但是，烟斗和落日这两个具象在这种环境和背景下的"出现"，显然是一个意象的复合。作品中写到"夕阳照着烟斗"，这是生命之光对人生（吸烟的人和烟斗）的一种亲吻，是自然之光与人生之光的叠合。"阳光能照着这个烟斗，铜的光亮会像一颗小星子一样的。"这是一种自然与人生和谐论的意绪的流露，也是对人的生命的一种强调和礼赞。石祥的"目光便移开了铜的烟斗，凫眼瞧着那个红与黄的落日。日渐下坠，但很长的天幕上似乎残遗了无数的日影，以致看到了日行之迹。'日也是铜造的？'不知怎么石祥想到如果以烟斗去磕那落日，一定是悠悠动听的铜声"。这是生命之烟斗对光明与生命之源的靠拢和亲近，是人生造烟之象（烟斗和宇宙造烟之象太阳）的神秘叠合，这种叠合是对人生之光的思考、感悟、意会和叩问、探求、追溯。自然，其中有对生命终极价值的"天问"式的期冀，有对人与日月同辉的一种向往和憧憬。

　　作者在具象的变形中，鞭笞战争，呼唤人性的复归。神坛上的袅袅香烟，是人皈依于自然力的神秘崇拜；烽火台上的柱柱浓烟，是人性的争斗燃起的生命之烟；乡村的缕缕炊烟，是一种世俗的温馨。烟是有机体在生命枯竭后通过燃烧的一种转换。烟是一种涉远、飘逸、虚灵的形态，说它是有形的，它看得见，说它是无形的，装在瓶子里，它是瓶形，装在盒子里，它是盒形，有人口吐烟圈，有人口吐烟云。它是一种在具象与意象、有形与无形、虚幻与现实之间的一种象态。它和东方神秘文化的特征有相似之处。它和贾平凹的感悟、意会型的审美情趣有相通之处。它和战争有一种生命内在的联系。贾平凹在表现生命意识的战争题材时，抓住战争的硝烟使人性发生了变异，人性中根深蒂固的争强好胜的生命意识，最终也逃脱不了枯竭、被焚的命运，进而鞭笞战争，呼唤人类和平的温馨的炊烟的长存永驻。

战争的硝烟笼罩了人的理性视野，人们在非理性的狂迷中，为生存而厮杀。这种在烟雾弥漫中的厮杀，使人模糊了自己，把美送上了奠堂，成为战争的祭品：在战地上，"突然出现了三个赤身的女子"，"几乎一瞬间里都向那里开火，火光在白石台上飞溅"。"那美女就在上边，如雪如玉的身子被子弹洞穿，殷红的血顺着起伏有致的身躯下行，感到了一种从未见过的美艳……"

战争把美绞杀，战争使人性异化，在暴虐的兽性中把摧残美当作"艳美"来欣赏。这里没有理性，非理性之烟在这里弥漫缭绕，捆绑着每一个参与战争之人。"那是一个烟的小小的圈，旋即扩大，倏忽套住了头目的脖子，接着又一个一个烟圈套来，瞬间烟圈接踵而来，一个接一个地套在头目的脖子上了，头目立时身不能动，脖子也僵硬起来，用手去抓，又抓不下也赶不散，浓烈的呛味使他一时昏然不知所措。"这里，作者借用烟的变形和夸张来批判战争对人性的捆绑和扭曲，战争对人的理性的一种绞杀。战争的硝烟，使人麻木，"一根指头断下来，在地上活蹦乱跳"，被断指者却毫无疼痛之感。这是何等地麻木！在这种荒诞变形的背后，潜伏着作者啼血淌泪的痛哭。

作品通过石祥这个人物形象的塑造，隐喻和暗示了一个理念，即烟是深深地植根于人的生命意识和机体之中的，战争是生命的燃烧，生命在战争中咆哮，而战争是与人类共存的，是无生无灭、无时无空的，犹如"烟"一样，脱离了具体人的躯体而存在。作者对战争的态度，显然是持批判态度的，它毁灭了人类及大自然中一切美好的东西，但战争又是使历史向前发展，从落后走向文明这样循环往复的动力。这种悖论使作者感到了一种困惑。

4.追求无中生有，以虚写实。 中国古典哲学认为：宇宙的深处是无形无色的虚空，而这虚空却是万物的源泉，万物的根本，生生不已的创造力。万象皆从空虚中来，向空虚中去。这种哲学对中国人的文化心理结构、审美习惯、审美兴趣、审美理想有极大影响，也对中国的文学、音乐、绘画有极大的影响。所以纸上的空白是中国画真正的画底，西洋油画先用颜色全部涂抹画底，然后在上面依据远近法或透视法幻现出目可睹、手可摸的真景。它的境界是世界中有限的具体的一域。中国画则在一片空白上随意布放几个人物，不知是人物在空间，还是空间因人物而显。人与空间融为一片，具有无尽的生动气韵。贾平凹的散文走的就是中国传统美学观念的这条艺术路子。他不像浮士德那样在时间的迫切流逝中感叹人生的苦短，而是在一山一水、一丘一壑、一花一鸟、一草一木中发现了无限，渗透着无限，表现了无限中的有限生命的思考。他的散文往往境界大，意绪浓，味蕾鲜，显示出空间的无限，时间的遥远，引人遐思，在客体外观的描绘上具有肃穆、深远、渺茫、朴素、清淡的特征。阅读他的散文，一般不会激起人情感上强烈的撞击和震荡，而只能使人的情绪在渗透性的浸润中走向缓慢的放逸。另外他的有些散文又具有浪漫主义色彩的美，似乎弥漫了一层云雾，和现实生活隔了一层，有一段距离，其中蕴含着丰富的内涵，内涵的不可穷尽性又使它带有某种陌生感。在审美过程中，读者的陌生感、新鲜感随着境界的廓大和内涵的深广而扩散、传播、飘荡，使"我"超脱了实际的"我"，而变为"异我"，在一种理想化的天地间遨游。所以，我们说，贾平凹在散文中流露的情绪，是悠然意远而又怡然自足的。他是超脱的，但又不是出世的。他的散文是讲求空灵的，但又是形象鲜明、生动、逼真，给人的实感极强的。他以气韵生动为理想，但又充满着静气。他最超越自然而又最切近自然。他的散文同时又是自然本身的映像。他喜欢写山风民俗，然而写出的文章一点也不野粗庸，而是淡雅、清丽、宜人。

在《太阳路》中，作者紧紧抓住儿童的心理特征，采用对话的形式，表现了作者对人生和事业的理解和认识。这里实中含虚，虚里有实，虽实亦虚，虽虚亦实，实不离虚，虚不离实。虚，是为儿童心理特征所规定的具体化，也是作为教育儿童的艺术家——奶奶启发孩子思考，开发儿童智力，逗玩孩子的真实反映。实，是被艺术的虚的浆液灌满了的实，为虚所制约、规定的实。

《一棵小桃树》也属于此类作品，但又有其独具的色彩。作者在娓娓动听的叙说中随时随地地抒发自己的感情，抒情（虚）增添着叙述（实）的波澜，叙述拉开了抒情的闸门，感情的抒发犹如流动的线，风雨中的小桃树这个艺术形象犹如点，点是实，线是虚，实（直接性）里含蓄着虚（间接性），虽实亦虚，虚不离实，虽虚亦实，虚实相映，点线结合，妙趣横生。中国的艺术，就是点线结合的艺术，它与西洋艺术显然异趣。西洋艺术讲究焦点透视，光影效果，讲究逼真、实在，而中国艺术是运动式的散点透视法和鸟瞰式的"以大观小"的美学观，首先让你造成一种"心理距离"，明确告诉你这是艺术。它的构图是建筑在所谓"散点透视"的基础之上的，这就不必像油画那样填满整个画幅。而往往仅描绘出某些景物的特征，从而以实写虚，以少胜多。

九

恩格斯对悲剧的定义是"历史的必然要求和这个要求的实际上不可能实现之间的悲剧性冲突"。贾平凹的悲剧在于在这个不可能实现的矛盾冲突之中，同时表现出自己的犹豫不决与徘徊彷徨。

《带灯》，是真实地反映21世纪初叶，中国政权形式最底层的乡镇干部和普通劳动者的生存方式、生活观念和矛盾纠葛的一部书。作者坚定不移地站在他一以贯之的人道主义的立场上，执社会疗救和民族精神重铸之烛火，以微映宏，洞见大千。在中国农耕文明向现代工业文明转变与高速发展的进程中，表现人们的思想观念、感情意绪，乃至农村经济建设与政治建设、民主法治建设、社会劳动福利保障与天灾人祸等问题，艺术地再现了基层农村干部和群众的苦与乐、哀与怨、爱与恨的心路历程，有力地揭示了农村乡镇干部和群众的矛盾冲突，以及这一级政府在贯彻上级方针、政策上的左右为难，政策在贯彻和执行中的捉襟见肘。作品中的主人公带灯，是一个美丽、漂亮、纯洁、正直、善良、智慧、坦荡、宽容、阳光、敬业、世事洞明，人情练达，生活淡定，为民立命，严于律己、宽以待人，廉洁奉公、刚直不阿，出于污泥，洁身光鲜的基层女干部的形象。她一心就想为民办事，为建设山乡物质文明和精神文明作出自己的应有贡献，但她终究无力回天，成为现实生活当中的一个悲剧的扮演者。

《高老庄》中的以蔡老黑为代表的农村改革者，竭尽全力，呕心沥血，努力想改变人民群众贫困的经济面貌，但是在以王厂长为代表的城市经济入侵者面前，他却一败涂地。

《土门》中的成义虽然是"脑袋极灵活的人，学什么会什么，干什么像什么"，具有了现代改革者的魄力和能力，但是最终免不了失败的命运。仁厚村的命运也不曾因为他而改变。

《小月前本》中，小月望着立在排头的门门，她心里却酸酸地说："唉，世上的事难道就没有十全十美的吗？如果门门和才才能合成一个人，那该多好呢！"门门是现代文明的人格形象，才才是原始自然、质朴的中国农民的形象。

"小月心里酸酸地"是因为这二者在心里很难统一起来。

《天狗》的成功在于作者以诗人拥抱宇宙的情怀，塑造了一个外拙内秀的天狗形象。作者是在探索人类爱美、慕美、敬美的美好情怀中挖掘人的价值，不足的是这种美好情怀的挖掘仅仅停留在伦理、道德的层面上。天狗在他一系列真诚而有效的生活与劳动创造中，感动了师傅和师母，师傅和师母都心甘情愿地认为，他应该和师母住在一起，但他最终毕竟没有和师母住在一起。在《天狗》中作者似乎意识到了中华民族善良、忠厚、纯朴、憨实的性格中不都是历史的惰性，还有其可贵、可取、可用的东西，然而作者还没有找到这二者正负值的重叠处——艺术哲学表达的审美形式。

《远山野情》的成功在于表现了"历史的必然要求和这个要求的实际上不可能实现之间的悲剧性冲突"。在人性的扭曲中，映射出社会的丑恶、落后，在人的价值的坐标系上，呼唤历史前进、文明到来的风雷。作者也含着热泪，讴歌了中国妇女那种忍辱负重的献身精神。不足的是，香香迫切追求幸福、文明、自由、新生的思想波动和历史前进、社会发展的律动没有在同一声波上、节奏上、频道上的呼应，或者说她追求自身人的价值的实现缺乏与之相应的社会基础和历史性的深沉思考。也有可能有人要说这里写的是远山的野情，但再远的山中的人也是"社会关系的总合"，再野的情也是人的感情呀。

贾平凹在理智上认为现代文明一定要代替原始古朴，现代工业一定要代替个体手工业的生产。但是，他在情感上对原始自然式的东西是抱有深深的依恋和无限同情的。《火纸》中的主人公阿季在作品的结尾，点燃他所有的火纸祭奠丑丑的亡灵。这悲壮的挽歌，是对原始自然美的葬礼，然而，悲剧的情调凝定成一种审美走向——理智与情感的双峰对峙。

艺术哲学的辩证法在这里应该是：情感的悲剧溪流穿过理智的山洞、峡谷、岩缝、丛林。理智的历史坚固性和残酷无情性对悲剧溪流形成强大的阻力，形成悲剧人生的悲剧性格，而不仅仅是推动故事情节发展的外在力量。悲剧的逻辑层次是这种对原始自然美的钟爱、依恋、欣赏的情感在艺术特定情境的规定性下自然发展、流向的必然结果。贾平凹不是这样，他是在情感的失落与理智的坚固的对比中造成一种诠释人与社会的生存关系和理念认识。

《九叶树》的成功在于表现文明向落后的渗透中，原始的、淳朴的、憨厚的人性被强奸摧残。作者是在一种阵痛中表现历史前进的律动,不足的是文明的代表者何文清对兰兰的诱奸显得粗糙了一些,简单了一些,表层了一些,缺乏文明在对落后的改造、同化、对比的过程中,由于历史的局限性文明本身而表现出的不足。

《商州》的成功在于表现一对不被社会理解的恋人的苦衷。背着黑锅被公安捕捉的刘成心灵中也有金子般的光彩在闪烁,被人诬蔑为不正统,指责为骚货,嘲讽为轻薄的珍子实质上是善良、美丽、纯洁的姑娘。不足的是作者没有抓住造成刘成和珍子这对恋人爱情不被社会理解的纽带,在这对青年恋人的悲欢离合的安排上显得随意了一些,缺乏历史发展必然性的内在凝聚力。

《西北口》的成功在于作者在表现文明渗透着落后的社会变革前进中的阵痛,文明是相对于人来说的文明,不可能是超越历史的文明,落后是相对于人来说的落后,不是不食人间烟火味的陈腐,因为人总是一定社会关系的总和。由一定历史积淀长期形成的文化心理结构,由一定的社会条件形成的审美观念,由于共同的人性、人情的存在,文明与落后在一个社会成员的身上,不可能半斤八两、掐尺等寸,泾渭分明,这就形成了文明与落后在渗透对比中的混浊性和复杂性。《西北口》就是旨在揭示这种混浊性和复杂性。

小四面对着所谓文明、时髦青年冉宗先的挑战,精神上忍受极大的痛苦,肉体上被他们(水文站一伙所谓的文明青年)打得皮开肉绽、焦头烂额。他终于在和文明的较量、扭打、对比中痛苦地成熟起来。

不甘贫穷和落后,想做文明人的安安,被伪文明者冉宗先强奸,痛苦地扛着一个大肚子和自己的恋人——小四结合了。骑着小毛驴,到省城去参加民间艺术会议。作者是怀着极其复杂的感情描写古朴纯洁、美好的原始状态的人情、人性如何在社会动荡中从愚昧、落后走向成熟、自立的,这是《西北口》的可贵之处,也是贾平凹在创作之途上不断走向深入的表现。

不足的是，从商州深处走出来的贾平凹太爱原始状态的美了，由于这种特殊的生活道路，致使他在表现原始状态的美在同现代文明社会进程中有一种好像蝴蝶翅膀上的粉末图案，不许粗壮的手指触摸的感情，这种过分偏爱自然美的情绪，影响了他在把握现代文明在挟携着原始状态之美的前进中的分寸感，让人感到他似乎对现代文明保持、培育一种本能的防卫和惊愕的情绪。

《西北口》中的冉宗先是这样，《九叶树》中的何文清是这样，《黑氏》中的黑氏女也是这样，似乎文明对原始状态的美常常是一种亵渎和强奸。

人类是从自然走向社会的，劳动把自然的人变成社会的人。现代文明社会是从原始自然的原野上走过来的。今天是昨天的发展，昨天是今天的发源地、"娘家土"。这二者在人类劳动实践的基础之上是有机的统一。问题是：人类在创造现代社会文明的时候，自觉不自觉、或多或少总是以牺牲原始自然的资源和能量为代价的，总是以损伤和消耗昨天创造的社会进步的一些成果为代价。真正人类现代文明社会的建设有没有一种不以牺牲原始自然的"元气"为前提，在现代文明与原始自然的能量相平衡、相"守衡"中实现人类现代文明社会建设的模式？这是全人类都在思考和探索的问题。

十

造成贾平凹创作中现代文明与原始自然夹击自由灵魂，形成一种历史走向上的困惑、徘徊、迷茫、艰难选择的原因有以下几种：

1.农耕文明、自然经济、小农意识渗入他的骨髓，田园牧歌式的审美情趣成为他无法摆脱的一种精神桎梏。他把天大于人，人是自然之子推到了极致。以物感人、以人类物，在文明与野蛮的界限上未能站在理论的高度。人的自然属性和物（大自然的动植物）的自然属性是有严格区别的。

人的自然属性中包容、涵养、滋润人的感性、理性、灵性；物的自然属性中只滋养、疯长、流露兽性、野性、血性。人类社会文明是在一定的社会条件和生产方式制约下，保持特定历史精神最大容忍度，对人的自然属性和人的社会属性在情与理、社会外在规范化与个体的内在自觉的相对和谐的情况下，尽可能多地削弱、减轻，乃至降低自然属性对社会属性的牵制、左右和干扰，努力保持物（大自然的动植物）的自然属性和人的社会属性在生命元气（阳光转化成能量），天地精气（山水草木营造的节气），运动灵气（人道在天道中相对和谐的自由伸展）三者中的有机统一。他在这个问题上的思考和艺术表达上还显欠缺。马克思在论述文艺和经济发展不平衡现象时曾指出：远古的神话，希腊的传说，在人类审美史上，创造了"不可企及的美学规范"。其中的自然性与人性在审美性上的统一，是值得我们认真研究的。

2.中国古代文人——士大夫的生活方式一直拖着他的身影。他卖字、画画、下围棋、收藏古董。这些兴趣爱好在他身上表现得比较突出。这种个体人格、尚古意绪，旧文人情怀、实践理性，直接影响到他的文学创作。他未能站在伦理相对主义与绝对主义的基点上，对实践理性的先验普遍性与经验感性进行意志论的思考。

3.贾平凹对人类的前途抱有一种极悲观的情绪。在他看来，人类创造了文明，文明也将毁灭人类自身。在悲观至极时，他歌颂和强调"野性"的伟大。"这个世界上野性是多么与天地同一"。他希望把自然与历史贯穿起来，过分强调自然人化的决定力量，而弱化历史主义的理性解释。

4.他站在社会批判的极端处，过分否定人对自然驾驭、利用、改造的客观性。过分夸大人性中的自然属性被社会属性所压抑、放逐、震慑的不合理性。他没有看到人性中的自然性与自然界的自然性，只有在人的感性与理性、民主与法制、现实原则与理想原则相平衡的轨迹上，相对和谐舒展地前行，才是唯一出路。他应该思考人类童年的单纯、天真、烂漫、稚嫩、诗意憨态与工业文明赋予人类感情的新的形式相应和、叠加、慰藉、陶醉、愉悦，可能是人类未来文明社会新感情建立的基础。他没有充分地认识到原始人道和民主遗风在血缘基础——心理原则——人道主义——个体人格间的相互作用。他没有在否定中有肯定，没有在批判中有扬弃，没有用"非"涵盖"是"，没有用极端穿越"中庸"走向极端，进而达到艺术美学表达上的深刻的偏激。

5.他是一位从商州大山中走出的作家，他对原始古朴的大山精神、大山品质产生的生活方式、生活习惯、审美兴趣有一种"斩不断，理还乱的"无法摆脱和割舍的根性。这种远山野情渗透在他的血液中，固化在他的心灵中，也在潜意识里规定着他的审美选择和创作走向。他未能站在"天""人"宇宙整体论的基础上，对"气""理""心"的范畴作现代艺术哲学的分析，这样就大大地制约了他的正常的艺术表达。

6.他是一位受中国传统文化熏陶而成长起来的作家，他对古老的中国传统文化有一种生命血脉和精神气质上的联系。这种知识结构和认知方式形成的思维模式和心理定势，使他很难站在人类美学的高度，用西方的文学理论、艺术思维反观、映照、审视、再造、重构一个既具商州性又具有世界性，既有民族性也有人类性，"超然物外""得其寰中"的新的叙述模式和文本格局。

7.他是一位性格内向、自卑敏悟、想象丰富的作家。他的创作往往是在一种心灵虚静、情感自由状态下，对可居可乐的怡然自得式的宣泄。他在康德式的"义"和理学式的"仁"之间摇摆，由于从本体上对感性存在的承认和肯定，使天人、理欲之分变得模糊，这样就使他在"道心"与"人心"的对立统一中，自觉不自觉地从伦理滑向了宗教的边缘。

我们不能要求作家放弃自己的性格、气质、个性，不能要求作家放弃自己的艺术追求和艺术风格，我们也没有这样的权利和资格要求作家摧毁自己的个性而走向死亡。平凹就是平凹，他应该在高扬自己感应、体悟、妙想、神游、虚灵、喻理、类比、象征个性的同时，去追求这种感应、体悟的艺术审美效应的强度和力度，去追求这种妙想、神游艺术哲学，去追求这种喻理、类比、象征在人类美的创作规律基础上，与人类文学创作上的气韵相通，异质同构，节奏相近，去追求古典声韵与现代交响乐之间的一种贯通关系，去升华自然山水精神。

中国文学发展到21世纪初叶，贾平凹时代，农耕文明培育起来的实用理性达到了非常成熟的地步，贾平凹的《怀念狼》《极花》等作品，打乱了中国实用理性的历史价值体系，希望对它重新洗牌。

中国文学发展到21世纪初叶，贾平凹时代，农耕文明培养成长起来的言情小说、志怪小说发展到一个时代的高度。贾平凹在这一高度上"推波助澜"，发展到"贾氏的言情——志怪"的新时代。

《废都》与其说是《金瓶梅》的摹本，倒不如说是《儒林外史》的后传。

《高老庄》在吴承恩时代的乡村，是一个桃花源式的生活乐园，男耕女织，鸡犬之声相闻，金童玉女漫游温柔之乡。《西游记》当中的猪八戒总打着小农经济的算盘，想放弃西天取经的事业追求，到高老庄去当上门女婿。在贾平凹的笔下的高老庄却变成了一个人性倾轧，假、丑、恶肆虐，近乎崩溃的村庄。

《山海经》《聊斋志异》《齐民要术》为贾平凹所用……

农耕文明创造的一切优秀文化成果，都成为贾平凹在这个历史的拐点上思考人类文明出路的精神资源。

在贾平凹的文学作品中，农耕文明所创造的实践理性需要继承，"天人合一"的宇宙整体认识论需要继承，阴阳五行辩证法需要继承，经验理性的伦理学需要继承，中医经络的生命科学需要继承，《易经》中的生命直觉与宇宙象数的内在关系，《风水学》中的人居环境与光合作用……

中国农耕文明博大精深，源远流长，是目前人类唯一现存非常完备、系统和成熟的形式。它是唯一能够拯救现代工业文明给人类当代生活造成种种的障碍、陷阱、困惑和迷茫的一剂良药。人类现代社会文明的模式创造，只有从这里吸取营养才有出路。

在历史的拐点上惆怅，是全人类每一个有理性、有思想、有追求、有理想的人都应该具备的一种思维方式、感情状态，是一切有理论水平的人在历史发展规律面前的一种敬畏。惆怅在这里是一种生命直觉，也是一种理性的瞬间判断，是感性与理性高度融合产生的一种生命现象、精神现象。在历史的拐点上张望，是一种对理想的寻觅，是一种方向性判断前的考察。这里的张望，是对心中目标的寻找，对外界客观路径的判断。贾平凹在社会文明历史拐点上的惆怅或张望，具有历史性和人类性。贾平凹的文学时代，是一个在失落中重建、在悲观中追寻的时代。

人类的发展是在悲剧性的"二律背反"中行进的，文明是踏着道德的血泊前进的。春秋战国的礼崩乐坏，促成了孔孟之学——人道意识的确立；战争的护族与扩张，使韩非的"冷酷利己主义，人生乃战场"点燃累累白骨，焚烧掉一切虚情假意的面纱；汉帝国在"内圣""外王"的追求中，将阴阳五行（"天"）同王道政治（"人"）融为一体，建构起宇宙系统论的图式——"天人感应"，有机整体的动态平衡与和谐的秩序；庄禅要求彻底破除任何强权、禁锢对人的语言、思想、修养的压抑和束缚，推出了生命体的感性悟道；张载、朱熹、王阳明在"天人""义利""心性""善恶"的理性伦常与感性欲求的残酷斗争中把中国的宇宙论发展到伦理学；黄宗羲、王船山，在中国社会发展中发现了"历史与伦理的矛盾"，为了摆脱这种矛盾，他们背离过去，逐渐明确了"经世致用"……

贾平凹的悲剧意识正是在这样一个历史背景下，思考着中国特色的社会主义发展的文明模式，完成他个体的文学表现形式。他对中国文学的贡献也恰恰在这里。

原载《文艺争鸣》2018年第4期

（收入本书时有增删）

悲剧人生的张爱玲

——评《张爱玲传》的价值趋向

我认同刘川鄂教授以一种宽阔的胸怀，现代意识，建设性的情感，对张爱玲正面的、积极的肯定：她是中国20世纪三四十年代一位优秀的、卓越的、独具个性的、有贡献的作家。我欣赏刘川鄂教授治学的严谨和精神的挺拔。他站得高，看得远，往往从大处着眼，从小处着手，抓住主要问题，独辟蹊径，详细评说，恰到好处。我欣赏他的睿智才情和诗人的气质，字里行间洋溢着感人的诗情。

我器重刘川鄂教授的先觉卓识和矢志不渝的坚持。20世纪80年代初，中国当代文坛春意料峭，乍暖还寒，"伤痕叙事""启蒙叙事""革命叙事"还处于文学的主流。一个初出茅庐、羽毛未丰的青年学子，在这个时期与张爱玲遭遇，他一下子把自己的研究方向锁定在将"冰释"还未彻底"冰释"的张爱玲身上，这一锁定就是大半生。坚定不移，历尽艰辛。直到今天，他还始终不渝、殚精竭虑地深入地研究。一番风雨一树梅，功夫不负有心人。正因为这样，有人认为他的《张爱玲传》是后续很多张爱玲传的"母本"，还有人称他的《传奇未完：张爱玲 1920—1995》是《小团圆》出版以前最好的张爱玲传。

刘川鄂教授对张爱玲的研究，有其独到的视角、方法和发现。他从"人是社会关系的总和""文学是人学"、表现人性（自然性和社会性、男性和女性）在社会历史发展中的时代精神出发，独具匠心地把"文学本质论"和"作家主体精神论"坐实在作家作品与历史精神相融合之中。他的这部作品视野宽阔，内容丰富，生活容量大，思想感情深。我仅仅是站在悲剧的一隅谈我阅读《张爱玲传》后的一点感受。

《张爱玲传》的悲剧表达是：封建宗法思想——男权中心（恶的代表，或者是被否弃，或削弱的代表），对生活在社会底层的女性（善的代表，或者是被肯定，或者是被赞扬的代表）的欺压、扭曲。作为一个超常经受施暴者（恶）的虐待，却被愚蠢、自私、狭隘的极端个人主义遮蔽住眼睛，被妒忌、欲望、占有、性爱操纵的"善"，把自己的反抗报复投向自己的同类，杀死自己妒忌的人，剥夺女儿的幸福。善在这里也变成了恶。善在这里的堕落，并非完全是人心甘情愿的堕落，并非人的本性的堕落，而是一定的社会制度、生产和生活方式、文化观念把善变成了恶。作者更多地是从社会制度、人的生存环境当中透视善恶的关系。

《张爱玲传》中的悲剧分析告诉我们：任何文化，在任何时期的境遇中，人性的"食""色"矛盾冲突，在"善""恶"原初矛盾冲突的操纵下，表现出来的意义两可的形象——理性不能控制感性的形象就趋向于悲剧。优秀的文学家和成功的文学作品，就是要以形象生动、意味深长的诗意之笔，表现人在一定的生活方式和生产关系中"食""色"的历史进步性和社会文明性，用"善"的精神净化"恶"的不洁，达到灵魂的救赎，达到道德的自我完善。

尼采在《悲剧的诞生》中将文化精神分为两类，一是日神精神，二是酒神精神。美国文化人类学家露丝·本尼迪克特（1889—1948）在她的《文化模式》一书中对此作了进一步的阐发，并将她经过调查的两个民族称作日神型民族和酒神型民族。一般来说，日神型民族的文化性格比较强调礼仪、秩序、中和、适度、个性淹没在社会之中。酒神型民族的文化性格刚好相反，比较偏激、狂热、傲慢、暴躁，张扬个性，不拘礼法。中华民族的文化更趋向于日神精神。"炎帝的传说""夸父追日"的神话故事，应该都是这种文化精神的源头。

张爱玲是一个东方文化与西方文化融合中的一个历史的"个体"，这个"个体"在日神文化与酒神文化中融合，以女性生命在文化本质力量人格化的燃烧中，显示出中国女性与西方女性在文化人格上互渗、互补的历史光色。日神文化的整体、全息、协调、一致在她写作修辞"通感"手法的运用中表现得非常突出。酒神文化的孤独、清高、傲慢、不拘世俗礼仪、张扬个性在她身上亦有表现。张爱玲的悲剧，表现了日神文化与酒神文化在社会变革的碰撞中，所产生的二元对立、精神裂变、人格重构的特征。张爱玲的文学精神的悲剧，是中西文化在碰撞、交流、沟通、融合、探索、实验中特殊的历史条件下的一种文学现象。这种文学的悲剧精神，对研究中国当代文学走向现代化，具有一定的现实意义和历史意义。

刘川鄂教授站在"一个人是怎样成为作家的？"终极拷问处，沿着生命成长的轨迹溯源，顺着文学创作的青藤摸瓜，站在文化人类学的制高点上，拨开历史的层层迷雾，超越庸俗社会学和文学伦理学批评的樊篱，严格地从文学的人本、文本出发，坚持辩证唯物主义和历史唯物主义的批评观，还原"乱世才女、传奇人生"张爱玲的真面目；写出了时代风云在她身上的投影，她的绚烂、孤寂，以及何以是伟大的作家。

原载《中华读书报》2021年6月2日，原文无副标题

后 记

　　时光的云烟,遮蔽了岁月的记忆,日月的轮回,丢失了发表过的许多文章。为搜集这本册子中的旧作,我四处打电话,麻烦了不少的人,费了不少的事,辗转找到了有关的报刊后,才发现超出了编辑要求的字数限制,又须抽掉一些文章。例如,1984年发表在《长安》杂志第2期上的《要有自己的"生活切面"》、1986年发表在《朔方》杂志第6期上的《扬起自己的风帆——致回族作家马治中同志的一封信》、1987年发表在《宝鸡师院学报》(哲学社会科学版)第1期(增刊)上的《披霞带露的校园诗花——漫谈我国近年来大学生诗歌创作》等等。这些文章,都一时难以收纳到这本册子中去。在这里,我只能向帮助我搜集整理旧作的文朋诗友说声对不起。

　　我们这一代文艺评论工作者的读书积累,大致是由两部分知识构成:一是中国的荀况、韩非、李斯、王允、韩愈、张载、王安石、刘禹锡、柳宗元、陈亮、王廷相、范缜、王夫之、傅奕、叶适、严子陵、张衡、吕才、王国维、严复、梁启超、陈独秀、李大钊、毛泽东、鲁迅、艾思奇、李泽厚等人的理论思想;二是外国的马克思、恩格斯、列宁、费尔巴哈、霍布斯、赫拉克利特、培根、阿基米德、亚里士多德、伽利略、斯宾塞、休谟、笛卡尔、黑格尔、弗洛伊德、尼采、列夫·托尔斯泰、霍克海默尔、马尔库赛、弗罗姆、哈贝马斯、康德、德里达、卢卡奇、阿多诺、本亚明、沙特、海德格尔等人的理论思想。前者,先入为主,成为我们认识事物的底色；后者，后来居上，成为我们开阔视野的角度。这二者犹如两张上下合扣起来的"磨扇"，经过我们各自不同的生活阅历、知识积累、思维方式，把各自不同的人生经验，加工成属于自己"此在"的审美倾向和价值评判。

我的评论，尽量努力靠近人民性与主体性、真实性与审美性、历史性与时代性，科学性与宗教性，在寻真、从善、求美的"载道"之途达到一种"哲"与"诗"的连接。在这里，知、情、意整体论的美学观，是我的出发点；言、志、境的统一，是我的方法论；用"人化自然"与"自然人化"的人道主义，对社会、公正、平等、民主、自由、文明、进步的动因进行终极性的追寻，是我的目的论。我强调文学审美情感在创造美好生活环境中的理性升华。

21世纪初叶，人类社会面临着科技颠覆、生态崩溃和核战争三大挑战。建立人类命运共同体，抗拒信息技术、生物技术、科技垄断、数据巨头、自由"在线"非理性地疯长、扩张、漫延、竞争，是我对当代文学精神的呼唤。

随着信息技术、生物技术的双重革命，人类陷入了巨大的历史困惑和迷茫之中。在这历史的困惑和迷茫中，我坚持理性精神对科学与宗教的管控，农耕文明对工业革命的补充，社会主义对资本主义的纠偏，人的精神回归与未来理想追求在情与理的心灵世界的统一。这是我选择这些文章的前提和标准。

在这本册子将要付梓之际，我要对省作协的各级领导表示感谢，对帮助我校对的张润堂先生、李晓峰先生表示感谢，对我的家人表示感谢。

常智奇

2023年2月28日